Kathryn Hughes

Wünsche, die uns tragen

Roman

Aus dem Englischen
von Uta Hege

Ullstein

Besuchen Sie uns im Internet:
www.ullstein-taschenbuch.de

MIX
Papier aus verantwortungsvollen Quellen
FSC www.fsc.org
FSC® C083411

Deutsche Erstausgabe im Ullstein Taschenbuch
1. Auflage April 2017

Titel der englischen Ausgabe: *The Secret.*
Die englische Original-Taschenbuchausgabe ist erschienen bei HEADLINE REVIEW, ein Verlag der HEADLINE PUBLISHING GROUP, 2016.
Umschlaggestaltung: zero-media.net, München
Titelabbildung: plainpicture/ © Elisabeth Blanchet;
© FinePic®, München (Illustration)
Satz: Pinkuin Satz und Datentechnik, Berlin
Gesetzt aus der Janson
Druck und Bindearbeiten: CPI books GmbH, Leck
ISBN 978-3-548-28917-5

Für meine Mum und meinen Dad

Wenn Licht in deinem Herzen ist,
wirst du den Weg nach Hause finden.

Rumi

1

Juni 1975

Zum ersten Mal hatte sie Thomas Roberts mit fünf Jahren auf dem Schulhof geheiratet. Tagelang hatten sie die Zeremonie geplant, und als es so weit war, trug sie einen Schleier aus einer der Netzgardinen ihrer Mutter und darüber einen Gänseblümchenkranz. Die anderen hatten ihr versichert, dass sie wie eine echte Braut aussah. Thomas hatte ihr ein selbstgepflücktes Sträußchen Wildblumen überreicht, ihre Hand genommen, und der kleine Davy Steward hatte die beiden getraut. Davy hatte fürchterlich gestottert, und hinter den dicken Brillengläsern waren seine Augen groß wie Untertassen, aber er kannte sich als Chorknabe nun einmal besser als die anderen mit diesen Dingen aus.

Mary lächelte bei der Erinnerung, als sie eine Vierteldrehung vor dem Spiegel machte und mit einer Hand über die wunderbare Wölbung ihres Bauchs unter dem straff gespannten Stoff ihres geblümten Kleides strich. Dann stemmte sie die Hände ins Kreuz, beugte sich vor und suchte ihr Gesicht nach ersten Anzeichen einer Veränderung ab. Sie nahm die niedlichen zitronengelben Babyschuhe, denen sie bei Woolworths unmöglich hatte widerstehen können, vom Frisiertisch und vergrub ihre

Nase in der feinen Wolle, aber ohne kleine Füße, die sie wärmen konnten, rochen sie neu und irgendwie steril.

Als sie ihren Mann die Treppe hinaufstapfen hörte, stopfte sie die Schuhe in die Tischschublade und schaffte es gerade noch, das Kissen unter ihrem Kleid hervorzuziehen, ehe er hereinkam.

»Da bist du ja, mein Schatz. Was machst du denn hier oben?«

Eilig klopfte sie das Kissen aus und legte es aufs Bett. »Nichts. Ich habe nur ein bisschen aufgeräumt.«

»Schon wieder? Komm her.« Er zog sie eng an seine Brust, strich ihr blondes Haar zur Seite und drückte sanft seine Lippen auf ihren Hals.

»Oh, Thomas, was, wenn ich nicht schwanger bin?« Sie bemühte sich, nicht allzu jämmerlich zu klingen, doch nach zahllosen Enttäuschungen fiel es ihr allmählich schwer, optimistisch zu bleiben.

Er legte seine Hände um ihre Taille und zog sie zu sich aufs Bett. »Dann versuchen wir es einfach weiter, bis es klappt.« Abermals vergrub er sein Gesicht an ihrem Hals, und wieder einmal nahm sie den Geruch des Kohlenstaubs in seinen Haaren wahr.

»Thomas?«

»Ja?« Er stützte sich auf seinen Ellenbogen ab und sah sie fragend an.

»Du wirst doch in der Grube kündigen, sobald ich schwanger bin, nicht wahr?«

Er stieß einen Seufzer aus. »Ja, Mary, dann werde ich dort kündigen, wenn es dich glücklich macht.«

»Ich kann schließlich nicht ganz allein die Pension führen und mich gleichzeitig um unser Baby kümmern.«

Thomas runzelte besorgt die Stirn. »Aber das wird

nicht einfach werden, Mary. Ich meine, unser Lohn wurde gerade um ein Drittel erhöht, und finanziell stünden wir ohne meine Arbeit deutlich schlechter da.«

»Ich weiß, Liebling, aber dein Job ist einfach fürchterlich gefährlich, und vor allem hast du selbst gesagt, dass du die weite Fahrt zur Arbeit hasst.«

»Da hast du recht«, räumte er ein. »Um wie viel Uhr ist dein Termin beim Arzt?«

»Um drei.« Sie fuhr mit einem Finger über seine Wange. »Ich wünschte mir, du könntest mitkommen.«

Er küsste ihre Fingerspitze. »Das würde ich auch gern, Mary, aber ich werde an dich denken, und wir können schließlich auch noch feiern, wenn ich heimkomme, nicht wahr?«

»Ich finde es immer schrecklich, wenn du Nachtschicht hast.«

»Ich finde das auch nicht wirklich lustig«, sagte er mit einem Lächeln, das seinem Satz die Schärfe nahm.

Er richtete sich auf, um seine Stiefel anzuziehen, und sie schmiegte sich an ihn an. »Ich liebe dich so sehr, Thomas.«

Er nahm ihre Hand und drückte sie. »Ich dich auch, Mary, und ich weiß jetzt schon, dass du eine wunderbare Mutter sein wirst.«

Seit ihrer offiziellen Hochzeit vor drei Jahren bemühten sie sich um ein Kind. Mary hätte nicht gedacht, dass es so schwierig werden würde, und mit ihren einunddreißig Jahren lief ihr langsam die Zeit davon. Sie hatte immer schon gewusst, dass sie die geborene Mutter war, und sie konnte einfach nicht verstehen, weshalb ihr Gott diese Erfüllung vorenthielt. Jedes Mal, wenn das vertraute Ziehen im Bauch und die einsetzenden Krämpfe ihr bestätigten, wie fruchtlos ihr Bemühen abermals gewesen war, verlor sie etwas von ihrer Zuversicht. Sie sehnte sich danach, morgens um vier von Säuglingsgeschrei geweckt zu werden, und was hätte sie darum gegeben, irgendwo in einer Ecke ihrer Küche einen Eimer voller stinkender Windeln stehen zu haben, die es schnellstmöglich zu waschen galt. Sie wollte in die Augen ihres Babys schauen und darin die Zukunft sehen. Vor allem aber wollte sie ihrem geliebten Thomas gegenübersitzen, während er sein Kind – ob Junge oder Mädchen, spielte keine Rolle – in seinen starken Armen hielt, und hören, wenn es irgendwann nach seinem »Daddy« rief.

Infolge ihres unerfüllten Kinderwunschs starrte sie inzwischen auf der Straße allzu lange fremde Babys an und warf Müttern, die es wagten, ihre Kinder anzuschreien, bitterböse Blicke zu. Einmal hatte sie sogar ihr Taschentuch gezückt und die Nase eines fremden Kinds geputzt, denn ohne dass die nichtsnutzige Mutter auch nur etwas davon mitbekommen hätte, hatte dieser arme Wurm bereits die Zunge nach den langen gelben Fäden, die in Richtung seiner Oberlippe liefen, ausgestreckt. Und genauso wenig wie die Mutter dieses Kindes hatte ihr die Mutter eines kleinen Jungen ihre Fürsorge gedankt, der ganz allein am Strand saß und laute, von wildem Schluckauf unterbrochene Schluchzer ausstieß. Nachdem er nur einmal daran geleckt hatte, war das Eis des Kleinen in den Sand gefallen, und da seine Mutter sich geweigert hatte, für Ersatz zu sorgen, war Mary kurz entschlossen mit ihm zum Eiswagen gegangen, um ihm ein neues Eis zu kaufen. Das strahlende Gesicht des kleinen Kerls war ihr Dank genug.

Ihre mütterlichen Instinkte schwelten immer dicht

unter der Oberfläche, und ihr schmerzliches Verlangen, endlich ihr eigenes Baby zu bemuttern, nahm mit jedem Monat zu. Während sie darauf lauschte, wie ihr Mann sich unten in der Küche Brote für die Schicht einpackte und die Thermoskanne füllte, betete sie, dass der Arzt ihr vielleicht heute endlich sagen würde, dass ihr größter Wunsch nach all den Jahren endlich in Erfüllung ging.

Der Zug fuhr kurz nach Mittag mit so laut quietschenden Bremsen in den Bahnhof ein, dass Mary sich die Ohren zuhielt, während Thomas sich nach seiner Tasche bückte und sie sich über die Schulter warf. Er hasste diese Abschiede genauso sehr wie sie, doch er versuchte immer, ihr zuliebe möglichst gutgelaunt zu sein. Er zog sie eng an seine Brust und legte kurz sein Kinn auf ihrer Schulter ab. »Ich bin sicher, dass der Doktor gute Neuigkeiten haben wird, Mary. Ich drücke dir die Daumen.« Er hob ihr Kinn und küsste sie zärtlich auf den Mund. »Und sobald das Kleine auf der Welt ist, reiche ich meine Kündigung ein.«

»Wirklich?« Mary klatschte in die Hände, und ein Ausdruck grenzenloser Freude legte sich auf ihr Gesicht. Um ganz sicherzugehen, fragte sie: »Versprichst du mir das?«

Er bekreuzigte sich kurz. »Ja, Schatz, das verspreche ich.«

»Du weißt gar nicht, wie glücklich du mich damit machst.« Sie küsste seine raue Wange und stieß einen Seufzer aus. »Oh, Thomas. So süß ist Trennungswehe.«

»Eh?«

»Romeo und Julia.«

Er schüttelte den Kopf. »Tut mir leid, das ist zu hoch für mich.«

»Ach, Thomas.« Sie schlug ihm lachend auf den Arm.

»Es kann doch wohl nicht sein, dass du ein solcher Kunstbanause bist! Julia sagt zu Romeo, dass für sie Trennung nicht nur schmerzlich, sondern gleichzeitig auch süß ist, weil sie dabei bereits an ihr nächstes Wiedersehen denkt.«

»Oh, verstehe.« Er runzelte die Stirn und zog die Nase kraus. »Das ergibt natürlich einen Sinn. Der alte William wusste schon, wovon er redet.«

Er bestieg den Zug, zog die Tür hinter sich zu, schob das Fenster auf und lehnte sich hinaus. Als er seine Fingerspitzen küsste und Marys Wange berührte, hielt sie seine Hand fest und versuchte krampfhaft, nicht in Tränen auszubrechen, weil sie wusste, wie verhasst ihm solche Gefühlsausbrüche waren. »Also, Thomas Roberts, pass auf jeden Fall gut auf dich auf.«

Sie hob mahnend einen Zeigefinger in die Luft, und er legte die Hand wie zum Salut an seine Stirn. »Zu Befehl, Ma'am.«

Der Schaffner blies in seine Pfeife, und der Zug fuhr an. Mary lief noch ein paar Schritte mit, und Thomas winkte ihr mit seinem weißen Taschentuch. Sie wusste, dass er sie nur aufzog, als er sich damit über die Augen fuhr, rief möglichst fröhlich: »Wir sehen uns übermorgen«, und sah ihm so lange hinterher, bis die Bahn am Horizont verschwand.

Das Wartezimmer ihres Arztes war bis auf den letzten Platz besetzt. Die Luft war stickig, und die Frau zu Marys linker Seite hielt ein Baby in den Armen, dessen Windeln dem Geruch nach nicht mehr wirklich frisch waren. Der Mann zu ihrer Rechten nieste lautstark in sein Taschentuch, und als ein wilder Hustenanfall folgte, wandte sie sich eilig ab und hielt sich eine abgegriffene Zeitschrift vors Gesicht.

Sie war zu fünfzehn Uhr bestellt gewesen, aber jetzt war es schon Viertel nach. Ehe sie jedoch vor lauter Aufregung den nächsten Fingernagel mit ihren Zähnen attackieren konnte, rief eine der Helferinnen endlich ihren Namen auf. »Mary Roberts? Der Herr Doktor wäre jetzt bereit.«

»Danke.« Unsicher legte sie die Zeitschrift weg, stand langsam auf, trat vor die Tür des Sprechzimmers und klopfte zaghaft an. Kaum aber hatte sie die Tür geöffnet, lösten ihre Ängste sich in Wohlgefallen auf. Der Arzt saß hinter seinem großen Mahagonischreibtisch, hatte sich aber bequem auf seinem Stuhl zurückgelehnt, die Hände vor dem Bauch zusammengelegt und lächelte sie verheißungsvoll an.

Sie beschloss, den längeren, doch malerischen Weg am Strand entlang zurück bis zur Pension zu gehen. Sicher würde ihr die milde Brise etwas Farbe auf die Wangen zaubern, und dazu bekäme sie wahrscheinlich von der frischen, salzhaltigen Luft zumindest wieder einen halbwegs klaren Kopf. Wobei sie gar nicht wirklich ging, sondern halb schwebte und halb durch die Gegend hüpfte wie ein ausgelassenes Kind.

Schwindelig und atemlos kam sie zu Hause an und wiederholte dort abermals in Gedanken die Worte ihres Arztes. »Es freut mich, Mrs Roberts, Ihnen mitteilen zu können, dass Sie wirklich schwanger sind.«

Endlich, nach drei Jahren des Kummers, der falschen Alarme und der schmerzlichen Enttäuschungen, würden sie bald eine richtige Familie sein.

Auch Thomas wäre sicher außer sich vor Freude, wenn er nach Hause kam und hörte, dass es endlich so weit war.

2

Das Schrillen des Telefons unten im Flur riss Mary aus dem Schlaf. Benommen und desorientiert sah sie auf Thomas' Seite ihres Betts, doch die war leer. Sie strich mit der Hand über das Laken, dessen kalte Glätte ihr bestätigte, dass niemand dort geschlafen hatte, und erinnerte sich daran, dass er Nachtschicht hatte und sie deswegen allein zu Hause war.

Sie blickte auf den Wecker auf dem Nachttisch. 3.37 Uhr. Niemand rief um diese Uhrzeit an, wenn es nicht wirklich wichtig war. Sie spürte, wie ihr Magen sich zusammenzog, sprang eilig auf, stürzte, auch wenn sie dadurch wahrscheinlich ihre Gäste weckte, polternd die Holztreppe hinunter in den Flur und riss den klobigen schwarzen Hörer von der Gabel. »Hallo?«, stieß sie keuchend aus.

»Mrs Roberts? Tut mir leid, dass ich Sie wecke.« Die gesichtslose Stimme klang belegt.

»Wer spricht denn da?« Vor lauter Angst hatte sie einen trockenen Mund, vor ihren Augen tanzten schwarze Pünktchen, und sie klammerte sich hilfesuchend am Geländer fest.

»Ich rufe aus der Zeche an.« Der Anrufer brach ab und atmete vernehmlich ein. »Es gab eine Explosion. Ein paar der Kumpel sind in dem betroffenen Schacht gefangen, und ich fürchte, dass Ihr Thomas einer dieser Männer ist.«

Instinktiv legte sie eine Hand auf ihren Bauch und kniff die Augen zu. »Ich komme.«

Wahllos riss sie ein paar Kleidungsstücke aus dem Schrank, zog sich in Windeseile an und legte ihrer Angestellten einen Zettel auf den Küchentisch. Die junge Ruth half ihr seit einem Jahr in der Pension und hätte sicher kein Problem damit, den Gästen mal allein das Frühstück zu servieren. Zumindest sagte Mary sich, dass sie es schaffen würde, weil sie jetzt keine Zeit hatte, um an die Berge von zerbrochenem Porzellan und die Unmengen verbrannten Specks zu denken, die in den letzten Monaten auf Ruths Konto gegangen waren. Eine weniger geduldige Person als Mary hätte ihr wahrscheinlich schon vor einer Ewigkeit gekündigt, aber Ruth ernährte von dem Geld, das sie bei ihr verdiente, ihren verwitweten Vater, der an Asthma litt, und ihren kleinen Bruder, der sich nur mit Krücken fortbewegen konnte, und Mary brachte es nicht übers Herz, das Los dieser Familie noch zu erschweren.

Der Regen peitschte auf den Bürgersteig, als sie die Wagentür aufzog und ein stummes Stoßgebet zum Himmel sandte, dass er sich problemlos starten ließe, obwohl ihr aus der durchweichten Filzmatte im Fußraum der Gestank von Öl entgegenschlug. Ihr alter Vauxhall Viva war nicht gerade zuverlässig, die ursprünglich blaue Farbe war von braunen Rostflecken durchsetzt, und aus dem Auspuff quollen widerliche Wolken schwarzen Rauchs, wie man sie für gewöhnlich eher aus einem Schornstein kannte.

Beim vierten Versuch gelang es Mary, den Motor zum Leben zu erwecken, und nach etwas über einer Stunde hatte sie ihr Ziel erreicht. Sie wusste kaum, wie sie dorthin gekommen war, doch ihr war klar, dass sie gerast sein musste, und sie wagte nicht, darüber nachzudenken, ob sie irgendwann einmal an einer roten Ampel angehalten hatte oder einfach über alle Kreuzungen hinweggeschossen war.

Eine Gruppe von Menschen stand am Grubenrand, und der Regen prasselte auf die gesenkten Köpfe der Männer und Frauen, die schweigend darauf warteten, dass irgendwas geschah. Die anbrechende Dämmerung färbte den Horizont orange, und das einzige Geräusch, das man vernahm, war das Quietschen der Seilwinde, die ihre grauenhafte Fracht nach oben zog.

Die Leute rangen kollektiv nach Luft, als die ersten beiden Leichen zu sehen waren. Mary stürzte darauf zu, doch jemand packte sie und zerrte sie zurück.

»Lassen Sie die Männer ihre Arbeit machen«, fuhr ein finster dreinblickender Mann mit Helm und Stirnlampe sie an. Seine Zähne und das Weiß seiner Augen hoben sich von den vom Kohlestaub geschwärzten Zügen ab, und das Blut, das aus der Schnittwunde in Höhe seiner linken Braue sickerte, wies ihn als einen der Glücklichen aus, die dem Inferno unter Tage gerade noch entkommen waren.

»Warum dauert das denn so lange?«, fragte Mary ihn.

»Es gab dort unten eine Reihe Explosionen, Schätzchen, und Sie sind ganz sicher nicht die Einzige, die will, dass wir die Kumpel raufholen. Wir ziehen hier alle am selben Strang.« Sein Husten klang, als belle er sich gleich die Lunge aus dem Leib, und als er eine Kugel schwarzen Schleims vor ihren Füßen auf den Boden spuckte, verzog Mary angewidert das Gesicht.

»'tschuldigung«, bat er. »Warten Sie auf Ihren Mann?«

Mary nickte. »Thomas Roberts. Kennen Sie ihn?«

»Allerdings, den kenne ich. Ein anständiger bärenstarker Kerl, der keine harte Arbeit scheut. Es würde mich nicht überraschen, wenn er bald befördert würde.« Er legte beruhigend eine Hand auf ihren Arm und nickte Richtung Grubenrand. »Da drüben steht unser Kaplan. Falls Sie an solche Sachen glauben, hilft es vielleicht, wenn Sie beten.«

Ein paar Mitglieder der Bergmannskapelle waren inzwischen ebenfalls erschienen, doch durch die getragenen Choräle, die sie spielten, wurden Marys Ängste und Verzweiflung noch verstärkt. Also zog sie sich zurück in eine stille Ecke und wartete darauf, dass es endlich irgendwelche Neuigkeiten ab. Sie wagte zu bezweifeln, dass Gebete helfen würden. Wenn es Gott tatsächlich gäbe, hätte er doch sicherlich verhindert, dass überhaupt ein Unglück geschah. Aber da es sicher auch nicht schaden konnte, faltete sie die Hände, kniff die Augen zu, betete verzweifelt darum, dass ihr Gatte wohlbehalten aus der Grube käme, und gab im Gegenzug für seine Rettung alle möglichen Versprechen, die sie sicher niemals halten würde. Sie versuchte, sich nicht vorzustellen, dass Thomas unter ihren Füßen im Erdinneren in höllengleicher Finsternis und Hitze eingeschlossen war.

Der Regen hatte nachgelassen, und der Himmel klarte langsam auf, doch tief in ihrem Innern spürte sie ein dumpfes Grollen und schaute auf, als eine laute Explosion die Luft zerriss. Die Menge wogte dichter an den Grubenrand, doch eilig breiteten die Männer von der Feuerwehr, die die Kumpel bergen sollten, ihre Arme aus und schoben sie zurück.

»Bitte bleiben Sie zurück. Los, Leute, zurück«, forderten sie die Menschen freundlich, doch entschieden auf.

Mary stürzte los und schob sich in die Menge, denn jetzt brauchte sie den Trost von anderen, denen es genauso ging wie ihr.

Ein alter Mann in einer abgewetzten Wollfilzjacke, wie sie viele Bergarbeiter trugen, drückte seine Mütze an die Brust und schüttelte unglücklich den Kopf. »Haben Sie das gehört?«

»Den Donner, meinen Sie?«

»Das war kein Donner, Mädchen, sondern eine neue Explosion.«

»Oh Gott, nein!« Sie packte seinen Arm. »Aber sie werden sie dort rausholen, nicht wahr?« Mit einem erstickten Flüstern fügte sie hinzu: »Das müssen sie.«

Er verzog den Mund zu einem Lächeln, aber seine Augen blieben ernst. »Wir können nur hoffen und beten. Auf wen warten Sie denn, meine Liebe?«

»Thomas Roberts, meinen Mann.« Sie legte eine Hand auf ihren Bauch. »Wir erwarten ein Baby.«

»Das ist schön. Mein Junge ist dort unten, unser Billy.« Er wies mit dem Kopf in Richtung Schacht. »Da vorn steht seine Mum. Sie ist völlig außer sich. Wir haben unseren Gary erst vor einem Jahr durch einen Motorradunfall verloren.« Er legte eine Pause ein und schüttelte den Kopf. »Das hat sie noch nicht verwunden, und wenn unser Billy nicht zurückkommt, gibt ihr das bestimmt den Rest.« Er sah verstohlen auf Marys Bauch. »Wann ist es denn so weit?«

»Oh, ich habe gestern erst die Bestätigung bekommen, dass ich schwanger bin. Thomas weiß noch nichts davon.« Mit einem Mal hatte sie einen Kloß im Hals und fing unkontrolliert an zu zittern. »Er ist mein Leben, und wenn ihm etwas passieren würde, wüsste ich nicht, wie es weitergehen soll. Ich habe ihn schon in der Grundschule geliebt und darf ihn nicht verlieren.«

Der alte Mann gab ihr seine raue Hand. »Ich heiße übrigens Arnold. Los, Mädchen, lass uns die Warterei gemeinsam überstehen.« Damit zog er einen Flachmann aus der Tasche und bot ihn ihr an. »Ein Schlückchen Brandy wird Sie aufwärmen, eh … Wie heißen Sie überhaupt?«

Kopfschüttelnd lehnte sie den Alkohol ab. »Ich heiße Mary, Mary Roberts.«

Arnold nippte selbst an seinem Flachmann und zuckte zusammen, als der scharfe Schnaps durch seine Kehle rann. »Ich will Ihnen mal was sagen, Mary«, fing er an. »Die Männer da unten haben jeden Penny ihrer Lohnerhöhung doppelt und dreifach verdient, weil die Arbeit, die sie leisten, schmutzig und vor allem sehr gefährlich ist.« Aus seiner Stimme sprachen Ärger und Verbitterung. »Aber was soll man machen? Wir haben die Arbeit in der Grube nun einmal im Blut. Unser Billy kam bereits mit Kohlenstaub in seinen Haaren auf die Welt.«

Mary schlang unglücklich die Arme um ihren Bauch. »Ich hasse diese Arbeit auch, aber Thomas hat versprochen, dass er kündigt, wenn das Baby da ist, weil ich unsere Pension dann schlecht allein weiterführen kann.« Sie lenkte ihren Blick auf ihre Füße, die inzwischen halb erfroren waren. In ihrer Eile loszukommen hatte sie einfach Sandalen angezogen, und jetzt sickerte die nasse Erde zwischen ihren nackten Zehen hindurch.

Wieder fing die Winde an zu knarzen, und die Menge wurde still. Die beiden Männer, die den Fahrstuhl hochgezogen hatten, tauschten unglückliche Blicke aus, und dann wandte sich einer an den Chef der Feuerwehr und schüttelte den Kopf.

»Nein!«, schrie Mary. »Thomas!«

Sie versuchte loszurennen, aber Arnold hielt sie fest. »Mary, Schatz, bleiben Sie hier, und sehen Sie am besten gar nicht hin.«

Am Nachmittag brach eine wässrig gelbe Sonne durch die Wolkenwand, doch Mary war inzwischen völlig durchgefroren. Sie hatte Rückenschmerzen, und ihr Magen knurrte, doch wenn sie jetzt etwas aß, hätte sie es sofort wieder ausgespuckt.

Der Zugführer der Feuerwehr nahm seinen Helm vom Kopf, zerzauste mit der Hand sein plattgedrücktes Haar und hob ein Megaphon vor seinen Mund. »Könnten Sie wohl bitte alle näher kommen?«

Schweigend schoben sich die Menschen möglichst dicht an ihn heran und sahen ängstlich in sein ernstes geschwärztes Gesicht.

Mary klammerte sich an den alten Arnold, und der Feuerwehrmann räusperte sich kurz. »Wie Sie alle wissen, hat im Hauptschacht ungefähr in siebenhundert Metern Tiefe eine Reihe Explosionen stattgefunden. Wir schätzen, dass noch zirka achtzig Bergleute im Hauptbereich des Schachts hinter einer Feuerwand gefangen sind. Wir sind ein gutes Stück vorangekommen, aber es ist klar, dass sich das Feuer währenddessen weiter ausgebreitet hat.« Die Menschen holten hörbar Luft, und mit erhobener Hand bat er um Ruhe, bevor er mit ausdrucksloser Stimme weitersprach. »Die Luft im Schacht enthält einen gefährlich hohen Anteil Kohlenmonoxid.« Er musste sichtlich schlucken, während er sich mit der Zunge über die geschwärzten Lippen fuhr. »Es ist höchst unwahrscheinlich, dass unter derartigen Bedingungen dort unten jemand überleben kann.« Als ein langes schrilles Pfeifen aus der Flüstertüte drang, hielt Mary sich die Ohren zu.

Mit einem Mal wurde ihr siedend heiß, ihre Knie wurden weich, sie legte beide Hände auf ihren Bauch und starrte Arnold an. »Was will er damit sagen?«

Arnold fuhr sich mit der Hand durch das Gesicht und starrte blind auf einen Fleck am Horizont. »Ich glaube, er versucht, uns mitzuteilen, dass unsere Jungs nicht mehr am Leben sind.«

Jetzt gaben Marys Knie nach, und sie sank in den Schlamm. »Nein!« Sie stieß ein lautes Heulen aus. »Nicht Thomas, nicht mein Thomas. Nein!«

Vier Stunden später stellte man aus Sorge um die Sicherheit der Rettungskräfte offiziell die Suche nach den Männern ein. Der Suchtrupp wurde aus dem Schacht geholt, und der Steiger riet den wartenden Familien, nach Hause zu fahren und sich etwas auszuruhen.

Während sich die meisten Leute zum Gehen wandten, setzte Mary sich stur in den Schlamm und schlang die Arme um ihre Knie. Ihr Thomas brauchte sie jetzt mehr denn je, und sie ließ ihn sicher nicht im Stich. Doch dann drückte ihr Arnold sanft die Schulter und bat sie mit nachdrücklicher Stimme aufzustehen. »Los, Mädchen. Du hilfst niemandem, wenn du hier rumsitzt, und vor allem musst du an das Kind denken, dass du unter deinem Herzen trägst.«

Erst am späten Abend kam sie wieder nach Hause. Die treue Ruth hatte das Frühstück ohne Zwischenfälle zubereitet und serviert, Geschirr gespült, die Küche aufgeräumt und die Betten in den Gästezimmern ordentlich gemacht. Als Mary in die Küche kam, saß sie am Tisch und sah von ihrer Zeitung auf. »Oh, Mrs Roberts. Ich weiß gar nicht, was ich sagen soll. Ich habe es im Radio gehört. Sie haben gesagt, es hätte niemand überlebt.« Sie streckte ihre Arme nach Mary aus, doch aus Angst, dann vollends die Beherrschung zu verlieren, wandte diese sich schnellstmöglich zum Gehen. »Ich werde mich erst mal ein bisschen ausruhen, Ruth. Danke für die viele Arbeit, die du heute hier erledigt hast. Wir sehen uns dann morgen früh.«

Oben im Schlafzimmer nahm sie eins von Thomas' Hemden aus dem Schrank, hielt es vor ihr Gesicht und sog seinen Geruch ein. Am liebsten hätte sie ihn so tief in sich aufgenommen, dass er ihr für alle Zeit erhalten blieb.

Sie legte ihre Kleider ab und zog das Hemd ihres geliebten Mannes an. Es war ihr viel zu groß, doch das Bewusstsein, dass es spätestens in ein paar Monaten wie angegossen passen würde, spendete ihr Trost. Sie würde dafür sorgen, dass ihr Baby erfuhr, dass sein Dad ein mutiger und starker Mann gewesen war, der es mit ihr zusammen großziehen und mit seiner Liebe überschütten wollte.

Sie legte sich aufs Bett, und vor Erschöpfung fielen ihr die Augen zu, doch schon nach wenigen Sekunden sah sie Thomas vor sich, wie er hinter einer Feuerwand erstickte, stürzte laut schluchzend ins Bad, spritzte sich kaltes Wasser ins Gesicht und starrte in den fleckigen Spiegel über dem Becken. Ihre Tränen hatten dunkle Schlammspuren auf ihren Wangen hinterlassen, ihre Augen waren gerötet und verquollen, und ihre Haare klebten am Kopf. Wenn Thomas sie in diesem Zustand sähe … Eilig fing sie an, ihre Haare mit den Händen aufzubauschen, doch dann ließ sie ihre Arme wieder sinken und umklammerte den Beckenrand. Sie hatte keine Ahnung, wie sie ohne Thomas weiterleben und vor allem, wie es ihr gelingen sollte, ganz allein ihr Baby großzuziehen. Doch es war das Einzige, was ihr von Thomas blieb, und sie musste hoffen, dass es reichen würde, um die dunkle Zukunft, die vor ihr lag, zu überstehen.

Als sie ein paar Stunden später ihre Augen aufschlug, lag sie immer noch in Thomas' Hemd, mit staubtrockenem Mund, bohrendem Kopfweh und nach Rauch stinkenden Haaren bäuchlings auf dem Bett. Ihr linker Arm war eingeschlafen, weil er schlaff über dem Rand des Bettes hing, und sie brauchte mehrere Sekunden, bis ihr wieder einfiel, dass ihr Leben nie wieder so wie früher sein würde.

Barfuß tappte sie ins Bad, klappte den Toilettendeckel auf, schob den Saum des Hemdes hoch, zog ihren Slip hinunter, starrte auf den roten Fleck im Schritt des Baumwollstoffs und fing an zu schreien.

3

März 2016

Ein Sonnenstrahl fiel durch die kahlen Bäume auf die goldene Namensplakette auf dem Kirschholzsarg. Geblendet von dem plötzlich hellen Licht, schirmte Beth die Augen mit der Hand gegen die Sonne ab. Unter ihren Füßen knirschte das mit einer dünnen Frostschicht überzogene Gras, während sie blinzelnd die anderen Trauergäste betrachtete. Sie standen mit gesenkten Köpfen vor dem offenen Grab und tupften sich die Tränen ab. Eilig zog sie ein Taschentuch aus ihrem Ärmel, presste es vor ihren Mund und unterdrückte so den Schrei, der die traurige Versammlung aufzuschrecken drohte, als sie eine Handvoll Erde auf den Sarg rieseln ließ. Das Geräusch, mit dem die Erde auf das harte Holz traf, hallte in ihren Gedanken wie ein lautes Echo nach. Sie hatte ihre Mutter abgöttisch geliebt, doch so hätte es nicht enden sollen. Sie hätte noch über so vieles mit ihr sprechen müssen, aber jetzt war es zu spät.

Der kalte Wind trug die Worte des Vikars fort, ließ die Soutane wehen und zerzauste sein gegeltes, quer über den Kopf gekämmtes dünnes Haar.

»Nachdem es dem allmächtigen Gott gefallen hat, die Seele unserer lieben Schwester Mary Roberts zu sich zu nehmen, legen wir ihren Leib in Gottes Acker – Erde zu Erde, Asche zu Asche …«

Michael drückte tröstend ihre Hand, wofür sie ihm von Herzen dankbar war. Ohne die uneingeschränkte Unterstützung ihres Mannes wäre sie verloren. Doch die Einzige, die ihnen hätte helfen können, hatte ihr Geheimnis mit ins Grab genommen, weshalb sie jetzt beide hilflos waren.

Als Beth und Michael wieder in die Klinik kamen, saß der kleine Jake mit einem Puzzle auf dem Bett. Sie waren direkt nach der Beerdigung zurück ins Krankenhaus gefahren, und mit ihren dunklen Kleidern hoben sie sich deutlich von der hellen, sterilen Atmosphäre der Umgebung ab.

Beth beugte sich über das Bett und küsste ihren Sohn auf die Stirn. »Wir haben versucht, so schnell wie möglich wieder hier zu sein.«

Michael und der Junge absolvierten ihr kompliziertes Begrüßungsritual, das sie erst seit kurzem fehlerlos beherrschten und dessen Höhepunkt darin bestand, dass beide mit den Fingern schnipsten, bevor Jake seine Faust auf die des Vaters schlug.

»Na, wie geht's meinem Großen?« Er zerzauste Jake das Haar.

»Sieh nur, Daddy!« Strahlend zeigte Jake auf das Tablett, auf dem das Puzzle lag. »Ich habe es geschafft. Die Schwester hat gesagt, das Puzzle ist für achtjährige Kinder, und ich bin erst fünf!« Seine großen schokoladenbraunen Augen funkelten vor Stolz.

»Du bist wirklich clever, Jake. Ich bin sehr stolz auf dich.«

»War die Beerdigung von Omi schön?«

Michael lenkte seinen Blick auf seine Frau. »Nun, ich nehme an, sie war okay. Aber dir hätte es dort nicht gefallen. Es hat sehr lange gedauert, und du hättest dich bestimmt gelangweilt, Schatz.«

»Ich wäre trotzdem gern gekommen. Ich habe Omi liebgehabt und wollte nach der Beerdigung noch mit auf ihre Party gehen.«

Michael musste gegen seinen Willen lachen. »Es war keine richtige Party, Jake. Dort wurde weder Topfschlagen gespielt, noch gab es Wackelpudding oder Eis.«

Beth quetschte sich zu ihrem Kind aufs Bett. »Ich weiß, dass du Omi liebhattest. Sie hatte dich auch lieb, aber das Wichtigste ist jetzt, dass es dir so schnell wie möglich wieder bessergeht. Draußen ist es eisig, und wir wollen doch nicht, dass du dir eine …« Sie brach ab, räumte das Puzzle weg und wechselte das Thema. »Gleich kommt bestimmt dein Abendessen, Jake. Weißt du schon, was es gibt?«

Er kniff die Augen zu und überlegte kurz. »Nein, aber ich wette, es gibt wieder den Kartoffelbrei mit diesen vielen Klumpen drin.«

Michael lachte fröhlich auf. »Du weißt gar nicht, was für ein Glück du hast, Junge. Ich habe meinen ersten richtigen Kartoffelbrei bekommen, als ich sieben war. Wenn meine Mutter überhaupt gekocht hat, hat sie immer irgendwelches Tütenzeug gemacht.«

Sohn und Gattin tauschten vielsagende Blicke, und als sie gleichzeitig auf unsichtbaren Geigen zu spielen begannen, schob Michael die Hand unter die Bettdecke des Jungen und kitzelte ihn leicht am Bauch. »Haha, ihr zwei, sehr witzig.«

Ihr Gelächter endete abrupt, als Dr. Appleby erschien. Mit einem Clipboard in der Hand trat der Nierenspezialist ans Fußende des Betts und sah seinen Patienten fragend an. »Tut mir leid zu stören. Na, Jake, wie fühlst du dich? Du siehst auf alle Fälle schon viel besser aus. Vielleicht sollten wir darüber nachdenken, wann du wieder nach Hause kannst.«

Jake schob sich eilig auf die Knie und hüpfte auf dem Bett herum. »Ja! Ich will nach Hause. Kann ich, Mummy?«

»Vorsicht, Jake, du musst dich schonen.« Eilig drückte Beth ihren Sohn zurück aufs Bett und wandte sich ängstlich an den Arzt. »Wirklich, Doktor? Denken Sie tatsächlich, dass er bald nach Hause kommen kann?«

»Jake bekommt jetzt erst einmal sein Abendbrot. Kommen Sie doch währenddessen mit in mein Büro, und wir besprechen, wie es weitergehen soll.«

Das Sprechzimmer des Arztes war ihnen inzwischen hinlänglich vertraut. Trotz des Durcheinanders, das dort immer herrschte, trotz der Aktenberge, die sich auf dem Schreibtisch türmten, und der unzähligen ungespülten Tassen, die bezeugten, dass er täglich literweise Kaffee trank, vertrauten sie ihm vorbehaltlos die Gesundheit ihres Kindes an.

»Wie war die Beerdigung von Ihrer Mutter, Beth?«

Es rührte sie, dass ihm dieser Termin trotz seiner vielen Arbeit nicht entgangen war.

»Ich nehme an, so schön, wie es bei einem solchen Anlass möglich ist.«

Der Arzt schob sich Lesebrille vors Gesicht, fuhr mit den Händen durch sein dichtes weißes Haar, und zum ersten Mal, seit Beth ihn kannte, fielen ihr seine kurzgeschnittenen, ausnehmend gepflegten Fingernägel auf. Sie wusste nicht, wie alt er war, doch bestimmt ging er langsam auf die Pensionierung zu. Was sie in höchstem Maß erschreckend fand.

»Hm … Nun, wie Sie wissen, ist der Eingriff gestern gut verlaufen, auch wenn der Katheter unter dem Verband noch nicht zu sehen ist. Wir haben dafür nur einen kleinen Schnitt rechts unterhalb des Bauchnabels gemacht.« Nach einem Blick in seine Unterlagen fuhr er fort. »Auch die Ergebnisse des Bluttests waren gut. Der Kreatininwert ist gesunken, aber dafür ist der Blutdruck leicht erhöht. Was allerdings bei einem Jungen in seinem Zustand zu erwarten ist.«

Michael beugte sich ein wenig vor und legte seinen Ellenbogen auf dem Schreibtisch ab. »Und wann beginnt die Dialyse?«

»Erst muss sich Narbengewebe um die Wunde herum bilden, damit der Katheter nicht verrutscht, und natürlich müssen Sie und Ihre Frau noch das Dialysetraining absolvieren. Die ersten Dialyseeinheiten finden selbstverständlich in der Klinik statt, und die Dialyseschwester wird alles genau mit Ihnen durchgehen, bevor Jake entlassen wird. Das Wichtigste, worauf wir in dieser Phase achten müssen, ist, dass sich sein Bauchfell nicht entzündet, doch die Schwester wird Ihnen genau erklären, welche Anzeichen es dafür geben kann und was Sie machen müssen, falls Sie befürchten, dass was nicht in Ordnung ist.« Er schob den Aktenordner zur Seite und beugte sich nach vorne. »Mir ist bewusst, wie schwer das alles für Sie ist. Jake ist ein robuster kleiner Kerl, aber wie gesagt, jetzt ist der Augenblick gekommen, wo er eine Spenderniere braucht. Zwar wussten wir bereits seit Jahren, dass es eines

Tages so weit sein würde, aber mir ist klar, dass das natürlich trotzdem alles andere als einfach für Sie ist.«

Beth schüttelte den Kopf. »Wir werden alles tun, was nötig ist, Dr. Appleby.«

»Ja, natürlich. Nun, die Niere eines Lebendspenders lässt sich besser transplantieren und hält auch länger als die eines postmortalen Spenders, aber wie Sie wissen, scheiden Sie und auch Ihr Mann als Spender aus. Wir sollten deshalb also überlegen, wo sich unter Umständen ein anderer potentieller Spender finden lässt.«

Obwohl er ruhig und deutlich sprach, fiel es Beth schwer, die Bedeutung seiner Worte zu verstehen. Ihre Augen hinter den Kontaktlinsen juckten derart, dass sie am liebsten wild daran herumgerieben hätte, weil es kaum noch zu ertragen war. Und obwohl sie wusste, dass sich die Frage nicht gehörte, platzte sie einfach damit heraus: »Können Sie ihn nicht ganz oben auf die Warteliste setzen?«

»Das würde auch nichts nützen, Beth«, klärte der Doktor sie mit sanftem Nachdruck auf. »Es geht nicht darum, dass man wartet, bis man an der Reihe ist, und dann einfach die nächste Spenderniere eingepflanzt bekommt.«

Beth errötete. »Tut mir leid«, erklärte sie zerknirscht. »Ich fühle mich einfach so entsetzlich hilflos.«

»Das kann ich gut verstehen. Vielleicht beruhigt es Sie ja etwas, dass man Kindern und jungen Erwachsenen einen gewissen Vorrang einräumt, aber vor allem geht es eben einfach darum, dass man für einen Patienten die richtige Niere finden muss. Was wir sowohl dem Spender als auch dem Empfänger schuldig sind. Wie Sie sich sicher vorstellen können, ist die Nachfrage erheblich höher als die Zahl der Nieren, die zur Verfügung stehen, deshalb müssen wir versuchen, Abstoßungen weitestgehend zu vermeiden, und das ist nur durch die sorgfältige Abstimmung von Spender und Empfänger möglich. Und bis wir ein Organ für Ihren Sohn gefunden haben, übernimmt die Dialyse die Arbeit der Nieren.«

Michael schüttelte den Kopf. »Das arme Kind. Und es ist wirklich unerlässlich, dass er jede Nacht an diese schreckliche Maschine angeschlossen wird?«

»Ich fürchte, ja, Michael. Aber Sie werden überrascht sein, wenn Sie sehen, wie schnell sich Jake daran gewöhnen wird. Es erstaunt und beschämt mich immer wieder, wie problemlos manche Kinder sich damit arrangieren. Die Dialyse wird ein Teil von seinem und auch Ihrem Leben werden, und die Unterstützung, die Sie Ihrem Sohn dabei gewähren, spielt eine große Rolle dabei, wie schmerzlos und erträglich es für ihn wird.«

Beth warf einen Blick auf ihren Mann. Er knabberte an seinem Daumennagel, tiefe Sorgenfalten hatten sich in sein Gesicht gegraben, und sie konnte sich nicht erinnern, wann sie zum letzten Mal sein unbeschwertes Lachen vernommen hatte. Nicht das leise, aufmunternde Lachen, mit dem er genau wie sie versuchte, Jake zu demonstrieren, dass sie sich nicht unterkriegen ließen, sondern das spontane, laute Lachen, Ausdruck ungetrübter Freude und für die meisten Menschen selbstverständlich. Selbst im gedämpften Licht des Sprechzimmers sah Michael nicht wie sechsundvierzig, sondern deutlich älter aus. In sein noch immer dichtes dunkles Haar hatten sich die ersten grauen Strähnen eingeschlichen, und um seine Augen lagen tiefe Falten. Ihre Mutter hatte sein Erscheinungsbild als »distinguiert« bezeichnet, aber das war nur ein anderes Wort für »alt«.

Traurig nahm sie seine Hand, und er bedachte sie mit einem aufmunternden Blick und wandte sich dann wieder an den Arzt. »Uns ist bewusst, dass Jake bei Ihnen in den besten Händen ist, und dafür sind wir dankbar.« Er brach ab und presste kurz die Lippen aufeinander, ehe er mit Nachdruck wiederholte: »Dafür sind wir Ihnen wirklich dankbar, Dr. Appleby.«

Im selben Augenblick wurde die Tür geöffnet, und eine der Schwestern schob den Kopf herein. »Dr. Appleby, Sie müssen bitte … Oh, Entschuldigung, ich wusste nicht, dass Sie in einer Besprechung sind.«

»Schon gut, wir waren sowieso so gut wie fertig.« Er stand auf und reichte Beth und ihrem Mann die Hand.

»Sie können mich Tag und Nacht erreichen, falls Sie wegen irgendwas in Sorge sind. Egal, worum es geht. Sie sind nicht auf sich allein gestellt. Wir werden gemeinsam alles dafür tun, dass Jake die Sache ohne größere Probleme übersteht.«

Nachdem sie das Büro verlassen hatten, verspürte Beth wie stets den Drang, schnell zu ihrem Sohn zurückzukehren. Sie wusste nicht, wann sie zum letzten Mal frei von Angst irgendwo hingegangen war. Sie stapfte los, und als ihr Michael hinterherrief, dass er noch zwei Becher Kaffee holen wollte, hob sie zustimmend die Hand und ging weiter zum Krankenzimmer ihres Sohnes.

Ihre hochhackigen Schuhe klapperten vernehmlich auf dem frisch gewischten Boden, als sie trotz des gelben Schildes, das auf die Rutschgefahr hinwies, eilig weiterlief. Nach zwei Schritten schoss ihr rechter Fuß wie in einem Slapstick zur Seite und zog eine schwarze Bremsspur auf dem jungfräulichen hellen Boden. Unter anderen

Umständen hätte sie das sicher komisch gefunden, doch jetzt fing sie sich einfach wieder und ging weiter.

Es war ihr irgendwie gelungen, ihr Gleichgewicht zu wahren und weiterzumarschieren. Das war im Moment das Einzige, worauf sie sich konzentrieren musste, dachte sie und setzte ihren Weg entschlossen fort.

Vor sich ein Tablett mit einem leeren Teller, saß der Kleine auf dem Bett und trank einen Schluck Orangensaft.

»Oh, du hast ja deinen Teller leergemacht. Was gab es denn?«

»Fischstäbchen und Erbsen und den ekligen Kartoffelbrei, aber ich habe die Klumpen mit der Gabel zerdrückt. Und zum Nachtisch gab es Eis und Apfelkuchen, aber die Äpfel waren zu heiß, und ich habe mir die Zunge verbrannt.«

Beth spähte in seinen Mund. »Oje, aber ich kann sehen, dass du Eis gegessen hast. Erdbeer, stimmt's?« Sie zog ein zerknülltes Taschentuch aus ihrem Ärmel, befeuchtete es mit der Zunge und wischte dem Kind den rosafarbenen Schnurrbart ab.

Kurz darauf kam Michael mit dem siedend heißen Kaffee, und Beth stellte den Pappbecher in sicherer Entfernung vom Bett ab, so dass Jake sich nicht daran verbrennen konnte.

»Soll ich heute Abend hierbleiben?«, bot Michael an. »Du siehst ziemlich erledigt aus.«

Sie ließ den Kopf aufs Kopfkissen ihres Sohnes fallen und schloss dankbar die Augen, weil sie jetzt nicht mehr so tun musste, als ob sie munter wäre. Trotzdem meinte sie: »Ich ruhe mich kurz aus, dann wird es sicher wieder gehen.«

Was rundherum gelogen war. Wahrscheinlich wäre sie auch nach zwölf Stunden Tiefschlaf immer noch total erschöpft. Sie war körperlich und geistig völlig ausgelaugt und hatte keine Ahnung, wie sie jemals ihre Energiereserven wieder auffüllen sollte. Es kostete sie bereits alle Mühe, ihren Kopf zu heben und den Jungen anzusehen.

»Soll Daddy heute Abend bei dir bleiben?« Die Frage hätte sie sich sparen können, will sie wusste, wie vernarrt das Kind in seinen Vater war.

»Ja!« Der Junge klatschte so begeistert in die kleinen Hände, dass man meinen konnte, er hieße einen Superstar an seinem Krankenbett willkommen. »Daddy ist der Beste. Ja!«

Beth hievte sich vom Bett und streckte ihre Arme nach dem Kleinen aus. »Dann komm her, und gib mir einen Kuss.«

Jake kniete sich auf die Matratze und schlang ihr die streichholzdünnen Ärmchen um den Hals. Sein kleiner warmer Körper fühlte sich so zerbrechlich an, dass sie kaum wagte, ihn an sich zu ziehen. Stattdessen schob sie eine Hand unter sein Schlafanzugoberteil und kratzte ihm den Rücken wie früher, wenn er nicht einschlafen konnte. Er liebte es noch immer, wenn sie vorsichtig mit ihren langen Fingernägeln über seine Schulterblätter fuhr, und als sie ihn sanft in den Armen wiegte, sehnte sie sich nach dem sorgenfreien Leben zurück, bevor Jake so krank geworden war.

Dann gingen ihre Gedanken zu ihrer Mutter. Auch sie hatte den Jungen abgöttisch geliebt, ihn grenzenlos verwöhnt, ihren Freundinnen und Freunden stundenlang von ihrem wunderbaren Enkelkind erzählt, ein ums andere Mal sein Bild aus ihrer Handtasche gezogen und herumgezeigt, und schmutziges Geschirr und andere Hausarbeiten hatten warten müssen, wenn er bei ihr zu Besuch war. Sie hatte ihren Enkelsohn vergöttert und ihm jeden freien Augenblick geschenkt. Warum sie die Information, die ihm vielleicht das Leben hätte retten können, mit ins Grab genommen hatte, würde Beth wahrscheinlich nie verstehen.

4

Als Beth nach Hause kam, lag das Haus in vollkommener Dunkelheit. Sie schaltete die Flurbeleuchtung ein und kniff wegen des plötzlich hellen Lichts die Augen zu. Vorsichtig schlug sie sie wieder auf, ging weiter in die offene, an den Wohnraum angrenzende Küche und vertrieb den Krankenhausgeruch, den sie noch immer in der Nase hatte, mit dem süßen Duft der Blumen, die am Vormittag bei ihnen abgegeben worden waren. Sie hatte nur Blumengrüße der Familie auf das Grab der Mutter legen wollen, weshalb dieser Strauß jetzt in der Küche stand.

Sie griff nach der beiliegenden Karte, die mit einem rührenden Text versehen war. *Mein tiefempfundenes Beileid, liebe Beth. Deine Mutter war ein wahrhaft wundervoller Mensch, und mir ist klar, dass sie Euch schmerzlich fehlen wird.*

Beth hatte einen Kloß im Hals, als sie mit ihren Fingern sacht über den Stängel einer der langen weißen Lilien fuhr. Wenn jemand starb, war es normal, dass jeder sich in Lob, in tiefempfundenen Plattitüden und in Komplimenten über den Verstorbenen erging. Sie blickte auf die unzähligen Karten auf den Fensterbrettern und dem steinernen Kaminsims. Sie waren aus dem ganzen Land gekommen, größtenteils von Menschen, die Beth längst vergessen hatte oder denen sie persönlich nie begegnet war.

In der Küche war es geradezu gespenstisch still. Beth fragte sich, wann sie zum letzten Mal völlig allein gewesen war. Sie lauschte auf das Summen der Kühl-Gefrier-Kombination und das Ticken der alten Bahnhofsuhr, die ein Geschenk ihres Mannes war. Sie hatte sie in einem Antiquitätengeschäft in Harrogate entdeckt, als sie zusammen übers Wochenende dort gewesen waren, und ein paar Tage später war er noch einmal zurückgefahren und hatte sie als Überraschung für den nächsten Hochzeitstag gekauft.

Sie öffnete die Kühlschranktür, nahm eine Flasche Sauvignon heraus, schenkte sich ein und trug das Glas in den Wohnbereich. Müde sank sie aufs Sofa, streifte ihre Schuhe ab und zog die Beine an. Bereits nach den ersten Schlucken war ihr schwindelig, und sie erinnerte sich daran, dass sie bisher nur auf der Beerdigung etwas gegessen hatte und dass die zwei kleinen Scheiben Toast mit bereits leicht gewelltem Schinken und Tomate alles andere als sättigend gewesen waren.

Mühsam raffte sie sich noch mal auf und zuckte zusammen, als ihr nackter Fuß auf etwas Spitzes traf. Ein Legostein, der auf dem Teppich lag. Jake liebte seine Legos, und vor allem war er immer ganz begeistert und voll Bewunderung für Michael, der Burgen, Häuser, Autos sowie alles andere, was sein Sohn sich wünschte, aus den Plastiksteinen bauen konnte. Aber schließlich war der Mann auch Architekt und hatte vor allem selbst als Kind mit seinem Vater unzählige Lego-Bauwerke kreiert.

Als das Läuten ihrer Türglocke die Stille unterbrach, fuhr sie zusammen und vergoss etwas von dem Wein.

Vor der Tür stand ihre Nachbarin Elaine. Da sie keinen Mantel und nur Filzpantoffeln an den Füßen trug, schlang sie sich die Arme um den Leib und hüpfte frierend auf der Eingangsstufe auf und ab.

»Ich habe Licht bei dir gesehen. Wie geht es dir?«

Beth winkte sie an sich vorbei ins Haus. »Komm erst mal rein.«

»Danke, ich bin halb erfroren.«

»Michael bleibt die Nacht über bei Jake. Ich wollte mich gerade in die Badewanne legen.«

»Du siehst vollkommen erledigt aus. Ich an deiner Stelle würde erst mal etwas trinken.«

»Du würdest doch immer etwas trinken, ganz egal, aus welchem Grund. Aber ich habe tatsächlich eine Flasche Weißwein aufgemacht. Also hol dir ruhig ein Glas.«

Elaine schenkte erst ihrer Freundin nach und dann sich selbst ein. »Ich habe gar nicht mitbekommen, als ihr von der Beerdigung verschwunden seid.«

»Wir haben uns einfach davongestohlen, denn ich wollte so schnell wie möglich zurück ins Krankenhaus. Aber es gibt gute Neuigkeiten: Dr. Appleby geht davon aus, dass Jake schon bald nach Hause darf.«

Elaine trank einen Schluck Wein. »Das ist ja großartig! Aber ich habe schließlich immer schon gesagt, dass euer Sohn ein echter Kämpfer ist. Ich kann es kaum erwarten, dass er endlich wieder seinen Fußball über unseren Zaun in meinen Garten schießt.«

Beth lächelte sie an. »Danke, dass du gekommen bist, Elaine. Du weißt gar nicht, wie gut es tut, einfach normal hier rumzusitzen und ein Glas mit dir zu trinken.«

»Falls ich irgendetwas für dich tun kann, brauchst du's nur zu sagen.«

»Jake braucht eine Spenderniere.«

Ihre Freundin rutschte unbehaglich auf dem Küchenstuhl herum. »Tja, ich weiß nicht, ob ich dir da helfen kann. Ich meine, ich …«

»Um Himmels willen, Elaine! Ich bitte dich doch nicht darum, dass du ihm eine Niere spendest. Es ist eine Sache, wenn man seine Nachbarin um etwas Zucker oder ein paar Eier bittet, aber Organe? Also bitte …«

Ihre Freundin atmete erleichtert auf. »Da bin ich aber froh. Oh, entschuldige, das klang wahrscheinlich furchtbar hartherzig. Was ich damit sagen wollte, war …«

»Bitte hör auf, Elaine. Das habe ich ganz sicher nicht damit gemeint. Aber Michael und ich kommen als Spender nicht in Frage, deshalb haben sie Jake erst einmal auf die Warteliste gesetzt. Gleichzeitig meint Dr. Appleby, wir sollten überlegen, ob es vielleicht irgendwo in der Verwandtschaft einen potentiellen Spender gibt.« Obwohl ihr leerer Magen protestierte, hob sie abermals ihr Glas. »Aber genau da liegt das Problem. Unsere Familie ist furchtbar klein. Wir sind beide Einzelkinder, Michaels Vater ist schon ewig tot, seine Mutter pumpt sich schon ihr Leben lang mit Alkohol und Drogen voll, und meine Mutter ist gerade gestorben, ohne mir zu sagen, wer mein Vater war. Dabei wusste sie, dass er, falls er noch lebt, vielleicht als Einziger das Leben seines Enkels retten könnte.« Beth hatte ihre Mutter angebetet, aber jetzt war ihr die Wut auf Mary deutlich anzuhören, zornig leerte sie ihr Glas.

Schweigend ließ Elaine den Finger über den Rand ihres Weinglases kreisen, ehe sie mit nachdenklicher Stimme fragte: »Hat sie dir denn vielleicht irgendwann mal irgendetwas über ihn erzählt?«

Beth schüttelte den Kopf. »Das ist ja das Problem. Sie hat ihn nie auch nur mit einem Wort erwähnt. Und bisher war mir das auch total egal. Es hat mich nie gekümmert, dass ich ohne Vater aufgewachsen bin. Oder zumindest nicht bewusst. Ich hatte eine wunderbare Kindheit, und ich habe meine Mutter abgöttisch geliebt. Vielleicht hatten wir ja diese ganz besondere Bindung, weil wir immer nur zu zweit gewesen sind. Oh, natürlich hat sie meinen Vater im Verlauf der Jahre hin und wieder beiläufig erwähnt, aber alles, was sie je dazu gesagt hat, war, dass es ein einmaliger Fehltritt war und sie ihn nicht geliebt hat, aber dafür mich mit jeder Faser ihres Herzens liebt. Damit war das Thema für mich abgehakt. Es interessiert mich erst, seit ich weiß, dass wir als Spender nicht in Frage kommen. Ein Name hätte vielleicht schon gereicht. Mit dem Internet ist es heutzutage ziemlich einfach, Menschen ausfindig zu machen.« Sie stand auf und schenkte ihnen beiden nach. »Aber da war es schon zu spät. Da hatte sie schon ihren Schlaganfall gehabt, konnte nicht mehr reden, und zwei Tage später war sie tot.«

Elaine stand auf und schlenderte in Richtung des Kamins. »Und was ist mit allen diesen Karten?«

»Was soll damit sein?«

»Weißt du, von dem die alle sind?«

Beth schüttelte den Kopf, und theatralisch zog ihre Freundin die Brauen hoch.

»Dann fang am besten damit an.«

Beth schwoll das Herz vor lauter Hoffnung an, und eilig sprang sie auf. »Oh Gott, Elaine, womöglich hast du recht!«

Sie gingen die zweiundsiebzig Karten durch, und Beth stieß auf zwei, die interessant sein konnten. Aufgeregt hielt sie die erste hoch.

»Okay, hier steht: *Mit großem Bedauern habe ich gelesen, dass Ihre Mutter von uns gegangen ist. Ich habe viele glückliche Erinnerungen an unsere gemeinsamen Zeiten und bin sicher, dass sie vielen Menschen schmerzlich fehlen wird. Mit freundlichen Grüßen, Graham Winterton.*«

»Hast du den Namen schon einmal gehört?«, fragte Elaine.

Beth zog die Nase kraus und dachte nach. »Er kommt mir irgendwie bekannt vor, ja. Ich werde Michael fragen. Vielleicht fällt ja ihm was dazu ein. Aber erst mal sehen wir uns auch noch das andere Schreiben an.«

Die Karte war erheblich größer als die meisten anderen und mit einem Lilienbild bedruckt. »Lilien waren die Lieblingsblumen meiner Mutter. Glaubst du, das hat er gewusst? Könnte das ein Hinweis sein?«

»Jetzt übertreib mal nicht«, warnte Elaine. »Die Hälfte der Karten ist mit Lilien bedruckt. Weil die Lilie eine Todesblume ist. Aber was steht denn drin?«

Beth las die Worte vor: *»Mit schmerzlichem Bedauern habe ich die Anzeige in der heutigen Zeitung zur Kenntnis genommen. Obwohl der Kontakt zu Ihrer Mutter schon vor vielen Jahren abgebrochen war, stand sie mir einmal sehr nahe, und die Nachricht von ihrem Ableben hat mich sehr berührt. Ich werde mich ihrer stets mit Liebe und mit Zuneigung erinnern. Mit aufrichtigem Beileid, Albert Smith.«*

Elaine schlug sich mit beiden Händen vor die Stirn. »Aaah, Smith … Den Namen gibt's wie Sand am Meer.«

Auf der Suche nach weiteren Hinweisen betrachtete Beth noch einmal die Vorderseite. Ein Poststempel oder ein Absender hätte ihr weiterhelfen können, doch den Umschlag hatte sie wie alle anderen Umschläge bereits im Altpapier entsorgt.

Sie hob die Karte an die Nase, schnupperte daran und sah sich noch einmal genau die kleine, ordentliche Handschrift an. Die Wortwahl legte die Vermutung nahe, dass der Schreiber ungefähr so alt wie ihre Mutter war.

»Albert Smith.« Sie schüttelte den Kopf. »Den Namen habe ich noch nie gehört. Was durchaus einen Sinn ergibt. Es muss ein Name sein, den ich noch nie gehört habe, weil meine Mutter mir den Namen meines Vaters nie verraten hat.«

»Smith.« Die Freundin runzelte erneut die Stirn. »Das ist natürlich wirklich schade. Warum kann's nicht ein Albert Waverley-Pemberton sein?«

»Wer ist denn das?«

»Keine Ahnung. Den Namen habe ich mir gerade ausgedacht. Ich wollte damit nur sagen, dass die Suche deutlich einfacher wäre, wenn er einen Namen hätte, den es nicht so häufig gibt.«

Beth stieß einen Seufzer aus und sammelte die Karten wieder ein. »Wahrscheinlich ist die Sache sowieso vollkommen aussichtslos, Elaine. Und selbst wenn ich ihn finden würde, könnte ich jawohl kaum einfach bei ihm klingeln und erklären: *Hallo, ich bin Beth, die Folge eines One-Night-Stands vor über vierzig Jahren, von der du offenbar bisher nichts mitbekommen hast. Mein Sohn braucht eine Niere, kannst du also bitte überprüfen lassen, ob du ihm womöglich eine deiner Nieren spenden kannst?*«

»Hm, wenn du es so ausdrückst … Und vor allem wäre er wahrscheinlich sowieso zu alt.«

»Könnte sein, obwohl man selbst als Achtzigjähriger noch Lebendspender werden kann, wenn die Gesundheit es erlaubt. Meine Mum war zweiundsiebzig, und ich gehe davon aus, dass er vielleicht ein bisschen älter oder jünger war als sie. Außerdem hat er vielleicht noch andere Kinder, und als meine Halbgeschwister könnten sie dieselbe Blutgruppe und denselben Gewebetyp haben wie Jake. Dann bestünde Hoffnung, dass sein Körper eines ihrer Organe akzeptiert, und sie würden ihre Niere obendrein nicht einem völlig Fremden spenden, sondern ihrem eigenen Fleisch und Blut.«

»Hast du schon die Sachen deiner Mutter durchgesehen? Du weißt schon, den Papierkram und das ganze Zeug. Vielleicht findest du ja da etwas.«

»Bisher habe ich das vor mir hergeschoben. Vor dem Umzug nach Manchester hat sie sehr viel weggeworfen, aber vielleicht hat sie ja die Sachen, die ihr wirklich wichtig waren, aufbewahrt.«

Damit stand sie auf und trug die leere Weinflasche zur Altglaskiste, die in einer Ecke ihrer Küche stand. »Und jetzt lege ich mich erst mal in die Badewanne, wenn du nichts dagegen hast, Elaine.«

»Tu das, Schatz.« Die Freundin umfasste ihr Gesicht mit ihren kühlen Händen und erklärte streng: »Und morgen bringe ich dir einen meiner Eintöpfe vorbei, damit du endlich wieder etwas auf die Rippen kriegst.«

Wenig später ließ sich Beth ins heiße Wasser sinken, kniff die Augen zu und hoffte, dass das exklusive Schaumbad seine Wirkung tat. Sie hatte fast die ganze Flasche hineingekippt, diesen kleinen Luxus hatte sie nach der Beerdigung ihrer geliebten Mutter sicherlich verdient.

Es war kaum ein Tag vergangen, ohne dass sie sich gesehen oder wenigstens gesprochen hatten, aber trotzdem hatte Mary ihr sehr vieles nie erzählt. Dennoch war sie – wie die vielen Karten, Blumen und die vielen Menschen, die sie auf dem letzten Weg begleitet hatten, zeigten – ein grundanständiger Mensch gewesen, eine liebevolle, fürsorgliche Mutter, und bei dem Gedanken, dass sie sie nie wiedersehen würde, brach Beth abermals in Tränen aus.

Eilig hielt sie sich die Nase zu und tauchte in der Wanne ab.

5

Nach ein paar Tagen zu Hause sah der kleine Jake bereits viel besser aus. Er hatte wieder Farbe im Gesicht und so viel Energie, dass er seine Mutter fragte, ob er im Garten Fußball spielen dürfte.

»Ich glaube, dafür ist es zu kalt, mein Schatz. Warum spielst du nicht weiter im Haus?«

Mit einem lauten Seufzer warf er sich auf die Couch. »Aber immer nur hier drinnen ist es langweilig! Ich will draußen spielen! Ich muss trainieren, damit ich so gut bin wie die anderen Jungs, weil sie mich dann als Ersten in die Mannschaft wählen.« Er verschränkte seine Arme vor der Brust und runzelte erbost die Stirn. »Ich will nicht immer der Letzte sein!«

»Das ist ein gutes Zeichen, Beth«, mischte sich Michael ein. »Wir können ihn nicht sein Leben lang in Watte packen«, fügte er hinzu und kniete sich vor seinen Sohn. »Los, kleiner Mann. Wir gehen zusammen raus!«

Widerstrebend gab sich Beth geschlagen. »Also gut, aber ihr nehmt den Schaumstoffball.«

Naserümpfend kletterte Jake vom Sofa, rannte in den Flur, um seine Turnschuhe zu holen, und murmelte mit lauter Stimme, dass ein Schaumstoffball etwas für Babys sei.

Michael drückte Beth die Hand. »Er hat es verdient, so normal wie möglich zu leben.«

»Das ist mir klar, aber er ist nun einmal unglaublich empfindlich, und es ist ja wohl normal, dass ich ihn beschützen will. Schließlich bin ich seine Mutter.«

»Es geht ihm gut, und wenn wir darauf achten, dass der Shunt für den Katheter abgedeckt ist, und es mit der Anstrengung nicht übertreiben, tut ihm ein bisschen frische Luft sicher gut.«

Natürlich hatte Michael recht. Er hatte immer recht, weil er im Gegensatz zu ihr auch in Krisenzeiten einen kühlen Kopf behielt. »Meinetwegen«, gab sie nach. »Aber vorher messe ich noch mal seine Temperatur.«

»Beth! Das hast du doch vor zehn Minuten erst getan. Es geht ihm gut.«

»Du hast gehört, was Dr. Appleby gesagt hat. Erhöhte Temperatur könnte auf eine Bauchfellentzündung hindeuten. Wir müssen wachsam sein.«

Michael schüttelte den Kopf. »Meinetwegen, wenn du dich dann besser fühlst.«

Als sie loslief, um das Thermometer aus dem Bad zu holen, rief er ihr hinterher: »Dass du meinen Blutdruck ständig in die Höhe treibst, ist dir anscheinend vollkommen egal.«

Beth stand am Fenster und sah ihrem Mann und Jake beim Fußballspielen zu. Inzwischen dankten die Narzissen ihr, dass sie sie in diversen Töpfen hatte überwintern lassen, und die leuchtend gelben Blüten nickten ihr freundlich zu.

Sie hatte Jake in seinen Dufflecoat, Schal, Mütze und Handschuhe gehüllt. Michael hatte protestiert, weil sich das arme Kind so kaum bewegen konnte, doch sie hatte nicht klein beigegeben und entspannte sich etwas, als sie verfolgte, wie ihr Sohn den Schaumstoffball gutgelaunt in Richtung seines Vaters schoss.

Aufatmend nahm sie in einem Sessel Platz und griff nach den Unterlagen aus dem Krankenhaus, um sie noch einmal gründlich durchzugehen. Sie studierte sie so eingehend, als wolle sie sich auf die Abschlussprüfung eines Studiums vorbereiten, aber schließlich musste sie ganz genau wissen, was sie zu tun hatten, wenn Jakes Dialyse zu Hause begann. Es gab viel zu lernen, doch der größte Teil des Trainings fand in der Klinik stand. Beth war Foodstylistin und konnte als Freiberuflerin die Aufträge so wählen, dass ihr genügend Zeit für die Versorgung ihres Sohnes blieb. Michael aber leitete ein eigenes Unternehmen, und sosehr sie sich auch beide wünschten, vierundzwanzig Stunden täglich für Jake da zu sein, brauchten sie auch weiterhin genügend Geld für ihren Lebensunterhalt.

Sie war so in die Dokumente aus dem Krankenhaus vertieft, dass sie erst gar nicht hörte, wie ihr Mann nach einer Viertelstunde aus dem Garten kam. Sie sah ihn erst, als er das Kind zum Sofa trug, und sprang erschrocken auf. »Was ist passiert? Geht es ihm gut?«

Michael legte Jake vorsichtig auf die Couch und schob ihm ein Kissen unter den Kopf. »Es geht ihm gut. Ihm war nur ein bisschen schwindlig, das ist alles.«

Eilig kniete Beth sich neben ihren Sohn und befühlte ängstlich seine Stirn. »Ihr hättet nicht nach draußen gehen sollen, aber du hast ja nicht auf mich gehört.« Sie drehte sich zu Michael zu. »Ruf sofort den Doktor an.«

Er legte eine Hand auf ihre Schulter und erklärte ruhig: »Ich habe doch gesagt, es geht ihm gut. Und mit deinen permanenten Überreaktionen hilfst du ihm ganz sicher nicht.«

Jake kämpfte mit den Verschlüssen seines Dufflecoats. »Mir ist heiß, Mummy. Bitte, kann ich das jetzt ausziehen?«

Beth nestelte nervös an dem Kleidungsstück herum. »Schnell, Michael! Hilf mir, ihm die Jacke auszuziehen. Er kocht.«

»Das überrascht mich nicht. Nicht mal Eskimos haben so viel an.«

Sie ignorierte seinen Kommentar und nahm ihrem Sohn die schwere Jacke ab. »Verspürst du Übelkeit?«

Jake runzelte verständnislos die Stirn.

»Schlecht. Ich will wissen, ob dir schlecht ist«, klärte sie ihn ungeduldig auf.

Er schüttelte den Kopf. »Nein, jetzt geht's mir wieder gut, Mummy.«

»Lass das arme Kind in Ruhe, Beth. Du erstickst ihn ja.«

Jake streckte seine dünnen Ärmchen aus und schlang sie seiner Mutter um den Hals. »Ich habe Durst. Bitte, kann ich etwas Wasser haben?«

Sofort sprang sie auf. »Er hat Durst, Michael. Glaubst du, er ist dehydriert?«

»Um Gottes willen, Beth! Er ist bestimmt nicht dehydriert. Er hat einfach Durst. Ich werde ihm ein Glas Wasser holen.«

Beth war klar, dass ihr Verhalten Michael in den Wahnsinn trieb. Jemand mit weniger Geduld wäre wahrscheinlich längst schon ausgeflippt. Sie wusste nicht, wann ihr zum letzten Mal nicht schlecht gewesen war vor lauter Sorge um ihr Kind. Inzwischen war sie ständig derart angespannt, dass jede Kleinigkeit sie überreagieren ließ. Allein im letzten Monat hatte sie über sechs Kilo abgenommen, ihre Haare hatten ihren Glanz verloren, und unter ihren grünen Augen zeichneten sich dicke schwarze Ringe ab.

Michael trat hinter sie, massierte ihre Schultern und sprach ruhig auf sie ein: »Entspann dich, Beth. Sieh doch nur, in welchem Zustand du inzwischen bist. Ich glaube nicht, dass es Jake hilft, wenn du dir ständig Sorgen machst. Du musst versuchen, positiv zu sein, wenn du mit ihm zusammen bist.«

Sie hielt seine Hand fest. »Ich weiß ja, dass du recht hast, aber ich kann einfach nichts dagegen tun. Ich weiß nicht, was ich machen würde, wenn er ...« Als er ihre Schulter drückte, brach sie ab.

»Ich weiß, es ist nicht einfach, Schatz, aber wenn die Dialyse hier zu Hause beginnt, können wir wieder nach vorne schauen. Der Doktor sagt, dass er wieder ein relativ normales Leben führen kann, sobald das Gerät die Arbeit seiner Nieren übernimmt.«

Wieder dachte Beth, dass eine gesunde Niere langfristig die beste Lösung war, und dabei fielen ihr die beiden Karten ein. Sie nahm sie aus der Küchenschublade und hielt sie Michael hin. »Hier, die wollte ich dir schon seit gestern Abend zeigen. Sagt dir einer dieser beiden Namen was?«

Michael nahm die Karten in die Hand und schaute sie sich an. »Graham Winterton? Ja, den Namen habe ich schon mal gehört. Haben er und deine Mutter nicht vor Jahren zusammen Bridge gespielt?«

Beth nahm ihm die Karte wieder ab und las sie noch einmal durch. Michael hatte recht, und da ihre Mutter erst in fortgeschrittenem Alter mit dem Bridgespielen angefangen hatte, schied der Mann als potentieller Vater aus. »Und was ist mit dem anderen, mit diesem Albert Smith?«

Michael dachte kurz darüber nach. »Albert Smith … nein, der Name sagt mir nichts.«

Stöhnend fuhr sich Beth mit beiden Händen durchs Gesicht. »Es ist einfach hoffnungslos.« Doch kurz darauf schlug sie mit einer Hand vernehmlich auf die Arbeitsplatte, richtete sich auf und meinte: »Also gut. Ich habe es schon viel zu lange vor mir hergeschoben, Mums Papiere durchzusehen. Morgen früh fange ich damit an.«

Als Beth die Tür des kleinen Bungalows ihrer Mutter aufschob, wehte ihr ein kalter Luftzug ins Gesicht. Die Tür ließ sich nur einen Spaltbreit öffnen, weil ein Stapel von Prospekten und Post auf dem Boden lag. Da die Luft im Haus noch kälter war als draußen, fing Beth' Nase an zu laufen, und sie nahm sich vor, die Heizung so einzustellen, dass sie mindestens zweimal am Tag für eine Stunde lief. Als sie auf den Schalter drückte, sprang die Heizanlage dröhnend an.

Ihre Mutter hatte nur zwei Jahre in dem Haus gelebt, ihm aber trotzdem ihren Stempel aufgedrückt. Ihre Hausschuhe aus warmem Lammfell standen ordentlich im Flur, und ihr Lippenstift lag auf dem Tisch neben der Tür. Bevor sie aus dem Haus gegangen war, hatte sie als Letztes immer ihre Haus- gegen die Straßenschuhe eingetauscht und sich die Lippen vor dem Flurspiegel geschminkt. Beth drehte den Lippenstift auf und sah, dass nur noch ein kleiner Rest der blassen pinkfarbenen Creme darin enthalten war. Die meisten Frauen hätten diesen Lippenstift wahrscheinlich schon vor einer Ewigkeit entsorgt, doch Mary hatte eine Abneigung gegen Verschwendung jeder Art gehabt. Sie hatte selbst die allerkleinsten Reste eines Seifenstücks sorgfältig auf das neue Stück geklebt, und auch Geschirrspülmittel hatte sie bis zum allerletzten Tropfen verwendet.

Beth nahm Marys Lieblingsmantel aus Kamelhaar von einem der Haken an der Tür, zupfte ein paar graue Haare von dem weichen Kragen, vergrub ihre Nase in dem weichen Stoff und atmete den vertrauten Duft des Lieblingsparfüms ihrer Mutter ein. Dann hängte sie den Mantel wieder zurück und ging in die Küche, in der eine alte Plätzchendose auf der Arbeitsplatte stand. Sie öffnete den Deckel, doch der letzte Biskuitkuchen, den die Mutter je gebacken hatte, war inzwischen nicht mehr leicht und fluffig, sondern knochentrocken und vor allem mit einer blauen Schimmelschicht bedeckt. Erschaudernd klappte Beth den Deckel wieder zu.

Das Ausräumen des Hauses muss noch ein wenig warten, dachte sie. Erst mal würde sie nach einem Hinweis auf ihren Vater suchen, von dem sie bisher noch nicht mal den Namen kannte.

Der Bungalow war winzig, und sie hatten Mary überreden müssen, sich von vielem zu trennen, ehe sie nach Manchester gezogen war. »Man weiß nie, was man vielleicht irgendwann noch mal gebrauchen kann«, hatte sie gebetsmühlenartig wiederholt, doch als Beth erklärt hatte, es fehle nicht mehr viel, um eine Doku über einen Messiehaushalt zwischen all den Kisten und den Kästen voll mit altem Zeug zu drehen, hatte Mary sich gefügt, und gemeinsam hatten sie einen Container mit den Sachen, die man ihrer Meinung nach vielleicht noch einmal hätte brauchen können, gefüllt.

Jetzt stand Beth im vollgestopften Wohnzimmer und sah sich um. In Marys altem Haus mit seinen großen Räumen hatten diese Möbel elegant gewirkt, doch hier in dem modernen Bungalow waren sie viel zu wuchtig und vollkommen deplatziert.

Der beste Ort, um mit der Suche zu beginnen, wäre sicherlich der alte Sekretär, der in der Ecke stand. Beth drehte vorsichtig den reich verzierten goldenen Schlüssel und klappte die Schreibfläche auf. In den vier kleinen Schubladen dahinter hatte ihre Mutter Nähzeug, Heftklammern, zwei alte Parker-Füller, ein Schweizer Armeemesser und eine Sammlung ausländischer Münzen aufbewahrt. Lächelnd legte Beth die Münzen wieder in die kleine Schublade zurück und wandte sich den größeren Schubladen zu. Die obere war voller Umschläge und Hefter mit Versicherungsdokumenten, einer Testamentskopie und Unterlagen zum Verkauf des alten Heims, während in der unteren ein paar Kerzen, Marys sorgfältig gestärkte blütenweiße Tischdecken und Stoffservietten eingelagert waren.

Beth fühlte sich wie ein Eindringling, als sie in den Besitztümern ihrer Mutter wühlte, und mit bangem Herzen stellte sie sich vor, wie es sich erst anfühlen würde, das ganze Inventar des Hauses zu entsorgen, weil in ihrem eigenen Heim kein Platz für Marys Möbel war.

Plötzlich stieß sie auf einen viereckigen Blechbehälter, der mal eine Keksdose gewesen war. Ihre kalten Finger waren steif und ungelenk, aber schließlich gelang es ihr, den Deckel zu öffnen, und sie entdeckte einen Stapel alter Fotos.

Sie nahm das Foto, das ganz oben lag, und betrachtete die drei Personen auf der Treppe eines Konzertpavillons. Sie hatte ihre Großeltern nicht mehr kennengelernt, erkannte sie aber sofort. Als stolze Eltern ihrer zehnjährigen Tochter lächelten sie in die Kamera. Beth drehte das Foto um und sah, dass auf der Rückseite in Schönschrift *Lytham 1954* stand. Es gab auch ein paar Aufnahmen von Mary und ihrem verstorbenen Ehemann und jede Menge Bilder von ihr selbst als Kind am Strand. Ein paar der Aufnahmen waren in Farbe wie das Hochzeitsbild von 1972, auf dem Thomas starr nach vorne sah, während Mary lachend zu ihm aufschaute und seinen Arm umklammert hielt.

Beth strich zärtlich über Marys strahlendes Gesicht, in dem es keinen Hinweis auf das Unglück gab, das ihr schon drei Jahre später widerfahren sollte. Als kleines Mädchen hatte sie das Hochzeitsalbum ihrer Mutter regelmäßig durchgeblättert und sich vorgestellt, der attraktive Bursche mit dem forschen Lächeln und den leicht gewellten, schulterlangen Haaren wäre ihr Dad. Mary hatte ihr so viele herrliche Geschichten über ihren liebevollen Ehemann erzählt, in den sie seit dem Tag, an dem sie sich zum ersten Mal begegnet waren, verliebt gewesen war. Damals hatte er ihr angeboten, ihre Bücher aus der Schule nach Hause zu tragen, und von da an hatte er sie bis zu seinem letzten Atemzug tagtäglich liebevoll umsorgt. Mary hatte sich im Grunde nie davon erholt, dass sie ihn in so jungen Jahren verloren hatte, und wie sie schon vier Monate nach seinem Tod von einem anderen Mann ein Kind empfangen konnte, würde Beth wahrscheinlich nie verstehen. Jedes Mal, wenn sie bei ihrer Mutter auf das Thema zu sprechen gekommen war, hatte diese einfach abgewinkt.

Sie wühlte sich weiter durch die Fotos, sah sich einige genauer, andere nur flüchtig an, und als sie irgendwann den Boden der Blechdose erreicht hatte, waren ihre Beine steif vom langen Stehen, und der allzu lange gekrümmte Rücken tat ihr weh.

Melancholisch wegen der Erinnerungen, die die Bilder in ihr wachgerufen hatten, wollte sie die Dose gerade wieder schließen, als sie merkte, dass der Dosenboden mit einem verblichenen Stück Tapete ausgekleidet war. Das Blumenmuster erinnerte sie an ihr altes Kinderzimmer, und sie zupfte halbherzig an einer Ecke des Tapetenstücks. Doch plötzlich riss sie überrascht die Augen auf, als sie darunter einen Umschlag fand. Er war an Mary adressiert, sorgsam an der Seite aufgeschnitten worden, und nach kurzem Zögern schob sie ihre Finger in den Schlitz, zog ein vergilbtes Stück Papier hervor und strich es sorgfältig mit ihren Händen glatt. Es war ein vierzig Jahre alter Zeitungsausschnitt aus den *Manchester Evening News*, in dem es offenbar um irgendeinen schlimmen Unfall ging.

Ihre Nackenhaare sträubten sich, und trotz der Kälte im Zimmer wurde ihr ganz heiß, als sie das Datum des Artikels las: Montag, 26. Juli 1976.

Da sie keine Ahnung hatte, weshalb Mary den Artikel all die Jahre aufgehoben hatte, zog sie auch den beiliegenden Brief hervor. Die Schrift erkannte sie sofort, der Text jedoch ergab nicht den geringsten Sinn.

Sie las den Brief ein zweites Mal, schluckte, und mit dem Gefühl, ihr Kopf wäre voll Watte, zwang sie ihre Beine, sich zu bewegen, und stürzte zur Hintertür.

Mit zitternden Fingern steckte sie den Schlüssel in das Schloss, riss die Tür in aller Eile auf, rannte in den Garten und erbrach sich dort in einem Blumenbeet.

6

Sie atmete die kalte Luft des Gartens ein, ging wieder in die Küche und spülte den Mund mit Wasser aus. Trotzdem hatte sie auch weiterhin den Geschmack von Galle in der Kehle, weil plötzlich nichts mehr so wie vorher war. Die Welt war aus dem Gleichgewicht geraten, und so wie Wissenschaftler sich bemühten, einen Meteoriten, der in Richtung Erde raste, aus der Bahn zu bringen, um einen katastrophalen Zusammenstoß mit dem Planeten zu verhindern, hatte dieser Brief ihr eigenes bisheriges Leben nicht nur aus der Bahn geworfen, sondern völlig auf den Kopf gestellt. Sie fühlte sich genauso ausgetrocknet wie die Zimmerpflanzen ihrer Mutter, die nach deren Ableben nicht mehr gegossen worden waren.

Eilig stopfte sie den Zeitungsausschnitt und das Schreiben wieder in den Umschlag, steckte ihn in ihre Handtasche und wandte sich zum Gehen. Sie wollte schnellstmöglich zurück zu ihrem Mann und ihrem Kind. Trotz des Kummers, den sie wegen ihres Sohnes hatte, war sie sich ihrer Rolle zu Hause bewusst. Sie war die Frau von Michael und die Mum von Jake. Am besten kehrte sie so schnell es ging dorthin zurück, wo sie ihre Aufgaben erwarteten und sie keine Geheimnisse und Halbwahrheiten über ihre Herkunft durcheinanderbrachten.

Sie warf die Tür des Bungalows so wütend zu, dass die

Scheibe klirrte und im Eingang irgendetwas auf den Boden fiel, startete den Wagen, trat das Gaspedal bis auf den Boden durch, bis der Motor protestierend aufheulte. Auf dem Heimweg fuhr sie schneller als gewöhnlich und vor allem viel zu schnell dafür, dass sie durch ihren Tränenschleier hindurch nur mit Mühe etwas sah.

Die Reifen knirschten in der Kieseinfahrt, und direkt vor der Haustür hielt sie an, stieg aus und lief ins Haus.

Michael saß im offenen Wohnzimmer auf einem der bequemen Sofas und las seinem Sohn aus einem der Fünf-Freunde-Bücher vor. Trotz allem musste sie verstohlen lächeln, denn Jake liebte diese Bücher, und sie würde Enid Blyton ewig dankbar für die einundzwanzig dicken Bände sein, die es in der Reihe gab.

Der Junge hob den Kopf und sah sie in der Küche stehen. »Wir lesen *Fünf Freunde auf Schmugglerjagd*.«

»Ah, das ist mein Lieblingsband.«

Jake kicherte. »Das sagst du immer, Mummy.«

Das stimmte tatsächlich, weil sie alle Bände dieser Reihe liebte, und sie freute sich unglaublich, dass ihr Sohn genauso große Freude an den Büchern hatte wie sie selbst als Kind. Auch wenn sich ihr Problem wahrscheinlich nicht einfach mit Ingwerlimonade lösen ließ.

»Kann ich dich kurz sprechen, Michael?«

Er zog den Arm zurück, der wärmend um Jakes Schultern lag. »Sicher, worum geht es denn?«

Sie nickte mit dem Kopf zum Zeichen dafür, dass er zu ihr in die Küche kommen sollte, wo sie miteinander sprechen könnten, ohne dass der Junge etwas von der Unterhaltung mitbekam.

»Vergiss nicht, wo wir waren, Jake. Ich will wissen, wie sich Julian dieses Mal aus der Affäre zieht.«

Sie holte den Umschlag aus der Tasche und drückte ihn Michael in die Hand.

»Was ist denn das?«

»Den habe ich bei Mum gefunden«, sagte sie mit einer ruhigen Stimme, die in deutlichem Gegensatz zu ihrem inneren Aufruhr stand. »Lies.«

Als Erstes schlug ihr Mann den Zeitungsausschnitt auf. Er fing an zu lesen, atmete geräuschvoll ein, und in Höhe seiner Schläfen schwollen die Adern sichtbar an.

Tragisches Ende eines Ausflugstags

Ein Tagesausflug der Stammgäste des *Taverners Pub* in Manchester endete am Sonnabend mit einer Tragödie. Auf der Rückfahrt von einer Tagestour nach Blackpool verlor der Fahrer die Kontrolle über den Ford Transit, mit dem die Gruppe unterwegs gewesen war. Der namentlich nicht genannte Fahrer und zwei Fahrgäste starben am Unfallort, und mehrere andere Passagiere wurden teilweise schwer verletzt. Es ist zu befürchten, dass die Zahl der Todesopfer unter Umständen noch steigt. Die Ursache des Unfalls ist noch nicht bekannt, aber eine Theorie besagt, dass die Hitzewelle der vergangenen Wochen einen Teil der asphaltierten Fahrbahn hat schmelzen lassen, wodurch das Gefährt ins Rutschen kam. Die Polizei bittet um Zeugenaussagen unter der Telefonnummer 061 761 2442.

Michael starrte Beth ungläubig an. »Warum hat deine Mum diesen Zeitungsausschnitt aufgehoben?«

»Keine Ahnung, Michael, aber warte, bis du erst den Brief gelesen hast, der ebenfalls in diesem Umschlag war.«

7

Juli 1976

Harry Jones verbrachte seine Tage damit, schwer beladen mit den Plastiktüten, die seine gesamten weltlichen Besitztümer enthielten, durch die Straßen Manchesters zu ziehen. Die Hitzewelle dauerte jetzt schon wochenlang an, in einigen Teilen des Landes hatte man bereits das Wasser rationiert, und die Feuerwehr hatte in mehreren Straßen Standrohre auf die Hydranten aufgesetzt. Leider hatte Harry bisher noch kein solches Rohr gefunden, dabei hätte er sich liebend gern einmal die geschwollenen Füße abgekühlt.

Das Leben hatte ihn nicht gerade gut behandelt, aber ohne Groll und Bitterkeit schlug er sich tapfer immer weiter durch. Dass er seit sechs Jahren auf der Straße lebte, hatte ihn zwar körperlich etwas geschwächt, sein Geist jedoch war ungebrochen, und trotz seiner zwischenzeitlich achtundsiebzig Jahre klammerte er sich noch immer an die Hoffnung, dass es eines Tages wieder aufwärtsgehen würde, denn er war ein stolzer Mann. Er hatte seinem Land zweimal gedient. Im Ersten Weltkrieg, als er mit noch nicht mal achtzehn Jahren zur Armee gegangen war, und dann noch mal im Zweiten Weltkrieg als Elektroingenieur beim Hersteller der Lancaster, des besten Bombers jener

Zeit. Er hatte es tatsächlich bis zum Ingenieur gebracht. Nicht schlecht für einen Burschen, der auf einer abgelegenen Farm in Wales ein paar Wochen zu früh mit einem deformierten Schädel auf die Welt gekommen und nach Aussage des Arztes geistig nicht ganz auf der Höhe war.

Auch über diesen Nachmittag konnte sich Harry nicht beschweren. Er hatte ein Plätzchen auf dem Bürgersteig vor dem Elektrohandel *Rumbelows* ergattert und im Fernseher im Schaufenster Björn Borg in Wimbledon gewinnen sehen. Und als er jetzt mit seinen schweren Tüten an einem Gebüsch vorüberschlurfte, sah er darin einen verlassenen Einkaufswagen stehen. Harry hätte niemals einen Einkaufswagen aus dem Supermarkt gestohlen, aber dieser Wagen war ganz sicher keine Augenweide, wie er dort in den Büschen lag. Er würde also allen einen Gefallen tun, indem er ihn entfernte. Mühsam zerrte er den Wagen aus dem Busch und schnitt eine Grimasse, als ein langer Brombeerzweig seinen linken Arm aufriss und er prompt zu bluten begann. Dann türmte er die Tüten in dem Einkaufswagen auf und legte seinen dicken Mantel darauf ab. Natürlich brauchte er bei diesem Wetter keinen Mantel, aber nachts fungierte er als weiche Unterlage, und vor allem hatte er ihm während seiner Jahre auf der Straße immer treu gedient.

Es dunkelte bereits, als er sich auf den Weg zu seinem Schlafplatz machte und den Einkaufswagen, der zu seinem Leidwesen einen stark ausgeprägten Linksdrall hatte, immer wieder aus dem Rinnstein zog. Die Treppe vor dem *Taverners* war einer seiner Lieblingsplätze und der Wirt ein wirklich netter Mensch. Selwyn Pryce war ebenfalls Waliser und so freundlich, dass er ihn vor seinem Haus campieren ließ. Allerdings versuchte Harry auch, sich für diese Freundlichkeit zu revanchieren, indem er Müll und weggeworfene Zigarettenstummel vor der Kneipentür aufhob und das Unkraut aus den Rissen im Asphalt des Bürgersteiges zog.

Es würde sicher wieder eine schwüle Nacht, und bestimmt bekäme er erst mal kein Auge zu. Als er um die Ecke bog, sah er, dass Trisha, Selwyns junge Gattin, einen Gast, der offenbar nicht gehen wollte, wenig sanft am Kragen packte und in Richtung Treppe zog. Trisha verstand sich deutlich besser als ihr Ehemann darauf, Betrunkene vor die Tür zu setzen, deshalb war es wenig überraschend, dass ihr diese Aufgabe auch heute Abend zugefallen war. Als sie Harry näher kommen sah, nahm sie die gewohnte kämpferische Haltung ein. Sie stemmte ihre Hände in die schlanken Hüften, zog die wunderhübsch geschwungenen Brauen hoch und blies die Backen auf.

Er nickte höflich, als er vor sie trat. »'n Abend, Trisha.«

»Verdammt, Harry! Das ist schon das dritte Mal in dieser Woche, dass du hier vor unserer Kneipe übernachten willst. Kannst du dir nicht einen anderen Schlafplatz suchen?«

»Das *Midland Hotel* ist ausgebucht.«

Sie ignorierte seinen kleinen Scherz und fuhr mit ihrer Schimpftirade fort. »Du nutzt Selwyn schamlos aus. Er hat ein weiches Herz, aber es ist nicht gut für das Geschäft, wenn ein Penner vor der Tür der Kneipe hockt.«

Harry nahm den Mantel aus dem Einkaufswagen, breitete ihn sorgfältig auf der gefliesten Stufe aus und nahm müde darauf Platz. »Ihr habt doch jetzt geschlossen, Trish, und wenn ihr morgen wieder aufmacht, bin ich weg.« Er fand es schrecklich, dass er auf das Wohlwollen dieser jungen Frau angewiesen war, die die Ehe zwischen Selwyn und der wundervollen Barbara zerstört hatte und jetzt so tat, als hätte sie hier das Sagen.

Mit einem Glas und einem Geschirrtuch in den Händen tauchte jetzt auch Selwyn auf. »Was ist denn das für ein Geschrei, Trisha? Ich kann dich bis … Oh, 'n Abend, Harry.«

Trisha warf die Arme in die Luft und stürmte zurück in das Lokal. »Ich weiß nicht, warum ich überhaupt versuche, eine schicke Bar aus dieser Absteige zu machen, während du darauf bestehst, dass ein schmutziger, verlauster Penner hier vor unserer Tür campiert. Der obendrein auch noch entsetzlich stinkt.« Sie warf die Tür so fest hinter sich zu, dass die Gläser über der Theke klirrten, während Harry seine Nase unter eine seiner Achseln schob.

»Stinke ich? Das tut mir furchtbar leid. Weißt du, das liegt an der Hitze, daran, dass seit Tagen nirgendwo auch nur das allerkleinste Lüftchen weht.«

Der Wirt setzte sich neben ihn. »Schon gut, Harry.« Er wies mit seinem Kopf in Richtung Tür. »Du weißt doch, wie sie ist. Wie wäre es mit einem Bad, bevor du schlafen gehst?«

Harry prustete los. »Das wäre echt der Hit! Trisha wäre bestimmt begeistert!«

Selwyn rappelte sich wieder auf und zog Harry am Ellenbogen hoch. »Überlass Trisha einfach mir. Schließlich bin ich immer noch der Boss«, erklärte er, auch wenn er alles andere als überzeugend klang.

Als die beiden Männer in die Kneipe kamen, leerte Trisha gerade die Tropfbleche unter der Zapfanlage aus. »Ich habe Harry angeboten, vor dem Schlafengehen noch ein Bad zu nehmen.«

Sie hielt in der Arbeit inne und bedachte ihn mit einem Blick, als wäre ihm ein zweiter Kopf gewachsen. »Er will baden? Hier bei uns? Aber natürlich, kein Problem, komm rein«, wandte sie sich Harry zu. »Warte kurz, dann laufe ich nach oben, lege dir ein schönes, kuscheliges Handtuch raus, und vielleicht habe ich ja sogar noch ein bisschen Badesalz, das du benutzen kannst.« Kopfschüttelnd wischte sie das nächste Tropfblech ab.

Harry hasste es, wenn Trisha so hämisch mit ihm sprach, doch Selwyn ging überhaupt nicht auf ihren Sarkasmus ein. »Ich helfe einfach einem Menschen, dem es schlechter geht als uns. Zeig doch bitte auch mal etwas Mitgefühl.«

»Es herrscht gerade Wasserknappheit, falls du das vergessen hast. Du hast doch die Anzeigen gesehen: ›Spar Wasser, bade nicht allein.‹«

Selwyn zwinkerte dem Alten zu. »Ich hoffe, du hast nichts dagegen, wenn sie zu dir in die Wanne steigt.«

Trisha griff nach einem nassen Spüllappen und warf ihn ihrem Gatten wütend ins Gesicht.

Sie lebte seit zwei Jahren mit dem Etikett der »Ehebrecherin«, aber im Grunde war es ihr egal. Schließlich hatte Selwyn sich nur deshalb mit ihr eingelassen, weil er nicht mehr glücklich mit der blöden Babs gewesen war. Natürlich ging es ihr ein bisschen auf die Nerven, dass die Leute ihr allein die Schuld am Scheitern seiner ersten Ehe gaben, doch so engstirnig, wie ihre Gäste waren, überraschte sie das nicht. Praktischerweise hatten sie einfach vergessen, dass im Grunde gar nicht Trisha, sondern ihr ach-so-netter Wirt der Ehebrecher war.

Sie saß im Schlafzimmer vor dem Frisiertisch und

bewunderte ihr Spiegelbild. Sie war eine hübsche junge Frau von sechsundzwanzig Jahren, und Selwyn war verrückt nach ihr. Zu Recht, denn schließlich hatte er, auch wenn er immer noch nicht übel aussah, mit seinen inzwischen fünfundvierzig Jahren und als Vater einer Tochter im Teenageralter seine besten Jahre bereits hinter sich. Also sollte er sich glücklich schätzen, dass er noch einmal mit einer derart attraktiven jungen Frau gesegnet war. Er sah nicht halb so gut aus wie ihr Exverlobter Lenny, aber der saß wegen bewaffneten Raubs im Kahn. Natürlich hatte sie versprochen, dass sie auf ihn warten würde, aber zwanzig Jahre waren eine lange Zeit, eine Frau hatte ihre Bedürfnisse, und plötzlich hatte sie sich beinahe gegen ihren Willen in Selwyn und in seinen Pub verliebt. Sie war jung, geschmeidig, voller Energie, und mit ihrem Prachtbusen, der in den engen Oberteilen, die sie bevorzugt trug, besonders gut zur Geltung kam, machte sie hinter dem Tresen eine sehr gute Figur.

Sie nahm die falschen Wimpern ab, bauschte ihre platinblond gefärbten Locken auf, beugte sich vor und zog die ersten winzig kleinen Fältchen rund um ihre Augen mit den Fingern straff. Dann drehte sie den Kopf nach links und klopfte mit dem Handrücken unter ihr Kinn.

Sie hatte nicht bemerkt, dass Selwyn durch die Tür getreten war und sie mit amüsierten Blicken maß.

Erst, als er näher kam, sah sie ihn im Spiegel, drehte sich auf ihrem Hocker zu ihm um und ließ ihren Morgenrock aus schimmerndem Satin auf ihre Hüften fallen. Ehrfürchtig ging Selwyn vor ihr auf die Knie, küsste ihren flachen Bauch, und sie strich mit den Händen über seinen Kopf, als suchte sie sein kurzes, weich gelocktes Haar nach Nissen ab.

»Wir müssen endlich etwas gegen all die grauen Strähnen tun.«

Er richtete sich auf und musterte sein eigenes Spiegelbild. »Also bitte, freche Kröte, wo siehst du da irgendwelches Grau?«

Sie tat, als hätte sie den Einwand überhört. »Wahrscheinlich reicht es, wenn man erst mal nur die Schläfen tönt. Montag gehe ich zu *Boots* und besorge was, okay?«

Sie stand auf, ließ den schimmernden Morgenrock auf ihre Füße fallen, stemmte ihre Hände in die Hüften, und dem armen Selwyn gingen wieder mal die Augen über, als er sie in ihrer ganzen Pracht zum Greifen nahe vor sich stehen sah. Eilig zog er sie an seine Brust, zog an einer Strähne ihres langen Haars und küsste sie begierig auf den Mund.

»Warte. Nicht so eilig, Mister.« Sie schob ihn entschlossen von sich und nickte Richtung Tür. »Sorg dafür, dass dieser schmuddelige Penner schnellstmöglich wieder aus meinem Bad verschwindet, und dann gehst du auf die Knie und schrubbst die verdammte Wanne so lange mit Scheuermilch, bis sie wieder blitzsauber ist.«

Er drückte ihr sanft die Lippen auf die Stirn. »Du bist mir vielleicht ein Herzchen. Ich werde Harry erst mal einen Tee kochen, und dann muss ich noch Nibbles füttern. Ich habe vorhin vergessen, ihm etwas zu geben, und du hast wahrscheinlich ebenfalls nicht dran gedacht, nicht wahr?«

»Was glaubst du wohl?«

Nie im Leben würde sie freiwillig auch nur in die Nähe des blöden Karnickels seiner Exfrau gehen. Außer, wenn die Möglichkeit bestünde, dass sie »aus Versehen« die Tür des Käfigs offen stehen ließ. Aus Trishas Sicht bot das verdammte Biest der blöden Barbara nur einen zusätzlichen Vorwand, um die Kneipe zu besuchen. Nur weil sie nach ihrer Scheidung aus dem *Taverners* in eine Wohnung ohne Garten ziehen musste, fand sie es völlig in Ordnung, das verdammte Tier zurückzulassen, damit Selwyn weiter nach ihm sah. Der kleine Käfig stand im Biergarten hinter dem Pub. Wobei die Bezeichnung »Biergarten« vielleicht ein bisschen übertrieben war. Im Grund war es nicht viel mehr als ein mit einem Werbe-Sonnenschirm von *Watney's Brauerei* bestückter weißer Plastiktisch auf einem kleinen Flecken Gras.

Es war einfach nicht gerecht, sagte sich Trisha, während sie mit einer Bürste an den Knoten in ihren blondierten Haaren riss. Sie war jetzt Selwyns Frau, und Barbara sollte zusehen, dass sie endlich Land gewann. Sie war kein Unmensch, und sie nähme es durchaus in Kauf, wenn Selwyns Tochter ihren Dad auch weiterhin besuchen käme, doch auch Barbara hing weiter ständig in der Kneipe ab und scherzte mit den Stammgästen, die ihr aus Gründen, die Trisha nie verstehen würde, immer noch verfallen waren. Die dumme Kuh führte sich auf, als ob sie immer noch die Wirtin wäre, aber damit wäre jetzt bald Schluss.

Trisha atmete tief ein und unterdrückte mühsam ihren Zorn, der sie wie jedes Mal, wenn sie an Selwyns Exfrau dachte, überkam.

Sie saß auf dem Bett, als Selwyn händereibend aus dem Garten kam. »Alles erledigt.«

Er schob ihre Haare sanft auf eine Seite, aber als er ihre Schultern streicheln wollte, schob sie seine Hände weg.

»Ich habe nachgedacht.«

»Oh nein! Ich hasse es, wenn du das sagst.«

Sie ging nicht auf die Bemerkung ein. »Ich will, dass du deiner Exfrau Hausverbot im *Taverners* erteilst.«

»Warum denn das?«

»Weil sie mir furchtbar auf die Nerven geht.«

»Trisha, die Hälfte meiner Gäste geht dir auf den Keks. Wenn ich denen allen Hausverbot erteilen würde, hätten wir bald keine Kundschaft mehr.«

Sie versuchte es auf anderem Weg und zog entschlossen seinen Gürtel auf. »Bitte, Selwyn«, bat sie ihn. »Du weißt nicht, wie es für mich ist, wenn sie ständig hier herumhängt. Dadurch komme ich mir vor, als müsste ich dich mit ihr teilen, aber ich will dich ganz für mich allein.«

Sie sah ihn an, als sie mit ihrer Zunge über ihre Lippen fuhr und nach dem Reißverschluss seiner Hose griff.

Als sein Blut aus seinem Hirn in andere Regionen strömte, neigte er den Kopf und murmelte an ihrem Hals: »Ich werde morgen mit ihr reden.«

Sie umfasste sein Gesicht und zwang ihn, sie noch einmal anzuschauen. »Versprochen?«

»Ja, versprochen«, seufzte er. »Und jetzt komm her, du Teufelsweib.«

Sie streichelte über seinen Handrücken, wobei ihr Blick auf seine tätowierten Knöchel fiel. Warum hatte er nicht einfach so wie jeder andere »Love« oder auch »Hate« auf seine Finger tätowieren lassen? Warum prangte dort stattdessen wie zum ewigen Gedenken an die Liebe, die ihn einst mit seiner ersten Frau verbunden hatte, immer noch der Name Babs? Das war ebenfalls ein Ärgernis, das sie ausräumen müsste, damit Barbara ein für alle Male aus dem Leben ihres Ehemanns verschwand.

8

Am Sonntag wurde Barbara schon in aller Frühe wach. Sie brauchte einen Augenblick, bis ihr bewusst wurde, dass Wochenende war, rieb den Schlaf aus ihren Augen, zog die Vorhänge zur Seite und starrte benommen in den leuchtend blauen Himmel, der schon lange nichts Besonderes mehr war. Tatsächlich hatte sie die Nase voll von der brütenden Hitze, die seit Wochen herrschte, und sehnte sich wie alle anderen nach einem kühlen Regenschauer, der den Staub, der über allem lag, fortwusch und den ausgedörrten Rasen frisch ergrünen ließ. Nicht, dass sie noch einen Rasen hatte, um den sie sich Sorgen machen müsste, seit sie aus der Kneipe ausgezogen war. Sie hatte unzählige frohe Stunden in dem kleinen Garten zugebracht, Unkraut gezupft und ihre Pflanzen in den Hängekörben und den Töpfen liebevoll gepflegt. Häufig hatten ihre Gäste ihr zu ihren duftenden Petunien mit den unzähligen Blüten gratuliert, und einmal hatte sie sogar mit einem selbstgezogenen Kürbis einen Preis bei einer Gartenschau erzielt. Sie hatte nur den zweiten Platz belegt, die blaue Rosette aber trotzdem voller Stolz über dem Tresen aufgehängt. Wo sie noch immer hing.

Mit der Scheidung hatte Selwyn ihr neben vielen anderen Dingen auch den Garten und die Freude, die die Arbeit dort ihr stets gemacht hatte, geraubt. Ihr Leben wäre sicher deutlich leichter, wenn sie ihren Ex für das, was er ihr angetan hatte, verabscheuen könnte, doch so einfach war es leider nicht.

Babs hatte ihn geliebt, seit sie ihm vor nunmehr neunundzwanzig Jahren zum ersten Mal begegnet war. Das war in Salford in der Kneipe ihres Dads gewesen, als er auf Jobsuche gewesen war. Mit ihren damals dreizehn Jahren hatte sie von ihrem Sitzplatz auf der Treppe heimlich belauscht, wie er mit ihrem Vater sprach. Anders als die Jungs aus der Schule, die mit ihrer teigigen, von Pickeln übersäten Haut wirkten, als hätten sie ihr ganzes bisheriges Leben irgendwo in einer dunklen, feuchten Höhle zugebracht, hatte er mit seinen hohen Wangenknochen, dem olivfarbenen Teint, den schwarzglänzenden Locken und dem spitzbübischen Lächeln irgendwie exotisch ausgesehen. Sie hatte wie gebannt dem melodiösen walisischen Dialekt gelauscht, und als er sie entdeckt und ihr verstohlen zugezwinkert hatte, musste sie sich ans Geländer klammern, weil ihr vor Verzücken richtiggehend schwindelig geworden war.

Es war nicht überraschend, dass er auch ihre Eltern durch sein angenehmes Wesen sofort für sich eingenommen hatte, doch nachdem er eine Woche später in der Kneipe angefangen hatte und bei ihnen eingezogen war, musste Babs zu ihrem Leidwesen erkennen, dass er sie anscheinend nicht als Frau, sondern eher als kleine Schwester sah. Er war selbst erst sechzehn Jahre alt gewesen, aber die drei Jahre machten damals einen himmelweiten Unterschied.

Schließlich hatte er den zweijährigen Militärdienst absolviert und war als Mann von dort zurückgekehrt. Mindestens zehn Zentimeter größer, dank des harten körperlichen Trainings sehr muskulös und mit kurzgeschorenem Haar, das sein feingemeißeltes Gesicht besonders vorteilhaft zur Geltung brachte. Zum Glück war auch sie selbst zu einer selbstbewussten jungen Frau erblüht, die für seine Heimkehr gut gewappnet war. Als talentierte Schneiderin hatte sie das Nachkriegsmotto, alles zu nutzen, was es gab, beherzigt und aus einem alten sommerlichen Vorhang ihrer Mutter ein hübsches geblümtes Kleid für sich genäht. Der weite Glockenrock, vor allem aber die große rote Schleife seitlich an dem Kleid betonten ihre Wespentaille vorteilhaft, und ein gewagter Tupfer des knallroten Lippenstifts von ihrer Mutter hatte ihre Verwandlung komplettiert.

Tatsächlich hatte Selwyn sie erst auf den zweiten Blick erkannt. Er hatte sich ihr nach der Rückkehr förmlich vorgestellt und sie danach nie wieder wie seine kleine Schwester behandelt.

Wenig später hatte er sie in die *Belle Vue Gardens* ausgeführt und dazu überredet, mit ihm in die Berg-und-Tal-Bahn einzusteigen, wo sie sich an seinen Arm geklammert hatte, als der Wagen immer schneller über die wellenartigen Schienen geschossen war. Dann hatte sich das Stoffdach über sie gesenkt, und im Schutz der Dunkelheit hatte er sie zum ersten Mal geküsst. Er hatte seine Lippen während der ganzen Fahrt nicht mehr von ihrem Mund gelöst, und bis das Dach sich abermals gelüftet hatte, hatte sie sich an ihn angelehnt, denn entweder aufgrund der wilden Fahrt oder wegen der Liebkosung schwirrte ihr der Kopf.

Doch das war alles ewig her, und am besten dächte sie nicht mehr daran zurück. Sie wandte sich vom Fenster ab und tappte barfuß in die Küche.

Selwyn hatte ihr nicht nur das Herz gebrochen. Davon hätte sie sich vielleicht irgendwann erholen können, doch er hatte es zertrümmert, und sie wusste, dass dieser Scherbenhaufen niemals mehr zu kitten war.

Er konnte selbstverständlich nichts dazu, dass dieses vollbusige Flittchen Trisha sich ihm an den Hals geworfen, ihn mit Komplimenten überschüttet und so willig angeboten hatte, dass er nicht die Kraft aufbringen konnte, sich ihren Verführungskünsten zu entziehen. Vielleicht war Selwyn willensschwach gewesen und auf ihre Schmeicheleien hereingefallen, doch die Schuld traf ganz allein sie. Trotzdem hatte Babs spontan beschlossen, sich von ihm zu trennen, nachdem sie gesehen hatte, wie er es mit einer anderen trieb. Sie hatte sie im Keller überrascht. Sie war oben auf der Treppe stehen geblieben und hatte mit ihren feuchten Händen einem Schweißfilm auf dem Holzgeländer hinterlassen, denn dort unten hatte Trisha an der Wand gelehnt und ihre Beine eng um Selwyns Leib geschlungen, als er in sie eindrang. Er hatte Babs dabei den Rücken zugewandt, doch Trisha hatte sie über die Schulter ihres Ehemanns hinweg mit einem triumphierenden Lächeln angesehen.

Es entsprach nicht ihrem Wesen zu hassen, aber die Verbitterung, die sie empfand, wenn sie an Trisha dachte, tat genauso weh, und sie verfluchte sie, weil sie nur ihretwegen plötzlich eine andere war. Trisha hatte sich aus reinem Eigennutz an ihren Mann herangemacht und damit eine glückliche Familie zerstört. Weshalb sie ausgerechnet Selwyn haben wollte, wusste sicher nicht einmal sie selbst. Trisha war ein freches blondes, vollbusiges Biest und hätte praktisch jeden haben können, denn an männlichen Bewunderern hatte es ihr nie gefehlt. Am liebsten hätte Babs vor Zorn über die Ungerechtigkeit des Schicksals laut geschrien. Ihr Exmann residierte jetzt mit Trisha in *ihrem* Pub, während sie selbst mit ihrer Tochter hier in dieser winzig kleinen Wohnung hausen musste, wo man jedes Wort der Nachbarn durch die dünnen Wände hörte und der Gestank des Hopfens aus der nahe gelegenen Brauerei ihr die Luft zum Atmen nahm.

Um über die Runden zu kommen, musste Babs sich eine Arbeit suchen, und auch wenn sie über den Bürojob in der Gurkenfabrik froh war, saß sie jetzt von früh bis spät in einem winzigen Kabuff, erstellte die Gehaltsabrechnungen und wehrte gleichzeitig die alles andere als willkommenen Avancen ihres Vorgesetzten Mr Reynolds ab. Jeder Arbeitstag fing damit an, dass ihr der stechende Geruch von Essig in die Nase stieg und Tränen in die Augen trieb und dass Mr Reynolds seinen Kugelschreiber fallen ließ und sie dann bat, ihn aufzuheben, oder sie nach irgendeiner Akte schickte, die im untersten Regalfach seines Aktenschranks stand. Nach einer Woche hatte sie erkannt, dass er mit diesen Bitten nur den Zweck verfolgte, unter ihren Rock zu schauen. Dabei war es sowieso schon eine Qual, den viel zu kleinen Raum mit ihm zu teilen, denn er stank fürchterlich nach Schweiß, und aufgrund der großen dunklen Flecken unter seinen Achseln hätte es sie nicht gewundert, wenn dort Pilze wüchsen. Außerdem spannten sich seine Hemden über seiner dicken Wampe, seine Nackenfalten und sein Dreifachkinn quollen über seinen Kragen, sein vollständig kahler, bleicher Schädel war mit dicken Schweißperlen übersät, und seine wulstigen Lippen waren immer feucht. Es kostete sie jede Menge Nerven, acht Stunden am Tag mit ihm in einem winzig kleinen Zimmer zu verbringen, doch zumindest konnte sie von dem, was sie dabei verdiente, ihre Miete sowie alles andere, was sie zum Leben brauchten, zahlen. Dafür sollte sie wahrscheinlich dankbar sein.

Sie ging durch den Flur der kleinen Wohnung, bis sie vor dem Zimmer ihrer Tochter stand. Zaghaft klopfte sie an die Tür, und Lorraine rief mit noch müder Stimme: »Ich bin wach, komm rein.«

Babs stellte eine Tasse Tee auf ihren Nachttisch und nahm auf der Bettkante Platz. »Morgen. Na, hattest du einen schönen Abend?«

»War okay. Wir haben Petulas David-Cassidy-Platten gehört und stundenlang gequatscht. Und dann waren wir noch in ihrem Garten und haben die zwei Flaschen Cherry B getrunken, die ihr Dad uns extra aufgehoben hat.«

»Kirschwein? Ihr habt doch wohl nicht zu viel davon getrunken?« Babs strich die langen tizianroten Haare ihrer Tochter glatt. »Deine Lippen sind immer noch ganz rot.«

»Ich bin achtzehn, Mum!« Lorraine ließ sich wieder aufs Kissen sinken und schloss die Augen. »Es waren nur zwei Flaschen«, wiederholte sie gereizt. »Und die sind echt winzig.«

Babs stand wieder auf. »Sollen wir später Dad besuchen? Vielleicht könnten wir danach ja noch mit Nibbles in den Park gehen.«

»Meinetwegen.« Lorraine streckte sich und riss den Mund zu einem übertriebenen Gähnen auf. »Mach bitte das Radio an, bevor du wieder gehst, okay?«

Babs schaltete das Kofferradio ein, das auf dem Nachttisch ihrer Tochter stand. »Dann mache ich jetzt erst mal Frühstück, ja? Kommst du rüber in die Küche, oder isst du lieber hier im Bett?«

»Ich esse lieber hier. Danke, Mum.« Das Mädchen sah die Mutter lächelnd an. »Mischst du mir auch ein Glas Rise ’n Shine?«

Babs hatte gerade das Brot unter den Grill gelegt und Wasser über das orangefarbene Brausepulver in dem Glas gekippt, als ihre Tochter plötzlich gellend schrie.

Sie sprintete in der Erwartung los, dass jemand durch das Fenster bei dem Mädchen eingestiegen war und sie jetzt um ihr Leben kämpfte, aber als sie durch die Tür des Zimmers stürzte, saß Lorraine mit ihrem Radio auf dem Bett und starrte sie aus schreckgeweiteten Augen an.

»Bei Radio Picadilly gab es eine Sondermeldung«, stieß sie ängstlich aus. »Es geht um einen Brand in einer Kneipe in der Talbot Road. Es heißt, die Feuerwehr ist unterwegs.«

»Wie bitte? In der Talbot Road? Bist du dir sicher?«

»Ja, natürlich, Mum, das haben sie im Radio gesagt.«

Babs ließ sich auf das Bett der Tochter fallen und zog das Mädchen an ihre Brust. »Oh Gott, nein. Nicht das *Taverners*!«

9

Harry lag auf der harten Treppe vor dem Pub und wälzte sich in dem Bemühen, halbwegs bequem zu liegen, hin und her. Sein Bart kratzte entsetzlich, und er hatte eine volle Blase, doch zumindest bot die harte Fliese unter seiner Wange etwas Abkühlung. Er verdrängte den Gedanken an die unbequeme Lagerstätte, kniff die Augen zu und stellte sich vor, er läge in dem weichen Bett seines früheren Heims. Einem Bett, das Elsie in den zweiunddreißig Jahren ihrer Ehe jede Woche zweimal frisch bezogen hatte, obwohl er darauf bestanden hatte, dass sie das nicht müsste, weil die Handwäsche und das anschließende Mangeln der schweren Bezüge furchtbar anstrengend gewesen waren. Doch das hatte sie nicht abgeschreckt. Es war wie ein Zwang für sie gewesen, und als er anlässlich ihrer Silberhochzeit den Haushalt mit einer Waschmaschine ausgestattet hatte, verstärkte er sich noch. Manchmal konnte er, wenn er sich konzentrierte, immer noch den Duft der frischen Wäsche riechen und kehrte gedanklich in die gute alte Zeit zurück.

Heute Morgen allerdings schlug ihm ein anderer Geruch entgegen, fremd und alles andere als angenehm. Seine Augen hinter den geschlossenen Lidern fingen an zu brennen, und als er sie öffnete, bemerkte er den dichten Rauch, der unter der Tür des Pubs hervorquoll. Sofort war er auf den Beinen und hämmerte mit der Faust gegen das dicke Holz.

»Selwyn, Selwyn!« Panisch blickte er sich um, doch außer ihm war niemand auf der Straße, und es hätte ihn nicht überrascht, wenn wie in einem alten Western Steppenhexen über den Asphalt gerollt wären.

Er versuchte es noch mal. »Selwyn, Trisha. Ihr müsst rauskommen! Es brennt!«

Er hob einen großen Stein vom Boden auf und schleuderte ihn gegen das Schlafzimmerfenster. Zum Glück zerbrach die Scheibe, und eine Rauchwolke schoss in die klare Morgenluft.

Oh, Gott, das Feuer hatte schon ihr Schlafzimmer erreicht.

»Hilfe, Hilfe!« So schnell seine alten Knochen es erlaubten, rannte Harry zu dem Telefonhäuschen an der Straßenecke und wählte die Nummer der Feuerwehr. Der ruhige Ton, in dem der Mann am anderen Leitungsende sprach, half ihm, sich zu konzentrieren, als er eilig die Adresse nannte, damit der einzige Freund gerettet würde, der ihm noch geblieben war.

Es dauerte nur zehn Minuten, bis die Feuerwehr erschien, doch bis dahin hatte Harry ein ums andere Mal versucht, die verfluchte Eingangstür der Kneipe aufzubrechen, und dabei seine rechte Schulter ausgerenkt. Dabei war ihm klar gewesen, dass das Unterfangen sinnlos war. Selwyn sperrte abends immer ordentlich ab und schob als zusätzliche Schutzmaßnahme zwei schwere Riegel vor. Er ging einfach kein Risiko mehr ein, nachdem während der letzten Jahre mehrfach bei ihm eingebrochen worden war.

Dem schweren Rammbock aber, den die Feuerwehr benutzte, hielten nicht einmal die Riegel stand, und schon beim ersten Stoß zerbarst die schwere Tür, als wäre sie aus Balsaholz.

Harry hatte man zu seiner Sicherheit auf die andere Straßenseite, wo inzwischen eine kleine Gruppe Anwohner zusammenstand, geschickt. Selbst der Milchmann hatte seine Lieferfahrt vorübergehend unterbrochen, um das Drama zu verfolgen, als einer der Männer von der Feuerwehr über die Straße kam.

»Haben Sie uns angerufen, Sir?«, wandte er sich an Harry, der seine verletzte Schulter fest umklammert hielt.

»Ja. Ich habe den Rauch unter der Tür durchquellen sehen.«

»Wie viele Menschen sind im Haus?«

»Selwyn, der Wirt, und seine Frau.«

Der andere runzelte die Stirn. »Also drei?«

»Zwei«, erklärte Harry aufgeregt. »Nur zwei. Selwyn *ist* der Wirt.«

Inzwischen hatte auch die Polizei das *Taverners* erreicht und drängte die Schaulustigen zurück. Harry stellte sich auf die Zehenspitzen, um über die Köpfe der verfluchten Gaffer, für die dieses Feuer eine interessante Abwechslung in ihrem langweiligen Leben war, hinweg zu verfolgen, was geschah. Man hatte eine Leiter unter dem Schlafzimmerfenster ausgefahren, und einer der Männer rannte sie so schnell hinauf, als wäre es die Eingangstreppe seines eigenen Heims. Er schob das Fenster auf und wurde umgehend in eine dicke schwarze Rauchwolke gehüllt.

Harry konnte die nahenden Sirenen hören und betete, dass es ein Krankenwagen war.

Der Feuerwehrmann tauchte wieder oben auf der Leiter auf. Harry sah, dass Trisha mit verrutschtem Nachthemd schlaff wie eine Flickenpuppe über seiner Schulter hing. Er hätte nicht gedacht, dass sie in Unterwäsche schlafen ging, war aber ihretwegen froh, dass es so war.

Die Sanitäter sprangen aus dem Krankenwagen, und Harry nahm es als gutes Zeichen, dass sie eilig eine Sauerstoffmaske ins Gesicht gedrückt bekam. Anscheinend atmete sie also noch.

Ebenso behände wie der erste Feuerwehrmann erklomm jetzt ein anderer die Leiter und tauchte Minuten später mit dem zweiten Opfer auf. Auch Selwyn war bewusstlos, aber da er deutlich schwerer war als Trisha, musste sich der Retter ziemlich abmühen, bis er ihn hinuntergebracht hatte. Eilig zwängte Harry sich an den Gaffern vorbei und lief schwankend auf den Krankenwagen zu.

Selwyn lag mit rußgeschwärzter Stirn und Wangen und geschlossenen Augen auf dem Bürgersteig.

»Lebt er noch?«, stieß Harry krächzend aus.

Ein Polizist nahm ihn am Arm und führte ihn hinter die Absperrung zurück. »Lassen Sie die Leute ihre Arbeit machen. Er ist jetzt in guten Händen.«

»Lebt er noch?«, schrie Harry abermals. Ihm war bewusst, dass er hysterisch klang, doch das war ihm egal.

Als jemand seinen Namen rief, drehte er sich um. Mit angstverzerrten Mienen rannten Babs und Selwyns Tochter auf ihn zu.

»Wir haben es im Radio gehört und uns sofort auf den Weg gemacht«, stieß Barbara keuchend aus. »Wo ist Selwyn? Geht's ihm gut?«

»Dad!«, brüllte Lorraine.

»Sie haben ihn rausgeholt und den Sanitätern übergeben. Sie wollen mir nicht sagen, wie's ihm geht.«

Babs trat auf den Polizisten zu. »Der Mann, den Sie

eben dort rausgeholt haben. Ich muss ihn sehen, er ist mein Ehemann.«

Der junge Beamte runzelte die Stirn. »Äh, das kann ich mir nicht vorstellen, weil seine Ehefrau da drüben liegt.«

Babs bedachte ihn mit einem bösen Blick. »Meinetwegen, Sie Pedant. Er ist mein Exmann. Und jetzt gehen Sie mir aus dem Weg.«

Ohne die Erlaubnis abzuwarten, duckte sie sich kurzerhand unter dem Absperrband hindurch und ließ sich neben Selwyn auf die Knie fallen. »Bitte sagen Sie mir, dass er noch lebt.«

Als er ihre Stimme hörte, wandte Selwyn sich ihr zu. »Bist du das, Babs?«

»Oh, Gott sei Dank.« Sie packte seine Hand.

Er fing an zu husten und sah sich verzweifelt um. »Wo ist Trisha?«

Babs hatte bisher nicht einen Augenblick an sie gedacht, doch die Sorge, die ihr Exmann für Trisha empfand, setzte ihrer Erleichterung und ihrer Zuneigung zu ihm einen Dämpfer auf. »Sie haben sie rausgeholt. Ich nehme an, sie ist okay.«

Mit rauer, schwacher Stimme bat er sie: »Würdest du für mich herausfinden, wie es ihr geht?« Er brach ab und drückte ihre Hand. »Tut mir leid, dass ich dich darum bitten muss.«

Babs stand wieder auf und winkte Lorraine, die immer noch hinter der Absperrung ausharrte und unglücklich an ihren Fingernägeln knabberte, zu sich heran. »Dad geht es gut. Komm und warte hier bei ihm.«

Babs konnte sehen, dass man Trisha auf einer Trage in den Krankenwagen schob. Sie sprintete los und blickte auf die Frau, die die Schuld an ihrem Unglück trug. Trishas blonde Haare waren wild zerzaust, und ihr Gesicht war schwarz vom Ruß. Als sie Babs entdeckte, nahm sie ihre Maske ab und schaute aus großen blauen Augen zu ihr auf. »Sie … sie haben mir gesagt, Selwyn wäre okay.«

Babs nickte. »Ja, es geht ihm gut. Nach täglich vierzig Zigaretten in den letzten dreißig Jahren sind seine Lungen den Rauch schließlich gewöhnt.«

Trisha musste husten, setzte aber gleichzeitig ein schmales Lächeln auf. »Hat irgendjemand daran gedacht, Nibbles rauszuholen? Ich weiß, dass er im Garten ist, aber von dem ganzen Qualm hat er wahrscheinlich trotzdem etwas abgekriegt.«

Babs warf eine Hand vor ihren Mund. »Oh Gott, den habe ich total vergessen! Armer kleiner Schatz!«

Als sie losrannte und panisch einen der Feuerwehrmänner in den Garten schickte, schüttelte die junge Frau verständnislos den Kopf. »Blödes Vieh«, murmelte sie und setzte ihre Maske wieder auf.

10

»Und wie geht es deinem Dad?«, fragte Petula und schaukelte den armen Nibbles, dem die pinkfarbenen Augen schon aus dem kleinen Köpfchen quollen, auf ihren Knien auf und ab. Obwohl sein Stall in eine dicke Rauchwolke gehüllt gewesen war, hatte das Kaninchen den frühmorgendlichen Brand relativ unbeschadet überstanden, und nur der beißende Geruch des Qualms, der selbst vier Tage später noch in seinem weißen Fell hing, erinnerte noch daran. Vorsichtig setzte Petula ihn auf das trockene Gras, und eilig hoppelte er los und nahm im Schatten einer leeren Vogeltränke Platz.

Lorraine streckte eine Hand nach dem Kaninchen aus und streichelte es. »Schon wieder viel besser, danke.«

»Und wo wohnen er und Trisha jetzt?«

»In der Pension von Leuten, die sie kennt. Hör zu, danke, dass du Nibbles nimmst. Du weißt ja, wie es bei uns ist. Kein Garten, nichts.«

»Schon gut.« Petula starrte ihre Freundin an. »Warum warst du heute eigentlich nicht im Büro, Lorraine?«

»Was? Oh, ich … äh … ich hatte Kopfschmerzen. Ich hätte das Klappern all der Schreibmaschinen einfach nicht ertragen, und vor allem ist es dort im Augenblick entsetzlich stickig. Das bisschen Sauerstoff hätte für mich bestimmt nicht mehr gereicht.«

»Hast du dich wenigstens krankgemeldet?«

»Ich wollte anrufen, aber ich konnte kaum den Kopf vom Kissen heben, ganz zu schweigen davon, bis zur nächsten Telefonzelle zu gehen.«

Petulas Miene drückte leise Zweifel aus. »Hmmm … aber für einen Einkaufsbummel haben deine Kräfte offenbar gereicht. Dieser blaue Lidschatten ist neu, und auch das Oberteil habe ich noch nie an dir gesehen.«

Lorraine stieß einen Seufzer aus. »Verdammt, Petula, du vergeudest dein Talent in dieser Schreibstube. Warum gehst du nicht zum MF1?«

Petula schüttelte den Kopf. »Ich glaube, der Geheimdienst ist der MI5.«

»Meinetwegen. Wie dem auch sei, ich hoffe nur, dass du mich nicht verpfeifst. Diese blöde Mrs Simmons hat mich sowieso schon auf dem Kieker.«

»Also bitte, wofür hältst du mich? Natürlich halte ich dicht. Aber du musst wirklich aufpassen. Und wenn du keine Lust mehr hast zu tippen, mach doch einfach einen Stenokurs wie ich.

Lorraine rümpfte die Nase. »Keine Lust. Das sieht nach echter Arbeit aus.«

»Willst du etwa ewig Tippse bleiben? Also ich ganz sicher nicht.«

»Du hast gut reden, schließlich arbeitet dein Vater dort. Da ist dir die Beförderung doch praktisch garantiert.«

Petula sah die Freundin aus zusammengekniffenen Augen an. »So ist es nicht. Dad würde mich nie bevorzugen, und das würde ich auch gar nicht wollen. Ich will, dass er auf mich stolz sein kann. Seit meine Mutter uns verlassen hat, hat er sich für mich krummgelegt, und das möchte ich ihm vergelten, indem ich es aus eigener Kraft zu etwas bringe statt durch Nepotismus.«

»Durch was?«

Sie winkte ab. »Durch Vetternwirtschaft, falls dir das was sagt.«

Ralph Honeywell hatte tatsächlich viele Opfer für sein Kind gebracht. Nachdem seine Frau ihn mit der neunjährigen Tochter hatte sitzenlassen, musste er neben der Arbeit kochen, putzen und die Wäsche waschen und hatte deswegen kaum Gelegenheit zum Ausgehen und Kennenlernen einer neuen Partnerin gehabt. Petula war für ihn das Wichtigste im Leben, und da sie auch ohne Mutter eine unbeschwerte Kindheit haben sollte, hatte er sich rundweg geweigert, sie als Hilfskraft zu missbrauchen, und den Haushalt immer ganz allein geführt.

»Was glaubst du, wie lange es dauert, bis der Pub wiedereröffnet wird?«, lenkte sie ab.

»Keine Ahnung.« Achselzuckend lehnte sich Lorraine in ihrem Liegestuhl zurück. »Ich schätze, ein paar Wochen. Die Schäden wurden überwiegend durch den Rauch verursacht, davon abgesehen hat das Gebäude kaum was abgekriegt. Was mein Vater Harry zu verdanken hat.«

»Hmm … wer hätte gedacht, dass es einmal von Vorteil wäre, wenn man einen Penner vor der Haustür übernachten lässt.«

»Es war wirklich ein Segen, dass er da war«, stellte ihre Freundin lachend fest. »Ich wage gar nicht, mir auszumalen, was passiert wäre, wenn er nicht die Feuerwehr gerufen hätte. Das sieht Dad genauso, und als Dankeschön will er mit ihm und ein paar anderen für einen Tag nach Blackpool fahren, während der Pub geschlossen ist.«

»Blackpool? Und, fahren wir beide mit?«

»Kommt drauf an, wer sonst noch alles fährt. Nur mit den ganzen Alten habe ich wahrscheinlich keine Lust.«

»Los, Lorraine, das könnte doch ganz lustig werden, und vor allem bräuchten wir ja nicht die ganze Zeit mit den anderen abzuhängen. Wir könnten an den Strand gehen, schwimmen und Picknick machen«, schlug Petula ihrer Freundin ungewohnt begeistert vor.

Nach kurzem Überlegen freundete sich auch Lorraine mit dem Gedanken an. »Ich könnte Dad ja fragen, ob er nicht auch Karl einladen will.«

»Den Typ, der aussieht wie Marc Bolan? Das ist doch wohl nicht dein Ernst. Der ist doch viel zu alt für dich, und vor allem glaube ich, dass er auf deine Mutter steht.«

»Tut er nicht, und außerdem ist er erst sechsunddreißig«, gab Lorraine empört zurück.

»Ja, aber er hat ein Kind, nicht wahr?«

»Das kann mir doch völlig schnuppe sein. Schließlich ist er geschieden.«

»Stimmt. Und er sieht wirklich super aus«, räumte Petula ein. »Und wen sollen wir sonst noch fragen?«

»Meine Mutter wird auf alle Fälle mitkommen wollen, wenn auch nur, um Trisha eins auszuwischen, und dass Harry mit von der Partie ist, habe ich ja schon gesagt.«

Die Freundin schnaubte. »Das wird ja wie ein Altersheimausflug.«

Mühsam kämpfte sich Lorraine aus ihrem Liegestuhl und hüpfte, als sie auf die heißen Fliesen der Terrasse trat, von einem Fuß auf den anderen. »Himmel, sind die heiß. Gib mir mal meine Flipflops.« Sie runzelte die Stirn und legte gleichzeitig den Zeigefinger an ihr Kinn.

Petula wandte ihr Gesicht der Abendsonne zu. »Ich will

gar nicht wissen, was du gerade denkst. Ich kenne diesen Blick.«

»Vielleicht bekomme ich auf dem Ausflug ja endlich die Gelegenheit, Karl auf mich aufmerksam zu machen. Wenn er mich erst im Bikini sieht, behandelt er mich sicher nicht mehr wie ein Kind.«

»Trotzdem ist er doppelt so alt wie du, und vor allem, welche Rolle soll dann *ich* in diesem Stück spielen? Soll ich vielleicht wie ein Mauerblümchen abseitssitzen und dir dabei zusehen, wie du ihn bezirzt?« Plötzlich schlang sie sich die Arme um den Bauch, beugte sich vor und legte ihren Kopf auf die Knie.

»Was ist?«

»Nichts. Ich kriege sicher gerade meine Tage.«

»Wir könnten ja auch jemanden für dich einladen. Beispielsweise Jerry.«

»Jerry Duggan?« Es war nicht zu überhören, dass Petula alles andere als begeistert war.

»Wie viele andere Jerrys kennen wir?«, fragte Lorraine zurück.

»Haha.«

»Also bitte, eigentlich ist er kein übler Kerl. Ich weiß, dass er ein bisschen … seltsam ist, aber im Grunde ist er völlig harmlos.«

»Das nennst du *ein bisschen* seltsam?«, regte sich Petula auf. »Um Gottes willen, in seiner Freizeit läutet er die Kirchenglocken und guckt irgendwelchen Fliegern hinterher.«

»Ich für meinen Teil finde ihn durchaus süß«, entgegnete Lorraine. »Du könntest es erheblich schlechter treffen.«

Schlechtgelaunt hievte die Freundin ihre massige Gestalt aus ihrem Liegestuhl und warf einen Schatten auf Lorraine, als sie die Hände in die Hüften stemmte, als ob sie ihre Taille betonen wollte, was bei ihrem Leibesumfang schlichtweg unmöglich war. »Mir ist klar, dass ich aus deiner Sicht im Leben niemals auch nur einen halbwegs attraktiven Mann bekommen kann. Aber wir können nun einmal nicht alle so toll aussehen wie du mit deinem langen, seidig weichen Haar und deiner Traumfigur. Ich kann's nun mal nicht ändern, dass ich dicker bin als du.«

»Red doch keinen Unsinn. Warum bist du plötzlich derart schlecht gelaunt? Das mit Jerry war doch nur ein Witz. Dass er nicht dein Typ ist, weiß ich schließlich selbst.«

»Also gut. Ich hoffe nur, dass du mich tatsächlich nicht mit ihm verkuppeln willst. Und jetzt hole ich uns erst mal was zu trinken«, lenkte Petula ein und ging in Richtung Haus.

Kurz darauf kam sie mit zwei Coke Floats zurück, bei denen das Vanilleeis an den Glasrändern hinunterlief. »Tut mir leid, es klebt ein bisschen«, sagte sie und drückte ihrer Freundin eins in die Hand.

»Danke. Aber weißt du, eigentlich ist Jerry wirklich ganz okay.«

»Können wir nicht endlich von was anderem reden?«

»Er ist ziemlich einsam und ein guter Kunde meines Dads.«

»Machst du Witze? Er geht höchstens einmal in der Woche in den Pub und hält sich dann den ganzen Abend an einem kleinen Hellen fest.«

»Okay, vielleicht ist er kein guter Kunde, aber er ist *regelmäßig* dort. Außerdem bringt er auch seine Mutter mit, die immer Portwein mit Zitronenlimo trinkt.«

Petula blies die Wangen auf. »Er ist ein fürchterlicher Langweiler.«

»Aber das heißt ja wohl nicht, dass er sich nicht mal einen schönen Tag in Blackpool machen darf. Sei nicht so gemein, Petula. Ich glaube, er ist wirklich einsam. Dabei hatte er sogar mal eine Freundin, aber die ist nach Australien abgehauen.«

»Was ich ihr nicht verdenken kann.«

»Das ist nicht nett von dir. Er war noch ein kleiner Junge, als sein Dad gestorben ist. Das war bestimmt nicht leicht für ihn. Und in der Schule haben sie ihn fürchterlich gehänselt. Seine Mum hat meiner Mum einmal erzählt, an seinem ersten Tag auf der höheren Schule hätten irgendwelche Jungen seinen Kopf ins Klo getaucht.«

Petula verschluckte sich, die Cola schoss ihr in die Nase, und sie brach in wildes Husten aus. »Oh Gott, wie witzig.«

Lorraine bedachte sie mit einem bösen Blick. »Ich finde das alles andere als witzig. Und es wird sogar noch schlimmer, denn nach Schulschluss haben sie ihm aufgelauert, ihm seine nagelneue Lederaktentasche abgenommen, in einer Pfütze ausgeleert und so lange darauf herumgetrampelt, bis sie vollkommen hinüber war.«

Obwohl die Freundin sich den Mund zuhielt, um nicht laut loszuprusten, war das Beben ihrer Schultern nicht zu übersehen. »Oje, das ist wirklich schrecklich«, stieß sie schließlich aus.

Ohne auf sie einzugehen, sprach Lorraine weiter. »Daisy wollte ihm was ganz Besonderes schenken, weil er auf der Oberschule angenommen worden war. Sie hatte diese Tasche auf Kredit gekauft, obwohl sie für gewöhnlich nur die Sachen kauft, die sie sich leisten kann. Und am Ende hatte sie noch jede Menge Raten für die Tasche abzustottern, die bereits nach seinem ersten Schultag nicht mehr zu gebrauchen war.«

Petula rieb sich die Augen. »Das ist wirklich traurig«, gab sie zu. »Also, okay, wenn du darauf bestehst, fragen wir die beiden, ob sie mitkommen wollen.«

In diesem Augenblick erschien ihr Dad in der Terrassentür. Lorraine war es gewohnt, ihn im Büro zu sehen, wenn er in seiner braunen Kordjacke, Papiere unter einem Arm, zielstrebig den Flur hinunterlief. Doch bei sich zu Hause sah er völlig anders aus. Hier ließ er die Schultern hängen und schlurfte in Pantoffeln durch das Wohnzimmer, als könnte er an diesem Ort einfach er selbst sein. Sein Gesicht war grau und eingefallen, und unter seinen Augen zeichneten sich dunkle Ringe ab.

»Hallo, Lorraine, geht es dir wieder besser?«

»Wie bitte?«

»Du warst heute nicht im Büro. Da dachte ich, du fühlst dich nicht so gut.«

»Oh, äh … tja, nun, das stimmt. Aber jetzt geht es mir wieder besser, danke, Mr Honeywell.«

Er zwinkerte ihr zu und schlug die Fernsehzeitung auf. »Ich nehme an, dass ihr den Fernseher mal wieder mit Beschlag belegen werdet, um diese langhaarigen Krachmacher in den *Top of the Pops* zu sehen.«

Ehe sie ihm eine Antwort geben konnten, kehrte er bereits zurück ins Haus und murmelte leise vor sich hin, dass er zwar die Gebühren für die Kiste zahlte, aber nie bestimmen durfte, welche Sendungen sie sahen.

»Geht es deinem Vater gut?«

Petula schob sich ihren Strohhalm in den Mund und saugte schlürfend den Rest Cola aus dem Glas. »Solange er seine Pillen nimmt, kommt er zurecht.« Dann wandte sie sich wieder ihrem eigentlichen Thema zu. »Also, wie viele Leute werden wir bei diesem Ausflug sein?«

Lorraine stellte ihr eigenes leeres Glas zur Seite und zählte die Teilnehmer an ihren Fingern ab. »Lass mich überlegen, ich und du, Dad, Mum, Trisha, Harry, Karl, Jerry und Daisy.«

Sie klatschte begeistert in die Hände und stieß einen lauten Juchzer aus. »Das heißt, wir sind zu neunt. Ich bin schon ganz aufgeregt!« Sie stand auf und kniff der Freundin fröhlich in die Wange. »Wir werden uns nach Kräften amüsieren, ja?«

11

Daisy Duggan lag auf ihren Knien und schrubbte die Treppe vor der Haustür, als der laute Knall, mit dem ein Stein gegen das Wohnzimmerfenster prallte, sie zusammenfahren ließ. Die Rüpel, die den Stein geworfen hatten, hatten sie anscheinend nicht gesehen, doch selbst wenn, hätte das sicher keinen Unterschied für sie gemacht. Die vier Widerlinge brüllten vor Lachen über ihren tollen Scherz, und eilig schnappte sie sich ihren Besen und schwenkte ihn wütend durch die Luft.

»Warum könnt ihr uns nicht in Ruhe lassen? Was haben wir euch je getan?«

Der größte der vier Burschen brach in höhnisches Gelächter aus. »Also bitte, Witwe Bolte, reg dich ab. War nur ein Witz.«

»Der alles andere als lustig war. Die Scheibe hätte auch zerbrechen können. Guckt also bitte, dass ihr Land gewinnt und uns zukünftig in Ruhe lasst.«

Da ihre Knie zitterten, rammte sie den Besen in die Erde, um sich darauf abzustützen, behielt aber eine kerzengerade Haltung bei und veranlasste die Rabauken mit ihrer herausfordernden Miene weiterzuziehen, um sich irgendwo nach einem anderen unglücklichen Opfer umzusehen.

Bevor sie freitagabends in die Kneipe gingen, brachte ihr Sohn Jerry immer auf dem Heimweg von der Arbeit Fish and Chips zum Abendessen mit. Er hängte die schwere Tüte mit dem Essen an den Fahrradlenker, deshalb hatte Daisy immer Angst, dass er vielleicht einmal das Gleichgewicht verlor und in den Straßengraben fuhr.

Während sie darauf wartete, dass er nach Hause kam, wärmte sie die Teller schon einmal im Ofen vor. Aus ihrer Sicht waren Pommes frites von kalten Tellern fast so schlimm, als wenn man sie gleich aus der Zeitung aß. So was machte man nur im Urlaub.

Plötzlich klingelte es an der Tür. Anscheinend hatte Jerry wieder mal vergessen, seinen Schlüssel mitzunehmen, und mit einem lauten: »Jerry, Junge, wenn dein Kopf nicht angewachsen wäre, hättest du den sicher auch schon hundertmal verlegt«, eilte sie durch den Flur. Sie würde nie verstehen, weshalb er niemals eine Formel, eine Gleichung oder ein chemisches Symbol vergaß. Im letzten Schuljahr hatte man ihm Preise in Mathematik und in Chemie verliehen, und er hätte sicherlich auch einen guten Schülersprecher abgegeben, aber da der Rektor diese Aufgabe nicht einem Schüler hatte übertragen wollen, den er für in höchstem Maß exzentrisch hielt, hatte er es nur bis zum Vertrauensschüler gebracht. Trotzdem war sie furchtbar stolz auf ihren Sohn. Mit seinen einundzwanzig Jahren machte er jetzt eine Lehre bei der Bank, und sicher stand ihm eine großartige Karriere dort bevor. Mit harter Arbeit und etwas Glück brächte er es vielleicht irgendwann zum Bankdirektor, und wenn Daisy wagte, sich die wunderbare Zukunft ihres Sohnes auszumalen, huschte ein stolzes Lächeln über ihr Gesicht.

Sie öffnete die Tür, sah jedoch nicht Jerry, sondern

Selwyns Tochter auf der Treppe stehen. Neben ihr stand ihre korpulente Freundin mit dem Topfschnitt, der sie aussehen ließ wie einen Pagen aus dem Mittelalter. Leider wusste Daisy nicht mehr, wie das andere Mädchen hieß. »Oh, hallo, Lorraine und ... äh ...«

»Petula«, kam Lorraine ihr zu Hilfe.

»Ja natürlich. Tut mir leid, dass es im *Taverners* gebrannt hat. War bestimmt ein fürchterlicher Schock für euch, auch wenn ja zum Glück noch alle rausgekommen sind. Es wird uns heute Abend fehlen, in den Pub zu gehen.«

»Danke, Daisy. Ja, es war ein Riesenschreck, aber Dad und Trisha sind inzwischen auf dem Weg der Besserung. Wie dem auch sei, Dad will, bevor die Kneipe wieder aufmacht, am vierundzwanzigsten, das heißt morgen in zwei Wochen, einen Ausflug nach Blackpool organisieren, und wir wollten Sie fragen, ob Sie und Jerry Lust haben mitzukommen.«

»Das klingt wirklich großartig. Jerry ist noch bei der Arbeit, aber er müsste jeden Augenblick ...«

Bevor sie ihren Satz beenden konnte, hörten sie das Läuten einer Fahrradklingel und sahen, wie Jerry in die Einfahrt bog.

»Wen haben wir denn da?« Lässig lehnte er sein Rad gegen den Zaun. »Guten Abend, Lorraine. Petula ...«

Lorraines Freundin knurrte eine Antwort, Selwyns Tochter jedoch erwiderte den Gruß. »Hi, Jerry. Ich habe gerade deine Mum gefragt, ob ihr zwei mit uns und ein paar Leuten aus dem *Taverners* nach Blackpool fahren wollt.«

Er runzelte die Stirn, während er sich seine Brille von der Nasenspitze vor die Augen schob. »Nach Blackpool? Warum denn das?«

»Es wird sicher lustig«, fuhr Lorraine fort. »Bei dem tollen Wetter …«

»Fährst du auch mit?«, wollte Jerry von Petula wissen, die den Kopf gesenkt hielt und auf ihre Schuhe starrte.

»Ja, wahrscheinlich«, antwortete sie, sah aber immer noch nicht auf.

Er wandte sich an Daisy. »Willst du mitfahren, Mum?«

Sie zerzauste ihm das Haar, als wäre er ein kleines Kind. »Warum nicht?« Dann zupfte sie am Saum des wollenen Strickpullunders, den er immer trug. »Und wer weiß? Vielleicht kriegen wir dich dann ja sogar mal aus diesem Ding heraus.«

Er hätte gut auf diese blöde Fahrt verzichten können, dachte Jerry, als er schlafen ging. Vor allem, da offenbar auch Petula mitkam. So einsilbig und mürrisch, wie sie in den letzten Wochen immer war, bereute er zutiefst, dass er ihr je begegnet war. Lorraine hatte sie ihm an einem Freitagabend vorgestellt. Sie verband keine Freundschaft, dennoch waren sie sich eines Abends im *Taverners* nähergekommen, wahrscheinlich, weil sie sich beide einsam fühlten. Seit Lydia ihn verlassen hatte, gab es kein anderes Mädchen für ihn, schon gar nicht ein Mädchen wie Petula. Als er sie zum ersten Mal sah, hatte er sie für einen Mann gehalten, bis sie sich umgedreht hatte, und selbst dann war er sich nicht sicher gewesen.

Schlechtgelaunt verschränkte er die Hände hinter seinem Kopf und starrte die Decke an. Inzwischen war es schon zwei Jahre her, dass Lydia mit ihren Eltern nach Australien ausgewandert war. Natürlich wollte sie nicht weggehen, aber ihre Eltern hatten ihr nicht erlaubt zu bleiben, da sie gerade erst sechzehn Jahre alt gewesen war.

Er griff in die Schublade des Nachttischs und zog das vertraute Foto mit den Eselsohren daraus hervor, das am Tag vor ihrer Abreise in seinem Garten aufgenommen worden war. Sie trug darauf das braune Haar zu einem Bob geschnitten, lächelte mit schräggelegtem Kopf etwas verlegen in die Kamera und hatte ihre Hände vor dem Bauch verschränkt. Sie war so ein süßes Mädchen, absolut perfekt für jemanden wie ihn, und seine Mutter hatte oft im Scherz gesagt, das Schicksal hätte sie füreinander bestimmt.

Jerry wusste, dass die Leute ihn für etwas seltsam hielten – schließlich hatten ihn die Schläger in der Schule jahrelang gequält –, und Lydia war die Einzige, die ihn wirklich verstand. Es machte ihr nichts aus, dass er die Kirchenglocken läutete und dass er seine Hosen in die Socken stopfte, wenn er Fahrrad fuhr. Sie fand es süß, dass er Pullover trug, die seine Mutter gestrickt hatte, und sich standhaft weigerte, moderne Schlaghosen zu tragen, die sich ständig in der Fahrradkette verfingen. Sie mochte auch sein kurzgeschnittenes Haar, das er selbst jetzt noch beibehielt, da die Haare aller anderen Jungs so lang wie die der Mädchen waren.

Lydia hatte Jerry angefleht, mit ihr nach Australien zu kommen, aber gleichzeitig verstanden, dass er seine Mutter nicht allein lassen konnte, die in all den Jahren immer für ihn da gewesen war. Tatsächlich liebte Lydia ihn auch dafür, dass er derart treu zu Daisy stand.

Er hatte sie am Tag der Abreise noch mit dem Zug bis nach Southampton zum Schiff begleitet, und als sie sich mit verschränkten Fingern unaufhaltsam ihrem Ziel genähert hatten, konnte er das Gefühl nicht abschütteln, einen fürchterlichen Fehler zu begehen.

Er presste unglücklich ihr Foto an die Brust, doch als

jemand leise bei ihm klopfte, hob er vorsichtig den Kopf und blickte Richtung Tür.

»Komm rein, Mum.«

Daisy öffnete die Tür und hielt einen Becher in die Luft. »Ich habe dir noch einen Tee gekocht, mein Schatz.«

Sie nahm Platz und blickte auf das Foto, das er in den Händen hielt. »Was hast du denn da?«

Er hielt ihr die Aufnahme von Lydia hin. Daisy hatte sie schon tausendmal gesehen, und wie immer strich sie mit dem Daumen das Foto glatt.

»Du vermisst sie immer noch, nicht wahr, Jerry?«

»Jeden Tag, Mum.« Er versuchte, es vor allem seiner Mutter nicht zu zeigen, aber manchmal war der Schmerz einfach zu groß.

»Ich sage es jetzt zum allerletzten Mal, und dann werde ich nie wieder davon sprechen, Jerry.« Sie stand auf und schob ihm sanft den Pony aus der Stirn. »Fahr nach Australien. Dort erwartet dich die Liebe deines Lebens. Wenn du hierbleibst, wirst du es irgendwann bereuen.«

»Ich kann nicht, Mum, es wäre nicht fair, dich …«

»Sag das nicht, Jerry. Ich will nicht Schuld am Unglück meines Kindes sein. Fahr mit meinem Segen nach Australien. Ich möchte, dass du fährst.«

»Aber …«

»Nichts aber, Jerry. Lydia will dich, oder nicht?«

»Natürlich will sie mich.«

»Was also hält dich davon ab, endlich hinzufahren? Das heißt, ich will es gar nicht hören.«

»Ich weiß wirklich zu schätzen, was du hier versuchst, Mum, aber du vergisst, dass ich genauso stur sein kann wie du. Ich fürchte also, dass du mich auch weiter an der Backe haben wirst.«

Daisy schaute sich im Zimmer ihres Sohnes um und schüttelte den Kopf, als sie die Poster an den Wänden sah. Anders als die meisten jungen Burschen hatte er kein Poster von seiner Lieblingsfußballmannschaft oder von Olivia Newton-John aufgehängt, sondern eine Abbildung des Sonnensystems und das Periodensystem der Elemente. Kein Wunder, dass es kaum Gemeinsamkeiten zwischen ihm und anderen Jungen seines Alters gab. Er igelte sich an den meisten Abenden in seinem kleinen Zimmer ein, las wahrscheinlich Lydias Briefe und schrieb – auch wenn Daisy keine Ahnung hatte, was für Neuigkeiten es aus seinem Leben zu berichten geben sollte – wöchentlich zurück. Abgesehen von der Arbeit, seinen freitäglichen Pubbesuchen und dem sonntäglichen Kirchgang unternahm er nie etwas. Und seine Erlebnisse beim Glockenläuten gaben sicher kaum genügend Stoff für seitenlange Briefe her.

Obwohl sie mit den Tränen kämpfte, setzte sie ein aufmunterndes Lächeln auf. »Wenn man überhaupt das Glück hat, seiner großen Liebe jemals zu begegnen, dann im Leben nur einmal. Dir und Lydia wurde dieses Glück zuteil. Bitte wirf es nicht aus falsch verstandener Loyalität zu mir einfach weg. Mit dieser Last kann ich nicht leben.«

Jerry streckte einen Arm aus und nahm ihre Hand. »Du findest wirklich, dass ich gehen sollte, stimmt's?«

»Hier bist du wie ein Vogel mit gestutzten Flügeln, Schatz. Hier kannst du nicht fliegen, aber du hast es verdient, die Schwingen auszubreiten und dorthin zu fliegen, wo du glücklich bist. Du musst ein einziges Mal an dich denken. Ich werde hier auch weiterhin mein Leben haben. Meinen süßen Floyd, meine beiden Jobs und die Kirche, in die du nur mir zuliebe jeden Sonntag gehst. Denn als

Wissenschaftler glaubst du schließlich nicht einmal an Gott.«

Er nickte lächelnd. Seine Mum war alles andere als dumm. »Vielleicht glaube ich nicht an Gott, aber ich glaube an den Trost, den dir dein Glaube bringt. Das reicht mir völlig aus.«

»Überleg's dir, Jerry … bitte.« Sie beugte sich zu ihm und gab ihm einen Wangenkuss. »Mehr werde ich zu dem Thema nicht sagen. Und jetzt gehe ich runter, damit Floyd endlich sein Futter kriegt.«

Natürlich liebte Daisy ihren Wellensittich, aber er war schwerlich ein Ersatz für einen Sohn. Obwohl sich seine Mutter alle Mühe gab, ihm etwas beizubringen, sprach der blöde Vogel immer noch kein Wort. Lydia zufolge waren Wellensittiche in ihrer neuen Heimat so verbreitet wie bei ihnen hier die Spatzen, und vor allem wurden sie dort nicht in Käfige gesperrt, sondern flogen frei herum. Anders als der arme Floyd, der sich die Langeweile mit dem Spiegel und der kleinen Glocke, die an seinen Gitterstäben baumelte, vertrieb.

Wenn schon Floyd nicht fliegen konnte, wollte Daisy, dass wenigstens ihr Sohn der Enge seiner bisherigen Existenz entfloh. Sie wollte, dass er nach Australien ging, weil dort das Mädchen war, das er liebte.

Er würde mit seiner Mutter diese Fahrt nach Blackpool machen und dafür sorgen, dass sie sich amüsierte, denn das war das mindeste, das sie verdiente.

Er brauchte nur ein paar Minuten, um sich zu entscheiden. Eilig stand er auf, setzte sich an seinen Schreibtisch und zog das dünne blaue Luftpostbriefpapier hervor.

12

Samstagmorgen um halb acht trafen Babs und ihre Tochter bei der Kneipe ein. Fast drei Wochen nach dem Feuer hoffte Selwyn, Montag wieder aufmachen zu können, weil die Renovierung praktisch abgeschlossen war.

Babs hatte sich für diesen Ausflug extra hübsch gemacht. Sie wusste, dass ihr kurzes flaschengrünes Hemdblusenkleid mit dem weißen Reverskragen eins von Selwyns Lieblingskleidern war. Sie hatte es auf ihrer heißgeliebten Singer-Nähmaschine angefertigt, die er ihr vor zwei Jahren zum vierzigsten Geburtstag geschenkt hatte, ehe Trisha in ihr Leben eingedrungen war. Die schulterlangen kastanienbraunen Haare hatte sie sorgfältig aufgebauscht und mit einem der geblümten Stirnbänder, die augenblicklich Mode waren, geschmückt, und zum Abschluss hatte sie sich großzügig mit Aqua Manda eingesprüht, es dabei aber etwas übertrieben, denn Lorraine hatte mit einer Hand vor ihrem Gesicht herumgewedelt, als sie durch die Wolke süßlichen Orangendufts gelaufen war. »Aber hallo, Mum. So hast du dich doch sicher nur zurechtgemacht, weil du besonderen Eindruck schinden willst.«

»Red doch keinen solchen Unsinn«, hatte Babs sich etwas zu schnell gewehrt.

Jede von ihnen trug eine riesige, gestreifte Strandtasche mit Decken, Handtüchern, Bikinis, Picknickzutaten sowie

Getränken, und nun hielten sie nach den anderen Ausschau. Trotz der frühen Stunde war es bereits warm, und sicher würde es erneut ein brütend heißer Tag werden.

Lorraine stieß ihre Mutter an. »Da.«

Zwei Gestalten kamen Arm in Arm den Bürgersteig entlang. »Verdammt, als was hat die sich denn verkleidet?«, fragte Babs.

Auf Schuhen mit Plateausohlen, die für einen Ausflug an den Strand vollkommen ungeeignet waren, stöckelte Trisha neben Selwyn her. Dazu trug sie knappe, ausgefranste weiße Shorts, eine über ihrer sonnengebräunten Taille geknotete weiße Baumwollbluse, unter deren dünnem Stoff ihr pinkfarbener Büstenhalter zu erkennen war, und sah mit ihrem breitkrempigen Schlapphut und der riesengroßen Sonnenbrille wie ein Filmstar aus.

Selwyn begrüßte Babs mit einem Wangenkuss. »Morgen, meine Liebe. Freut mich, dass ihr kommen konntet.«

Babs strahlte ihn an. »Wir hätten diese Fahrt auf keinen Fall versäumen wollen, stimmt's, Lorraine? Morgen, Trisha.«

Trisha nahm ihre Sonnenbrille ab und nickte knapp. »Morgen, Barbara … Lorraine.«

Die verlegene Stille wurde durch den alten Harry unterbrochen, der frohgemut mit seinem Einkaufswagen um die Ecke bog. »Morgen, allerseits.« Er trug einen abgetragenen grauen Anzug, Hemd und Schlips, und wenn man den gelben Fleck in Höhe seiner Brust, die Flusen auf der Jacke und die Schuhe, die nicht zu dem Anzug passten, ignorierte, wirkte er fast elegant.

»Du siehst sehr schick aus, Harry«, lobte Babs, obwohl sie keine Ahnung hatte, weshalb sich der alte Mann für einen Tagesausflug an den Strand derart in Schale warf.

Er musterte sie ebenfalls von Kopf bis Fuß, pfiff anerkennend durch die Zähne und lüftete übertrieben schwungvoll seinen Hut: »Dasselbe gilt für dich. Das ist ein wirklich hübsches Kleid, was du das trägst.«

»Freut mich, dass du kommen konntest, Harry«, begrüßte Selwyn ihn. »Wir können dir nicht genügend danken. Du hast uns durch deinen Anruf bei der Feuerwehr gerettet.« Er stieß seiner jungen Gattin in die Rippen. »Nicht wahr, Trish?«

»Was? Oh nein, natürlich. Danke, Harry«, sagte sie, während sie gelangweilt eine Wolke grauen Rauchs über ihre Schulter blies.

»Wo bleibt denn Don mit dem verflixten Van?«, fragte Lorraine.

Selwyn sah sich suchend um. »Er müsste jeden Moment kommen, keine Angst, Lorraine. Außerdem sind wir noch nicht vollzählig. Auf wen warten wir noch?«

»Auf Petula, aber ich sehe sie schon«, erwiderte sie, als sie ihre Freundin um die Ecke biegen sah. »Und Jerry und Daisy und wer noch?« Sie rieb sich nachdenklich das Kinn, als hätte sie vergessen, wer das letzte Mitglied ihrer Truppe war.

Mit einem amüsierten Lächeln meinte Babs: »Karl. Wir warten noch auf Karl.«

Das Mädchen nickte zustimmend. »Ach ja, richtig, Karl. An den hatte ich gar nicht mehr gedacht.«

Karl wälzte sich im Bett, bevor er mit der Hand auf seinen Wecker schlug. Endlich hörte das verfluchte Klingeln auf, doch als ihm einfiel, welcher Tag war, setzte er sich stöhnend auf. Warum zum Teufel hatte er nur zugesagt, als er zu diesem Ausflug eingeladen worden war? Ihm war klar, dass Selwyns Tochter für ihn schwärmte, und er wollte sie niemals verletzen, aber sie war eben noch ein Kind. Wohingegen ihre Mutter wirklich nett war und vor allem toll aussah. Vielleicht war sie etwas zu alt für ihn, und vor allem liebte sie noch immer ihren Exmann, aber Karl hatte bisher noch keine Herausforderung gescheut.

Er musterte sich im Spiegel, drehte seinen Kopf nach links und rechts und begutachtete eingehend sein Profil. Als Briefträger hatte er oft schon mittags frei, und das Ergebnis seiner Nachmittage in der Sonne war ein dunkler, beinah kaffeebrauner Teint. Er hatte keine Zeit mehr, um sich zu rasieren, doch zumindest spritzte er sich etwas Aftershave auf die stoppeligen Wangen und besprühte sich mit einem Hauch Deodorant. So oft, wie er an seinem Motorrad schraubte, roch er permanent nach Motoröl, und auch die schwarzen Ränder unter seinen Fingernägeln gingen nicht mehr richtig weg.

Er schaute auf die Uhr und stellte fest, dass er das Frühstück ausfallen lassen musste, um noch halbwegs rechtzeitig beim *Taverners* zu sein. Er zog eine Schlaghose sowie ein enges weißes T-Shirt an, in dem seine Muskeln vorteilhaft zur Geltung kamen, und hängte sich die Haifischzahnkette um den Hals. Dann schnappte er sich seine Schlüssel, öffnete die Haustür und riss überrascht die Augen auf, als er dort seine nervige Exfrau stehen sah.

»Verdammt, Andrea«, herrschte er sie an. »Was machst du denn um diese Uhrzeit hier? Du siehst entsetzlich aus!«

In dem Augenblick tauchte sein Sohn hinter ihr auf. »Buh.«

Andrea schob sich eine ungewaschene Strähne aus der Stirn und nickte mit dem Kopf in Mikeys Richtung. »Nimm du ihn, ja? Ich hab was vor.«

Mikey schoss an ihr vorbei und schlang seine Ärmchen um die Beine seines Dads.

Karl starrte Andrea böse an und unterdrückte mühsam seinen aufsteigenden Zorn. »Geht nicht. Ich bin selber gerade auf dem Sprung.«

Der kleine Junge legte seinen Kopf zurück und sah ihm flehend ins Gesicht. »Bitte, Dad. Du hast gesagt, wir könnten den Auspuff von deinem Motorrad reparieren.«

Karl zerzauste seinem Sohn das blonde Haar, das wohl schon länger keinen Kamm mehr gesehen hatte. »Tut mir leid, Junge, aber das müssen wir verschieben.« Es tat ihm in der Seele weh, als er die unschuldige Miene seines Jungen sah, doch er hatte es Andrea viel zu lange viel zu leicht gemacht.

Sie wandte sich zum Gehen. »Komm, Mikey, du wirst eben allein bleiben müssen. Und wenn du was essen willst – ein bisschen Müsli haben wir sicher noch im Haus.«

Karl packte ihren Arm. »Warte. Du kannst ihn doch nicht allein lassen. Um Gottes willen, er ist gerade mal sechs Jahre alt.«

»Du lässt mir ja keine andere Wahl«, stellte sie mit einem gleichmütigen Schulterzucken fest. »Komm, Mikey, dein Dad ist heute zu beschäftigt, um sich um dich zu kümmern.«

Karl war sich bewusst, dass sie ihn abermals manipulierte, und er kochte innerlich vor Wut. Er würde niemals zulassen, dass sie seinen Sohn allein ließ, und das wusste sie genau.

»In Ordnung, er kann mitkommen«, gab er klein bei.

Der Junge machte sich von seiner Mutter los und rannte glücklich auf ihn zu. »Danke, Dad.«

»Schon gut, Mikey. Am besten gehst du schon mal rein, weil ich noch kurz mit deiner Mutter reden muss, okay?«

Als das Kind ihn nicht mehr hören konnte, entlud Karl seinen geballten Zorn über der Frau. »So geht das einfach nicht. Wenn ich ihn auf Dauer nehmen soll, beantrage ich gern das Sorgerecht, aber du kannst ihn nicht einfach ständig ohne Ankündigung hier bei mir abladen. Ich habe schließlich auch ein Leben, über das du nicht einfach bestimmen kannst. Du weißt, dass ich den Kleinen liebe, aber er braucht Routine und Stabilität, und wenn du es nicht schaffst, ihm die zu geben, werde ich das tun.«

Andrea verzog trotzig das Gesicht. »Du hast den Sorgerechtsprozess verloren, Karl, sieh's endlich ein. Der Richter hat dir nicht geglaubt, dass ich eine so schlechte Mutter bin.«

»Du bist eine grauenhafte Mutter, und das Wohlergehen deines Kindes ist dir vollkommen egal.« Er warf die Hände in die Luft. »Und glaub ja nicht, dass ich nichts von all den Typen wüsste, die du ständig in der Bude hast. Mikey hat es mir erzählt. Jede verdammte Woche taucht ein neuer ›Onkel‹ auf. Wir müssen diese Sache ein für alle Mal klären. Ich werde gleich am Montag noch einmal zu meinem Anwalt gehen.«

Wütend warf er die Tür ins Schloss. Er würde dafür sorgen, dass man ihm das Sorgerecht für Mikey zusprach, denn der Junge hatte etwas Besseres verdient als diese dumme Schlampe, deren Leben nur aus Saufen, Kiffen und aus Sex mit wem auch immer zu bestehen schien.

Das Kind war in der Küche und trank. »Mikey?«

Schuldbewusst stellte der Kleine das halbleere Saftglas auf den Tisch. »Bekomme ich jetzt Ärger, Dad?«

Karl schüttelte den Kopf. »Nein, mein Schatz, ganz sicher nicht. Komm her.«

Er streckte seine Arme aus, und Mikey schmiegte sich an die vertraute Brust. »Wie würde es dir gefallen, für immer hier zu wohnen?«

Zögernd machte sich der Junge von ihm los, sah zu ihm auf und fragte ihn in hoffnungsvollem Ton. »Immer hier bei dir?«

»Nun, natürlich müsste ich erst mit dem Richter reden, aber wenn du das willst, werde ich versuchen, ihn dazu zu bringen, dass er es erlaubt.«

Mikey verzog zweifelnd das Gesicht. »Aber was wird dann aus Mum? Sie ist dann ganz allein und der Haushalt und die ganzen andere Sachen sind zu viel für sie. Sie braucht mich.«

Karl stieß einen Seufzer aus. »Du bist ein wirklich guter Junge, Mikey, aber es ist nicht deine Aufgabe, für deine Mutter da zu sein. Sie sollte sich um dich kümmern statt andersrum.« Er blickte auf die Küchenuhr. »Aber genug davon. Was hältst du von einer Fahrt ans Meer?«

Völlig außer Atem kam Karl mit Mikey beim *Taverners* an, denn er hatte den ganze Weg zur Kneipe rennen und den kleinen Mikey auf dem Rücken tragen müssen, weil der Junge deutlich langsamer war als er. Jetzt ließ er den Jungen auf den Gehweg gleiten und zupfte sein durchgeschwitztes T-Shirt von seiner schweißnassen Haut.

Der Van war gerade vorgefahren, und Don, der Fahrer, stieg mit schmerzverzerrtem Gesicht aus.

Selwyn klopfte stirnrunzelnd auf seine Uhr. »Wurde auch allmählich Zeit. Wir hatten schon fast die Hoffnung aufgegeben, dass du überhaupt noch kommst.«

Don stieß ein dumpfes Stöhnen aus. »Tut mir leid, Selwyn, aber ich kann euch nicht nach Blackpool fahren. Ein solches Fracksausen wie heute Morgen hatte ich noch nie.«

Mikey schaute seinen Vater fragend an. »Was ist Fracksausen? Was hat der Mann?

Trisha schnalzte mit der Zunge. »Fracksausen, tja nun, du weißt schon, wenn man ständig schei…«

»Eh, danke, Trisha«, fiel ihr Karl ins Wort und hielt dem Kind die Ohren zu. Dann beugte er sich zu dem Jungen vor und erklärte: »Er hat Bauchweh, das ist alles.«

Don hüpfte unglücklich von einem Fuß auf den anderen. »Wirklich, ich muss los. Ich lasse euch den Wagen hier, dann kann einer von euch ihn fahren. Ich kläre das mit der Versicherung.« Er warf Selwyn die Schlüssel zu. »Tut mir leid, aber ich muss mich echt beeilen.«

Selwyn wandte sich der traurig dreinblickenden Gruppe vor der Kneipe zu und schwenkte hoffnungsvoll den Schlüsselbund. »Gibt es einen Freiwilligen?«

Harry schüttelte den Kopf. »Tja, ich bin seit Jahren nicht mehr gefahren, und mein Augenlicht ist auch nicht mehr, was es mal war.«

Daisy hob die Hand, als ob sie in der Schule wären. »Tut mir leid, Selwyn, aber ich habe keinen Führerschein.«

Trisha zündete sich schlechtgelaunt die nächste Zigarette an und stellte mit einem Seitenblick auf Barbara fest: »Und ich überlebe diesen Ausflug nicht, wenn ich nichts trinken kann. Das heißt, ich scheide aus.«

»Trisha, wir würden alle gern was trinken. Sei doch nicht so egoistisch«, fuhr ihr Mann sie an.

»Selwyn Pryce, sprich nicht in diesem Ton mit mir. Das ist schließlich nicht meine Schuld.«

Selwyn schüttelte den Kopf. »Nein, du kannst nie etwas für irgendwas.«

Babs musste ein Kichern unterdrücken und stieß ihre Tochter mit dem Ellenbogen an. »Anscheinend wird der Ausflug amüsanter als gedacht.«

In diesem Augenblick trat Jerry vor und nahm dem Wirt die Schlüssel ab. »Schon gut, ich fahre euch.«

»Du?« Selwyn konnte seine Überraschung nicht verhehlen. »Ich wusste gar nicht, dass du Auto fahren kannst. Ich meine, schließlich bist du immer mit dem Fahrrad unterwegs.«

»Er fährt sogar sehr gut«, verbürgte Daisy sich für ihren Sohn. »Er hat die Prüfung gleich beim ersten Mal bestanden.« Lächelnd legte sie die Hand auf Jerrys Schulter ab.

»Anscheinend ist er kein so grüner Junge, wie ich immer dachte«, flüsterte Petula ihrer Freundin zu.

Selwyn lächelte ihn dankbar an. »Wenn du sicher bist, Jerry. Das wäre wirklich toll.«

Trisha trat ihre Zigarette auf dem Gehweg aus. »Gott sei Dank. Geht's dann jetzt vielleicht endlich los?«

»Danke, Junge. Du hast unseren Trip gerettet, wofür wir dir alle dankbar sind.« Als Selwyn sich mit hochgezogenen Brauen umsah, murmelten die anderen leise ihren Dank und spendeten verhaltenen Applaus.

Mit stolzgeschwellter Brust und einem breiten Lächeln nahm Daisy ihrem Sohn die Brille ab, hauchte auf die Gläser und polierte sie sorgfältig mit dem Saum von ihrem Rock.

»Keine Angst, Leute. Bei Jerry seid ihr in den besten Händen«, meinte sie und setzte ihm die Brille wieder auf. »Danke, Junge, ich bin wirklich stolz auf dich. Und jetzt fahren wir los.«

13

Jerry kletterte auf den Fahrersitz und machte sich mit den Schaltern und Knöpfen vertraut. Einen Ford Transit hatte er zugegebenermaßen nie zuvor gefahren, aber abgesehen von dem sechzig Zentimeter langen Schaltknüppel fühlte sich alles wie in einem anderen, kleineren Wagen an. Er strich mit den Händen über das Kunststoffarmaturenbrett und verstellte den Sitz, bis er mit seinen Füßen gut an die Pedale kam. Anders als den meisten jungen Männern machte ihm das Autofahren nicht wirklich Spaß. Es war ein Mittel zum Zweck, und da er zur Arbeit auch problemlos mit dem Fahrrad fahren konnte, sah er keinen Sinn darin, viel Geld für einen Wagen auszugeben und ihn dann in der Garage abzustellen. Bei einem Benzinpreis von inzwischen siebenundsiebzig Pence pro Gallone gab er sein Geld lieber für andere Dinge aus.

Hinten stritten sich die anderen um die besten Plätze. An den Längsseiten des Vans gab es zwei Bänke, die sich gegenüberstanden, also wären muntere Gespräche garantiert. Der schwarze Kunststofffahrersitz war jetzt schon heiß und klebrig, doch zumindest verfügte er über den Luxus eines Gurts.

Jerry öffnete das Fenster, um ein wenig Luft hereinzulassen, und hörte, wie sich Daisy draußen auf dem Gehweg gutgelaunt mit Harry unterhielt. So glücklich hatte er sie schon seit langem nicht mehr erlebt. Mit ihren Mitte vierzig hatte sie noch immer rabenschwarzes, weich gelocktes Haar. Sie hatte es auf einer Seite ihres Kopfes mit einer hübschen Klammer festgesteckt, ein paar Strähnen rund um ihr Gesicht drapiert und der Frisur mit jeder Menge Haarspray Halt verliehen. Es machte ihn traurig, dass sie keinen neuen Ehemann gefunden hatte, nachdem sie bereits in jungen Jahren verwitwet war. Achtzehn Jahre waren eine lange Zeit, wenn man allein war. Dabei hatte es ihr an Bewunderern ganz sicher nicht gefehlt. Vor allem der Bäcker hatte sich um sie bemüht und ihr als Zeichen seiner Zuneigung ab und zu zwei Cremeschnittchen geschenkt. Oder der Gasableser, der mehr Haare in den Ohren hatte als auf dem Kopf. Er hatte Daisy immer zum Lachen gebracht, und manchmal war sie seiner Einladung auf einen Drink im Pub gefolgt, doch ehe daraus eine ernsthafte Beziehung hatte werden können, hatte seine Mutter einen Rückzieher gemacht.

Jerry lehnte sich entschlossen aus dem Fenster. »Mum, warum setzt du und Harry euch nicht mit nach vorn?«

Das Letzte, was er bräuchte, wäre, dass Lorraine und ihre Freundin diese Plätze mit Beschlag belegten. Bei dem ständigen Geplapper der Mädchen könnte er sich nicht aufs Fahren konzentrieren, und vor allem war er schließlich einzig seiner Mutter wegen mit von der Partie. Er konnte Petula ächzen hören, als sie hinten in den Wagen stieg. Lorraine schob sie von hinten an, sie plumpste unsanft auf die Knie, und die anderen Passagiere zwängten sich an ihr vorbei.

Jerry drehte sich nach hinten um. »Sind alle an Bord?«

Trisha saß zwischen Selwyn und dem kleinen Mikey, was sie nicht gerade zu freuen schien, und Karl saß gegenüber von seinem Sohn neben Lorraine, die ihr rechtes Bein an seinen Oberschenkel presste, obwohl es im Grunde reichlich Platz für alle gab.

Trisha zeigte mit dem Daumen auf Mikey und wandte sich an Karl. »Bitte sag mir, dass der kleine Hosenscheißer nicht den ganzen Weg bis Blackpool mit den blöden Dingern spielt. Er treibt mich damit jetzt schon in den Wahnsinn, und ich schwöre dir, ich werde ihn damit erwürgen, wenn er nicht gleich Ruhe gibt.«

Karl nahm seinem Sohn die Kastagnetten ab. »Die stecke ich am besten erst mal ein, okay?«

»Tut mir leid.« Der Kleine zuckte traurig mit den Achseln, und sein Dad bedachte Trisha mit einem bösen Blick.

»Bist du jetzt zufrieden?«

Jerry schob den Zündschlüssel ins Schloss und schaltete die Scheibenwischer ein, um die zahlreichen Marienkäfer wegzuwischen, die seit ein paar Wochen eine regelrechte Plage waren. Sie schienen bei der Hitze prächtig zu gedeihen. Er brauchte mehrere Versuche, um den Motor anzulassen, aber schließlich sprang er stotternd an, und seine Fahrgäste brachen in lauten Jubel aus.

Babs saß Selwyn gegenüber, und als sie die Beine übereinanderschlug, berührte sie sein Knie. Er lächelte sie an, senkte dann aber den Kopf und nahm eine Zigarette aus der Packung, die ihm Trisha hinhielt, während sie sich selbst den nächsten Glimmstängel zwischen die Lippen schob. Als sie ihm Feuer gab, umfasste er sanft ihre Hand, und sie streichelte zärtlich seine Wange und legte den Kopf auf seine Schulter. Unbehaglich rutschte Babs auf ihrem Sitz herum und wandte sich an Karl, der ein Stück weiter weg saß. »Wie sieht's aus, Karl, spielst du immer noch in deiner Band?«

Da die beiden jungen Mädchen zwischen ihnen saßen, beugte er sich vor, als er ihr eine Antwort gab. »Na klar. Wobei wir schon seit längerem nirgendwo mehr aufgetreten sind.«

»Warum fragst du nicht Selwyn, ob er euch im Pub spielen lässt?«, schlug sie ihm vor.

Achselzuckend zog der Wirt an seiner Zigarette. »Warum nicht? Was meinst du, Trisha?«

Babs funkelte ihn zornig an. Warum musste er das blöde Weibsbild immer um Erlaubnis fragen, wenn es doch um seine Kneipe ging?

Trisha dachte kurz darüber nach. »Meinetwegen. Wie nennt ihr euch noch mal?«

»Der endgültige Beweis.«

»Wie kommt man denn auf einen solchen Namen?«, mischte sich Lorraine in das Gespräch ein. Zu ihrem Leidwesen hatte ihr Sitznachbar sie bisher völlig ignoriert, und jetzt ergab sich vielleicht endlich die Gelegenheit, sein Augenmerk auf sie zu ziehen.

»Tja, wir saßen eines Abends rum, haben nach einem Namen für die Band gesucht, und plötzlich meinte Georgie, die *Bay City Rollers* hätten als *The Saxons* angefangen, und weil dieser Name wenig hip gewesen wäre, einfach einen Pfeil auf eine Karte von den USA geworfen und sich dann den Namen von dem Ort gegeben, auf dem der Pfeil gelandet war. Bay City in Michigan. Georgie fand, wir sollten es genauso machen, also haben wir den Stadtplan von Manchester, der irgendwo herumlag, aufgehängt. Dummerweise landete der Pfeil in Burnage«, führte Karl mit einem gleichmütigen Achselzucken aus. »Das klingt nicht wirklich cool.«

Lorraine fing schallend an zu lachen und legte die Hand

auf seinen Arm. »Das ist wirklich witzig, aber wie seid ihr auf den Namen gekommen, den ihr euch am Schluss gegeben habt?«

Irritiert blickte Karl auf ihre Hand auf seinem Unterarm. »Ich habe gesagt, das wäre der endgültige Beweis dafür, dass Georgie ein Idiot ist, und da alle anderen meiner Meinung waren, haben wir uns so genannt.«

»Ich habe Hunger, Dad. Mum hat vergessen, mir Frühstück zu machen«, fiel der kleine Mikey ihm ins Wort.

Unisono drehten sich die anderen nach der jämmerlichen Stimme um. Karl klopfte auf seine leeren Taschen und bedachte ihn mit einem unglücklichen Blick. »Tut mir leid, Schätzchen, ich habe nichts dabei. Aber wir gehen zu einer Pommesbude, sobald wir in Blackpool sind.«

Babs zog ihre Tasche hervor und kramte kurz darin herum. »Pommes zum Frühstück, Karl? Hier hast du eins von unseren Eibroten.« Sie hielt dem Kind ein durchgeweichtes Sandwich hin, und Mikey klappte vorsichtig das schlabberige Dreieck auf. Der durchdringende Geruch von hartgekochtem Ei mischte sich mit dem Zigarettenrauch, und naserümpfend klappte er das Sandwich wieder zu.

»Sei nicht so mäkelig, Mikey«, schalt Karl. »Was sagst du zu Babs?«

Das Kind nahm einen großen Bissen von dem Brot, und während ihm zahlreiche Krümel auf die Hose fielen, murmelte es einen leisen Dank. Mikey blickte auf den Abdruck, den er mit den Zähnen in dem Sandwich hinterlassen hatte, und zupfte mit argwöhnischer Miene an dem Brot herum. »Auf dem Butterbrot ist Gras.«

»Das ist Kresse«, klärte ihn sein Vater auf. »Die ist gesund. Also hau rein.«

Trisha stieß Selwyn mit dem Ellenbogen an. »Wir sind hier auf der Autobahn, und Jerry hat bisher nicht einen anderen Wagen überholt. Wenn er so weiterschleicht, sind wir wahrscheinlich erst im Dunkeln da.«

»Lass ihn in Ruhe, Trisha. Immerhin hat Jerry angeboten, uns zu fahren«, meinte Babs, doch Trisha ignorierte ihren Kommentar.

»Sag ihm, er soll ein bisschen schneller fahren«, wandte sie sich abermals an ihren Mann.

Selwyn beugte sich zu Jerry vor und klopfte ihm sachte auf die Schulter. »Macht's dir etwas aus, etwas aufs Gas zu drücken, Jerry?«

Seine Tochter blickte ihre Freundin an. »Du bist so still. Was ist mit dir?«

»Ich habe fürchterliche Rückenschmerzen. Diese Bänke sind einfach entsetzlich unbequem.«

»Tja, wir sind bestimmt bald da. Was willst du als Erstes machen?«

Petula zuckte mit den Schultern. »Vielleicht in den Vergnügungspark?«

»Gute Idee. Wenn wir das nach dem Picknick machen, kommt uns sicher sonst das Mittagessen wieder hoch. Diese Eibrote riechen schon jetzt wie zweimal ausgespuckt.«

»Lorraine!«, schalt ihre Mutter. »Das ist ekelhaft.«

Ohne auf Babs' Worte einzugehen, wandte sich Lorraine wieder an Karl. »Willst du mitkommen?«

Karl zögerte. »Das kommt drauf an, was Mikey machen will.«

Mikey trommelte sich fröhlich mit den kleinen Fäusten auf die Knie. »Ja, Dad, bitte, ja. Das wäre toll. Ich liebe Karussells. Ich will in die Berg-&-Tal-Bahn und die Geisterbahn.«

Karl zuckte zusammen. »Das ist nichts für mich, aber ich komme mit und gucke zu, wenn die Mädchen mit dir fahren.«

Mit einem Mal schrie Daisy vorne gellend: »Vorsicht, Jerry«, und die Leute auf den Bänken rutschten ineinander, als er kräftig auf die Bremse trat und der Transit von der einen Fahrspur auf die andere schlingerte, während er unter dem lauten Hupen der anderen Autofahrer um Kontrolle rang.

Schon nach wenigen Sekunden fuhr er wieder geradeaus, die Fahrgäste jedoch hatten sich nicht so schnell von diesem Schreck erholt.

»Mein Gott, Jerry, was war das denn?«, fuhr ihn Trisha an. »Bist du sicher, dass du Auto fahren kannst?«

»Schon gut, Jerry«, besänftigte ihn Babs. »Es ist ja nichts passiert.«

Jerry wischte sich die Schweißperlen von der Stirn. »Tut mir leid, Leute. Der Wagen vor mir ist plötzlich ausgeschert. Seid ihr alle okay?« Er drehte sich nach seinen Passagieren um.

»Guck nach vorne, Jerry«, bat ihn seine Mum.

Babs beugte sich ein wenig vor und raunte Selwyn leise zu. »Du hättest uns auch selbst hinfahren können.«

»Das habe ich gerade auch gedacht, aber es ist besser, wenn er sich ans Fahren gewöhnt, solange es noch hell ist. Umso sicherer fährt er uns heute Abend wieder nach Hause.«

Trisha fischte ihre Puderdose aus der Tasche, klappte den Deckel auf und tupfte sich die Nase ab. »Hoffentlich sind wir dann alle voll genug, dass uns der Fahrstil dieses Irren nicht mehr interessiert.«

Selwyn tätschelte ihr aufmunternd das Knie. »Das

war knapp, aber es ist ja nichts passiert, also lass uns den Tag genießen, ja?« Er ließ seine Hand auf ihrem nackten Oberschenkel liegen und massierte mit dem Daumen sanft ihr weiches Fleisch.

Am liebsten hätte Babs die ihr vertraute Hand vom Bein der anderen Frau geschubst und Selwyn angeherrscht, er solle nicht so unsensibel sein. Es war durchaus befriedigend für sie, dass immer noch ihr Name auf den Knöcheln ihres Exmannes prangte, doch das reichte nicht. Trisha wusste nicht mal annähernd, wie glücklich sie sich schätzen konnte, einen Mann wie Selwyn zu haben, aber früher oder später käme er auf alle Fälle wieder zur Vernunft, und dann würde Barbara ihn mit offenen Armen wiederaufnehmen.

14

Als sie endlich in Blackpool waren, herrschte am Strand bereits ordentlich Betrieb.

Lorraine war froh, weil Karl endlich Notiz von ihr zu nehmen schien. Sie hatte ihn im Bus einen verstohlenen Blick auf ihre langen Beine werfen sehen, und als sie »versehentlich« den Schenkel an sein Bein gepresst hatte, war er nicht von ihr abgerückt.

Sie versammelten sich auf der Uferpromenade und blickten über die Mauer auf den Strand. Reihen blauweiß gestreifter Liegestühle waren dort aufgestellt, und ein paar kleine Kinder in geblümten Badeanzügen und Bademützen sprangen in die Wellen und wichen kreischend vor den braunen Schaumkronen zurück.

Selwyn klatschte in die Hände und bat seine Freunde: »Also, Leute, lasst uns erst einmal ein Gruppenfoto machen. Wie ich sehe, Jerry, hast du deinen Fotoapparat dabei.«

Obwohl die anderen stöhnten, reihten sie sich vor der Mauer auf und lächelten gehorsam in die Kamera. Trisha bauschte sich die Haare auf, zog einen Schmollmund, schmiegte sich an Selwyn und hob ein Bein vor seinen Bauch. Er umfasste ihren Schenkel, zog sie möglichst eng an sich heran und starrte so unverblümt in ihren Ausschnitt, dass die unglückliche Barbara schnellstmöglich in eine andere Richtung sah. Karl kitzelte seinen Sohn im Nacken, und der kicherte vergnügt, Daisy hakte sich bei Harry ein, und die beiden Mädchen drängten Jerry, endlich auf den Auslöser zu drücken, weil sie keine Lust hatten, den ganzen Tag nur dumm herumzustehen.

»Fertig.« Während Jerry sorgfältig wieder die Kappe vor die Linse schob, nahm Trisha ihren Mann beim Arm.

»Lass uns erst mal was trinken gehen. Ich bin völlig ausgetrocknet.«

Selwyn blickte auf die Uhr und hob die Brauen an. »Es ist noch nicht einmal zehn Uhr.«

Sie runzelte verständnislos die Stirn. »Na und?«

»Ich und Petula gehen erst einmal in den Vergnügungspark, und Karl kommt mit, nicht wahr?« Lorraine nahm Mikeys Hand. »Schließlich haben wir dem jungen Mann versprochen, Karussell zu fahren.«

Karl warf die Arme in die Luft. »Okay, klingt gut. Kommst du auch mit, Babs?«

Lorraine versuchte, sich nicht anmerken zu lassen, wie enttäuscht sie war. Sie liebte ihre Mum, natürlich, aber dass sich je ein Mann, um dessen Gunst sie buhlte, statt für sie für Barbara interessieren würde, hätte sie beim besten Willen nicht gedacht. Sie würde nie verstehen, was der attraktive Karl, der jede Frau haben könnte, an einer so alten Schachtel fand.

Ihre Mutter nickte zustimmend und ergriff entschlossen Mikeys andere Hand. »Warum nicht? Schließlich habe ich sonst nichts vor.«

»Okay, dann wäre das also geklärt«, verkündete Lorraine. »Wir fünf gehen erst in den Vergnügungspark und danach an den Strand.«

Selwyn sah die anderen Mitglieder der Gruppe an.

»Daisy, Harry, Jerry, wisst ihr drei schon, was ihr machen wollt?«

Jerry zückte ein Notizbuch und blätterte kurz darin herum. »Ich würde gern ins Dr.-Who-Museum gehen.«

Trisha juchzte laut. »Oh ja, ich auch. Kann ich mitkommen, Jerry?«

Er bedachte sie mit einem überraschten Blick, trat dann aber zögernd auf sie zu. »Natürlich, Trisha, gern. Ich kenne mich dort recht gut aus und kann dir eine private Führung geben, wenn du willst.«

Trisha riss die Augen auf und schüttelte den Kopf.

»Sie hat dich nur aufgezogen, Jerry«, wandte sich jetzt Selwyn an den jungen Mann. »Im Grunde interessiert sie sich gar nicht dafür.«

Jerry steckte sein Notizbuch wieder ein. »Oh, verstehe. Sie hat einfach einen Witz gemacht.«

Harry schlug ihm auf den Rücken. »Ich würde dich gern begleiten, Jerry, und deine Mutter sicher auch.«

Daisy nickte zustimmend.

»Könnt ihr vielleicht euren Hickhack wenigstens so lange unterbrechen, bis wir wissen, wann und wo wir alle uns nachher zum Essen treffen sollen?«, fragte Lorraine, die keine Lust hatte, noch länger dort herumzustehen.

»Es gibt einen tollen Pub hier an der Promenade«, schlug ihr Vater vor. »Er heißt *The Ferryman*, und die Scampi dort sind echt gut. Am besten treffen wir uns so gegen sechs. Ihr könnt ihn nicht verfehlen.« Er nahm Trishas Hand und sah sie fragend an. »Bist du damit einverstanden, Schatz?«

»Solange sie dort Alkohol servieren.« Mit einem vieldeutigen Blick in Richtung seiner Exfrau zog sie sein Gesicht zu sich herab und gab ihm einen Wangenkuss.

Im Vergnügungspark herrschte bereits um diese frühe Uhrzeit reges Treiben, und Lorraine kam es so vor, als hallten die lauten Bässe der Musik in ihrem Brustkorb nach. Es herrschte eine ausgelassene Atmosphäre, obwohl das Geruchsgemisch von Hotdogs, angebratenen Zwiebeln sowie süßer Zuckerwatte ihr ein wenig auf den Magen schlug.

Die beiden jungen Mädchen gingen vor, zählten immer laut bis drei und schwenkten dann den kleinen Mikey fröhlich durch die Luft. Lorraine dachte, dass sie Karl am ehesten über seinen Sohn für sich einnehmen könnte. Wenn Mikey sie sympathisch fände, würde auch sein Vater sie bestimmt mit anderen Augen sehen. Als sie aber über ihre Schulter blickte, musste sie zu ihrem Leidwesen erkennen, dass ihr Traummann, statt sich darüber zu freuen, wie gut sein Kind sich amüsierte, an den Lippen ihrer Mutter hing. Babs konnte manchmal wirklich furchtbar egoistisch sein. Im Grunde war sie viel zu alt für Karl, und vor allem liebte sie noch immer Lorraines Dad. Das sah jeder außer Selwyn.

Inzwischen hatten sie das erste Fahrgeschäft erreicht. Ein langweiliges, lahmes Ding, doch als Mikey seinen Dad mit aufgeregter Stimme fragte, ob er eine Runde mit ihm führe, schüttelte der unglücklich den Kopf. »Ich kann nicht, Junge, tut mir leid. In diesen Dingern wird mir übel. Es genügt schon hinzusehen, damit mein Magen sich zusammenzieht.«

»Genauso geht's mir auch«, pflichtete Babs ihm bei. »Ich habe kein Problem mit rauf und runter, aber wenn es permanent im Kreis geht, wird mir schlecht.« Lachend nahm sie seinen Arm, und zusammen nahmen sie auf einer Bank neben der Pommesbude Platz.

Mit einem bösen Seitenblick auf sie wandte sich Lorraine an Karl. »Aber sieh doch nur, wie traurig Mikey ist. Du kannst ihn doch nicht so enttäuschen.«

Kopfschüttelnd sah Mikey zu ihr auf und stellte mit vorwurfsvoller Stimme fest: »Aber *du* hast mir versprochen, mit mir Karussell zu fahren.«

Sie knirschte mit den Zähnen. »Ja, ich weiß, aber du hättest doch bestimmt auch gern deinen Dad dabei, nicht wahr?« Der Knirps war ihr nicht die geringste Hilfe, dachte sie erbost.

»Versprochen ist versprochen«, stimmte Karl dem Jungen zu und beugte sich herab, bis er auf Augenhöhe mit ihm war. »Ich gehe nachher mit dir zu den Schießbuden, okay?«

Petula legte die Hände in den Rücken, denn noch immer taten ihr dort alle Muskeln weh. »Können wir jetzt endlich weitergehen, oder bleiben wir den ganzen Tag hier stehen und diskutieren, was wir machen sollen?«

Lorraine stieß einen Seufzer aus. »Also, meinetwegen. Komm, Mikey, es sieht so aus, als würden wir allein fahren.«

»Danke, Lorraine, du bist ein Schatz.« Karl zwinkerte ihr zu, und als er flüchtig ihren Unterarm berührte, wurden ihre Knie derart weich, dass sie sich nur noch mühsam auf den Beinen hielt.

Babs und Karl saßen zusammen auf der Bank und sahen den beiden Mädchen und dem kleinen Jungen, der begeistert ein Stück vorlief, hinterher.

»Sieht aus, als würde er sich prächtig amüsieren«, stellte Babs mit einem warmen Lächeln fest.

»Er ist ein tolles Kind. Ich liebe ihn mehr als alles andere auf der Welt, und aus Gründen, die ich nie verstehen werde, betet er mich an.«

»Sei nicht zu streng mit dir. Du bist ein wunderbarer Vater, Karl.«

»Nein, ich habe ihn im Stich gelassen«, widersprach er ihr. »Ich hätte härter um ihn kämpfen sollen. Er hat es nicht verdient, dass er bei seiner grauenhaften Mutter leben muss.«

Babs runzelte die Stirn. »Ich bitte dich. So schlimm kann sie doch wohl nicht sein.«

Karl wandte sich ihr zu und legte seinen Arm auf die Rückenlehne der Holzbank. »Sie ist nicht grausam oder so – ich würde niemals zulassen, dass sie ihm etwas antut –, aber sie vernachlässigt ihn. Sie wollte das Sorgerecht nur, um mir eins auszuwischen.« Er sah auf den Boden und scharrte mit seinen Füßen in der Erde. »Wenn er zu mir kommt, habe ich manchmal das Gefühl, dass er eine Woche nichts gegessen hat. Armer kleiner Kerl. Sie lässt ihn bis in die Puppen auf, was er natürlich super findet, aber meiner Meinung nach braucht er Routine und ein Mindestmaß an Disziplin. Außerdem schleppt sie anscheinend jede Woche irgendeinen neuen Typen an und unternimmt nicht das Geringste mit dem Kind. Sie gehen nie zusammen in den Park, ins Kino, oder so. Deshalb ist er immer überglücklich, wenn er bei mir ist und mir Gesellschaft leisten kann, wenn ich an meinem Motorrad schraube, auf meiner Gitarre klimpere oder mit sonst was beschäftigt bin.«

Seine Augen fingen an zu leuchten, und Babs konnte deutlich hören, wie stolz er auf den Jungen war. »Er ist ein wirklich braves Kind und echt intelligent. Auch wenn ich keine Ahnung habe, woher er das hat. Mit ein bisschen Hilfe könnte er es sehr weit bringen, davon bin ich überzeugt.« Er starrte auf das Karussell. »Aber wie dem auch sei, werde ich nicht mehr tatenlos mit ansehen, wie er langsam, aber sicher vor die Hunde geht. Gleich am Montag werde ich noch mal zu meinem Anwalt gehen. Ich werde um ihn kämpfen, das hätte ich schon längst machen sollen. Ich werde mich meiner Verantwortung für diesen Jungen stellen.«

Er atmete tief durch und blies die Wangen auf. »Entschuldige. Normalerweise bin ich nicht so pathetisch.«

»Ich kann dich gut verstehen. Er ist dein Sohn, und du kannst wirklich stolz auf ihn sein.«

Da sich Karl für seinen rührseligen Anfall schämte, wechselte er kurzerhand das Thema. »Und du? Wie geht es dir?«

Babs drehte eine Strähne ihres Haars auf ihrem Zeigefinger auf. »Wie soll es mir schon gehen? Es ist immer noch die alte Leier. Ich liebe Selwyn, und ich hasse Trish. Wobei meine Verbitterung mir auch nicht wirklich hilft.«

»Selwyn ist ein Narr. Das wissen wir alle.«

»Was mir ebenfalls nicht wirklich hilft.«

Zärtlich schob er ihr die Strähne, die sie kurz zuvor auf ihrem Finger aufgewickelt hatte, aus der Stirn und sah sie an. »Babs, du bist …«

Eilig legte sie ihm einen Finger an die Lippen und schüttelte nachdrücklich den Kopf. »Pst, das sagst du besser nicht. Dadurch würde alles nur noch komplizierter, als es ohnehin schon ist, und davon abgesehen ist dir doch sicher klar, dass unsere Lorraine total in dich verschossen ist.«

Er stöhnte leise auf. »Ich weiß. Aber genauso musst du

ja wohl wissen, dass du dir in dieser Hinsicht keine Sorgen machen musst. Mädchen ihres Alters interessieren mich einfach nicht.«

»Das freut mich zu hören, Karl. Aber bring ihr bitte möglichst schonend bei, dass ihre Hoffnungen vergebens sind. Es hat sie nämlich schlimm erwischt.«

»Ja natürlich. Auch wenn ich beim besten Willen nicht verstehen kann, was ein so hübsches junges Ding wie sie in mir altem Knacker sieht.«

»Unglücklicherweise können sich die Jungs ihres Alters schwer mit einem attraktiven Burschen messen, der Motorrad fährt und obendrein auch noch echt gut Gitarre spielen kann.«

»Also bitte, Babs, wenn du so weiterredest, werde ich noch rot.«

Sie fing an zu lachen, aber als die beiden Mädchen Arm in Arm vom Karussell zurückgeschlendert kamen, brach sie ab. Lorraine und ihre Freundin tuschelten und kicherten vergnügt, doch Karl sprang auf und trat entschlossen auf sie zu. »Wo ist Mikey?«

Sie blieben wie angewurzelt stehen und kämpften sichtbar gegen die aufsteigende Panik an. »Er wollte zu euch. Wir sind eine Runde in dem Karussell mit ihm gefahren, aber dann wurde ihm schlecht, und beim zweiten Mal wollte er nicht mehr mit.«

Karl schob die Mädchen unsanft zur Seite und marschierte Richtung Karussell. »Mikey, Mikey!« Er drehte ein vorbeikommendes Kind zu sich herum. »Hast du meinen Sohn gesehen, einen kleinen Jungen, ungefähr so alt wie du? Er hat ein kariertes Hemd und eine kurze braune Hose an.« Noch während sich der Junge nach seinem kandierten Apfel bückte, den er hatte fallen lassen, stapfte Karl schon weiter und rief immer wieder den Namen seines Sohnes.

Die anderen Leute kümmerten sich nicht um ihn, sondern gingen weiter ihrem Vergnügen nach, als er den jungen Burschen, der die Karten an dem Karussell abriss, am Kragen packte und verzweifelt von ihm wissen wollte: »Hast du irgendwo mein Kind gesehen? Er ist eben noch hier Karussell gefahren, und jetzt ist er nicht mehr da.«

»Tut mir leid, Kumpel«, erwiderte der Junge und befreite sich aus seinem Griff. »Ein bisschen präziser, bitte. Ich habe in den letzten zehn Minuten jede Menge Kinder hier gesehen.«

Ohne auf ihn einzugehen, brüllte Karl: »Wo bist du, Mikey? Mikey, melde dich!«

Er drehte kurz den Kopf, als Barbaras Tochter angelaufen kam.

»Hat ihn jemand gesehen?« Ihr Gesicht war puterrot, und obwohl sie sich bemühte, möglichst nonchalant zu klingen, hörte er der schrillen Stimme deutlich an, dass sie inzwischen ebenfalls vollkommen panisch war.

»Nein, verdammt noch mal. Was hast du dir dabei gedacht, Lorraine? Du solltest auf ihn aufpassen. Ich schwöre dir, falls Mikey irgendwas passiert ist, werde ich …«

Jetzt schob sich Barbara zwischen sie. »Hör auf, Karl. Das bringt deinen Jungen nicht zurück. Wir müssen uns ganz auf die Suche konzentrieren. Am besten teilen wir uns auf. Er ist bestimmt nicht weit.«

Zwei Minuten später fand sie ihn auf einer Bank. Seine schmalen Schultern bebten, und vom vielen Weinen waren seine Augen gerötet und verquollen. Er sprang auf, als er sie kommen sah, und schlang seine dünnen Ärmchen um ihre Hüfte.

Sie ging vor ihm in die Hocke, zog ihn tröstend an die Brust und drückte einen Kuss auf seine Stirn.

Unter seinem linken Nasenloch hing eine dicke Rotzblase, die auf ihrer Schulter platzte, während sie ihn in den Armen hielt.

»Ich konnte euch nicht finden«, murmelte er rau. »Dad hat gesagt, wenn ich mich verlaufe, soll ich einen Polizisten suchen, aber was ich tun soll, wenn ich keinen Polizisten finde, hat er nicht gesagt. Glaubst du, dass er mir jetzt böse ist?«

Babs hielt ihn fest und blickte in sein schmutziges, tränennasses Gesicht. »Nein, Mikey, ganz sicher nicht.« Tröstend wiegte sie ihn in den Armen, und er schmiegte sich an ihren Körper und sog ihre Zärtlichkeit so tief wie möglich in sich auf.

»Und jetzt lass uns gehen und deinen Dad von seinem Leid erlösen.«

Lächelnd nahm sie Mikeys Hand, und gemeinsam bahnten sie sich einen Weg durch das Gedränge und sahen sich nach seinem Vater um. Es gab kaum ein Durchkommen auf den überfüllten Wegen, und während sich Barbara darauf konzentrierte, ihren jungen Schützling nicht noch einmal zu verlieren, entdeckte Mikey seinen Dad, der mit den Leuten in der Schlange vor der Berg-und-Tal-Bahn sprach.

»Dad!«, schrie er, so laut er konnte. »Ich bin hier! Hier drüben! Babs hat mich gefunden.«

Beim Klang der Stimme seines Sohns fuhr Karl herum und atmete erleichtert auf. Barbara ließ die Hand des Jungen los, und glücklich stürzte der auf seinen Vater zu.

Karl sank auf die Knie, breitete die Arme aus, und selig warf der kleine Bursche sich ihm an die Brust. Einen

Augenblick lang waren sie vor lauter Glück vollkommen überwältigt, aber schließlich krächzte Mikey: »Dad, ich kriege keine Luft mehr.«

Widerstrebend ließ der Vater von ihm ab, legte ihm die Hände ans Gesicht und stieß mit rauer Stimme aus: »Ich dachte, ich hätte dich verloren.«

»Tut mir leid, Daddy.«

»Das war nicht deine Schuld, Mikey. Ich hätte dich nie aus den Augen lassen sollen.«

Er stand wieder auf, nahm Barbaras Hand, zog sie zu sich heran und gab ihr einen sanften Wangenkuss. »Ich danke dir.«

15

Lorraine tauchte in einem winzigen Bikini unter ihrem Badevorhang auf. Ihr buntgetupftes Höschen spannte über ihren spitzen Hüftknochen und betonte ihre schlanke Taille, als sie sich neben ihre Freundin auf die Picknickdecke legte und mit einem Blick auf deren Bauernbluse von ihr wissen wollte: »Willst du dich nicht auch umziehen? In diesem Ding wirst du doch niemals braun.«

Sie hatten es geschafft, sich ein Plätzchen an dem überfüllten Strand zu sichern, ihre Decke ausgebreitet, und nach dem Genuss von Eibroten und Tee aus ihrer Thermoskanne wollten sie jetzt erst einmal ein kurzes Sonnenbad nehmen.

Lorraine streckte sich auf der Decke aus und schloss ihre Augen. »Ich kann einfach nicht glauben, was für einen Aufstand Karl gemacht hat, du, Petula?«

Ihre Freundin sah von ihrer Zeitschrift auf. »Hmm?«

»Hörst du mir überhaupt zu? Dieser blöde Karl! Wie konnte er mich nur so anfahren, nur weil Mikey kurz verschwunden war. Ich bin schließlich nicht seine Mutter. Ich bin nicht verantwortlich für ihn. Ich verstehe sowieso nicht, warum er ihn überhaupt mitbringen musste.« Kurzerhand schob sie die Träger ihres winzigen Bikinioberteils auf ihre Arme, damit sie keine weißen Streifen auf den Schultern bekam. »Aber egal, mit diesem Typen bin ich fertig. Meine Mutter kann ihn gern haben.«

Als Petula keine Antwort gab, stützte Lorraine sich auf ihren Ellenbogen ab und sah sie fragend an. »Du hörst mir gar nicht zu. Was ist mit dir?«

Petula legte ihre Zeitschrift fort. »Ich fühle mich nicht so besonders, das ist alles. Ich habe schon seit Tagen fürchterliche Rückenschmerzen, und die Paracetamol, die ich genommen habe, wirken einfach nicht«

»Hast du es mal mit Latschenkiefernöl versucht?«

»Ja, aber ich hätte schwerlich meinen Vater bitten können, mir den Rücken einzureiben, und allein kriege ich das Zeug dort nicht verteilt.«

»Lass dir trotzdem nicht den Tag davon verderben. Montag sitzen wir schon wieder in dem stickigen Büro, tippen bergeweise sterbenslangweilige Briefe, trinken grauenhaften Kaffee und versuchen, diesen Typen aus der Postabteilung abzuwehren – du weißt schon, den, der seine Pfoten nicht bei sich behalten kann und der einem immer lüstern in den Ausschnitt guckt. Dann wirst du dir wünschen, wieder hier am Strand zu sein.«

Petula blickte auf Lorraines inzwischen knallrote Brust. »Hast du dich eingecremt?«

»Also bitte, wir sind hier in Blackpool, nicht in Benidorm.« Trotzdem zog sie ihre Strandtasche zu sich heran und wühlte kurz darin herum. »Aber ich habe Salatöl mitgebracht.« Sie kippte etwas von dem Öl in ihre Hand und massierte es in ihre Schultern ein.

»Jetzt komme ich mir vor, als läge eine riesengroße fetttriefende Fritte neben mir, und vor allem darfst du nachher nicht vergessen, deine After-Sun-Lotion zu nehmen, wenn du keinen Sonnenbrand bekommen willst.«

Plötzlich zuckten sie zusammen, denn direkt vor ihrem Liegeplatz trotteten mehrere Esel durch den Sand, und als der erste plötzlich schrie, brach das kleine Kind, das auf ihm ritt, in Tränen aus und forderte mit jämmerlicher Stimme, dass man es herunterhob.

»Wie wäre es mit einem Ausritt?«, schlug Lorraine der Freundin vor.

»Ist das dein Ernst?«

»Na klar. Das wird bestimmt ein Riesenspaß.«

Petula rappelte sich mühsam von der Decke auf. »Meinetwegen. Wenn's dich glücklich macht.«

Neben ihnen lag ein Mann in einem Liegestuhl, hatte sorgfältig ein Taschentuch auf seinem kahlen Schädel ausgebreitet und döste gemütlich vor sich hin. Eilig zog Lorraine ihre Shorts an und tippte ihren Nachbarn an. »Entschuldigung, könnten Sie vielleicht kurz auf unsere Sachen aufpassen? Wir kommen gleich zurück.«

Sie schoben sich durch das Gewühl am Strand und traten vor den alten Mann, der die Esel zu vermieten schien. Er hatte eine abgewetzte Ledertasche umgehängt, und zwischen seinen Lippen klemmte eine Zigarette.

»Zweimal bitte«, meinte Lorraine und hielt ihm ein paar Münzen hin.

Er blickte zwischen ihr und ihrer Freundin hin und her, als hätten sie vielleicht zwei kleine Kinder hinter sich versteckt. »Ihr meint, ihr zwei wollt auf den Eseln reiten?«

Fröhlich hakte sich Lorraine bei ihrer Freundin ein. »Ja, genau, wir zwei.«

Der Mann nahm seine Zigarette aus dem Mund und raunte ihr mit leiser Stimme zu: »Das ist ja wohl ein Witz. Deine Freundin ist gebaut wie einer von den Pollern, die im Hafen stehen.«

»Aber sie kann deutlich besser hören als ein Poller«, fuhr Lorraine ihn böse an.

Petula wandte sich zum Gehen. »Komm, Lorraine, ist doch egal.«

Doch so schnell gab Lorraine nicht auf. »Und was ist mit dem Tier da drüben?«, fragte sie und zeigte auf einen großen Muli, der gerade sein Maul in einen Eimer voller Hafer schob, oder was auch immer Esel fraßen. Währenddessen wedelte er ständig mit den flauschig grauen Ohren, um die Fliegen zu vertreiben, die bei dieser Hitze ganz besonders lästig waren.

Der Eselmann gab nach. »Also gut, aber nur, weil ich es mir nicht leisten kann, zahlende Kunden zu verprellen. He, Casanova«, rief er einem jungen Burschen zu, der gerade mit seiner Freundin knutschte. »Mach mal eine kurze Pause, und leg Boris den Sattel auf!«

Erst nach drei Versuchen hatten der Eselmann und sein verliebter Assistent Petula auf das Tier bugsiert. Sie zog ihren langen Rock auf ihre schwabbeligen Schenkel, hievte sich mit einem lauten Stöhnen in den Sattel und stieß mit nervöser Stimme aus: »Du hattest auch schon bessere Ideen, Lorraine.«

Lorraine griff nach den Zügeln ihres eigenen Tiers. »Unsinn, das wird sicherlich ein Riesenspaß. Können wir den Strand hinunterreiten?«, fragte sie den Eselmann.

Obwohl er zweifelnd das Gesicht verzog, erkannte er die Chance eines zusätzlichen Geschäfts. »Eine halbe Stunde, aber das kostet dann mehr. Und vor allem geht ihr immer nur im Schritt.«

Sie bezahlten, lenkten die Tiere Richtung Meer, ritten gemächlich durch die Brandung, und Petula klammerte sich ängstlich an der Mähne ihres Mulis fest. »Ich habe das Gefühl, als ob ich auf einer Giraffe reiten würde«, meinte sie, weil Boris deutlich größer als der Esel ihrer Freundin war.

»Wenn uns diese Spaßbremse gleich nicht mehr sehen kann, traben wir los, okay?«

»Oh, ich weiß nicht, schließlich hat der Mann gesagt, dass wir nur Schritt gehen sollen.«

»Los, was kann da schon passieren?«

Boris schüttelte so vehement den Kopf, dass seine Zügel klirrten, und verzweifelt klammerte Petula sich am Knauf des Sattels fest. »Siehst du, sogar Boris sagt, dass wir nicht traben sollen.«

Jedes Mal, wenn Lorraine später daran dachte, was danach geschehen war, spulte sich der Film wie in Zeitlupe vor ihren Augen ab. Im einen Augenblick waren sie noch gemütlich Seit' an Seit' den Strand entlanggeritten, und im nächsten Moment trat ein pickeliger Junge ein wenig zu fest gegen den Ball, mit dem er spielte, und traf Boris' Hinterteil. Erschrocken hob das Tier den Kopf, blähte die Nüstern, riss die Augen auf und stürzte in so hohem Tempo los, dass Petula seinen Hals umschlang, als hinge ihr Leben davon ab.

»Petula, was zum Teufel machst du da?«, brüllte Lorraine. »Um Gottes willen, bring das Tier zum Stehen.«

Eilig lockerte Lorraine die Zügel ihres eigenes Tiers, trat ihm in die Flanken und bemühte sich, den durchgegangenen Boris einzuholen. Die Strandbesucher wichen vor dem wildgewordenen Maulesel zurück, und Mütter packten ihre Kinder, um sie schnellstmöglich in Sicherheit zu bringen, als Lorraine versuchte, ihren Esel weiter anzutreiben, dessen kurzen Stummelbeine Boris' langen Beinen nicht gewachsen waren. Der Abstand zwischen ihr und ihrer Freundin vergrößerte sich zusehends, und Petulas Schreie wurden immer leiser, bis die Ärmste sich am Ende nicht mehr halten konnte, aus dem Sattel glitt und schmerzlich in dem harten Sand landete. Wenigstens war Boris freundlich genug, anzuhalten und besorgt an seiner Reiterin zu schnuppern, die noch immer auf der Erde lag und sich laut stöhnend in den Rücken griff.

Endlich hatte auch Lorraine den Unfallort erreicht, stieg ab und kniete sich mit besorgter Miene in den Sand. »Petula, bist du okay?«

»Du hattest recht, Lorraine, es war unglaublich witzig. Und vor allem meinem Rücken hat der Ausritt wirklich gutgetan.« Sie stieß ein neuerliches Stöhnen aus.

»Es tut mir leid. Los, gib mir deine Hand.« Lorraine half ihr, sich aufzusetzen, und als sie bemerkte, dass die beiden Tiere nachdenklich auf sie herabsahen, musste sie sich auf die Lippe beißen, um nicht laut loszulachen, wobei man das Beben ihrer Schulter überdeutlich sah.

»Schon gut, Lorraine, du darfst gern lachen. Lass es einfach raus.«

Wiehernd warf Lorraine sich neben ihrer Freundin in den Sand. »Oh Gott, Petula, du hättest dich sehen sollen. Du bist im Sattel auf und ab gehüpft, deine Arme haben geflattert, und am Ende bist du wie ein nasser Sack runtergeplumpst. Vor lauter Lachen hätte ich mir fast die Hosen nass gemacht.«

»Freut mich, dass zumindest du dich amüsiert hast«, stieß die Freundin böse aus. »Denn ich habe mich vor lauter Angst tatsächlich nass gemacht.« Sie tupfte den Schweiß von ihrer Oberlippe und lugte verstohlen unter ihren Rock. »Ich hoffe also, dass du jetzt zufrieden bist.«

»Oje. Aber diesem ganzen Auf-und-ab-Gehüpfe hätte

meine Blase sicher auch nicht standgehalten. Komm, am besten bringen wir die beiden Bestien erst mal auf die Ranch zurück.«

Petula legte ihre nasse Unterhose in den Sand, zog sie zwei Stunden später wieder unter ihren Rock und schnitt eine Grimasse, weil die Hose jetzt zwar trocken, dafür aber voller Sand und furchtbar kratzig war.

Lorraines Wangen glühten wie zwei sonnenreife Äpfel, und mit ein paar neuen Sommersprossen auf den Schultern und der Brust sammelte sie ihre Sachen ein. »Los, wir sollten langsam gehen. Die anderen warten sicher schon im Pub.«

»Ich habe einen Bärenhunger.« Auch Petula rappelte sich auf und streckte ihre Arme aus. »Vor allem bin ich total steif, und von dem blöden Sturz tut mir der Oberschenkel weh.« Sie lüftete den langen Rock und zeigte auf den großen violetten Fleck, der auf ihrem Bein zu sehen war.

»Nach ein paar Drinks nehmen die Schmerzen sicher ab.«

Petula bückte sich und hob die Decke auf. »Ich schüttele sie noch kurz aus. Halt dir die Augen zu.«

Lorraine hielt sich die Hände vors Gesicht, und Petula löste durch das Wedeln mit der Decke einen kleinen Sandsturm aus.

Sie hielt sich immer noch die Augen zu, als ihre Freundin plötzlich so laut schrie, dass im Umkreis von zwei Meilen jeder vor Schreck zusammenfuhr.

»Was ist denn jetzt schon wieder los?«

Petula presste sich die Hände vor den Bauch. »Ich bin mir nicht sicher«, stieß sie keuchend aus. »Irgendetwas stimmt nicht. Plötzlich ist etwas aus mir herausgeströmt, und dann …«

Die Freundin starrte in den nassen Sand zu ihren Füßen, machte einen Schritt in ihre Richtung, um genauer hinzusehen, und im selben Augenblick schoss ein erneuter Wasserschwall unter dem langen Rock hervor.

Erschrocken wich Lorraine vor ihr zurück, nahm die Mischung aus Entsetzung und Verwirrung im Gesicht der Freundin wahr und stieß mit rauer Stimme aus: »Oh Gott, Petula. Was in aller Welt ist mit dir los?«

16

Es war erst früher Abend, doch der Biergarten des *Ferryman* war schon bis auf den letzten Platz besetzt, und einige der Gäste legten sich auf den ausgetrockneten Rasen, um die letzten Sonnenstrahlen zu genießen, ehe sie zu einem ausgedehnten Kneipenbummel in die beginnende Nacht starteten.

Daisy und der alte Harry hatten sich an einen Picknicktisch gesetzt und sahen sich suchend nach den anderen um. Harry hatte seinen Schlips gelockert und die Jacke seines Anzugs auf der rauen Holzbank ausgebreitet, damit Daisy weicher saß.

»Danke, Harry, das ist wirklich nett.«

»Ist mir ein Vergnügen, Mrs Duggan. Schließlich habe ich Ihre Gesellschaft heute sehr genossen«, gab der alte Herr galant zurück.

Gespielt verzweifelt schüttelte die Frau den Kopf. »Zum allerletzten Mal, Harry, bitte nennen Sie mich Daisy.«

Sie sah auf die Gruppe lärmender Besucher, die ihre Getränke direkt aus der Dose tranken, und schüttelte abermals den Kopf. »Gott, in was für einem Pub sind wir gelandet! Nie zuvor in meinem Leben habe ich so viele kahle Schädel oder Tätowierungen gesehen.«

»Ich auch nicht«, pflichtete ihr Harry bei. »Wobei die Männer noch viel schlimmer als die Frauen sind.«

Sie sah, dass Jerry mit drei großen Gläsern aus der Kneipe kam. Eine Wespe schwirrte um den süßen Schaum auf den Getränken, und da er seine Hände nicht benutzen konnte, um sie abzuwehren, versuchte er, sie fortzublasen, und rief leise: »Fort mit dir.«

Lächelnd dachte Daisy, dass er sonst die Arme kreisen ließ wie Windmühlen, wenn eins dieser Insekten in der Nähe war, und rief ihm zu: »Schon gut, Jerry, die Wespe interessiert sich nicht für dich. Sie will nur an das Bier.«

Wenig später trat er an den Tisch und stellte die drei Gläser ab. »Ich hasse diese Biester. Aber wenigstens habe ich auf dem Parkplatz einen Schattenplatz für den Transit gefunden. Er steht unter einem Baum, dann ist es nicht so heiß, wenn wir nachher wieder nach Hause fahren.«

Harry prostete ihm zu, hob sein Glas an seinen Mund, gönnte sich den ersten großen Schluck, zog ein schmuddeliges angegrautes Taschentuch hervor und wischte sorgfältig den Schaum aus seinem Bart. »Oh, das habe ich gebraucht. An einem heißen Sommertag gibt's keine bessere Erfrischung als ein kühles Bier, nicht wahr?«

»Huuuuhuuu!«

Alle drei schauten sich um und sahen, dass Trisha, ihren Ehemann im Schlepptau, angestöckelt kam. Statt ihres labberigen Sonnenhuts trug sie jetzt eine Mütze mit der Aufschrift »Kiss Me Quick« und hielt einen pinkfarbenen Zuckerwattebausch in ihrer rechten Hand.

»Und wie geht's euch? Habt ihr euch amüsiert?« Sie schob sich neben Jerry auf die Bank. »Rutsch ein bisschen, ja?«

Jerry schob sich dicht an seine Mum.

»Noch ein bisschen, Jerry, schließlich muss auch Selwyn noch mit auf die Bank.«

»Und für Babs und Karl und den kleinen Mikey brauchen wir gleich auch noch Platz«, stimmte ihr Harry zu. »Es gab nur noch diesen einen freien Tisch, deshalb müssen wir uns etwas quetschen, fürchte ich.«

»Wenn man vom Teufel spricht«, murmelte Trish, als sie die drei gemeinsam näher kommen sah. Mikey hatte einen riesengroßen Stoffaffen im Arm, der fast so groß war wie er selbst.

»Sieh nur, was mein Dad für mich gewonnen hat«, erklärte er mit stolzgeschwellter Brust, während er Trisha das Tier unter die Nase hielt. »Ich werde ihn Galen nennen.«

»Was soll das denn für ein Name sein?«

»Du kennst doch Galen.«

Trisha schüttelte den Kopf. »Den Namen habe ich noch nie gehört.«

»Aus *Planet der Affen*.«

»Ach ja, richtig, darauf hätte ich auch selber kommen können.« Trisha stieß den Affen weg. »Wo in aller Welt willst du das Ding nur hinpacken? Es ist schließlich auch so schon eng genug.«

Mikey ging nicht auf die Frage ein. »Und im Riesenrad habe ich meinen Zahn verloren.« Er zeigte ihr das blutige Papiertuch, in das die Trophäe eingewickelt war. »Den lege ich nachher unter mein Kopfkissen, dann bringt die Zahnfee mir fünf Pence.«

Babs sah sich suchend um. »Weiß einer von euch, wo unsere Mädchen sind? Es ist schon zwanzig nach. Ich hoffe, dass sie nicht vergessen haben, wo wir uns zum Essen treffen wollten.«

»Du machst dir immer viel zu viele Sorgen, Babs«, versuchte Selwyn, seine Exfrau zu beruhigen. »Sie sind beide achtzehn und können selber auf sich aufpassen. Wie sieht's aus, wem soll ich was zu trinken mitbringen?«

»Danke, Selwyn, aber mir reicht dieses eine Bier«, erklärte Jerry. »Schließlich will ich nüchtern sein, wenn ich euch nach Hause fahre.«

»Ja natürlich. Möchte sonst jemand etwas? Babs?«

Mikey wandte sich an Karl. »Darf ich den hier essen, Dad?« Er hielt einen riesengroßen rosaweißgestreiften Lolli in die Luft. »Den hat Mrs Duggan mir geschenkt.«

Daisy lächelte entschuldigend, und achselzuckend meinte Karl: »Bestimmt, schließlich fallen dir deine Zähne sowieso schon aus. Ich wüsste also nicht, inwieweit dir ein Lutscher jetzt noch schaden sollte.«

Mikey runzelte die Stirn und schob die Zunge in das Loch, wo bis vor kurzem noch ein Zahn gewesen war.

Sein Vater lachte auf. »War nur ein Witz. Natürlich darfst du den Lutscher essen.« Damit stand er auf. »Ich werde dir bei den Getränken helfen, Selwyn. Mikey, du bleibst hier bei Babs.«

Sie sah erneut auf ihre Uhr und trommelte mit ihren Fingern auf den Tisch. »Wo stecken die zwei nur?«

»Hör auf, so ein Aufhebens zu machen, Barbara. Wahrscheinlich haben sie zwei junge Kerle aufgerissen, sitzen irgendwo am Strand und haben einen Heidenspaß.«

»Soll mich das etwa beruhigen, Trisha? Du hast gut reden, Lorraine ist schließlich nicht deine Tochter.«

Trisha zupfte einen Klumpen Zuckerwatte ab, stopfte ihn sich in den Mund und kaute genüsslich auf der klebrig zähen Masse herum. »Das stimmt. Aber Selwyn und ich wollen so schnell wie möglich ebenfalls ein Kind. Ein kleines Mädchen wäre schön.«

Babs hatte das Gefühl, als legte sich eine eisenharte Faust um ihr Herz. Genau das hatte sie befürchtet, nachdem Selwyn mit der blöden Trisha auf dem Standesamt gewesen war. Schlimm genug, dass er sie vor zehn Monaten zur Frau genommen hatte, doch ein Baby bände ihn für alle Zeit an dieses Weib. Der Gedanke, dass der Mann, den sie von Herzen liebte, irgendwann ein Kind mit dieser Frau bekam, zerriss ihr das Herz. Und was, wenn es ein Junge würde? Trisha hätte vielleicht lieber eine Tochter, aber Selwyn hatte immer einen Jungen haben wollen, und dass Babs ihm keinen schenken konnte, tat ihr in der Seele weh.

Der alte Harry hielt den beiden Frauen zwei eingeschweißte Speisekarten hin. »Also bitte, meine Damen, statt zu streiten, sucht euch lieber erst mal was zu essen aus.«

Trisha riss ihm eine Karte aus der Hand und kratzte mit dem Fingernagel einen Fleck Tomatensauce von der Plastikhülle. »Widerlich«, murmelte sie. »Und seht euch nur die Fotos an. Als ob wir nicht alle wüssten, wie frittierte Scampi aussehen. Wohin zum Teufel hat uns Selwyn hier nur gebracht?«

»Ich finde, es sieht durchaus lecker aus«, meinte der alte Mann, und Trisha funkelte ihn zornig an.

»Ich will dir sicher nicht zu nahe treten, Harry, aber wenn man es gewohnt ist, sich sein Abendbrot aus irgendwelchen Mülltonnen herauszufischen, fühlt man sich in dieser Beize sicherlich wie im Savoy.«

Daisy legte eine Hand auf Harrys Arm. »Hören Sie einfach nicht hin, Harry. Ich nehme an, dass sie einfach zu viel getrunken hat.«

Doch Trisha schüttelte den Kopf. »Ganz im Gegenteil,

Daisy. Der Alkohol, den ich bisher getrunken habe, reicht noch lange nicht.«

In diesem Augenblick entdeckte Babs Lorraine. Mühsam bahnte sich ihre Tochter einen Weg durch den überfüllten Biergarten, und eilig stand sie auf und winkte sie zu sich heran. »Gott sei Dank, da kommen sie. Hier drüben, Schatz!«

Als sie ihre Mutter sah, beschleunigte Lorraine ihr Tempo, stützte sich mit beiden Händen auf dem Holztisch ab und atmete tief durch.

»Bist du gerannt, Lorraine? Du bist ganz rot. Ich hoffe, dass du nicht zu lange in der Sonne gelegen hast.« Babs sah sich suchend um. »Was hast du mit Petula angestellt?«

»Sie … sie ist … auf der Toilette. Es geht ihr … äh … Sie fühlt sich nicht so gut. Könntest du vielleicht kurz mitkommen und nach ihr sehen?«

»Was habt ihr zwei denn jetzt schon wieder angestellt? Man kann euch einfach nicht allein lassen.« Schimpfend stand Babs auf.

Auf den Anblick, der sich ihr auf der Toilette bot, war Barbara nicht gefasst gewesen. Lorraines Freundin lag auf Händen und auf Knien, die Haare klebten in ihrem vor Schweiß oder vor Tränen glänzenden Gesicht, sie hatte ihren Kopf zurückgelegt und heulte wie ein Wolf.

Babs legte eine Hand auf ihren Rücken und erkundigte sich mit besorgter Stimme: »Was ist los, Liebes?«

Ohne etwas zu erwidern, atmete Petula keuchend ein und aus, und mit unsicherer Stimme wandte sich Lorraine an ihre Mum. »Könnte sein, dass sie ein Kind bekommt.«

Ihrer Mutter fiel vor Schreck die Kinnlade herunter, und sie blickte hektisch zwischen beiden Mädchen hin und her. »Es *könnte sein*, dass sie ein Kind bekommt? Aber … wie, ich meine, mir war gar nicht klar, dass sie … Oh, Gott, Petula, was in aller Welt hast du getan?«

»Beruhig dich Mum, es hilft uns auch nicht weiter, wenn du ihr jetzt die Leviten liest. Wir waren am Strand, und plötzlich war da diese viele Flüssigkeit, und wir …«

»Oh Gott, das heißt, die Fruchtblase ist schon geplatzt. Sie muss sofort ins Krankenhaus. Lorraine, geh in die Bar, und ruf so schnell wie möglich einen Krankenwagen.«

Während sie dies sagte, warf Petula abermals den Kopf zurück, umklammerte ihr Handgelenk und bedachte sie mit einem völlig irren Blick.

»Nein!«, schrie sie sie an. »Ich gehe in kein Krankenhaus. Bitte, ich flehe dich an. Wenn mein Dad etwas davon erfährt, bringt ihn das um.« Wieder fing sie an zu keuchen, als die nächste Wehe kam. »Das ist mein Ernst, das überlebt er nicht.«

Eilig kniete Babs sich neben sie und sprach mit sanfter Stimme auf sie ein. »Aber ich kann kein Baby auf die Welt holen, Petula. So was habe ich noch nie gemacht. Ich bin sicher, wenn sein Dad sich erst mal an die Vorstellung gewöhnt hat, wird er …«

Wieder schrie Petula gellend auf. »Du hast mir nicht zugehört. Er darf auf keinen Fall etwas davon erfahren. Und jetzt hol bitte Daisy.«

»Daisy?«, fragte Babs verwirrt. »Was willst du denn von der?«

»Sie arbeitet im Krankenhaus. Da hat sie sicher mitgekriegt, wie so was geht.«

Babs runzelte die Stirn. »Arbeitet sie denn nicht mehr im Supermarkt? Ich dachte, dass sie dort hinter der Käsetheke steht.«

»Sie hat zwei Jobs, Mum«, erklärte ihr Lorraine und wandte sich der Freundin zu. »Aber in der Klinik wischt sie nur die Böden und bringt keine Babys auf die Welt. Du musst also unbedingt ins Krankenhaus.«

»Ahhh, das bringt mich noch um …«

»Lorraine, am besten tust du, was sie sagt, und holst so schnell wie möglich Daisy. Für einen Krankenwagen ist es zu spät, und vor allem haben wir keine Zeit zu streiten.«

Das Mädchen schob sich rückwärts durch die Tür, und ihre Mutter rief ihr nach: »Und bring auch meine Tasche mit!«

Falls Lorraine Daisy auf die Geschehnisse auf der Toilette vorbereitet hatte, war davon nichts zu merken. »Was in Gottes Namen ist denn hier los?«

»Gott sei Dank«, entfuhr es Babs, während sie gleichzeitig mit ihrem Kopf in Richtung Petula wies. »Sie kriegt ein Kind. Kannst du ihr dabei helfen?«

Daisy schabte mit dem Fuß an einem Stückchen Kaugummi, das auf den Fliesen klebte. »Hier?«

»Der Zustand des Bodens ist unsere geringste Sorge. Los, Lorraine, nimm die Badetücher aus der Tasche, und breite eins davon unter Petula aus.« Babs sah Daisy fragend an. »Hast du eine Idee, wie wir ihr helfen können?«

»Was, du meinst, sie kriegt tatsächlich hier ein Kind?«

Babs nickte. »So sieht's aus.«

»Meine Güte.«

Daisy bückte sich, bis sie auf Augenhöhe mit dem unglücklichen Mädchen war. »Ist diese Position auf allen vieren halbwegs bequem für dich, Schätzchen? Wie es aussieht, bringen wir gleich zusammen dein Baby auf die Welt.«

»Es geht mir gut, Daisy, nur hol bitte so schnell es geht das Ding aus mir heraus.«

»Okay, Lorraine, geh in die Küche, und leih dir dort eine Schere aus. Babs, du ziehst Petula Rock und Unterhose aus und ziehst die Schnürsenkel aus ihren Schuhen.«

Babs atmete erleichtert auf, denn Daisy schien zu wissen, was sie tat. »Hast du viel Erfahrung mit Geburten?«, fragte sie.

»Ich habe so was mal im Fernsehen gesehen. Hat schon jemand einen Krankenwagen bestellt?«

»Nein!«, keuchte Petula. »Sag's ihr, Babs.«

Babs schüttelte den Kopf. »Sie will nicht, dass ihr Dad etwas davon erfährt.«

»Er wird's ja wohl auf jeden Fall erfahren, wenn sie von einer Tagesfahrt nach Blackpool zurückkommt und ein Baby in den Armen hält.«

»Ich nehme dieses Blag ganz sicher nicht mit, du dumme Gans. Bringt es in ein Krankenhaus, oder macht sonst etwas damit.« Wieder fing sie an zu keuchen, ließ den Kopf nach vorne fallen und stieß mit gepresster Stimme aus: »Es kommt. Es fühlt sich an, als müsste ich aufs Klo.«

Lorraine kam mit der Schere, lehnte sich gegen die Tür, damit nicht plötzlich irgendjemand auf die Toilette kam, und starrte panisch den schweißüberströmten Leib der Freundin an. »Wie konntest du nicht wissen, dass du schwanger bist, Petula?«

Babs hob warnend einen Finger an die Lippen und bedachte sie mit einem bösen Blick. »Nicht jetzt, Lorraine, ich bitte dich.«

Daisy schob sich hinter die auf dem Boden hockende Petula und senkte den Kopf. »Ich glaube, ich kann schon das Köpfchen sehen. Jetzt wird es nicht mehr allzu lange dauern. Babs, gib mir das andere Strandtuch, damit ich das Kleine darin einhüllen kann. Die Hauptsache ist erst einmal, es warm zu halten.« Sie sah Babs und deren Tochter an. »Lasst uns hoffen, dass das Baby richtig liegt und ohne Komplikationen kommt.«

Babs knabberte nervös an ihrem Fingernagel, als ihr plötzlich ein Gedanke kam. »Petula, dieses Baby kommt doch nicht zu früh?«

Petula richtete sich auf, schob eine Hand in ihren Rücken und zählte an den Fingern ihrer anderen Hand die Monate seit der Empfängnis ab. »Nein, nein. Es kommt genau zum richtigen Termin. Ich muss mich auf den Rücken legen, meine Knie tun entsetzlich weh.«

Jemand versuchte, die Toilettentür zu öffnen, doch Lorraine stemmte sich weiterhin mit aller Kraft gegen das dicke Holz und rief. »Sie können jetzt nicht reinkommen. Hier übergibt sich gerade jemand. Bitte gehen Sie aufs Männerklo.«

Fluchend trat die ungebetene Besucherin den Rückzug an, aber Lorraines Nervosität nahm merklich zu.

»Oh Gott, mach schnell. Wer weiß, wie lange ich die Leute noch abwimmeln kann. Vielleicht hat sich ja die Frau bereits beim Wirt beschwert.«

»Man kann Babys nicht zur Eile antreiben, Lorraine«, gab Daisy ruhig zurück, »wir müssen uns einfach gedulden, bis es so weit ist.«

»Ich muss wieder pressen.« Stöhnend griff Petula nach Babs' Hand und hielt sie fest. »Lasst mich bitte nicht allein.«

Mit ihrer freien Hand strich Barbara ihr die feuchten Haare aus der schweißglänzenden Stirn. »Keine Angst, ich gehe nirgends hin. Du machst deine Sache wirklich gut, Schätzchen. Bevor du dich versiehst, ist es vorbei, und dann hast du ein wunderbares Baby und vergisst den ganzen Schmerz.«

»Aaargh! Warum hört mir bloß keiner zu? Ich behalte das verfluchte Ding auf keinen Fall!«

Daisy legte eine Hand auf ihre Knie. »Atme bitte weiter ein und aus, und mit der nächsten Wehe musst du pressen, ja? Solange und so fest es geht.«

Wieder ließ Petula ihren Kopf nach hinten fallen, zuckte leicht zusammen, als er auf die harten Fliesen krachte, und stieß mit erschöpfter Flüsterstimme aus: »Bitte, ihr versteht nicht. Ich kann dieses Baby nicht behalten. Mein Dad … ooooh, nein, jetzt geht es wieder los.«

»So ist's gut. Du musst noch einmal kräftig pressen«, machte Daisy ihrem Schützling Mut.

Angewidert kniff Lorraine die Augen zu, als sie den kleinen Kopf des Babys sah. Die dunklen Haare waren klebrig, und vor allem war das Gesicht mit Blut und irgendwelchem weißen Zeug verschmiert. Dann glitt auch der Rest des Körpers Daisy in die Hände, und mit ehrfürchtiger Stimme stieß sie aus: »Es ist ein kleines Mädchen. Es ist wunderschön.«

Babs verrenkte sich den Hals, um das Baby anzusehen, und plötzlich stiegen Tränen in ihren Augen auf. Mit einem Mal war es gespenstisch ruhig im Raum, als hätten sie Petulas Schreie taub gemacht, und ängstlich sah sie in das bläuliche Gesicht des Säuglings, der in Daisys Armen lag, und fragte leise: »Müsste sie nicht schreien?«

17

»Was zum Teufel machen sie so lange?« Trisha hatte schon den ganzen Tag lang Alkohol in sich hineingekippt, und nach dem zweiten großen Cider im *Ferryman* fiel sie bestimmt bald um. »Am besten sehe ich mal nach, was sie treiben.« Sie stand zu schnell auf, klammerte sich hilfesuchend an die Bank und schwankte sichtlich hin und her. »Huch. Ich brauche vielleicht erst mal was im Magen, auch wenn das Zeug hier wirklich widerlich aussieht.«

»Ich werde gucken, wo die anderen bleiben«, bot ihr Jerry an. »Macht es dir was aus, für mich und Mum das Hühnchen zu bestellen, Selwyn?«

Auf der Suche nach der Damentoilette schob er sich durch das Gedränge in dem überfüllten Pub. Die Luft war rauchgeschwängert, und seine Schuhe klebten praktisch an dem grellgemusterten, mit Brandlöchern und Flecken übersäten Teppich. Anscheinend hatte Trisha mit ihrem Urteil recht gehabt. Er massierte sich die Schläfen, weil der Lärm und die Musik fast seine Trommelfelle platzen ließen, aber schließlich fand er die Toilettentür und klopfte leise an. »Mum, bist du da drin? Ist was passiert?«

Als niemand reagierte, klopfte er noch einmal etwas lauter an. »Mum, ich bin's, Jerry. Mach die Tür auf.«

Er stemmte sich mit aller Kraft gegen die Tür, und sie ging einen Spaltbreit auf. Er öffnete den Mund, aber bevor er etwas sagen konnte, wurde er von einer rauen Hand gepackt und zurück in den Flur gezerrt. »Du widerlicher Spanner! Was machst du hier auf dem Frauenklo?«

Jerry warf zum Zeichen seiner Unschuld beide Hände in die Luft. »Ich habe nur nach meiner Mum gesucht.«

»Dann bist du noch perverser, als ich dachte. Los, zieh Leine, wenn du nicht was auf die Mütze kriegen willst.«

Jerry starrte auf den kahlen Kopf und auf die dicken Hautfalten im Nacken seines Widersachers und kam zu dem Schluss, dass es gesünder für ihn wäre, wenn er ihm nicht widersprach.

Außerdem wurde in diesem Augenblick die Tür geöffnet, Daisy streckte ihren Kopf heraus und rief ihm hinterher: »Schon gut, Jerry. Petula musste brechen, das ist alles. Keine Angst, wir sind gleich wieder da.«

Inzwischen hatte sie das Baby sorgfältig in eines der Strandtücher gewickelt und den kleinen Körper so lange massiert, bis ihm erst ein Husten und danach ein lauter Schrei entfahren war. Babs, Lorraine und sie hatten erleichtert aufgeatmet, doch Petula hatte sich auch weiterhin geweigert, ihre neugeborene Tochter auch nur anzusehen. Daisy hatte die Nabelschnur mit einem von Petulas Schnürsenkeln so fest wie möglich abgebunden und dann mit der Küchenschere durchgeschnitten. Sie war überraschend zäh gewesen, wie der Knorpel in einem Stück Fleisch.

Babs und ihre Tochter hatten währenddessen Ordnung in dem Raum gemacht. Sie hatten die Nachgeburt in eine Zeitung eingewickelt, die Lorraine von einem Tisch im Pub entwendet hatte, während Babs mit einem Mopp aus einem Schrank im Flur über den blutbefleckten Fußboden gefahren war. Die besten Zeiten dieses Mopps waren längst vorbei gewesen, doch für ihre Zwecke hatte er genügt.

Das Baby kniff die Augen zu und sah so wütend aus wie alle Babys, kurz nachdem man sie ihrem Zufluchtsort im Mutterleib entrissen hatte, wo sie über Monate hinweg gewärmt, genährt und vor der Unbill der Welt behütet worden waren.

Daisy wiegte sie sanft in den Armen und betrachtete das kleine übellaunige Gesicht. »Es ist bestimmt ein Schock, wenn man geboren wird.«

Lorraine sah ihre Freundin an. »Und offenbar nicht nur für sie.«

»Okay«, erklärte Babs, als sie mit Wischen fertig war. »Wir müssen überlegen, wie es weitergehen soll.«

Petula richtete sich mühsam auf. »Ich muss zum Bus und mich dort erst mal hinlegen.«

»Und was ist mit dem Baby?«, fragte Babs. »Dir ist offenbar nicht klar, wie ernst die Lage ist. Du wirst es dein Leben lang bereuen, wenn du es jetzt nicht nimmst.«

»Das Risiko gehe ich ein, Babs. Bitte bringt sie irgendwohin, wo sie auf jeden Fall gefunden wird. Sie ist ohne mich viel besser dran.« Sie zog ihren Rock und ihre Bluse an und sah sich suchend um. »Wo ist meine Unterhose?«

Ihre Freundin zeigte auf das Zeitungspäckchen. »Ich habe sie eingewickelt, mit dem … na, du weißt schon … mit dem großen, glibberigen Ding, das nach dem Baby aus dir rausgekommen ist. Aber du hättest sie sowieso nicht wieder anziehen können, denn sie war total durchweicht.«

»Trotzdem braucht sie was zum Anziehen«, mischte sich jetzt Daisy ein. »Und hat vielleicht eine von euch Einlagen dabei?«

Babs durchsuchte ihre Strandtasche, bis sie ihre Bikinihose fand. »Hier, die muss genügen. Vielleicht ist sie ein bisschen eng, aber besser als nichts.« Sie trat vor den Automaten an der Wand, warf ein paar Münzen ein und hielt Petula die zwei Binden, die sie aus dem Schacht zog, hin. »Hier.«

Lorraine starrte entgeistert auf das blutgetränkte Handtuch, das zusammengeknüllt neben der Zeitung lag. Vor nicht mal einer Viertelstunde hatte dieser Raum noch wie das reinste Schlachtfeld ausgesehen, doch so sauber wie jetzt hatte der Boden sicher schon seit Jahren nicht mehr geglänzt. »Ich werde in der Küche fragen, ob sie eine Tüte oder so was für mich haben, in der ich das Zeug hier transportieren kann.«

»Wenn du schon dabei bist, finde bitte auch heraus, wo die nächste Klinik ist«, rief Babs ihr hinterher.

Als das Baby leise schmatzte, bot ihr Daisy ihren kleinen Finger an. »Der arme Wurm muss dringend etwas trinken. Bitte, Petula, nimm Vernunft an«, flehte sie die frischgebackene Mutter an.

»Wie gesagt, Daisy«, gab die zurück. »Du kannst mich nicht zwingen, dieses Baby zu behalten. Und jetzt geh mir bitte aus dem Weg.« Sie schob sich entschlossen an der anderen Frau vorbei und stapfte in dem Augenblick, in dem Lorraine zurückkam, durch die Tür.

»Das nächste Krankenhaus ist das Victoria in der Nähe des Zoos, zirka drei Meilen von hier.«

Erst nach über einer Stunde kehrte Barbara in den Biergarten zurück. Die anderen hatten längst gegessen, und der Turm aus leeren Körbchen, in denen die Scampi serviert wurden, schwankte gefährlich auf dem Tisch hin und her.

Selwyn stand höflich auf und bot ihr seinen Sitzplatz an. »Babs, meine Liebe, was ist los? Wo sind die anderen?«

Sie ließ sich müde auf die Holzbank sinken und stützte den Kopf auf ihren Händen ab. »Gott, ich brauche was zu trinken.« Sie sah ihren Exmann an und drückte seinen Arm. »Könntest du mir bitte einen Gin Orange holen?«

»Er ist nicht dein Sklave, Barbara«, stieß Trisha zornig aus. »Kannst du dir nicht selbst was holen gehen?«

»Halt doch endlich mal die Klappe, Trisha«, schnauzte Babs zurück. »Ich habe endgültig genug von dir und deinen blöden Kommentaren.« Wieder wandte sie sich Selwyn zu. »Am besten einen Doppelten.«

»Wo ist Mum?«, erkundigte sich Jerry. »Ihr Hühnchen ist ganz kalt geworden.«

»Oh, sie … hilft Petula. Der war schlecht, und sie ist immer noch ganz schwach. Wahrscheinlich hat sie einen Sonnenstich, deshalb haben Lorraine und deine Mutter sie zum Bus gebracht. Am besten legt sie sich dort erst mal hin. Aber keine Angst, es ist nichts Ernstes«, meinte sie und hoffte, dass ihr gleichmütiger Ton, wenn schon nicht in ihren eigenen, so zumindest in den Ohren der anderen möglichst überzeugend klang.

Petula schleppte sich zu einer der zwei Bänke hinten im Transit, ließ sich ächzend darauf nieder, und Lorraine schob vorsichtig die Picknickdecke unter ihren Kopf. »Wir werden damit niemals durchkommen, das ist dir doch wohl klar.«

Petula hatte trockene, aufgesprungene Lippen, blutunterlaufene Augen und verströmte den Geruch von jemandem, der gerade einen Marathon gelaufen war. Sie bedeckte ihr Gesicht mit ihrem Unterarm, aber das Zittern ihres wabbeligen Kinns verriet, dass sie den Tränen nahe war.

Lorraine ging vor ihr auf die Knie und nahm ihre klamme Hand. »Wie konntest du nicht wissen, dass du schwanger bist?«

Petula zuckte mit den Achseln, weigerte sich aber weiterhin, sie anzusehen. »Ich schwöre dir, ich hatte keine Ahnung. Ich hatte weiter meine Periode, die auch vorher nie ganz regelmäßig war. Und ich habe auch nicht schwanger ausgesehen, oder?«

»Nein, das stimmt«, räumte die Freundin ein. »Aber schließlich hast du immer diese schlabberigen Kleider an. Dir selbst muss doch was aufgefallen sein.«

»Ich dachte einfach, ich hätte am Bauch noch etwas zugelegt. Du kennst mich doch, Lorraine, mein Aussehen ist mir vollkommen egal.«

Wie ein übler Geruch hing die unausgesprochene Frage nach dem Vater ihres Kindes in der Luft. Obwohl Lorraine kaum wagte, sie danach zu fragen, musste sie es einfach tun. »Petula«, setzte sie mit sanfter Stimme an. »Von wem ist dieses Kind?«

Petula stöhnte. »Ich hatte mich schon gefragt, wie lange es wohl dauern würde, bis du diese Frage stellst. Aber ich kann es dir nicht sagen.«

»Du meinst, du weißt es nicht? Mein Gott, Petula, mit wie vielen Kerlen warst du denn im Bett?«

Petula stützte sich auf ihrem Ellenbogen ab und sah der Freundin direkt ins Gesicht. »Natürlich weiß ich, wer der Vater ist! Ich bin nämlich kein Flittchen, auch wenn du das offensichtlich denkst. Ich weiß, dass wir uns immer alles sagen, aber das hier kann ich dir nicht anvertrauen.« Sie sank ermattet auf die Bank zurück. »Vor allem spielt es keine Rolle mehr, denn schließlich ist das Baby nicht mehr da.«

»Aber was ist, wenn der Vater es behalten will? Du musst es ihm sagen.«

»Machst du Witze?«, stieß Petula schnaubend aus. »Der Vater würde weder dieses Baby noch mich jemals wollen.«

»Hat er dich etwa vergewaltigt? Ja, genau, das muss es sein! Hat er sich dir aufgezwungen? Warum hast du ihn nicht angezeigt? Dann geh wenigstens jetzt zur Polizei. Dein Dad würde verstehen, dass du ihm diesen Überfall aus Scham verschwiegen hast.«

Bei der Erwähnung ihres Vaters setzte sich Petula wieder auf. »Du weißt selber, dass es ihm nicht gutgeht. Er versucht, es vor mir zu verstecken, aber du solltest den Berg an Pillen sehen, die er täglich einnimmt. Außerdem ist er entsetzlich dünn geworden. Ich habe wirklich Angst um ihn.«

»Bitte, Petula. Ich verspreche dir, es niemandem zu sagen. Wer hat dir das angetan?«

Petula sah die Freundin an und schien zu überlegen, ob sie es ihr sagen sollte oder nicht. »Schwörst du es bei deinem Leben?«, fragte sie am Schluss. »Und bei den Leben deiner Mum und deines Dads?«

Lorraine rutschte unbehaglich auf den Knien. »Du weißt, dass ich es hasse, auf die Leben anderer zu schwören.«

»Das musst du halten, wie du willst.« Achselzuckend wandte sie sich wieder ab.

»Oh, also gut, ich schwöre es«, gab sich Lorraine geschlagen und bekreuzigte sich noch zum Zeichen dafür, dass ihr das gegebene Versprechen heilig war.

»Ich meine es ernst, Lorraine, du darfst es niemandem

verraten. Nicht mal deiner Mum. *Vor allem* nicht deiner Mum.«

»Um Himmels willen, Petula, sag mir einfach, wer es ist!«

Ehe Petula etwas sagen konnte, fuhren sie zusammen, denn in diesem Augenblick wurde die Hintertür des Transits aufgerissen, und Jerry streckte seinen Kopf herein. »Geht es euch beiden gut? Wir warten nur, bis Mum zurückkommt, dann fahren wir los.« Er sah auf seine Uhr und dann zum Himmel, weil er Angst hatte, er müsse unter Umständen den ganzen Weg zurück durchs Dunkle fahren. »Wisst ihr, wo sie hingegangen ist?«

Petula und Lorraine tauschten verschwörerische Blicke.

»Äh, Petula hat sich übergeben, deswegen hat deine Mum ihre verdreckten Kleider eingepackt und sich auf die Suche nach einem Mülleimer gemacht.«

Naserümpfend stellte Jerry fest: »Es ist eben nicht ratsam, wenn man zu viel trinkt.«

»Halt einfach deine Klappe, Jerry«, knurrte ihn Petula an. »Und nur, damit du's weißt: Ich habe einen Sonnenstich.«

Daisy brachte ihren Schützling nicht ins Krankenhaus. Drei Meilen waren zu Fuß einfach zu weit, und wenn sie ein Taxi nähme, würde die Geschichte dadurch unnötig verkompliziert.

Sie war auf der Promenade und drückte den Säugling, der inzwischen eingeschlafen war, an ihre Brust. Obwohl sie das Gefühl hatte, die vorwurfsvollen Blicke sämtlicher Passanten würden sich tief in ihre Seele brennen, achtete in Wirklichkeit kein Mensch auf sie. Sie kam zu einer

Reihe alter Häuser, die von ihren Eigentümern in Pensionen umgewandelt worden waren, und die leuchtenden »Besetzt«-Schilder, die in den Fenstern hingen, deuteten auf glänzende Geschäfte hin. Am schönsten war das letzte Haus. Es hatte einen neuen cremefarbenen Anstrich, der Rasen im Vorgarten war ordentlich gemäht, in den Fenstern hingen blütenweiße Netzgardinen, und die beiden Stufen vor der Haustür waren ordentlich poliert und schimmerten im abendlichen Sonnenlicht. Offensichtlich ließen die Besitzer dem Gebäude liebevolle Pflege angedeihen, und auch wenn sie sonst nicht das Geringste von den Menschen, die dort lebten, wusste, müsste ihr das reichen, denn sie musste schließlich schnellstmöglich zurück zum Bus.

Während sie noch vor der Gartenpforte stand und überlegte, ging mit einem Mal die Haustür auf, und eine Frau von vielleicht Anfang dreißig stellte ein paar ordentlich gespülte Milchflaschen auf der obersten Treppenstufe ab. Sie richtete sich wieder auf, stemmte ihre Hände in die Hüften, atmete die frische Salzluft ein und blickte auf das Meer hinaus. Ihr Gesicht war freundlich, drückte aber auch eine gewisse Wehmut aus.

Daisy zögerte, doch da das Baby sich allmählich wieder rührte, musste sie sich schnell entscheiden. Sie wartete noch einen Augenblick, nachdem die Frau wieder hineingegangen war, öffnete die Gartentür, sah sich verstohlen um, lief in geduckter Haltung bis zum Haus, küsste das kleine Mädchen zärtlich auf die Stirn, atmete zum letzten Mal den Duft des Säuglings ein und legte ihn behutsam auf dem Rasen unterhalb der Treppe ab. Sie hoffte nur, dass grelle Strandtuch wäre nicht zu rau für seine zarte Haut.

»Leb wohl, meine Kleine«, schniefte sie. »Ich wünsche dir ein schönes Leben. Deine Mutter ist kein schlechter Mensch. Du hast einfach zur falschen Zeit das Licht der Welt erblickt.« Sie drückte einmal kräftig auf den Klingelknopf und warf dem Baby eine Kusshand zu. »Ich wünsche dir viel Glück.«

Eilig lief sie wieder los, rannte dicht vor einer Straßenbahn über die Straße und bezog an der Bushaltestelle ein paar Meter weiter Position. Von dort aus konnte sie die Tür des Hauses sehen, war aber weit genug entfernt, um aufzufallen.

Nun komm schon, mach die Tür auf, flehte sie die Frau in Gedanken an.

Sie hatte das Gefühl, um zehn Jahre gealtert zu sein, bis sich endlich etwas tat. Die Frau trat noch mal vor das Haus und runzelte verwirrt die hübsche Stirn.

Guck nach unten, bitte guck nach unten, drängte sie sie stumm, aber die andere kehrte kopfschüttelnd zurück ins Haus und schob die Tür wieder ins Schloss.

Zögernd verließ Daisy ihren Zufluchtsort, um noch mal zu der Pension zurückzukehren. Irgendwie lief alles schief. Sie hätte dieses Baby in die Klinik bringen und sich dem Verhör, dem man sie unterzogen hätte, stellen sollen. Dieses Baby hatte nichts mit ihr zu tun, und trotzdem lag es jetzt an ihr, dafür zu sorgen, dass es in gute Hände kam. Mit welchem Recht hatte Petula sie in diese Lage gebracht? Sie wippte ungeduldig auf den Fersen, bis die Straße endlich frei war, rannte los, hielt aber plötzlich inne.

Die Frau stand auf der Treppe vor dem Haus, hielt das kleine Bündel sicher in den Armen, starrte verwundert auf das Baby und strich zärtlich mit dem Finger über sein winziges Gesicht. Dann sah sie auf, und obwohl ihre Blicke sich nur während einer flüchtigen Sekunde trafen, sah sie Daisy fragend an, bevor sie kehrtmachte und diesmal mit dem Säugling auf dem Arm im Haus verschwand.

Daisy atmete erleichtert auf. Sie hatte eine schnelle Entscheidung treffen müssen, doch anscheinend hatte sie genau das Richtige getan.

18

Als sie endlich in den Biergarten zurückkam, wandten sich die anderen bereits zum Gehen. Jerry wollte los, bevor es dunkel würde, und trieb sie zur Eile an. »Endlich, Mum. Wir müssen los.«

Daisy wandte sich an Babs, doch die starrte in ihren Drink und wagte nicht, ihr ins Gesicht zu sehen.

»Petula hat sich übergeben, und da wir ihre verdreckten Kleider und das Zeug, mit dem wir saubergemacht haben, nicht mit in den Bus nehmen wollten, habe ich nach einem Mülleimer gesucht.«

»Aber jetzt ist dein Hühnchen kalt.«

»Das macht nichts, Jerry. Ich packe es einfach ein und esse es dann unterwegs. Lasst uns fahren, ja?«

Trisha hatte ihren Kopf auf der Tischplatte abgelegt, und Selwyn strich ihr sanft über das Haar. »Los, hoch mit dir. Wir wollen los.«

Sie hob den schweren Kopf, sah ihn aus Mascara-verschmierten trüben Augen an und rappelte sich mühsam auf. Hätte Selwyn sie nicht festgehalten, wäre sie wahrscheinlich einfach umgefallen.

»Von der Frau eines Wirts sollte man doch erwarten können, dass sie Alkohol verträgt«, flüsterte Harry.

»Hauptsache, sie erbricht sich nicht auf der Heimfahrt in den Bus.«

Jerry rief nach Karl, der mit Mikey mit einem Fußball spielte, den irgendjemand vergessen hatte. »Wir müssen langsam los, ihr zwei.«

Der Junge klemmte sich den Ball unter den Arm. »Können wir den mitnehmen, Dad?«

Sein Vater schüttelte den Kopf. »Das ist nicht unser Ball. Am besten lassen wir ihn hier, damit noch ein anderer kleiner Junge damit spielen kann.«

»Okay.« Achselzuckend trat er gegen den Ball und ergriff die väterliche Hand. »Wenn wir in den Urlaub fahren, können wir noch öfter Fußball spielen, oder, Dad?«

»Auf jeden Fall. Und wir können auch noch jede Menge anderer Sachen machen, jetzt, wo du ein großer Junge bist. Schwimmen, Klettern, Fahrrad fahren. Wir könnten in Butlins sogar Ponytrecking machen, wenn du willst.«

Mikey riss die Augen auf und strahlte seinen Vater an. »Das wird mein schönster Urlaub.« Er machte eine kurze Pause, zog die Nase kraus und fragte dann: »Wo ist denn Butlins, Dad?«

»In Minehead, weißt du noch? Da waren wir auch schon letztes Jahr. Es ist eine ganz schön weite Fahrt, die sich aber auf alle Fälle lohnt.«

»Kommt Mummy auch mit?«

Karl zögerte, bevor er kopfschüttelnd erklärte: »Diesmal nicht. Diesmal fahren nur du und ich.«

Mikey hüpfte fröhlich neben seinem Vater her. »Ich kann es kaum erwarten, dass wir endlich fahren. Das wird sicher toll.«

Jerry hielt die hintere Tür des Transits auf und scheuchte die Fahrgäste hinein. Petula hatte sich auf Lorraines Drängen nach vorne gesetzt, denn dort war es bequemer, und vielleicht würde ihr dort nicht noch mal schlecht. Die Freundin schob sich neben sie und sah sie fragend an. »Bist du okay?«

»Was für eine blöde Frage«, fuhr die frisch Entbundene sie an.

»Tut mir leid. Ich weiß nicht, was ich dich sonst fragen soll. Hör zu, ich habe kurz mit Daisy sprechen können«, fing sie an und senkte die Stimme. »Das Baby ist gefunden worden, also wissen wir, dass deine Kleine sicher ist.«

Petula zuckte mit den Achseln. »Meinetwegen. Gut. Hoffen wir, dass die Geschichte damit abgeschlossen ist.«

»Das ist sie sicher nicht. Du weißt selber, dass das erst der Anfang ist. Ich glaube nicht, dass du dein Geheimnis dauerhaft bewahren kannst.«

»*Ich* werde ganz sicher niemandem etwas davon erzählen«, fuhr Petula ihre Freundin an.

Lorraine sah ängstlich in den Fahrgastraum des Vans. »Nicht so laut … und denk vor allem noch einmal darüber nach. Mum und Daisy wissen ebenfalls Bescheid, und sicher kommt im Fernsehen bald ein Aufruf, dass die Mutter dieses Babys sich bei den Behörden melden soll. So machen sie es schließlich immer. Du wirst sicher keinen Ärger kriegen, aber vielleicht brauchst du einen Arzt. Das sagen sie immer, wenn ein Baby aufgefunden wird. Sie sagen, dass sie hauptsächlich in Sorge um die Mutter sind.« Sie ergriff Petulas Hand. »Aber wie dem auch sei, du wolltest mir vorhin sagen, wer der Vater deines Babys ist.«

Petula kniff die Augen zu und schüttelte den Kopf. »Vergiss es, Lorraine. Ich habe es mir anders überlegt.«

Jerry warf die Hecktüren des Transits zu, erklomm den Fahrersitz und quetschte sich neben das dicke Mädchen, das dort saß. »Geht es dir gut? Du siehst entsetzlich aus.«

Petula lachte höhnisch auf. »Na, vielen Dank.«

Er blickte in den Rückspiegel und wollte von den anderen Passagieren wissen: »Also gut, ist bei euch hinten alles klar?«

Trisha saß zusammengesunken neben ihrem Mann, und Selwyn schob ihr ihren Hut aus dem Gesicht. »Wir müssen dich nach Hause bringen, Trisha-Schatz. Du musst ins Bett.« Er küsste ihre Nasenspitze und sah Jerry an. »Danke, dass du uns fährst. Du hast uns den Tag gerettet, Junge.«

Jerry lächelte, bevor er rückwärts aus der Lücke fuhr. »Ich bin froh, dass ich euch helfen konnte, Selwyn.« Er blickte auf Daisy, deren Kopf auf Harrys Schulter lag. »Mum, das heißt wir alle hatten einen wunderbaren Tag. Und jetzt macht's euch gemütlich, und ich bringe euch im Handumdrehen nach Hause.«

19

Mary zog sich oft schon zeitig in ihre Privaträume zurück. Es war kein Problem, wenn noch nicht alle Gäste da waren, denn sie wussten, dass der Schlüssel für die Eingangstür unter der Fußmatte der Treppe lag.

Manchmal zeigte sie sich auch gesellig, wartete im Wohnzimmer auf sie und nahm noch einen Schlummertrunk mit ihnen ein, doch es war abermals ein drückend heißer Tag gewesen, deshalb nahm sie erst einmal ein kühles Bad. Wegen der Hitze schlief sie schlecht, und um sich etwas abzukühlen, legte sie inzwischen abends oft ein feuchtes Handtuch ins Bett. In ihrem Schlafzimmer aber war es so stickig, dass sie trotz der leichten Brise, die vom Meer durch die weit aufgerissenen Fenster wehte, nur mit Mühe Luft bekam.

Sie sah aufs Meer hinaus. Darin spiegelte sich der klare blaue Himmel, und es sah deutlich einladender aus als sonst. Für gewöhnlich hatte es die Farbe abgestandenen Tees, und nur besonders hartgesottene Schwimmer wagten sich hinein. Sie verfolgte lächelnd, wie der gute Bert den Sand von seinen Liegestühlen fegte, sie zusammenklappte und an die Kaimauer lehnte, um sie morgen wieder an die vielen Leute, die bei diesem wunderbaren Sommerwetter an den Strand kamen, zu vermieten. Er klatschte in die Hände, um zwei Möwen zu vertreiben, die sich um Essensreste im Sand stritten, während es für eine Gruppe Esel, die den ganzen Tag lang irgendwelche kleinen Kinder tragen mussten und jetzt rechtschaffen erschöpft waren, auf die Weide ging.

Nach dem Bad cremte sich Mary ein, rollte ihre nassen Haare auf die Schaumstoffwickler auf und hüllte sich in ihren Morgenmantel. Sie setzte sich in ihren Sessel, um zu lesen, als sie Schritte auf der Holztreppe vernahm. Das musste Albert sein, denn schließlich waren ihre anderen Gäste alle nach dem Frühstück abgereist. Wie immer pfiff er auf dem Weg über die Treppe leise vor sich hin.

Albert Smith gehörte zu ihren Stammgästen. Als Handelsvertreter für Spielwaren kam er regelmäßig in die Stadt und bot dort seine Waren in den unzähligen Souvenirgeschäften an. Mary hatte seine Aufenthalte in der Villa Claremont stets genossen, doch seit Thomas nicht mehr lebte, war er auffallend um sie bemüht. Trotzdem musste sie ihn einfach mögen. Er war unterhaltsam, wartete mit vielen lustigen Geschichten von seinen Verkaufstouren auf und hatte immer irgendwelche Tricks auf Lager wie zum Beispiel, dass er plötzlich völlig unvermutet eine lange Reihe bunter Taschentücher aus dem Ärmel seiner Anzugjacke zog. Er war ein gutes Mittel gegen ihre Traurigkeit, und sie freute sich immer, ihn zu sehen. Unter anderen Umständen hätte sein Charisma sie sicher längst in seinen Bann gezogen, aber so vergeudete er mit ihr nur seine Zeit.

Mary wusste, irgendwann käme ihr Ehemann zurück. Sie sagten alle, dass er bei dem Grubenunglück umgekommen wäre, doch konnte sie ihn niemals begraben, deshalb weigerte ein Teil von ihr sich immer noch zu glauben, dass er tatsächlich nicht mehr am Leben war.

Das Unglück war inzwischen über ein Jahr her, aber noch immer wurde Mary von den Bildern seines Leidens nach der Explosion verfolgt. War Thomas auf der Stelle tot gewesen, hatte ihn das Kohlenmonoxid oder der Steinschlag umgebracht, oder war er vielleicht gar bei lebendigem Leib in dem Inferno unter Tag verbrannt?

Aber vielleicht war er ja auch gar nicht tot. Zwei Tage nach dem Unglück hatte man den Schacht versiegeln lassen und die achtzig Bergmänner, die nicht geborgen werden konnten, dort für alle Zeiten eingesperrt. Man hatte ihr den Leichnam ihres Ehemanns nicht übergeben, also fehlte ihr der sichtbare Beweis dafür, dass er gestorben war. Die Tatsache, dass die Experten sicher davon ausgingen, dass keiner von den Männern die Kohlenmonoxidkonzentration der Luft im Schacht auf Dauer überleben konnte, spielte für sie keine Rolle. Vielleicht war ja Thomas unverletzt entkommen, und der Schock des Unfalls hatte ihn seines Gedächtnisses beraubt. Mary fand es durchaus vorstellbar, dass er woanders lebte und sich nicht daran erinnern konnte, wer er war. Es war dieser Glaube, der sie aufrecht hielt, und ihre Hoffnung würde erst sterben, wenn sie den schlüssigen Bewies dafür bekäme, dass er bei dem Unglück wirklich umgekommen war.

Albert war oben angekommen, stolperte und richtete sich leise fluchend wieder auf. Dann ging er über den Flur und klopfte dreimal leise bei ihr an.

»Mary? Sind Sie da?«

Sie knotete den Gürtel ihres Morgenmantels zu. »Äh, ja, Albert. Was ist?«

Seine Stimme wurde durch das dicke Holz der Tür gedämpft. »Ich muss Ihnen etwas sagen, Mary.«

Sie schob das Lesezeichen in ihr Buch, legte es zur Seite und stand auf. »Es ist offen, Albert, kommen Sie ruhig rein.«

Er drehte vorsichtig den Knauf, schob die Tür ein Stück weit auf, blieb aber respektvoll auf der Schwelle stehen. »Tut mir leid zu stören, Mary, aber ich bin gekommen, um mich zu verabschieden.«

»Schon gut, Albert. Ich weiß, Sie müssen morgen zeitig los, aber ich habe meinen Wecker schon gestellt. Ich lasse Sie bestimmt nicht ohne Frühstück fahren.«

Unfähig, ihr ins Gesicht zu sehen, starrte er auf den Dielenboden. »Ich gehe fort, Mary. Sie haben mich in unser Londoner Büro versetzt … Im Grunde haben sie mich befördert, aber das bedeutet, dass ich nicht weiß, wann ich wieder mal in Blackpool bin. Es tut mir leid.«

Er nestelte nervös an seinem Schlips, und als er sichtlich schluckte, hatte Mary plötzlich das Verlangen, ihn zu trösten, und trat auf ihn zu. »Kommen Sie doch, Albert.«

Er blickte über seine Schulter. »Oh. Ich bin mir nicht sicher, ob das …«

»Bitte«, bat sie ihn.

Ihr war bewusst, dass sie schon deutlich besser ausgesehen hatte, und es überraschte sie, dass ihr ihr Aussehen wichtig war. Ihr Gesicht war bar jeden Make-ups, die Nachtcreme, die sie aufgetragen hatte, ließ es glänzen, und die Schaumstoffwickler in den Haaren wurden mit einem wenig schmeichelhaften Haarnetz gehalten. Trotzdem setzte Albert sich zu ihr aufs Bett, nahm zärtlich ihre Hand und stellte lächelnd fest. »Du bist einfach wunderschön, Mary.«

Sie drückte seine Hand und sah ihn ebenfalls mit einem sanften Lächeln an. Ein solches Kompliment hatte ihr schon seit langem niemand mehr gemacht.

Wegen der Hitze hatte Albert den obersten Knopf von seinem Hemd geöffnet, seinen Schlips gelockert und die Ärmel bis zu seinen Ellenbogen hochgerollt. Zögernd streckte er die Hand in Richtung ihrer Schulter aus und fuhr mit seinen Fingern sanft über ihr Schlüsselbein. Das war ziemlich kühn, doch statt vor ihm zurückzuweichen, nahm sie langsam seine Hand, verschränkte ihre Finger mit den seinen, und davon ermutigt, presste er ihr sacht die Lippen auf den Mund. »Du riechst einfach göttlich, Mary.«

Plötzlich traurig, streckte sie die Hand nach seiner Wange aus. »Das ist noch immer Thomas' Bett, Albert.«

»Oh, Mary. Armer Schatz.« Er küsste sie erneut, und nach einem Augenblick des Zögerns ging sie darauf ein. Längst vergessenes Verlangen wogte in ihr auf, doch als sie Albert an sich zog, fühlte sich die Nähe zwischen ihnen unnatürlich an. Wenn sie ihren Ehemann im Arm gehalten hatte, hatte sich das angefühlt, als füge man zwei Puzzleteile zusammen.

Albert stützte sich auf seinen Ellenbogen ab und sah sie an. »Darf ich?« Damit rollte er das Netz von ihrem Haar und nahm ihr vorsichtig die Lockenwickler ab. »Sonst komme ich mir vor, als ginge ich mit meiner eigenen Mum ins Bett.«

Sie versuchte, nicht an ihren Ehemann zu denken, als sie anschließend in Alberts Armen lag. Sie kam sich vor wie eine Ehebrecherin, denn schließlich glaubte sie tatsächlich und mit gutem Grund, dass Thomas noch am Leben war. Mehr als einmal hatte sie die Wahrsagerin auf der Uferpromenade aufgesucht und jedes Mal, wenn sie den dämmrigen, mit Samt ausgeschlagenen Raum verließ, eine andere hoffnungsfrohe Botschaft im Gepäck. Natürlich konnte ihr die Wahrsagerin nichts Genaues sagen, aber Mary hatte immer ganz genau gewusst, was sie ihr mitteilen wollte. Eines Tages käme ihr verlorengeglaubter Ehemann zurück, und jetzt musste sie damit leben, dass sie ihm nicht treu geblieben war.

20

Reglos starrte sie ihr Bild im Badezimmerspiegel an. Abgesehen von den roten Wangen und den leicht zerzausten Haaren sah sie aus wie immer, doch ihr Herz war schwer vor Scham. Sie hätte Stärke zeigen und Alberts Avancen widerstehen sollen.

Ihn traf selbstverständlich keine Schuld an dem Geschehen. Schließlich hatte sie ihn in ihr Zimmer eingeladen, doch auch wenn sie sich dafür verfluchte, dass sie derart schwach gewesen war, hatte sie sich allzu schmerzlich nach den zärtlichen Berührungen durch einen Mann gesehnt. Sie hatte keine Ahnung, wie sie ihrem Ehemann erklären sollte, was passiert war, wenn er wiederkam. Würde er ihr je verzeihen, und hatte sie seine Vergebung überhaupt verdient?

Um sich zu beruhigen, spritzte sie sich kaltes Wasser ins Gesicht und tupfte sich die Wangen vorsichtig mit einem Handtuch ab. Vielleicht sah die Welt morgen früh ja anders aus.

Sie nahm abermals in ihrem Sessel Platz und griff nach ihrem Buch, doch die Buchstaben verschwammen vor ihren Augen und ergaben keinen Sinn. Natürlich hätte Albert auch den Rest des Abends hier bei ihr verbringen wollen, aber sie hatte ihn sanft gebeten, sie allein zu lassen, denn wegen ihrer Gewissensbisse würde sie bestimmt die ganze Nacht kein Auge zubekommen, und es hätte ihr ganz sicher nicht geholfen, wenn er alle fünf Minuten gefragt hätte, was ihr auf der Seele lag.

Unten auf der Promenade amüsierten sich die Nachtschwärmer, und durch das offene Fenster drangen fröhliches Gelächter und Gesänge an ihr Ohr.

Ihr fiel ein, dass sie die leeren Milchflaschen noch an die Straße stellen musste, und mit einem unterdrückten Fluch, weil sie noch einmal runtergehen müsste, stand sie noch mal auf, stahl sich auf leisen Sohlen durch das Treppenhaus und atmete erleichtert auf, als leises Schnarchen durch die Tür von Alberts Zimmer drang. Wenn er mitbekam, dass sie durchs Haus schlich, hätte er sich vielleicht eingebildet, dass sie extra seinetwegen noch mal aufgestanden war.

Sie öffnete die Tür, stellte die vier leeren, sauberen Flaschen auf die Treppe, atmete die warme Brise ein, die vom Meer herüberwehte, und ging zurück ins Haus.

Kaum war sie wieder oben angekommen, drückte jemand ungeduldig auf den Klingelknopf. Ihre anderen Gäste waren schon am Morgen abgereist, und für heute Abend hatten sich noch keine neuen Gäste angesagt. Vor allem hatte sie bisher noch keine Zeit gehabt, die Zimmer wiederherzurichten, und deswegen das »Besetzt«-Schild rausgehängt. Dank des guten Wetters hatte sie in diesem Sommer bereits alle Hände voll zu tun gehabt und eine kurze Verschnaufpause verdient. Da sie schlecht im Morgenmantel öffnen könnte, zog sie schnell ein ebenfalls nicht elegantes, doch zumindest präsentables Hauskleid an.

Abermals ging sie ins Erdgeschoss, öffnete die Tür und war überrascht und leicht verärgert, als dort niemand stand. Offenbar hatten sich irgendwelche Kinder einen dummen Scherz erlaubt. Ehe sie jedoch die Haustür wieder schließen konnte, hörte sie ein leises Maunzen. Sie sah sich um und bemerkte ein buntes Badetuch auf ihrem Rasen. Es schien sich zu bewegen. Hatte etwa jemand einen Wurf mit jungen Kätzchen bei ihr abgelegt? Auf Zehenspitzen schlich sie auf das Strandtuch zu, schlug es vorsichtig auf und riss die Hand zurück, als hätte sie sich an dem Stoff verbrannt.

»Was in aller Welt …?«, stieß sie mit leiser Flüsterstimme aus.

Sie hob das Bündel hoch und starrte in das winzig kleine rosige Gesicht. Das Baby schlug die Augen auf, doch es war klar, dass es sie noch nicht richtig sah. Es öffnete und schloss den kleinen Mund wie ein Vogeljunges, wenn die Mutter mit einen fetten Wurm im Schnabel in das Nest zurückgeflogen kam.

Mary kehrte mit dem Kind ins Haus zurück, drückte die Tür ins Schloss, schob zusätzlich den Riegel vor und trug das Bündel keuchend vor Nervosität und Eile in ihr Schlafzimmer hinauf. Dort legte sie das Baby auf das Bett und wickelte es aus dem Strandtuch. Es war ein wunderhübsches kleines Mädchen. Offensichtlich hatte jemand versucht, es so gut es ging zu säubern, doch noch immer war der kleine Körper blutverschmiert.

Mary warf das Badetuch, das voller Sand war, fort, und holte ein Flanellbettlaken aus dem Wäscheschrank im Flur. Dem Rest der Nabelschnur zufolge, die aus seinem Bäuchlein ragte, war das Baby noch nicht lange auf der Welt.

Sie wickelte es so wie früher ihre Puppen in das Laken, schlich, um Albert nicht zu wecken, abermals auf leisen

Sohlen zurück ins Erdgeschoss, ging dort in die Küche und suchte das Fläschchen, das eine junge Mutter einmal bei ihr vergessen hatte. Thomas hatte sie immer damit aufgezogen, dass sie nichts wegwerfen konnte, und es ärgerte sie, dass er jetzt nicht hier war, um zu sehen, dass dieses Unvermögen manchmal durchaus nützlich war. Das Glas der Flasche war schon blind, aber der gelbe Gummisauger war anscheinend noch intakt.

Es war ziemlich kompliziert, mit einer Hand den Wasserkessel auf den Herd zu stellen, also legte sie das Baby in dem Ohrensessel in der Küchenecke ab. Thomas hatte sich immer in diesen Sessel fallen lassen, wenn er nach der schweren Arbeit in der Grube nach Hause gekommen war, und der Stoff unter dem Schonbezug wies immer noch den Fettfleck auf, den seine Brillantine dort hinterlassen hatte. Mary gab ein bisschen Dosenmilch in die gespülte Flasche, füllte sie mit heißem Wasser auf, ließ das Ganze wieder abkühlen und überlegte währenddessen, wie sie in dieser Angelegenheit am besten vorgehen sollte. Es war ihre Pflicht, das Baby in ein Krankenhaus zu bringen, aber erst mal würde sie es füttern und all die Liebkosungen und Küsse nachholen, die der armen Kleinen bisher vorenthalten wurden.

Nachdem das Baby gierig seine Milch getrunken hatte, brachte Mary es zurück nach oben, füllte warmes Wasser in das Waschbecken im Bad, wusch das letzte Blut und den Rest der Nachgeburt von seinem Körper ab, massierte Seifenschaum in das verklebte Haar, wischte ihm mit einem feuchten Wattebausch die ebenfalls verklebten Augen aus und entfernte vorsichtig die Milch, die in den Hautfalten an seinem Hals zusammengelaufen war.

Schließlich legte sie das saubere, trockene kleine Mädchen auf ihr Bett. Dasselbe Bett, in dem sie kurz zuvor mit Albert Smith gelegen hatte, aber das kam ihr inzwischen vor, als wäre es schon Jahre her.

Eilig wühlte sie in ihrem Nähkorb, legte zwei nicht allzu kleine Sicherheitsnadeln bereit, nahm das Baby bei den Knöcheln, hob es sachte an und schob ein Frotteetuch unter das kleine Hinterteil. Mit zitternden Händen hüllte sie den zarten Körper in das Tuch und steckte es sorgfältig mit den Nadeln fest. Das dösende Kind bewegte leicht die Lippen, als versuche es zu sprechen, als sie ihm mit einem Finger über die perfekt geformten Brauen und die Wangen strich. Es wäre eine Schande, es zu wecken. Vielleicht ließe sie es erst mal schlafen und brächte es morgen früh ins Krankenhaus.

21

Daisy tastete mit ihren Händen durch die Dunkelheit. Die Welt um sie herum stand kopf, der Druck auf ihre Augen war so stark, dass sie befürchtete, sie könnten jeden Moment aus ihren Höhlen hervorquellen. Der beißende Geruch verbrannten Gummis stieg ihr in die Nase, und an ihrem linken Bein lief eine klebrig warme Flüssigkeit herauf. Obwohl der dichte Rauch sie blinzeln ließ, sah sie, dass dickflüssiges Blut aus einem breiten Riss in ihrem Oberschenkel floss. Seltsamerweise aber verspürte sie nicht den geringsten Schmerz.

Sie wusste nicht, woher sie kam oder wohin sie unterwegs war, doch sie war in einem Van gefangen, der im Schleudergang einer überdimensionalen Waschmaschine hin und her gewirbelt worden war.

Am schlimmsten war die unheimliche Stille, die sie nach dem Chaos und der schrecklichen Verheerung, die urplötzlich über sie hereingebrochen waren, umgab. Zusammen mit dem Rauch im Fahrzeug lichtete sich langsam auch der Nebel in Daisys Gehirn, und die Erinnerung kehrte zumindest teilweise zurück.

Sie hatten eine Tagesfahrt nach Blackpool unternommen, ja, genau. Sie hatten einen netten Tag verbracht, doch irgendetwas war am Schluss geschehen. Sie war sich sicher, dass es wichtig war, aber noch während sie versuchte, sich an Einzelheiten zu erinnern, hörte sie das Heulen von Sirenen und sah auf die menschliche Gestalt, die vor ihr auf dem Boden lag. Das hieß, nicht auf dem Boden, sondern auf dem Dach. Mühsam setzte sie sich auf und drehte die Gestalt zu sich herum. Harrys Augen waren offen, und obwohl sie fürchtete, dass sie sie nicht mehr sahen, war er äußerlich vollkommen unversehrt.

»Harry?«, drängte sie. »Sind Sie okay?«

Irgendwie klang ihre Stimme körperlos und fremd, als spräche jemand anderes diese Worte aus. Sie lockerte den Knoten seiner förmlichen Krawatte und riss an den Knöpfen seines Hemds.

»Harry, ich bin's, Daisy.« Zögerlich schob sie zwei Finger unter seinen Kragen und konnte nur beten, dass sie dort den Puls des alten Mannes fühlen würde, aber seine Haut war bereits kalt und klamm.

»Oh Harry«, stieß sie flüsternd aus. Trotz des tragischen Endes hatte Harry seinen letzten Tag auf Erden fröhlich und vor allem in Gesellschaft netter Menschen zugebracht. Als Daisy daran dachte, dass seine geliebte Elsie ihn doch sicher auf der anderen Seite in Empfang genommen hatte, huschte ein wehmütiges Lächeln über ihr Gesicht. Sie zog sein Taschentuch aus seiner Brusttasche, faltete es auseinander und bedeckte sein Gesicht damit. »Schlafen Sie gut, mein Lieber.«

Mit brennenden Augen schaute sie sich um und bemerkte, dass die Windschutzscheibe des Transit geborsten war. Scherben ragten aus dem Gummi in das Loch, das dort verblieben war. Und plötzlich sah sie ihn. Er lag zusammengesunken auf dem Sitz, ein Stück Metall steckte in seiner Schulter, und er hatte eine tiefe Wunde in der Stirn. Obwohl das Blut direkt in seine Augen lief, unternahm er keine Anstalten, es fortzuwischen, und mit schriller Stimme rief sie: »Jerry? Jerry, ich bin's, Mum. Bitte, Junge, sprich mit mir!«

Warum hörte niemand ihre Stimme? Sie versuchte aufzustehen, aber etwas hielt sie fest. Sie hatte keine Ahnung, was. War sie vielleicht gelähmt?

Wieder blickte sie sich suchend um. Der Geruch verbrannten Gummis wurde durch den beißenden Gestank schwelender Benzindämpfe ersetzt. Schwer und bedrohlich hingen sie in der warmen Luft.

Jetzt hörte sie ein Klopfgeräusch, das keiner von den anderen wahrzunehmen schien, und plötzlich war ihr alles klar. Sie kniff die Augen zu und ließ den Kopf nach hinten gegen das gesprungene Seitenfenster fallen.

Wie hatte sie so dumm ein können? Nein, natürlich tat ihr weder das verletzte Bein noch sonst was weh, denn Schmerzen konnte man nur spüren, solange man am Leben war.

Trisha hob den Kopf, ließ ihn aber sofort wieder nach hinten rollen. Sie hörte immer noch das Kreischen des Metalls auf dem Asphalt, als der Transit auf dem Dach über die Autobahn geschlittert war. Inzwischen war es beinah dunkel, doch sie konnte Barbara auf dem Platz ihr gegenüber sehen. Ihr linker Arm war seltsam hinter ihrem Kopf verdreht, und unter ihrem hochgerutschten grünen Kleid entdeckte Trisha einen pinkfarbenen Spitzenslip. Vor allem aber fielen ihr zu ihrer Freude die zahlreichen Dellen an den Oberschenkeln ihrer Konkurrentin als verräterische Zeichen einer fortgeschrittenen Cellulitis auf.

Da Babs es sicher hassen würde, wenn sie mitbekäme, dass man ihre Unterhose sehen konnte, beugte Trisha sich mühsam vor, zerrte am Saum von ihrem Kleid, wandte sich danach an ihren Ehemann und zog an dessen Arm.

»Selwyn, bist du okay?« Ihre Lippen waren geschwollen, und ihre eigene Stimme klang erschreckend fremd.

Er reagierte nicht.

»Oh Gott, Selwyn, bitte nicht.« Sie legte ihren Kopf an seine Brust und betete voll Inbrunst, dass ein gleichmäßiges Auf und Ab des Brustkorbs ihr verraten würde, dass er noch am Leben war.

Lorraine starrte entgeistert durch das Loch in der explosionsartig geborstenen Windschutzscheibe. Sie sah die Scheinwerfer der Wagen auf der anderen Straßenseite, deren Fahrer auf die Bremsen traten, um sich das makabre Schauspiel anzusehen. Sie war in ihrem Gurt gefangen, und sie konnte ihn nicht öffnen, weil ihr Gewicht ihn nach vorne zog. Hilflos ruderte sie mit den Armen, während sie nach ihren Eltern schrie. »Mum, Dad, seid ihr verletzt?«

»Bist du okay, Lorraine?«, drang Trishas Stimme aus dem Fahrgastraum des Vans. »Dein Dad ist hier bei mir. Er, tja nun, er atmet noch.«

Als Babs die Stimme ihrer Tochter hörte, zwang sie sich, die Augen zu öffnen. »Lorraine, bist du das?«, fragte sie und klang, als hätte sie den Mund voll Sand.

»Ich bin hier vorne, Mum. Ich bin okay, aber ich habe keine Ahnung, wo Petula ist.«

Sie alle wirkten leichenblass im Blaulicht, das vom Dach des Krankenwagens durch die Fenster ihres Fahrzeugs fiel. Zwei Sanitäter hockten vor dem Transit auf der Autobahn. Lorraine konnte nicht sehen, was sie machten, und sie fragte sich, weshalb sie nicht erst einmal nach den Menschen sahen, die noch immer in dem Van gefangen waren. Dann stand einer der zwei Männer auf, schüttelte den Kopf und bedeutete dem anderen, der noch immer auf der Straße kniete, aufzustehen.

Ein junges Mädchen, sicherlich kaum älter als Lorraine, trat auf die beiden Männer zu, schlug eine Hand vor ihren Mund, und der Kollege legte tröstend einen Arm um sie und breitete das Tuch, das sie ihm reichte, über etwas auf dem Boden aus.

Lorraine brauchte nur einen Augenblick, um zu verstehen. »Oh nein, Petula«, schluchzte sie.

Babs versuchte, sich ihrer Tochter zuzuwenden, konnte aber ihren seltsam hinter ihrem Kopf verdrehten Arm ohne Hilfe nicht befreien. »Was ist los, Lorraine? Weißt du inzwischen, wo Petula ist?«

»Sie ist tot, Mum«, stieß das Mädchen heiser aus. »Sie liegt da vorne auf der Autobahn. Sie muss durch die Windschutzscheibe geflogen sein.«

Babs dachte an Petulas Kind und kniff die Augen zu. Wenn sie sie tatsächlich dazu hätten überreden können, diesen kleinen Wurm mit nach Hause zu nehmen, wäre er jetzt sicher ebenfalls nicht mehr am Leben. Ganz egal, was aus der Kleinen würde, hatte sie zumindest nicht dasselbe grauenhafte Schicksal ereilt wie das Mädchen, das sie auf die Welt gebracht hatte. Babs sehnte sich danach, Lorraine, die leise um ihre Freundin weinte, tröstend an die Brust zu ziehen, doch solange sie sich nicht befreien könnte, saß sie hier hinten fest.

Der Van begann zu schwanken, und endlich riss ein Feuerwehrmann die Hecktüren auf. »Bald werden wir Sie alle draußen haben. Kann mir jemand sagen, wie viele Personen in dem Wagen unterwegs gewesen sind?«

Babs kniff die Augen zu und schirmte sie mit ihrer

freien Hand gegen den Strahl der Taschenlampe ab. »Wir sind … waren … zu zehnt.« Als plötzlich irgendwas ihren Knöchel packte, zog sie instinktiv die Beine an. Dann aber beugte sie sich möglichst weit nach vorn, lugte unter die zerstörte Bank und sah in vor Schreck und Verwirrung weit aufgerissene Augen.

»Mikey! Gott sei Dank. Bist du okay?«

»Mein Kopf tut weh. Was ist passiert?« Zögernd rieb er sich die Stirn, sah seine Finger an und fuhr mit der Zunge durch seinen Mund. »Ich blute. Und ich habe auch noch meinen anderen Schneidezahn verloren.«

»Wir hatten einen Unfall, Mikey«, antwortete sie, »aber die Feuerwehr ist da und wird uns rausholen. Es wird alles gut.« Sie streckte ihren Arm nach unten aus und nahm tröstend seine Hand. »Ich bin hier, Mikey, ich werde auf dich aufpassen.«

Sie konnte sehen, dass der Kleine allen Mut zusammennahm, doch als er seine nächste Frage stellte, war das Zittern seiner Stimme nicht zu überhören. »Wo ist mein Dad?«

22

Als Albert Smith am nächsten Morgen mit seiner Aktentasche in der Hand in ihrer Haustür stand, hätte Mary ihn am liebsten unsanft am Kragen gepackt und vor die Tür gesetzt.

»Wegen gestern Abend, Mary«, fing er an.

Sie stöhnte innerlich. Sie hatte keine Zeit und keinerlei Interesse, noch einmal auf die Geschehnisse vom Vortag einzugehen. »Albert, bitte sag jetzt nichts, was uns beiden leidtun wird.«

Er nickte ernst. »Ich werde dich niemals vergessen, Mary, und falls ich jemals wieder nach Blackpool komme, werde ich natürlich …«

»Ja, okay, dann schau auf jeden Fall bei mir herein.« Sichtlich ungeduldig griff sie nach der Tür, um sie ins Schloss zu drücken, doch er legte eine Hand gegen das Holz und hielt sie weiter auf. »Ich hoffe, das, was gestern Abend zwischen uns passiert ist, wird dir helfen, allmählich wieder nach vorn zu schauen, Mary.« Mit sanftem Nachdruck fügte er hinzu: »Thomas ist tot. Er wird nie mehr zurückkommen.«

Mary nagte unglücklich an ihrer Unterlippe, und da sie die mitleidige Miene ihres Gegenübers nicht ertrug, starrte sie traurig ihre Füße an. »Ich weiß«, stieß sie mit leiser Stimme aus.

Natürlich war sie überzeugt davon, dass Thomas noch am Leben war, aber mit ihren Worten brachte sie Albert dazu, dass er sie zum Abschied zärtlich auf die Wange küsste und dann endlich ging. Erleichtert drückte sie die Tür ins Schloss und eilte dankbar wieder in ihr Schlafzimmer hinauf.

Das Baby hatte fast die ganze Nacht hindurch friedlich neben ihr geschlafen und nur einmal etwas trinken wollen. Mary wickelte die Kleine aus dem weichen Handtuch, das als Windel hatte dienen müssen, und betrachtete die zähe, teerartige Masse, die darin enthalten war.

»Meine Güte, Schatz. Was haben wir denn da?« Sie griff nach den Papiertüchern, die auf dem Nachttisch standen, und wischte vorsichtig das Hinterteil des Säuglings ab. »Bevor ich dich in die Klinik bringe, bade ich dich besser erst noch mal.«

Mit dem kleinen Mädchen im Arm setzte sie sich unten in der Küche in den Lieblingssessel ihres Ehemanns. Die Polster rochen immer noch nach ihm, und irgendwie empfand sie es als ungeheuer tröstlich, wenn sie in dem Sessel saß, in dem er oft gesessen hatte, um ihr bei der Arbeit zuzusehen. Sie drehte ihren Kopf und atmete den süßen Duft seines geliebten Pfeifentabaks ein. Lächelnd dachte sie daran zurück, wie oft sie ihn gebeten hatte, mit der Pfeife in den Garten oder, wenn es sein musste, ins Wohnzimmer zu gehen. Jetzt bekam sie nicht genug von dem Geruch, den sie früher wild herumfuchtelnd vertrieben hatte.

Sie schaltete die Nachrichten im Radio ein. Sie wusste nicht, was sie erwartet hatte, aber als sie nichts von einem ausgesetzten Säugling hörte, atmete sie unwillkürlich auf.

Wer auch immer dieses Baby hier bei ihr zurückgelassen hatte, hatte es sich offenbar nicht noch mal anders überlegt. Auf der Autobahn in Richtung Manchester war ein Transit verunglückt, und sie hatte Mitleid mit den Menschen, die bei diesem Unfall umgekommen waren, wandte sich dann aber abermals dem Kind in ihren Armen zu.

»Du bist so ein braves kleines Ding. Ich wünschte mir, mein Thomas wäre hier. Er wüsste, was zu tun ist.«

Leicht verärgert dachte sie an Albert und verfluchte sich erneut dafür, seinen Annäherungsversuchen nachgegeben zu haben. Er hatte sich nur deswegen an sie herangemacht, weil Thomas seiner Meinung nach nicht wiederkommen würde, doch im Gegensatz zu ihm hatte sie handfeste Beweise dafür, dass ihr Gatte noch am Leben war. Monate nach dem Unglück hatte sie eine Spiritistin aufgesucht, und ohne ihr etwas von ihrem Hintergrund zu offenbaren, hatte sie getan, als ob sie sich verzweifelt danach sehnen würde, etwas von ihrem geliebten, viel zu früh verstorbenen Ehemann zu hören.

Die Spiritistin hatte ihre Hände auf die Tischplatte gelegt, die Augen geschlossen, tief eingeatmet und sich langsam auf dem Stuhl vor- und zurückgewiegt. Ihre Lider hatten wild gezuckt, ihre Lippen hatten sich in einem stummen Zwiegespräch mit einer unsichtbaren Macht bewegt, und schließlich hatte sie die Augen wieder aufgemacht und Mary angesehen. »Ich kann deutlich spüren, dass ich Ihnen eine Nachricht überbringen soll.«

Mary hatte sich über den Tisch gebeugt, die Seherin hatte ihre Augen wieder geschlossen, ihre Schläfen massiert und mit dem Kopf genickt. »Ja. Ich höre den Namen Billy oder Bill.« Mary hatte mitbekommen, wie eins der Augen ihres Gegenübers aufgegangen war, um zu sehen, wie sie auf die Nachricht reagierte, doch sie hatte ihre ausdruckslose Miene beibehalten und die Spiritistin so gezwungen fortzufahren. »Nein, warten Sie, nicht Billy, sondern Bobby. Richtig, Bobby. Sagt Ihnen der Name was?«

Erleichtert hatte Mary sich auf ihrem Stuhl zurückgelehnt. »Allerdings. Als ich ein Kind war, hatten meine Eltern einen roten Kater, der so hieß.«

Mit einem breiten Grinsen im Gesicht war sie von dieser Sitzung nach Hause gegangen. Sie hatte Angst davor gehabt, eine Nachricht aus dem Jenseits zu bekommen, aber Thomas' Geist hatte sich nicht materialisieren können, weil er bei dem Unglück nicht gestorben war. Beschwingt war sie in die Pension zurückgeschwebt.

Sie beschloss, die drei Meilen bis zum Krankenhaus zu Fuß zu gehen. Langsam erwachte die Stadt zu neuem Leben, und wahrscheinlich wurde es wieder ein drückend heißer Tag. Die frische Seeluft würde ihnen beiden guttun, und vielleicht bekäme ja das Baby dank der milden Brise etwas Farbe ins Gesicht.

Als sie an einem Zebrastreifen warten musste, wandte sich ihr eine alte Dame zu. »Sieh mal einer an.« Sie lächelte zahnlos, und die knöcherigen Finger schoben vorsichtig die Wolldecke, die um das niedliche Gesicht des Säuglings lag, zurück. »Sie ist einfach wunderschön – ein kleines Mädchen, stimmt's?«

Nach anfänglichem Unbehagen setzte Mary ihrerseits ein stolzes Lächeln auf. »Ja, ein Mädchen.«

»Ah, entzückend. Wie alt ist sie denn?« Säuselnd beugte sich die alte Frau erneut über das Baby, und aufgeregt zog Mary es so eng es ging an ihre Brust.

»Äh … ein paar Tage, noch nicht wirklich alt.«

»Und trotzdem laufen Sie schon mit ihr draußen rum? Das überrascht mich. Schließlich sollten Sie sich erst mal schonen.«

»Schonen?« Mary runzelte verständnislos die Stirn.

Die Alte schob sich möglichst dicht an sie heran und flüsterte ihr zu: »Na ja, Sie wissen schon. Schließlich müssen sich die … unteren Regionen erst einmal erholen. Hat Ihnen Ihre Hebamme das etwa nicht gesagt?«

Allmählich fühlte Mary sich, als nähme diese alte Dame sie ins Kreuzverhör. Doch sie würde sicher nicht mit einer völlig Fremden über die intimsten Stellen ihres Körpers diskutieren, und als die Autos anhielten, damit die beiden Frauen die Straße überqueren könnten, nickte sie den Fahrern freundlich zu und stapfte eilig los. Die alte Frau konnte sich nicht so schnell bewegen, weil sie einen vollbeladenen Einkaufstrolley zog, doch kurz darauf hatte auch sie den gegenüberliegenden Bürgersteig erreicht. »Und wie heißt die Kleine?«

Großer Gott, gab diese Frau denn niemals auf?

»Tut mir leid«, entschuldigte sich Mary. »Ich muss wirklich los. Aber es hat mich sehr gefreut.«

Mit diesen Worten ließ sie die verblüffte alte Dame einfach stehen und lief mit schnellen Schritten los.

Da sie flott marschierte, brauchte sie nur eine knappe Stunde bis zum Krankenhaus. Das Baby hatte, offenbar beruhigt vom gleichmäßigen Auf und Ab in ihren Armen, während der ganzen Zeit geschlafen, und bereit, dem kleinen Wesen, das am Tag zuvor vor ihrer Tür gelegen hatte, Lebewohl zu sagen, lief sie auf den Haupteingang der Klinik zu.

Sie versuchte, nicht darüber nachzudenken, wie es mit der Kleinen weiterging und ob sie vielleicht ihr Leben lang unter dem Wissen leiden würde, dass die eigene Mutter sie nicht hatte haben wollen. Einen unglücklicheren Start ins Leben konnte Mary sich nicht vorstellen, und ihr Herz zog sich zusammen, wenn sie daran dachte, wie sehr es das Mädchen verletzen würde, wenn es irgendwann erfuhr, dass es von der Frau, die es geboren hatte, gleich nach der Geburt verstoßen worden war. Es gab jede Menge Kinder, die keinen Kontakt zu ihren Vätern hatten, doch die meisten wussten wenigstens, wer ihre Mütter waren. Dieses arme Würmchen würde keinen seiner beiden Eltern kennen und nur wissen, dass die Liebe seiner Mutter nicht gereicht hatte, um für es da zu sein.

Als Mary Richtung Eingang ging, begann das Baby, sich zu rühren. Vor der breiten Glastür stand ein Krankenwagen mit rotierendem Blaulicht auf dem Dach, und zwei Sanitäter kamen aus dem Haus gestürzt und rissen eilig die Hecktüren des Fahrzeugs auf.

»Oje«, wandte sich Mary an den Säugling, der sich in der engen Decke wand. »Offenbar haben wir einen ungünstigen Augenblick erwischt.«

Das Baby stieß ein leises Husten aus, holte Luft und begann zu greinen.

»Pst, sei still. Gleich bist du drin. Dann werden sich die Schwestern um dich kümmern. Sie werden dich in eines der kleinen Bettchen legen, und dann kannst du dich dort in den Schlaf weinen, weil niemand Zeit hat, um nach dir zu sehen. Wenn sie doch mal Zeit finden, wirst du gebadet und vielleicht auch kurz geknuddelt, und dann werden sie über das Radio und die Zeitungen an die herzlose Mutter, die dich nicht gewollt hat, appellieren, sich zu melden.«

Ihre leise Stimme schien das Baby zu beruhigen, denn zufrieden klappte es die Äuglein wieder zu.

»Aber deine Mutter will dich nicht und hat dich nicht verdient. Deshalb wird sie sich ganz sicher auch nicht melden, und dann kommst du in ein Heim, und wenn du Glück hast, wirst du irgendwann von netten Menschen adoptiert. Und dann wirst du dich bis ans Lebensende fragen, wer wohl deine echten Eltern waren und warum sie dich nicht genug geliebt haben, um für dich da zu sein.«

Eine dicke Träne kullerte aus Marys Auge über ihre Wange bis zu ihrem Kinn und blieb dort zitternd hängen, tropfte dann aber dem Baby auf die Stirn. Sie blickte über ihre Schulter und bemerkte, dass das Krankenhaus bereits in einiger Entfernung lag.

Sie hatte sich nicht bewusst dafür entschieden, aber plötzlich ging ihr auf, dass sie schon wieder auf dem Weg nach Hause war. Dieses Baby war schon einmal im Stich gelassen worden, doch das würde ihm kein zweites Mal passieren.

23

Daisy lag in ihrem Bett im Krankenhaus und starrte auf das gleißend helle Licht. Sie hatte schon einmal davon gelesen, von dem langen Tunnel und dem warmen, einladenden Licht des Himmels, das an dessen Ende lag. Sie streckte blind die Arme aus, ertastete mit ihren Händen den gestärkten weißen Kittel eines Arztes, und eilig schaltete der Mann die Taschenlampe aus und sprach sie an. »Guten Morgen, Mrs Duggan. Wie fühlen Sie sich?«

Sie wollte sich aufsetzen, doch ihre Gliedmaßen waren schwer wie Blei. »Wo bin ich? Wo ist mein Sohn?«

Das Gesicht des Arztes hing nur ein paar Zentimeter über ihrem eigenen Gesicht, als er mit sanfter Stimme sprach. »Sie hatten gestern Abend einen Unfall. Sie haben eine Gehirnerschütterung und eine tiefe Schnittwunde am Bein. Wir werden Sie nachher noch röntgen, um zu sehen, ob davon abgesehen alles mit Ihnen in Ordnung ist.«

»Wo ist mein Sohn? Er heißt Jerry Duggan. Wissen Sie, wie es ihm geht?«

»Versuchen Sie, ruhig zu bleiben, Mrs Duggan. Ich werde mich nach Ihrem Sohn erkundigen, sobald ich mit der Untersuchung fertig bin.«

Nachdem er endlich aufhörte, an ihr herumzupiksen und an ihren Gliedmaßen zu zerren, was Daisy aufdringlich und völlig unnötig erschien, kniff sie die Augen zu und atmete tief durch.

Sie versuchte, sich so gut wie möglich daran zu erinnern, was genau geschehen war, doch das war alles andere als leicht. Jerry hatte gesagt, sie wären gleich zu Hause, und sie hatte voll Vorfreude an den warmen Kakao gedacht, denn sie allabendlich vor dem Zubettgehen trank. Von dieser liebgewonnenen Gewohnheit war sie nicht mal bei der momentanen Hitze abgerückt. Sie erinnerte sich auch noch an das laute Krachen und den Schwindel, der sie überfallen hatte, als der Van sich überschlagen hatte und eine gefühlte Ewigkeit auf dem Dach über die Autobahn geschlingert war.

Eilig griff sie nach dem Wasserglas auf dem Tischchen neben ihrem Bett, um die aufsteigende Übelkeit zu unterdrücken, und bemerkte, dass der Arzt am Fußende stand und mit einem Kollegen sprach, der anscheinend geradewegs aus dem OP gekommen war. Er erwähnte Jerrys Namen, und der andere Arzt fuhr mit dem Finger über eines der Blätter, die auf seinem Clipboard klemmten, sah sie unter seinem langen Pony hervor an und schüttelte unmerklich den Kopf.

Mikey wusste, dass er nicht zu Hause in seinem eigenen Bett lag. Die kühlen Laken rochen frisch, das Kopfkissen war fest, und die blassgrüne Decke hatte einen weichen Saum aus schimmerndem Satin.

»Mikey, Schatz, bist du okay?«

Die sanfte Stimme war ihm fremd. Er drehte vorsichtig den Kopf und riss die Augen auf, als er Andrea sah. Seine Mutter hatte einen riesengroßen Stoffaffen auf ihren Knien. Mikey tat der Kopf weh, und er hatte das Gefühl, als ob er einen Turban tragen würde wie der nette Mr Singh aus dem Süßwarengeschäft.

Er tastete nach dem Verband, der fest um seine Stirn gewickelt war, und seine Mutter tätschelte ihm aufmunternd die Hand. »Ich hatte solche Angst um dich.«

Seine Mutter hatte niemals Angst um ihn, es ging ihm also offensichtlich wirklich schlecht. Er runzelte die Stirn, bedachte seine Mum mit einem argwöhnischen Blick und streckte dann die Hand nach dem Affen aus. »Den hat Dad für mich gewonnen. Er heißt Galen.« Plötzlich fiel ihm etwas ein, und hektisch fuhr er mit der Hand unter dem Kopfkissen herum. Er fand den Zahn, den er am Vorabend dort deponiert hatte, und hielt ihn traurig in die Luft. »Die Fee ist nicht gekommen.«

»Was für eine Fee? Wovon zum Teufel redest du?«

»Gestern im Riesenrad habe ich einen Zahn verloren. Daddy hat ihn extra für mich eingewickelt, und ich habe ihn dann für die Zahnfee unters Kopfkissen gelegt.«

»Oh, Mikey, du Dummerchen. Das kannst du doch nicht machen, ohne jemandem etwas davon zu sagen.«

Mikey starrte seine Mutter an. Sie sah aus wie immer, aber ihre Stimme klang ungewöhnlich sanft. Allerdings spielte sie auch nervös mit ihrer Kette, setzte Galen auf sein Bett, zog ihre Zigaretten aus der Tasche, klemmte eine zwischen ihre Lippen, schien sich daran zu erinnern, wo sie war, und packte sie stirnrunzelnd wieder ein.

»Willst du einen Schluck Zitronenwasser?« Ohne eine Antwort abzuwarten, schenkte sie ein bisschen Sirup in das Glas, das auf dem Nachttisch stand, und füllte ihn mit Wasser auf. »Hier, trink.«

Mikey schob die Hand seiner Mutter weg. »Ich will meinen Dad. Wo ist mein Dad?«

Hektisch stand Andrea auf, und als sie vor die Tür des Schwesternzimmers trat, konnte Mikey ihre Unterhaltung mit der Schwester nicht verstehen. Doch kurz darauf stellte die Schwester die seltsam geformte Schale, die sie in der Hand hielt, an die Seite, tätschelte seiner Mutter sanft den Arm, und beide Frauen traten an sein Bett.

Die Schwester sprach genauso sanft wie seine Mum, nachdem er wach geworden war. »Mikey, du musst jetzt ein großer, starker Junge sein. Ich muss dir etwas sehr Trauriges sagen, aber deine Mummy ist ja hier, und wir sind alle für dich da.«

Der Ton der Frau gefiel ihm nicht. Sein Kinn fing an zu zittern, und er fürchtete, dass er kein großer, starker Junge war. Also holte er tief Luft, zwang sich zu einem Lächeln und nickte gehorsam mit dem Kopf.

Während seine Mum nervös die Hände rang, wollte die Schwester von ihm wissen: »Du erinnerst dich bestimmt noch an den Unfall gestern Abend. Daran, wie die Sanitäter euch erst dort versorgt haben und dann mit euch hierher ins Krankenhaus gefahren sind.«

Wieder nickte Mikey stumm. Er hatte keine Ahnung, ob er eine Antwort geben sollte oder nicht.

»Nun, dein Daddy war sehr schwer verletzt, und es tut mir leid, aber die Ärzte konnten nichts mehr für ihn tun.«

»Oh.« Etwas anderes fiel ihm nicht ein.

»Verstehst du, was ich sage, Mikey?« Jetzt ergriff die Schwester seine Hand.

Eine einzelne Träne kullerte über sein Gesicht, und mit leiser Stimme fragte er: »Sie meinen, dass mein Daddy jetzt im Himmel ist?«

Endlich trat auch seine Mutter wieder an sein Bett. »Genau, Mikey. Dein Vater lebt nicht mehr. Aber ich bin hier und werde mich genauso um dich kümmern wie bisher.«

Die Schwester drückte ihr die Schulter. »Tja, dann lasse ich Sie jetzt erst mal allein. Sie wissen ja, wo Sie mich finden, falls noch etwas ist.«

Mit einem schmalen Lächeln zum Kind wand sich die Frau zum Gehen, und Mikey streckte unglücklich die Arme nach Andrea aus.

Zögernd zog sie ihn an ihre Brust, und da er nicht hätte sagen können, wann sie ihn zum letzten Mal so zärtlich in den Arm genommen hatte, fühlte diese ungewohnte Nähe sich ein wenig fremd und unbehaglich an. Plötzlich aber wollte er kein großer, starker Junge sein, und während sie ihn sanft in ihren Armen wiegte, ließ er seinen Tränen freien Lauf.

Babs hatte sich die halbe Nacht in ihrem Bett gewälzt und wurde jetzt dadurch geweckt, dass Trisha sich mit einer Krankenschwester stritt.

»Bitte, Sie müssen mich zu ihm lassen, ich bin seine Frau.« Das blöde Weib hätte wahrscheinlich selbst in einem leeren Zimmer einen Aufruhr starten können, dachte Babs entnervt.

Die Schwester war den Umgang mit so schwierigen Patienten offenbar gewohnt, denn sie legte eine geradezu bewundernswerte Ruhe an den Tag. »Wie ich bereits sagte, Mrs Pryce, Ihr Mann liegt momentan noch auf der Intensivstation und wird nachher operiert. Sein Zustand ist ernst, aber stabil, und falls sich irgendetwas ändert, werden Sie die Erste sein, die es erfährt.« Sie führte Trisha zurück zu ihrem Bett, das neben Barbaras stand. »Ich weiß, das ist nicht leicht für Sie, aber ich verspreche, dass wir es Sie wissen lassen werden, wenn es irgendwelche Neuigkeiten gibt.«

Trisha schüttelte den Arm der Schwester ab. »Ich brauche nicht im Bett zu liegen. Sie haben mich nur zu Beobachtung ins Krankenhaus gebracht. Mit mir ist alles in Ordnung, und jetzt will ich zu meinem Mann.«

»Beruhig dich, Trisha«, mischte Babs sich ein. »Falls du dich erinnerst, haben nicht alle diesen Unfall überlebt. Wir, einschließlich Selwyn, haben noch Glück gehabt.«

Das brachte Trisha anscheinend zur Vernunft. »Tut mir leid«, entschuldigte sie sich. »Aber weißt du, ich liebe ihn, und ich mache mir einfach Sorgen, Barbara.«

»Das weiß ich, Trisha. Ich liebe … oder eher, ich *habe* Selwyn schließlich auch geliebt, und er ist immer noch der Vater von Lorraine, weshalb wir ebenfalls in Sorge um ihn sind.«

Sie wollte nach den Schmerztabletten greifen, die die Schwester für sie auf dem Nachtschrank hatte liegen lassen, aber da ihr Arm in einer Schlinge lag, erreichte sie sie nicht und war dankbar, als ihr die Rivalin die Tabletten und dazu auch ein Glas Wasser gab. Dann nickte Trisha in Richtung von Lorraine, die auf Barbaras anderer Seite lag.

»Schläft sie immer noch?«

Babs warf einen Blick nach links. Mit ihrem gebräunten, sommersprossigen Gesicht sah ihre Tochter wie das blühende Leben aus. Und tatsächlich hatte sie mit den vom Gurt geprellten Rippen, anders als Petula, die auf ihren Gurt verzichtet hatte, einen relativ geringen Preis für ihre Sicherheit bezahlt.

»Mum?« Lorraine versuchte, ihre Augen aufzuzwängen, doch sie hatte das Gefühl, als hätte jemand sie mit Kleister zugeklebt.

Barbara streckte den gesunden Arm nach ihrer Tochter aus, aber das Mädchen lag zu weit von ihr entfernt. »Ich bin hier, Schatz.«

»Wo ist Dad?«

Trisha trat an ihr Bett und nahm unaufgefordert auf der Kante Platz. »Er liegt auf der Intensivstation. Sie wollen mich bisher nicht zu ihm lassen, aber wenn sein Zustand sich verändert, werde ich als seine nächste Angehörige als Erste informiert.«

»Aber er wird wieder gesund werden, nicht wahr, Mum?«, wandte sich Lorraine an Babs.

Ihre Mutter würde sie niemals anlügen, das wusste sie, und tatsächlich meinte die in aufmunterndem Ton: »Natürlich, Schätzchen. Aber erst mal musst du selbst wieder auf die Beine kommen. Du weißt doch, wie schnell dein Dad sich immer Sorgen um dich macht.«

Lorraine streckte die Arme über ihrem Kopf aus, atmete so tief wie möglich ein und stellte jammernd fest: »Gott, mir tun die Rippen weh.«

In diesem Augenblick trat eine Schwester auf die andere Seite ihres Betts und wandte sich fragend an die beiden anderen Frauen. »Mrs Pryce?«

»Ja«, erwiderten die beiden wie aus einem Mund.

Die Schwester sah auf ihren Block. »Welche von Ihnen ist die Ehefrau von Selwyn Pryce?«

»Ich«, erklärte Trisha mit einem triumphierenden Seitenblick auf Barbara.

»Könnten Sie dann bitte mitkommen? Der Doktor würde gern mit Ihnen sprechen, und dann bringen wir Sie zu Ihrem Mann.«

Trisha fuhr sich mit den Fingern durch die Haare. »Oh Gott, seht mich nur an. Was wird Selwyn denken, wenn er mich in diesem Zustand sieht?« Sie band den Gürtel ihres Bademantels zu und beugte sich kurz über Babs. »Habe ich was zwischen den Zähnen?«

Sie verzog den Mund zu einem übertrieben breiten Grinsen, worauf Babs ein Stückchen Grünkohl zwischen ihren Schneidezähnen hängen sah.

»Nein, alles in Ordnung, Trish. So kannst du gehen.«

»Warum, glaubst du, dass der Arzt sie sprechen will?«, fragte Lorraine, nachdem Trisha und die Schwester in den Flur hinausgetreten waren.

Babs drehte ihren Körper, bis sie ihre Tochter sehen konnte. »Ich weiß nicht, Liebes. Es ist alles furchtbar tragisch …«

»Ja, ich weiß. Ich kann einfach nicht aufhören, an die arme Petula zu denken. Das bringt ihren Vater sicher um. Und dann ist da noch das Baby. Mein Gott, Mum, wenn sie die Kleine mitgenommen hätte, wäre die jetzt sicher ebenfalls nicht mehr am Leben. Stell dir vor, dann wäre sie am selben Tag gestorben, wie sie auf die Welt gekommen ist.«

Babs erschauerte. »Das ist mir auch schon durch den Kopf gegangen«, gab sie zu und streckte abermals die Hand nach ihrer Tochter aus.

Lorraine erwiderte die Geste, bis sich ihre Fingerspitzen in der Luft berührten, und die Mutter sah sie traurig an. »Lorraine«, setzte sie an. »Karl hat den Unfall nicht überlebt. Es tut mir leid.«

Das Mädchen nickte kurz. »Ich weiß. Ich habe gehört, wie du und Trisha darüber gesprochen habt, als ihr dachtet, dass ich schlafe. Armer kleiner Mikey, darüber kommt er wahrscheinlich nie hinweg.«

In nachdenklichem Schweigen lagen sie und ihre Mutter da, bis sie nach einer Weile fragte: »Mum, bist du noch wach?«

»Ich glaube nicht, dass ich je wieder schlafen kann. Jedes Mal, wenn ich die Augen schließe, höre ich das Knirschen des Metalls und sehe die Menschen und die Sachen, die wild durcheinanderfliegen und …«

»Bevor wir losgefahren sind, wollte mir Petula sagen, wer der Vater ihres Babys ist.«

»Oh Gott, wirklich? Warum hat sie es dann nicht getan?«

»Wir wurden unterbrochen, aber früher oder später hätte sie es mir gesagt. Das weiß ich ganz genau.«

Das Gespräch nahm ein abruptes Ende, als die Dame mit dem Teewagen erschien. Sie hörten das Klirren der Porzellantassen auf dem metallenen Tablett schon, ehe sie ans Bett des Mädchens trat. »Wie wäre es mit einem Tässchen, meine Liebe?«, fragte sie und hielt ihr eine riesige, verbeulte Kanne hin.

Erst nach über einer Stunde kehrte Trisha von dem Besuch bei ihrem Ehemann zurück. Babs war klar, dass auch sie selbst und ihre Tochter in den Nachthemden des Krankenhauses, ungeschminkt und unfrisiert, keine Augenweide waren, doch als sie Trisha sah, riss sie entsetzt die Augen auf. Ihr Gesicht war leichenblass, ihre Augen waren gerötet und verquollen, ihre aufgesprungene Unterlippe war geschwollen. Mit zitternden Händen griff sie nach der Tasse, die auf ihrem Nachttisch stand.

»Der Tee dürfte inzwischen kalt sein«, meinte Babs.

Trotzdem hob Trisha die Tasse an den Mund, kippte das Gebräu mit einem Zug herunter und fuhr sich mit dem Handrücken über den Mund.

»Ich habe keine guten Neuigkeiten, Barbara.« Sie ließ sich auf die Kante ihres Bettes sinken und fuhr sich mit beiden Händen durchs Gesicht. »Selwyn hat eine Verletzung an der Wirbelsäule. Sie müssen noch verschiedene Untersuchungen durchführen, aber bisher sieht es so aus, als wäre er gelähmt.«

»Oh mein Gott«, entfuhr es Babs. »Das ist ja grauenhaft.«

Lorraine wandte sich ab, vergrub das Gesicht in ihrem Kopfkissen und brach in leises Schluchzen aus.

»Ich kann es einfach nicht glauben, Barbara«, stieß Trisha heulend aus. »Das ist einfach nicht gerecht. Ich werde mit einem Krüppel verheiratet sein.«

24

Jeden Morgen, nachdem Mary ihrer kleinen Tochter ihre Milch gegeben hatte, stellte sie das Radio an. Es stieß immer erst ein ärgerliches Rauschen oder Knistern aus, bevor man irgendwas verstand.

Als Erstes ging es in den Nachrichten wie immer um die Dürre und darum, dass in verschiedenen Teilen Englands seit inzwischen über einem Monat jeglicher Regen ausgeblieben war. Mary legte sich die Kleine auf die Schulter, tätschelte ihr sanft den Rücken und blickte aufs Meer hinaus. »Ich weiß nicht, ›Wasser, Wasser überall, die Planken spröd' wie trockenes Geäst, Wasser, Wasser überall, und nirgendwo ein Tropfen, der sich trinken lässt‹.« Leise lachend küsste sie das Ohr des Babys und erklärte: »Weißt du, Schatz, mein Thomas fand es immer schön, wenn ich Gedichte aufgesagt habe. Natürlich hat er so getan, als würde er sich nicht für solche Sachen interessieren, denn das hätte schließlich unmännlich gewirkt, aber sein Blick hat mir verraten, dass es ihm gefallen hat.«

Zwei Wochen waren vergangen, seit man das kostbare Bündel vor der Tür ihrer Pension zurückgelassen hatte, und mit jedem Tag, an dem das Baby mit keinem Wort in den Nachrichten erwähnt wurde, wuchs ihre Hoffnung, dass es weiterhin so blieb. Allerdings hatte sie Ruth erzählen müssen, was geschehen war. Schließlich hatte

Ruth mit eigenen Augen miterlebt, wie untröstlich sie nach dem Verlust von Thomas' Kind gewesen war, obwohl sie im Gegensatz zu ihr nicht glaubte, dass er noch lebte. Mary hatte ihr erklärt, jemand, der gewusst hatte, dass sie sich um das Baby kümmern würde, hätte es auf ihrer Schwelle abgelegt, aber das Mädchen hatte in dem Augenblick nur Augen für das süße kleine Wesen in ihren Armen gehabt.

»Verstehst du, was ich sage, Ruth?«, hatte Mary sie gefragt.

Verwirrt hatte das Mädchen zu ihr aufgeblickt. »Wollen Sie damit sagen, dass Sie sie behalten werden?«

Mary musste schlucken, doch mit fester Stimme hatte sie geantwortet: »Ja, genau, das werde ich. Und falls jemand fragt, sagst du, sie wäre mein Kind, ja?« Sie hatte Ruth die Kleine wieder abgenommen und sie zärtlich hin- und hergewiegt.

Das Baby hatte kurz die Äuglein aufgemacht und sie zufrieden wieder geschlossen, und Ruth hatte sie beide reglos angestarrt. Doch schließlich hatte sie gefragt: »Hat Mr Roberts Ihnen dieses Kind geschickt?«

Mary hatte leise aufgelacht. »Red doch keinen solchen …« Aber plötzlich hatte sie das Mädchen lächelnd angesehen. Die liebe, einfältige Ruth. Nein, natürlich hatte Thomas ihr nicht dieses Kind geschickt, doch sicher könnte es nicht schaden, wenn Ruth das weiterhin glaubte.

»Weißt du, Ruth, wahrscheinlich hast du recht.«

Nachdem sie die Kleine am Vorabend gebadet hatte, öffnete sie ihren Rosenknospenmund und sah sie lächelnd an. Zwar hatte dieses erste zarte Lächeln höchstens einen Wimpernschlag gewährt, aber für Mary war es der Beweis gewesen, dass das Baby eine Bindung mit ihr eingegangen war.

Kurz entschlossen hatte sie im Fenster wieder das »Besetzt«-Schild aufgehängt. Ohne Gäste wäre sie gezwungen, ihren Lebensunterhalt von einem Teil des Gelds zu bestreiten, das ihr nach dem Grubenunglück aus dem Katastrophenfonds des Bergwerks überwiesen worden war, doch sie konnte unmöglich allein die Pension führen und zugleich nach einem Neugeborenen sehen. Natürlich gab die junge Ruth sich alle Mühe, aber manchmal war das Mädchen eher eine Belastung als eine Hilfe.

Zwei Gäste aber hatte sie. Ein freundliches älteres Ehepaar, das schon seit Jahren immer an demselben Wochenende zu ihr kam, und ihnen abzusagen, hätte sie beim besten Willen nicht übers Herz gebracht.

Die Kleine schlief in ihrer Holzschublade, die als Wiege diente und in der Küchenecke stand. Für die nächsten Wochen würde dieser Schlafplatz sicher erst mal reichen, und damit das Baby sich nicht an den spitzen Holzkanten verletzte, hatte Mary das improvisierte Bettchen sorgfältig mit Decken und einem Flanelltuch ausgelegt.

Jetzt ging sie ins Esszimmer, wo ihre Gäste bereits Platz genommen hatten, und trat lächelnd an den hübsch gedeckten Tisch.

»Morgen, Mr und Mrs Riley. Sie möchten das Übliche, nehme ich an?«

»Ja, bitte, Mrs Roberts. Wie ich sehe, wird es abermals ein wunderbarer Tag.«

»Inzwischen erwarten wir schon gar nichts anderes mehr, nicht wahr? Dabei wären mir ein paar Tropfen Regen, um den Staub von allem abzuwaschen, durchaus recht. Irgendwie sieht alles furchtbar schmutzig aus.« Sie stellte die rote Plastiktomate mit dem Ketchup auf den Tisch.

»Es überrascht mich, dass Sie dieses Wochenende nicht noch andere Gäste haben«, stellte Mrs Riley fest. »Warum haben Sie denn das »Besetzt«-Schild rausgehängt? Sie haben doch noch jede Menge Zimmer frei.«

Zum Glück pfiff in diesem Augenblick der Wasserkessel, und Mary ging dankbar in Richtung Küchentür. »Oh, das Wasser kocht. Ich werde erst mal Ihren Tee aufsetzen.«

Eilig floh sie in die Küche, lehnte sich gegen das Spülbecken und atmete tief durch. Zum Glück hatte das schrille Pfeifen des verflixten Kessels ihren Schützling nicht geweckt. Das Baby lag in seiner Wiege und schlief weiterhin tief und fest.

Mrs Rileys Frage hatte sie vollkommen überrascht, und jetzt musste sie sich eilig überlegen, wie sie am besten damit umging.

Sie trug die Teekanne zu ihren Gästen an den Tisch, und Mrs Riley hob den Deckel an und drückte die Teebeutel mit einem Löffel aus.

»Ich habe momentan das Baby meiner Schwester hier, um das ich mich kümmern muss.«

Mrs Rileys rote Apfelbäckchen glänzten von dem heißen Dampf, der ihr entgegenschlug. Sie hielt in ihrer Arbeit inne und sah lächelnd auf. »Oh, wie schön für Sie. Ich habe gerade zu Jack gesagt, dass Sie seit dem Tod von Ihrem Mann doch sicher furchtbar einsam sind.«

»Es gibt bisher keinen Beweis dafür …«, fing Mary an, doch als das Baby in der Küche plötzlich weinte, brach sie ab und wandte sich zum Gehen. »Ich sehe besser mal nach ihr.«

Es strengte sie entsetzlich an, das Baby zu verstecken, und jetzt hatte sie den Leuten auch noch diese lächerliche Lüge aufgetischt. Um Himmels willen, dabei hatte sie nicht mal eine Schwester! Warum also hatte sie nicht einfach rundheraus erklärt, sie hätte dieses Baby selber auf die Welt gebracht? Es hätte schließlich keinen Unterschied gemacht, sie durch ihren angeblichen lockeren Lebenswandel zu vergraulen, denn nach dieser Lüge ließ sie dieses Ehepaar im nächsten Jahr bestimmt nicht noch einmal bei sich wohnen.

Am besten dächte sie sich etwas Überzeugenderes aus als eine Schwester, die es gar nicht gab. Zwar lebte sie, vor allem, seit Thomas nicht mehr da war, sehr zurückgezogen, aber trotzdem würden ihre Nachbarn früher oder später das Baby bemerken. Auch wenn ihr der Gedanke nicht behagte, würde sie auf Nachfragen einfach behaupten, das Kind sei die Folge eines kurzen Techtelmechtels zwischen ihr und einem ihrer Gäste. Obwohl sich ihr die Nackenhaare sträubten, wenn sie überlegte, dass das Baby im Oktober 1975, also gerade mal vier Monate nach Thomas' Tod, empfangen worden war.

Am Sonntagabend war sie vollkommen erschöpft. Bisher hatte sie die Rileys immer gerngehabt, doch dieses Mal empfand sie den Besuch der beiden als großes Ärgernis und war nur froh, als Mr Riley endlich zahlte und mit einem fröhlichen »Bis nächstes Jahr« hinter seiner Frau das Haus verließ.

Nicht, wenn ich es verhindern kann, murmelte Mary und drückte mit einem Seufzer der Erleichterung die Tür ins Schloss.

Vierzehn Tage später machte sie es offiziell und ging aufs Standesamt. Die Fragen nach dem Vater und dem Ort und Datum der Geburt waren etwas peinlich, doch zum Glück begann das Baby genau in dem Augenblick zu schreien, und als sie den gebrauchten Kinderwagen schaukelte, nahm das Geschrei sogar noch zu. Das Gesicht des Säuglings lief rot an, und seine kleine Zunge ruderte in seinem Mund herum.

»Sie hat Hunger.« Mary musste beinah schreien, damit die Standesbeamtin sie überhaupt verstand. »Vierundzwanzigster Juli. Es war eine Hausgeburt.«

Die Frau sah sie fragend unter ihrer in die Stirn geschobenen Brille hindurch an. »Und sind Sie mit dem Kindsvater verheiratet?«

»N... nein, bin ich nicht«, stieß Mary stotternd aus und wurde fast noch röter als das Baby.

»Verstehe.« Sie sah sich suchend um, als hätte sich der Vater dieses Babys irgendwo im Raum versteckt. »Aber der Vater ist doch sicherlich bereit, sich in die Geburtsurkunde eintragen zu lassen.«

»Äh, nein, das ist er nicht. Ich ...«

Wortlos strich die Frau die Zeilen für die Angaben zum Vater mit ihrem Füller durch, blies die Tinte trocken, schob das Dokument unter der Glasscheibe hindurch, und erleichtert schnappte Mary sich das Blatt und flüchtete sich eilig auf die Straße hinaus.

Draußen wurde auch die Kleine wieder ruhig, und endlich legte sich die Anspannung, die Mary seit dem Tag empfunden hatte, als das Baby in ihrem Vorgarten zurückgelassen worden war.

Sie blieb stehen und blickte auf den gutbesuchten

Strand. Von dem breiten Streifen Sand zwischen dem Wasser und der Promenade war vor lauter Sonnenschirmen und Badetüchern kaum etwas zu sehen. Kleine Kinder tollten durch die Wellen, doch zum ersten Mal riefen die aufgeregten hellen Stimmen nicht das schmerzliche Bewusstsein unerfüllter Mutterliebe in ihr wach.

Sie hatte zweiunddreißig Jahre gewartet, aber endlich hatte sie ein Kind und die Geburtsurkunde, die besagte, dass Elizabeth Mary Roberts ihre Tochter war.

Sie schob die dünne Wolldecke zurück und sah das Baby an. »Ah, kleine Beth, Gott segne dich. Ab heute bist du meine Tochter, und ich werde alles tun, damit du glücklich wirst. Wir werden ein wunderbares Leben haben, du und ich.« Sie streichelte der Kleinen sanft die Wange und wurde mit einem schiefen Lächeln des zahnlosen Munds belohnt. »Und eines Tages wird dein Daddy heimkommen und große Augen machen, wenn er seine wunderhübsche kleine Tochter sieht.«

Fröhlich strampelte die Kleine mit den kurzen Beinchen, und die frischgebackene Mutter lachte auf. »Das wird dir gefallen, nicht wahr? Und er wird der beste Daddy sein, den sich ein kleines Mädchen wünschen kann.«

25

Daisy war noch immer abgrundtief erschöpft. Die drückende Hitze lastete auf ihr, und jeder Handgriff fiel ihr schwer. Sie sehnte sich nach Regen, danach, endlich wieder einmal über kühles, taubenetztes Gras zu laufen und die Pflanzen, die in ihrem Garten traurig ihre Köpfe hängen ließen, endlich wieder wachsen und gedeihen zu sehen. Das ganze Land war staubig und verschmutzt. Die Menschen hatten es inzwischen aufgegeben, ihre Autos sonnabends zu waschen, putzten keine Fenster mehr, an den Bussen und den Zügen klebte zentimeterdick der Dreck, und die Flüsse und die Seen waren ausgetrocknet und erinnerten sie an die dürren, aufgerissenen Ebenen Afrikas, die man manchmal im Fernsehen sah.

Als sie sich mit zwei schweren Einkaufstüten in den Händen heimwärts schleppte, fragte sie sich, wie in aller Welt die Menschen es in Spanien schafften, eine solche Hitze Jahr für Jahr zu überstehen. Kein Wunder, dass dort alle nach dem Mittagessen eine ausgedehnte Siesta hielten und die Häuser erst wieder verließen, wenn es abends etwas kühler war.

Die Plastikgriffe ihrer Tüten schnitten Daisy in die Hände, und als sich der Schweiß aus ihren Haaren einen Weg über den Hals in Richtung ihres Rückens bahnte, zog sie ihre Schultern hoch, legte den Kopf zurück und drehte ihn in dem Bemühen, das Rinnsal aufzuhalten, hin und her. Sie freute sich auf ihr Zuhause, denn auch wenn sie, wie bei dieser Dürre vorgeschrieben, höchstens eine Handbreit Wasser in die Wanne lassen würde, nähme sie dort erst einmal ein schönes kühles Bad.

Vier Wochen nach dem Unfall waren ihre körperlichen Wunden fast verheilt. Die leuchtend rote Narbe auf dem Oberschenkel konnte sie inzwischen selbst verbinden, und ansonsten war sie wieder völlig auf dem Damm. Die emotionalen Wunden würden sicher nicht so schnell verheilen, doch sie war eine Kämpferin, die auch nach schweren Schicksalsschlägen immer wieder auf die Beine kam. Sie hatte schließlich keine andere Wahl, und vor allem waren ein paar der anderen erheblich schlimmer dran als sie. Der arme Selwyn lag mit seiner Wirbelsäulenverletzung immer noch im Krankenhaus, und Mikey hatte bei dem Unfall seinen heißgeliebten Dad verloren.

Er lebte in der Bagot Street, und als sie auf dem Weg an seinem Haus vorbeikam, saß der kleine Kerl allein mit seinen Murmeln auf dem Bürgersteig. Die roten Backsteinreihenhäuser in der Straße unterschieden sich nur durch die Eingangstüren. Offensichtlich gab es unter den Bewohnern einen Wettstreit um die auffälligste Farbe, und der widerliche Senfton, in dem Mikeys Mutter ihre Tür gestrichen hatte, käme sicher in die Endauswahl des Wettbewerbs.

»Hallo, Mikey.« Daisy stellte ihre Tüten auf den Gehweg, wühlte kurz darin herum und hielt dem Jungen einen Schokoladen-Toffee-Riegel hin. »Ich war extra bei Mr Singh, aber das Orangenwassereis war aus. Unglaublich, was?«

Mikey nahm die Schokolade an. »Danke, Mrs Duggan.«

»Gern geschehen, Schatz.«

Er kämpfte kurz mit dem Papier, schob sich dann aber den Riegel in den Mund. Seine beiden Schneidezähne waren noch nicht nachgewachsen, deshalb fiel das Beißen ihm im Augenblick ein bisschen schwer.

»Was machst du denn ganz allein hier draußen?«

Mikey musste eilig kauen, damit er den vom Toffee zugeklebten Mund ein Stück weit aufbekam. »Meine Freunde sind alle zum Abendessen nach Hause gegangen, aber ich habe mich ausgesperrt.«

»Oje. Wo ist denn deine Mum?«

»Keine Ahnung«, klärte er sie achselzuckend auf. »Sie hat gesagt, dass sie den Schlüssel wie sonst auch unter die Matte legt, aber das hat sie wohl vergessen.«

»Wann hast du zum letzten Mal etwas gegessen, Mikey?«, fragte Daisy, als sie sah, wie gierig er die Süßigkeit verschlang.

Er kratzte sich am Kopf. »Hm, zum Frühstück gab es Rice Crispies, aber die Milch war alle, also habe ich sie einfach so gegessen«, gab er zu. »Und dann hat Kevin mir sein halbes Butterbrot gegeben und sein Monster Munch mit mir geteilt.«

»Dann bist du also schon den ganzen Tag lang ausgesperrt?«

Nickend schluckte er den Rest der Schokolade und fuhr sich mit dem Ärmel seines Wollpullovers über den Mund.

Daisy setzte sich zu Mikey auf den Bürgersteig. »Ist dir in dem dicken Pulli denn nicht furchtbar heiß?«

Er dachte kurz darüber nach. »Doch, ein bisschen, aber ich habe keine sauberen T-Shirts mehr.«

Daisy verzog grimmig das Gesicht. »Ich glaube, ich

muss mal ein Wort mit deiner Mutter reden.« Damit stand sie wieder auf und reichte ihm die Hand. »Komm mit in die Lilac Avenue, dann mache ich dir erst mal Abendbrot.«

»Aber Mum macht sich doch sicher Sorgen, wenn sie heimkommt und ich nicht mehr da bin.«

Daisy blickte in sein unschuldiges, offenes Gesicht. Andrea machte sich niemals auch nur einen Augenblick Gedanken über ihren Jungen, davon war sie überzeugt, doch das brauchte Mikey nicht zu hören.

»Dann legen wir ihr einfach einen Zettel hin.« Sie zog einen Kugelschreiber und ein Blatt Papier aus ihrer Handtasche und schrieb mit dürren Worten *Mikey ist bei mir. Bringe ihn später zurück. Kein Grund zur Sorge. Daisy Duggan.*

Während sie den Zettel in den Briefschlitz in der Haustür klemmte, überlegte sie, ob Mikeys Mutter den Sarkasmus dieser Nachricht wohl verstand.

Mikey hatte viel zu schnell gegessen und kämpfte jetzt mit einem fürchterlichen Schluckauf, doch sie konnte ihm deshalb nicht böse sein.

Trotzdem meinte sie: »Ich habe doch gesagt, dass du nicht so schlingen sollst.«

Sie zerzauste ihm das Haar, und dabei fiel ihr Blick auf seinen schwarzen Hals.

»Wann hast du zum letzten Mal gebadet?«

»Was? Oh, meine Mutter sagt, dass das im Augenblick verboten ist.«

Daisy schüttelte den Kopf, denn Mikeys Mum war nicht dafür bekannt, dass sie sich je an irgendwelche Regeln hielt. »Aber völlig gehenlassen dürfen wir uns trotzdem nicht. Also lasse ich dir erst einmal ein Bad ein, ja?«

Als er trocken, sauber und in einem alten T-Shirt ihres Sohnes auf der Couch saß, setzte sie sich neben ihn.

»Na, fühlst du dich jetzt besser?«

»Ja.« Er nickte. »Danke, Mrs Duggan. Auch wenn das ein bisschen groß ist.« Grinsend zog er an dem viel zu weiten Kleidungsstück.

»Warum nennst du mich nicht Tante Daisy? Mrs Duggan klingt so alt, und ich bin schließlich erst fünfundvierzig.«

»Gern. Aber fünfundvierzig ist uralt! Mein Dad war auch schon alt, und der war erst sechsunddreißig!«

Er sah traurig vor sich auf den Boden und zupfte am Saum von seinem Oberteil.

Daisy nahm ihn tröstend in den Arm. »Dein Vater war sehr stolz auf dich. Immer, wenn er in den Pub kam, hieß es Mikey dies und Mikey das. Ständig hat er uns erzählt, wie gut du in der Schule bist. Im Rechnen bist du sogar Klassenbester, stimmt's?«

Mikey nickte und massierte sich die Stirn. Vorsichtig schob Daisy seinen Pony an die Seite, um sich die ansonsten nicht sichtbare Narbe anzusehen. Wie auch ihre eigene Narbe war sie bereits ziemlich gut verheilt, mit seinem Herzen aber sah es sicher anders aus.

26

Babs war die geborene Wirtin, und die Frage, ob sie jemals einen anderen Beruf erlernen sollte, hatte sich ihr nie gestellt. Sie war in Kneipen aufgewachsen, und die Arbeit dort lag ihr im Blut. Im *Taverners* fühlte sie sich zu Hause, und sogar der Geruch der Tropfbleche nach schalem Bier rief die Erinnerung an glücklichere Zeiten in ihr wach.

Da Selwyn frühestens in ein paar Wochen aus der Klinik kam, hatte Trisha sie bitten müssen, ihr im Pub zu helfen, und zu ihrer übergroßen Freude hatte sie dem widerlichen Lüstling Mr Reynolds endlich sagen können, dass es aus war mit dem permanenten Glotzen und Begrapschen, weil sie nicht mehr auf die Arbeit in der Zwiebelfabrik angewiesen war.

Ihr Arm lag immer noch in einer Schlinge, was die Arbeit etwas erschwerte, aber damit kam sie zurecht. Normalerweise wäre sie jetzt wieder ganz in ihrem Element gewesen, doch der lange Schatten der Ereignisse vor einem Monat tauchte alles in ein anderes Licht. Lorraine war ebenfalls zurück ins *Taverners* gezogen, und auch wenn der Waffenstillstand zwischen den drei Frauen nicht ihrer Überzeugung, sondern eher der Not entsprungen war, versuchten sie, um Selwyns willen miteinander auszukommen und dafür zu sorgen, dass der Laden lief.

Die Nachrichten aus der Klinik waren alles andere als gut, obwohl es zwischenzeitlich auch ermutigende Zeichen gab. Zwar konnte er noch nicht wieder sprechen, aber er musste auch nicht mehr künstlich beatmet werden, und vor allem musste Barbara, wenn auch widerstrebend, anerkennen, dass sich Trisha wirklich um ihn sorgte, jeden freien Augenblick an seinem Krankenbett verbrachte und sich tatkräftig darum bemühte, ihn mit allem, was er vielleicht brauchte, zu versorgen.

Barbara nutzte die Gelegenheit, um vor dem freitagabendlichen Hochbetrieb die Bücher durchzugehen. Sie saß an einem kleinen, runden Tisch in einer Nische und genoss die Ruhe. Das Feuer war fast sieben Wochen her, aber der Geruch der frischen Farbe hing noch immer in der Luft, und mit den cremefarben gestrichenen neuen Raufasertapeten sah die Kneipe deutlich heller aus als sonst. Sicher würde es nicht allzu lange dauern, und die Wände wären wieder wie in allen Kneipen mit gelblich braunen Nikotinflecken übersät.

Plötzlich hörte sie von draußen ein Geräusch, lugte durch die Netzgardine und verzog den Mund zu einem schmalen Lächeln, als sie durch die ersten dicken Tropfen an der Scheibe auf die regennasse Straße sah.

»Endlich«, murmelte sie leise, fuhr mit einem Finger über eine Zahlenreihe, addierte sie im Kopf und war froh, dass sie im Rechnen immer noch so gut wie früher war.

Kurz darauf wurde die Eingangstür geöffnet, und Lorraine kam mit nassen Haaren hereingeschlendert, ließ sich auf den freien Stuhl ihrer Mutter gegenüber fallen und warf achtlos ihre Tasche auf den Tisch.

Eilig bückte Barbara sich nach den Papieren, die auf den Fußboden geflattert waren. »Pass auf, Lorraine, ich habe eine Ewigkeit gebraucht, um die Sachen zu sortieren.«

»Was? Oh, tut mir leid, Mum«, antwortete Lorraine abgelenkt. Sie hob ebenfalls ein paar der Blätter auf, zog ihren patschnassen Lammfellmantel aus und hängte ihn vor den elektrischen Kamin. »Typisch, in den ersten Regenschauer seit Beginn des Sommers muss ich natürlich prompt geraten.« Sie schaltete die Heizung an. »Ich muss das Ding kurz anmachen, damit mein Mantel wieder trocken wird, falls das in Ordnung ist.«

Babs schob die Papiere ordentlich zusammen, um sie gleich noch einmal durchzugehen. »Meinetwegen. Wo hast du denn die ganze Zeit gesteckt?«

»Ich habe Ralph besucht – Petulas Dad. Er ist noch immer krankgeschrieben, deshalb dachte ich, ich schaue kurz bei ihm vorbei, um zu sehen, was er macht.«

Barbara vergaß vorübergehend ihre Arbeit, lehnte sich auf ihrem Stuhl zurück und sah das Mädchen fragend an. »Der arme Kerl. Wie geht es ihm?«

»Er hat getan, als würde es ihm gutgehen, aber, Mum, er sieht entsetzlich aus. Sein Gesicht ist kreidebleich und furchtbar eingefallen, und es sieht aus, als hätte er noch mehr Gewicht verloren. Er hat seinen Gürtel zusammengeknotet, denn die Löcher reichen nicht mehr aus.« Sie schüttelte den Kopf. »Er hatte Nibbles auf den Knien und hat ihn die ganze Zeit gestreichelt. Es kam mir vor, als ob ihn das beruhigen würde, deshalb habe ich gesagt, dass er ihn gern behalten kann. Ich wäre mir irgendwie grausam vorgekommen, wenn ich ihn jetzt hätte wiederhaben wollen.«

Babs tätschelte ihr sanft die Hand. »Du bist ein guter Mensch, Lorraine.«

»Aber ich habe mich schrecklich gefühlt. Die ganze Zeit hatte ich Angst, mit seiner Enkeltochter herauszuplatzen. Ich konnte es kaum für mich behalten, aber Petula war es schließlich furchtbar wichtig, dass er nichts davon erfährt.«

»Hmm. Vielleicht würde es ihn trösten, wenn er wüsste, dass ein Teil von ihr noch lebt.«

»Genau das habe ich mich auch gefragt, aber was ist mit Petulas Ruf? Sie würde ganz bestimmt nicht wollen, dass ihr Vater etwas Schlechtes von ihr denkt, und sie ist schließlich nicht mehr hier, um ihm alles zu erklären. Er hat sie abgöttisch geliebt, und sie standen sich so unglaublich nah – in seinen Augen konnte sie nichts falsch machen, und ich habe ganz sicher kein Interesse daran, diejenige zu sein, die die Erinnerung an seine tote Tochter trübt.« Sie vergrub den Kopf zwischen den Händen, holte Luft und fuhr mit vor Verzweiflung schriller Stimme fort. »Es ist alles so ein fürchterliches Durcheinander. Ich meine, ich habe ihr versprochen, keinem Menschen etwas von dem Baby zu erzählen, aber schließlich konnte ich nicht wissen, dass sie noch am selben Abend sterben würde.«

Babs starrte aus dem Fenster und knabberte nachdenklich an ihrem Stift. »Wie nah?«

Lorraine hob den Kopf. »Was?«

»Du hast gesagt, Petula hätte ihrem Dad sehr nahegestanden.« Babs zog vielsagend die Brauen hoch. »Vielleicht unnatürlich nah?«

»Meine Güte, Mum, du willst damit doch wohl nicht andeuten, ihr eigener Vater … oh Gott, nein, wie kannst du so was auch nur denken?!«

Ihre Mutter schüttelte den Kopf »Tut mir leid, Lorraine. Ich versuche nur herauszufinden, warum sie dir nicht verraten konnte, wer der Vater ihres Kindes war. Weshalb hat sie ein solches Geheimnis darum gemacht?«

Der innere Aufruhr ihrer Tochter tat ihr in der Seele weh, deshalb wechselte sie das Thema und fragte möglichst beiläufig: »Hat … äh, hat Ralph die Obduktion erwähnt?«

Barbara hatte insgeheim befürchtet, dass dabei die Entbindung herauskam und die Behörden anschließend versuchen würden herauszufinden, was aus Petulas Kind geworden war. Wenn die Polizei sie zu der Sache offiziell vernähme, bräche die furchtbare Wahrheit sicher irgendwann aus ihr heraus.

»Ja, er hat davon gesprochen. Offenbar hatte sie eine schlimme Kopfverletzung. Wie es aussieht, war sie bereits tot, bevor sie auf der Straße aufgekommen ist, und hat nichts mehr davon mitbekommen, als sie von dem anderen Auto überfahren worden ist.« Erschauernd blinzelte Lorraine gegen die aufsteigenden Tränen an. »Es hat sie überfahren, Mum.«

Babs stand auf, ging um den Tisch herum und nahm ihre Tochter in den Arm. Lorraine schlang ihr die Arme um die Taille, schmiegte sich an ihren Bauch und vergoss heiße Tränen auf den mütterlichen Rock.

Barbara zog ein Taschentuch aus ihrem Ärmel, tupfte ihr die Augen ab, befeuchtete das Tuch mit der Zunge und rieb an dem verschmierten Mascara in ihrem Gesicht herum.

»Ich bin kein kleines Kind mehr, Mum.« Traurig lachend griff Lorraine nach ihrer Schultertasche und stand wieder auf. »Soll ich schon mal alles hinter der Theke vorbereiten?«

»Wenn es dir nichts ausmacht, gern, Schatz«, gab Babs

dankbar zurück. »Ich bin hier zwar fast fertig, aber ich glaube nicht, dass Trisha so schnell wiederkommt.«

Lorraine blieb noch mal stehen und drehte sich zu ihrer Mutter um. »Findest du's nicht seltsam, Mum, dass in den Nachrichten nichts von dem Baby kam?«

Darüber hatte Babs sich ebenfalls gewundert, aber als sie Daisy darauf angesprochen hatte, hatte die ihr abermals versichert, dass das Baby wohlbehalten aufgefunden worden war. Die Frau in der Pension hatte grundanständig auf sie gewirkt und sicherlich das Richtige getan.

»Wahrscheinlich haben sie die Meldung nur in Blackpool in den dortigen Lokalnachrichten ausgestrahlt. Keine Angst, Lorraine. Dem Baby geht es sicher gut.«

Sie legte eilig einen Finger an die Lippen, denn erneut ging die Eingangstür auf, und sie sahen Trisha auf der Schwelle stehen. Wie ein verängstigtes Kaninchen stand sie dort, als wüsste sie nicht, ob es besser wäre, einzutreten oder kehrtzumachen und zu fliehen.

Babs trat auf sie zu, legte eine Hand auf ihren Arm und sah sie fragend an. »Was ist passiert?«

»Hier riecht's nach nassem Hund«, stellte Trisha naserümpfend fest.

Lorraine sah dorthin, wo ihr nasser Mantel vor der Heizung hing. »Tut mir leid, das ist mein Mantel. Der Regen eben hat mich voll erwischt.«

Trisha starrte reglos geradeaus. »Oh, aha.« Dann schüttelte sie den Kopf und sah die beiden Frauen unglücklich an.

»Wie dem auch sei, es geht um Selwyn. Er wird nie mehr laufen können, haben sie mir im Krankenhaus bestätigt. Ich habe es mir aufgeschrieben, denn ich hätte mir nicht merken können, wie das heißt.« Eilig fischte sie ein

Blatt Papier aus ihrer Handtasche und strich es auf dem Tresen glatt. »Hier. Er hat eine C5-Wirbelsäulenverletzung, deshalb ist er Qaudri… Quadriplegiker.«

Panisch griff Lorraine nach Barbaras Arm. »Was heißt das, Mum?«

Babs sah Trisha fragend an, doch die hob erst einmal die Schranke vor dem Tresen an, trat hinter die Bar, hielt ein Glas unter die Flasche mit dem Gin, leerte es in einem Zug und schenkte sich noch einmal nach, bevor sie Barbara eine Antwort gab. »Sie sind sich noch nicht sicher, welchen Umfang die Verletzungen auf Dauer haben werden, aber er wird eindeutig nie wieder laufen können, die Kontrolle über seine Blase und den Darm nie mehr zurückerlangen, und was unser Sexleben betrifft … tja nun, vergesst es.«

Eilig kippte sie den dritten Gin herunter und stellte das Schnapsglas krachend auf dem Tresen ab. »Warum muss ausgerechnet mir so was passieren?«

Barbara riss entsetzt die Augen auf. »Also bitte, Trisha, so egoistisch kannst du doch unmöglich sein! Schließlich ist nicht dir, sondern Selwyn dieses fürchterliche Unglück widerfahren.«

Trisha wirkte leicht verwirrt. »Was? Oh ja, natürlich, aber trotzdem wird auch mein Leben dadurch beeinträchtigt, dass er ein Krüppel bleibt. Ich meine, wo soll er dann schlafen? Wie kommt er die Treppen rauf?« Sie warf die Hände in die Luft. »Er wird der reinste Dalek sein. Einer dieser Außerirdischen aus Dr. Who.«

Als sie sich den vierten Gin einschenken wollte, packte Babs ihr Handgelenk. »Das reicht erst mal.«

Wütend riss sie ihren Arm zurück. »Das hier ist noch immer meine Kneipe, Barbara, und ich entscheide selber, wann es reicht.«

»Oh, um Himmels willen, könnt ihr vielleicht endlich aufhören zu streiten?«, fiel Lorraine den beiden Frauen ins Wort. »Wir müssen uns jetzt erst mal darauf konzentrieren, wie wir Dad am besten helfen können, und wenn ihr übereinander herfallt, helft ihr ihm ganz sicher nicht. Ihr wisst, wie er es hasst, wenn ihr euch zankt.«

Entschlossen stemmte sie die Hände in die Hüften und starrte die beiden anderen an. »Aufhören, sofort.«

Babs legte einen Arm um ihre Schultern und sah Trisha an. »Sie hat recht. Wir sollten uns um Selwyns willen bemühen, miteinander auszukommen. Wie es aussieht, braucht er uns jetzt mehr als je zuvor.«

27

Am nächsten Morgen weigerte sich Trisha rundheraus, zu ihrem Mann ins Krankenhaus zu fahren. Sie behauptete, sie stünde wegen der Prognose unter Schock und würde Selwyn deshalb keine Hilfe sein.

Kurzerhand fuhr Babs an ihrer Stelle, und mit jedem Schritt durch den Klinikflur kam sie der Hülle des Mannes ein wenig näher, mit dem sie über zwanzig Jahre lang verheiratet gewesen war.

Sie trat an Selwyns Bett und blickte auf die schlafende Gestalt. Seine Augen waren geschlossen, doch sein Mund stand offen, und ihr Blick fiel auf den dünnen Speichelfaden, der aus seinem Mundwinkel aufs Kopfkissen gelaufen war. Überall in seinem Körper steckten irgendwelche Schläuche oder Kabel, und am Rand des Bettes hing ein Beutel für seinen Urin. Die Ärzte hatten ihn über das Ausmaß der Verletzungen, die er davongetragen hatte, aufgeklärt, und ihr Herz zog sich vor Schmerz und Mitgefühl zusammen, als sie diesen Mann, den sie noch immer liebte, hilflos und verloren, mit Gliedern, die er nie wieder würde bewegen können, unter einer dünnen weißen Decke liegen sah. Unweigerlich schoss ihr der grässliche Gedanke durch den Kopf, dass die Menschen, die bei dem Unfall umgekommen waren, mehr Glück gehabt hatten als er.

Sie berührte seine Hand, spürte ihre Wärme und war sofort wieder dankbar, dass sein großes Herz trotz allem weiterhin das Blut durch seine Venen pumpte und ihn so am Leben hielt. Lächelnd blickte sie auf ihren Namen, der auf seinen Knöcheln stand. Die blaue Tinte war etwas verblasst, nicht aber die grenzenlose Freude und der Stolz, die sie empfunden hatte, als er mit der Tätowierung nach Hause gekommen war. Das war inzwischen sechsundzwanzig Jahre her. Sie hatten sich an jenem Tag geschworen, sich für alle Zeit zu lieben, aber leider hatte er im Gegensatz zu ihr dieses Versprechen irgendwann gebrochen und sich einer anderen zugewandt.

Sie drückte seine Hand, doch anders als erwartet drehte Selwyn nicht den Kopf. Er lag weiter reglos in den Kissen, also beugte sie sich über ihn und sprach ihn leise an.

Mühsam zwängte er die Lider auf und starrte sie mit großen Augen an. »Mein Mund ist furchtbar trocken«, stieß er krächzend aus. »Bitte, Trisha, schenk mir etwas Wasser ein.«

Zum ersten Mal seit dem Unfall hörte Barbara seine Stimme, und obwohl sie heiser und erschöpft klang, zeigte sie ihr ebenfalls, dass er noch lebte. In diesem schwachen Körper schlug immer noch das Herz des Mannes, mit dem sie damals vor den Traualtar getreten war.

Sie küsste seine Stirn und versuchte, sich nicht anmerken zu lassen, wie enttäuscht sie wegen seines Irrtums war. »Ich bin's, Selwyn. Babs.«

»Oh, Babs. Es tut mir leid, Schatz. Ich dachte, du wärst …« Verlegen oder vielleicht einfach, weil er keine Kraft zum Reden hatte, brach er ab.

Eilig schenkte sie ihm ein Glas Wasser ein, steckte einen Strohhalm hinein und hielt es ihm vorsichtig vor den

Mund. Sie verfolgte, wie sein Adamsapfel sich bewegte, und war dankbar, dass zumindest einige von seinen Muskeln weiter ihren Dienst versahen. »Warte kurz«, bat sie und stellte das geleerte Glas auf seinem Nachttisch ab.

Er schaute sie mit einem schwachen Lächeln an. »Keine Angst, ich gehe nirgends hin.«

Sie verfluchte sich für ihre unbedachten Worte, als sie Richtung Schwesternzimmer ging.

Kurz darauf kam sie mit einem feuchten Tuch zurück und tupfte sanft den trockenen Speichel ab, der sich über Nacht in Selwyns Mundwinkeln gesammelt hatte.

»Hat's inzwischen irgendwann einmal geregnet?«, fragte er.

Dankbar für den Themenwechsel meinte sie: »Gestern Abend gab es einen ersten kurzen Schauer, aber der hat noch nicht viel gebracht. Der hat bei weitem nicht gereicht. Aber vorgestern in London hat's während des Kricketspiels so stark geregnet, dass das Spiel für eine Viertelstunde unterbrochen worden ist. Die Menge hat gejubelt. Außerdem haben wir einen neuen Dürreminister, einen Dennis Soundso, aber wie in aller Welt er für Regen sorgen soll, weiß nur der liebe Gott. Gerüchten zufolge haben irgendwelche Wissenschaftler eine Möglichkeit gefunden, die Wolken mit Eispartikeln zu bombardieren, aber das klingt für mich ziemlich weit hergeholt. Ich meine, hast du je etwas davon gehört, dass man …«

Plötzlich unterbrach Selwyns raue Stimme ihren Redefluss. »Babs, ich weiß, was du versuchst, aber wir müssen erst einmal darüber reden, wie es weitergehen soll. Könntest du also bitte aufhören, mich mit dem verfluchten Wetter vollzuschwallen?«

Obwohl sie wusste, dass er recht hatte, gab sie empört

zurück: »Du wolltest schließlich wissen, ob's geregnet hat.«

Er schloss seine Augen wieder, und froh, dass er wieder ohne Hilfe atmen konnte, blickte sie auf seine Decke, die sich fast unmerklich über seinem Brustkorb senkte und wieder hob. Sie griff nach ihrer Handtasche und wühlte kurz darin herum, bis sie ein Döschen Vaseline fand, fuhr mit ihrem Mittelfinger durch das Fett und trug es vorsichtig auf seine trockenen, aufgesprungenen Lippen auf.

Er schlug die Augen wieder auf und lächelte in das Gesicht, das direkt über seinem eigenen war.

»Danke, Trisha.«

»Wie gesagt, Selwyn. Ich bin es, Babs.« Sie küsste ihren Exmann zärtlich auf den Mund.

Er fand das Verwechslungsspiel anscheinend lustig, denn er blickte sie mit einem schmalen Lächeln an. »Tut mir leid, Babs. Das liegt sicher an den zahllosen Medikamenten, die ich nehmen muss.« Er atmete ein paarmal mühsam ein und aus. »Ich schätze, Trisha wird mich jetzt verlassen.«

Barbara ließ sich auf den Stuhl neben dem Nachtschrank sinken, denn urplötzlich war sie abgrundtief erschöpft. »Red doch keinen Unsinn, Selwyn. Sie liebt dich genauso wie du sie.«

Er starrte weiterhin die Decke an. »Glaubst du ernsthaft, sie bleibt dauerhaft bei einem Krüppel?«

»Ja natürlich«, antwortete Babs. »Schließlich war sie die ganze Zeit bei dir im Krankenhaus seit … na, du weißt schon … seit man dich hier eingeliefert hat.«

Selwyn runzelte die Stirn. »Ja natürlich. Weil sie gern die trauernde Witwe spielt, die sich von all den schicken Ärzten trösten lässt.«

»Selwyn!«, herrschte Babs ihn an. »Hör sofort auf damit! Sie ist keine Witwe, und du bist nicht tot.«

Plötzlich kullerte eine Träne aus seinem Augenwinkel. Sie hatte Selwyn bisher niemals weinen sehen und wusste, dass er sich entsetzlich dafür schämen würde, weil er nicht einmal mehr Manns genug war, um sich selbst die Tränen abzuwischen.

Entschlossen stand sie wieder auf und sah ihn direkt an. »Du bist nicht tot.« Sie packte seine Schultern, schüttelte ihn derart kräftig durch, dass der Urinbeutel neben dem Bett gefährlich hin-und herschwang, und erklärte abermals mit nachdrücklicher Stimme: »Selwyn Pryce, du bist *nicht* tot.«

28

Daisy blickte aus dem Fenster und verzog den Mund zu einem Lächeln, als sie dicke Regentropfen auf dem Gehweg tanzen sah. Es war noch immer heiß, und über dem Asphalt stieg feiner Nebel auf und zeichnete die Straße und die Häuser weich.

Sie hatte diesen Wetterumschwung wochenlang herbeigesehnt, doch leider hatte sie dem kleinen Mikey versprochen, heute mit ihm schwimmen zu gehen. Er ging furchtbar gern ins Freibad, aber seit dem Tod des Vaters hatte niemand sich dazu bequemt, mit ihm dorthin zu fahren. Nie im Leben hätte sich die nutzlose Andrea dazu aufgerafft, irgendwas zu unternehmen, was vielleicht den Jungen glücklich machen würde, aber ihren eigenen Wünschen widersprach. Doch die Ferien waren bald zu Ende, und dies wäre eine letzte kleine Freude, die sie Mikey machen wollte, ehe er in ein paar Tagen wieder in die Schule ging.

Daisy kämpfte mit dem Regenschirm, der vollkommen verstaubt in einer Ecke lag, und bahnte sich den Weg vorbei an knöcheltiefen Pfützen bis zu Mikeys Haus. Als sie die Bagot Street erreichte, sah sie schon von weitem, wie er fröhlich durch das Nass im Rinnstein sprang. Kreischend vor Vergnügen legte er den Kopf in den Nacken und versuchte, Regentropfen mit der Zunge aufzufangen, während Daisy nach ihm rief. Der Regen war so laut, dass Mikey sie nicht hörte, und mit einem Mal wurde die Haustür aufgerissen, seine Mutter packte ihn am Arm, verpasste ihm grundlos eine Kopfnuss und zerrte ihn unsanft ins Haus.

Daisy beschleunigte ihr Tempo, und ein paar Sekunden später drückte sie vollkommen außer Atem auf den Klingelknopf.

Mikey kam gleich an die Tür.

»Hallo, Tante Daisy«, nahm er sie strahlend im Empfang. »Ich hole nur schnell meine Sachen, ja?«

Während er nach oben rannte, kam Andrea an die Tür. In ihrem Mundwinkel hing die übliche Zigarette, ihre Kleider hingen lose um den dürren Leib, und ihre zotteligen Haare sahen aus, als hätten sie seit Wochen schon kein Wasser mehr gesehen. Unter ihren Augen zeichneten sich violette Ringe ab, als hätte jemand ihr mit beiden Fäusten ins Gesicht geboxt. Daisy aber wusste, dass ein Mann verrückt sein musste, um sie anzugreifen, sie war vielleicht klapperdürr, konnte sich jedoch gut verteidigen.

Mit zitternder Hand nahm sie den Glimmstängel aus ihrem Mund und sah Daisy an. »Und wann bringen Sie ihn zurück?« Sie schwankte leicht und klammerte sich an den Türrahmen, um nicht umzufallen.

»Nach dem Schwimmen mache ich ihm noch etwas zu essen, und dann bringe ich ihn wieder her.«

Andrea atmete geräuschvoll ein. »Hm, besteht vielleicht die Möglichkeit, dass Sie ihn über Nacht behalten?«

Obwohl Daisy Mikey mit Vergnügen bei sich übernachten ließ, war er hier zu Hause und brauchte vor allem seine Mum. Deshalb fragte sie verärgert: »Wie, schon wieder?«

Sofort ging seine Mutter in die Defensive. »Ach, vergessen Sie's, wenn's Ihnen zu viel Mühe macht. Aber nachher kommen ein paar Kumpel, und da wäre er im Weg.«

Mit einem zusammengerollten Handtuch unterm Arm kam Mikey wieder in den Flur und sah sie flehend an. »Bitte, Tante Daisy, ich bin furchtbar gern bei dir.«

Kurzerhand verpasste seine Mutter ihm die nächste Kopfnuss und sah wieder Daisy an. »Da sehen Sie's. Der kleine Mistkerl ist lieber bei Ihnen als bei mir.«

Daisy und Mikey stiegen in den Bus, und als sie saßen, zog sie eine Ausgabe von *Whizzer and Chips* aus ihrem Einkaufsnetz. »Hier, Schätzchen. Ich hoffe, dass du die hier noch nicht hast.«

Mikey blickte auf die Titelseite, presste sich die Zeitschrift vors Gesicht und sog den Duft der frischen Tinte ein. »Ah, danke, Tante Daisy, das hier ist mein Lieblingscomic.«

Daisy lächelte den kleinen Jungen zärtlich an. Er war immer unglaublich dankbar, ganz egal, ob er materielle Dinge oder Zuneigung von ihr bekam. Was sicher daran lag, dass seine Mutter ihm beides vorenthielt.

Er schob die Unterlippe vor, um sich den Pony aus der Stirn zu blasen, und mit sanften Fingern strich sie ihm die Haare glatt. Sie waren heller und vor allem deutlich länger als zu Ferienbeginn.

»Willst du dir vor Schulbeginn die Haare schneiden lassen?«

Doch er war in die Zeitschrift, die sie ihm geschenkt hatte, vertieft und hörte sie nicht.

Er sah auf und zuckte mit den Achseln. »Weiß nicht, meine Mutter hat gesagt, dass sie sie schneiden wird.«

Es überraschte Daisy, dass Andrea überhaupt bemerkt hatte, wie lang das Haar von ihrem Sohn geworden war.

»Wenn du dir sicher bist.« Sie küsste Mikey auf den Kopf, und zärtlich schmiegte er sich an sie. Inzwischen hatten sie beinah so was wie eine Mutter-Sohn-Beziehung, und sie hatte Mikey wirklich gern. Andrea hatte mal in einem Anflug von Gehässigkeit behauptet, sie versuche, mit dem Kind die Lücke zu füllen, die Jerry hinterlassen hatte, doch falls es überhaupt eine Lücke zu füllen gab, war es die, die seine nachlässige Mutter in Mikeys Leben hinterließ. Daisy wünschte sich um seinetwillen, dass Andrea fürsorglicher wäre, doch solange sie ihr Gras und ihre Kippen hatte, interessierte sie das Schicksal ihres Sohnes nicht. Der arme Kleine hatte seinen Dad verloren, da sollte seine Mutter ihn mit Zärtlichkeit und Liebe überschütten, statt ihn regelmäßig einer praktisch fremden Frau zu überlassen, auch wenn er dort deutlich besser aufgehoben war. Und Mikey war nicht dumm. Ihm war durchaus bewusst, dass seine Mutter ihn vor allem als Belastung sah.

Jetzt hatte er seinen Comic in den Schoß gelegt und sah aus dem Fenster.

»Na, was denkst du gerade, Mikey?«, fragte sie und strich ihm sanft über den Kopf.

Statt sich nach ihr umzudrehen, zuckte er nur mit den Schultern und stieß leise aus: »Ich habe nur gerade an meinen Dad gedacht, sonst nichts.«

»Oh, Mikey.«

Endlich schaute er sie wieder an, aber das Zittern seines Kinns verriet, dass er den Tränen nahe war.

»Das letzte Mal war ich mit ihm im Freibad«, fing er leise an. »Er hat mir gezeigt, wie man vom Rand ins Becken springt. Ich hatte fürchterliche Angst, aber er sollte nicht denken, dass ich feige bin. Und dann ist er mit mir auf das Drei-Meter-Brett geklettert, aber als wir oben waren, haben sich meine Beine seltsam angefühlt, und wir mussten wieder runterklettern. Ich dachte, dass er deshalb böse auf mich wäre, aber er hat einfach meine Hand gehalten, bis wir wieder unten waren.« Er holte zitternd Luft. »Ich wünschte mir, ich hätte springen können, Tante Daisy, denn dann hätte er gewusst, dass ich kein Feigling bin.« Eine dicke Träne kullerte über seine Wange, und er fing sie mit seiner Zunge auf. »Warum musste er bei diesem Unfall sterben?«

Daisy hatte einen Frosch im Hals. Eilig zog sie ein besticktes Taschentuch aus ihrer Handtasche, tupfte sich damit die Augen ab und hielt es dann dem Jungen hin.

»Warum fahren wir nach dem Schwimmen nicht noch auf den Friedhof und besuchen dort sein Grab?«, schlug sie mit aufmunternder Stimme vor.

Er verzog entgeistert das Gesicht. »Ich weiß nicht, ob ich das will. Dort ist es sicher furchtbar unheimlich.«

»Die Entscheidung liegt bei dir, Mikey, aber sicher würde es dir helfen, wenn du noch mal seine letzte Ruhestätte siehst und mit ihm reden kannst.«

»Mit ihm reden? Könnte er mich dort denn hören?«

Sie nickte. »Ja, ich glaube, dass er dich dort hören könnte.«

Mikey waren seine Zweifel deutlich anzusehen, doch schließlich fragte er mit leiser Stimme: »Aber du würdest die ganze Zeit in meiner Nähe bleiben, oder, Tante Daisy?«

»Ich werde die ganze Zeit in deiner Nähe bleiben, Schatz«, bestätigte sie ihm. »Solange du mich brauchst.«

Der Wetterumschwung tat der allgemeinen Stimmung keinen Abbruch. Ganz im Gegenteil. Nach der langen Dürreperiode war der Regen eine höchst willkommene Abwechslung, und anders als erwartet war das Freibad trotz des schlechten Wetters brechend voll.

Das Wasser war wie immer eisig, und der arme Mikey brauchte ewig, bis er Daisy dazu überredet hatte, mit ihm in das grüngeflieste Schwimmbecken zu gehen. Sie tauchte bis zum Hals ins Wasser, rang nach Luft und konnte plötzlich gut verstehen, dass Mikeys Lippen blau vor Kälte waren. Unter ihrer leuchtend pinkfarbenen Gummibademütze juckte ihr der Kopf, und angewidert rümpfte sie die Nase, als zwei Zentimeter vor ihr erst ein Pflaster und danach ein Klumpen Haare auf dem Wasser trieben. Mikeys Stimmung aber hatte sich im Schwimmbad wieder merklich aufgehellt, und das war alles, was ihr wichtig war. Sie nahm alles hin und hielt selbst diesen Bakteriencocktail aus, wenn Mikey nur glücklich war.

Als sie später Hand in Hand, jeder mit einem Eis, das Friedhofstor durchschritten, brach erneut die Sonne durch. Sie hing inzwischen tief am Himmel und verlieh dem nassen Laub der Bäume einen warmen Glanz. Der Tag fühlte sich frisch und sauber an.

Da Mikey zuerst das Ende seiner Waffel abgebissen hatte, rann ihm das geschmolzene Eis über das Handgelenk, und abermals zog Daisy ihr bewährtes Taschentuch hervor. »Komm her, du kleiner Racker, so schmuddelig lasse ich dich nicht zu deinem Dad.«

Mikey ließ sich von ihr säubern und schob sich den Rest der Waffel in den Mund. Inzwischen hatten sie das Grab erreicht, und Daisy sah ihn an. »Ich setze mich da drüben auf die Bank, okay? Lass dir ruhig Zeit.« Sie reichte ihm den vor dem Friedhofstor gekauften Rosenstrauß. »Pass mit den Dornen auf.«

Sie ließ sich auf die Holzbank sinken, stellte ihre Taschen ab und sah, wie Mikey vor dem Grab des Vaters auf die Knie ging. Die Sohlen seiner Turnschuhe waren löchrig, und am besten führen sie vor Schulbeginn noch einmal in die Stadt und sähen sich nach neuen Schuhen für ihn um.

Noch während sie das dachte, drehte er sich zu ihr um und sah sie fragend an.

»Los, sprich mit ihm.« Sie sah ihm zu, als er die Blumen auf den Grabstein legte, und obwohl sie seine Stimme fast nicht hörte, konnte sie die meisten Worte gut verstehen.

»Hallo, Dad. Mrs Duggan hat mich heute Nachmittag ins Freibad eingeladen. Das war toll. Das heißt, ich nenne sie gar nicht mehr Mrs Duggan, denn sie hat zu mir gesagt, ich soll sie Tante Daisy nennen. Sie ist sehr nett zu mir, seit … seit du … du weißt schon … seit dem Unfall.« Wieder sah er Daisy an, und sie nickte aufmunternd mit dem Kopf.

»Ich weiß nicht, warum du sterben musstest, Dad. Also habe ich ein paar Erwachsene danach gefragt, aber die wissen es auch nicht.« Kurz entschlossen wandte er sich einem anderen Thema zu. »Ich war heute noch mal auf dem Drei-Meter-Brett, und dieses Mal bin ich gesprungen. Hoffentlich hast du mir zugesehen und weißt jetzt, dass ich mutig bin. Tut mir leid, dass ich beim letzten Mal zu feige war.«

Langsam stand er wieder auf und zog mit seinen Fingern vorsichtig den Namen seines Vaters auf dem Grabstein nach. Seine Schultern bebten, und obwohl Daisy sein leises Schluchzen hörte, ließ sie ihn gewähren.

Er brauchte diese Zeit mit seinem Vater, weil bei ihm zu Hause kein Platz für seine Trauer war.

Schließlich trat er zwei Schritte zurück, blieb stehen und sah noch einmal auf das Grab.

»Du fehlst mir, Daddy«, stieß er mit leiser Stimme aus und wandte sich zum Gehen.

29

Zum ersten Mal seit Wochen wurde Daisy vom Geräusch der Teemaschine aufgeweckt. Während des ganzen Sommers hatte sie in ihrem leeren Haus kein Auge zubekommen, sich auf ihrem feuchten Laken hin- und hergewälzt und war schon lange wach gewesen, ehe das Gerät mit lautem Gurgeln angesprungen war. Heute Morgen aber fühlte es sich anders an. Ihr Laken war nicht durchgeschwitzt, und durch das offene Fenster wehte eine kühle Herbstbrise herein.

Sie hatte Mittagsschicht im Supermarkt, doch Mikey hatte heute seinen ersten Schultag nach den Ferien, und sie hatte ihm versprochen, ihn zur Schule zu begleiten, weil der erste Tag des neuen Schuljahrs schließlich immer was Besonderes war. Er war ein zäher kleiner Bursche, doch nachdem die Sommerferien nach einem verheißungsvollen Anfang in einer Tragödie für ihn geendet hatten, hatte er ein bisschen Unterstützung zu Beginn der Schule sicherlich verdient.

Sie zog ihre Jacke an, schob ihre Schlüssel und den Geldbeutel in ihre Taschen und lief eilig los.

Als Mikey an die Tür kam, wich sie vor Entsetzen einen Schritt vor ihm zurück.

»Was in aller Welt hast du mit deinem Haar gemacht?«

Er schob die Unterlippe vor, und umgehend bereute Daisy ihren vorwurfsvollen Ton.

Er fuhr sich mit den Fingern durch die kurzen Stoppeln, die ihm noch geblieben waren. »Das war meine Mum. Erst wollte sie mir nur die Haare schneiden, aber als sie ein paar Krabbelviecher dort gefunden hat, hat sie gesagt, sie müssten weg.«

»Ach ja? Und wo ist deine Mutter jetzt?«

»Im Bett.«

Zornbebend schob sich Daisy an dem Kind vorbei, blieb unten an der Treppe stehen und rief in barschem Ton: »Andrea, kommen Sie runter. Und zwar jetzt sofort.«

»Das nützt nichts, Tante Daisy«, mischte sich der Junge ein. »Ich habe schon versucht, sie aufzuwecken, aber sie schläft tief und fest.«

In Daisy wogte ein Gefühl des Unbehagens auf. »Du wartest hier«, wies sie den Kleinen an und rannte in den ersten Stock.

Sie brauchte nur ein paar Sekunden, bis sie wusste, weshalb Mikeys Mum nicht wach geworden war. Die acht Dosen Cider und die Flasche Wodka, die am Fußende des Bettes lagen, hätten sogar einen Elefanten umgehauen. Daisy sah auf die erbärmliche Gestalt der jungen Frau, die splitternackt und ausgemergelt auf dem schmutzstarrenden Laken unter einer hoffnungslos zerknüllten, bonbonbunt gestreiften Decke lag. Sie tastete nach ihrem Puls und war beinah etwas enttäuscht, als sie ihn fand. »Oh, Andrea, Sie haben diesen kleinen Jungen einfach nicht verdient. Und er Sie noch viel weniger.«

Mikey knabberte an seinem Daumennagel, während er geduldig unten auf der Treppe wartete, bis Daisy wiederkam.

»Deine Mutter schläft noch. Komm, mein Schatz, ich bringe dich jetzt erst mal in die Schule. Hast du alles?«

Verlegen blickte er auf seine ausgelatschten Schuhe, und sie legte eine Hand unter sein Kinn und zwang ihn sanft, ihr ins Gesicht zu sehen. »Mikey?«

Leicht errötend wandte er sich ab. »Sie hat vergessen, mir mein Essensgeld zu geben.«

Daisy kramte kurz in ihrer Jackentasche, bis sie ein paar Münzen fand, und wie ein Betteljunge, der um ein paar Krumen flehte, streckte er sein dünnes Ärmchen danach aus.

Am Schultor blieb sie stehen und ließ die Hand des Jungen los. Für gewöhnlich plauderten sie immer fröhlich, aber während des gesamten Fußwegs hatte Mikey kaum ein Wort gesagt.

»Soll ich noch mit in die Klasse kommen?«, bot sie freundlich an.

Er riss entsetzt die Augen auf. »Nein danke, Tante Daisy. Schließlich bin ich jetzt schon in der zweiten Klasse, und wenn du mich reinbringst, denken alle anderen, dass ich noch ein Baby bin.«

Er rückte seinen Schulranzen zurecht, und ohne sich noch einmal nach ihr umzudrehen, trat er durch das Tor und gesellte sich zu einer Gruppe in das ernsthafte Geschäft des Zigarettenbildertausches vertiefter Jungs.

»Ich hole dich nachher ab, Mikey.«

Er drehte sich kurz zu ihr um, winkte ihr halbherzig zum Abschied zu, und Daisy hoffte nur, ihn nicht in Verlegenheit gebracht zu haben. Natürlich konnte er allein nach Hause laufen, und sicher hatte er es bereits oft genug getan, aber sie hatte das überwältigende Verlangen, für ihn da zu sein und ihn vor jedem Unheil zu bewahren.

Ihre Schicht im Krankenhaus begann um fünf, sie hätte also noch genügend Zeit, um Mikey abzuholen, ihm ein Glas Milch und Plätzchen zu servieren und ihn dann bei seiner Mutter abzusetzen, ehe sie zur Arbeit ging. Ihre beiden Jobs und das beständige Zusammensein mit anderen Menschen hatten sie während des Sommers weitestgehend daran gehindert, sich in ihrem Elend zu ergehen. Sie hatte schon einmal kurz vor einer tiefen Depression gestanden, nachdem Jim gestorben war, doch damals hatte sie sich um den kleinen Jerry kümmern müssen und sich deswegen gezwungen, jeden Morgen aufzustehen. Vielleicht war ihr Mann gestorben, doch sie hatte immer noch ein Kind gehabt. Jahrelang war sie für ihren Jerry da gewesen, und jetzt war sie für Mikey da. Wobei sie ihn genauso brauchte wie er sie.

Auf dem Weg zum Supermarkt begegnete sie einer Frau, die einen Kinderwagen schob, und dachte wie so häufig an das Baby, das sie in Blackpool vor der Haustür einer fremden Frau zurückgelassen hatte. Sie hoffte nur, dass es ihm gutging. Hätte sie das Kind nicht ausgesetzt oder – wie sie es lieber nannte – *mit Bedacht* auf der Treppe der Pension zurückgelassen, hätte es sein kurzes Leben sicher neben seiner Mutter auf dem glühenden Asphalt der Straße ausgehaucht. Deshalb konnte sie ihr Vorgehen nicht bereuen. Wenigstens hatte es auf diese Weise eine Chance zu leben, was doch sicherlich zu seinem Besten war.

Um Viertel nach drei kam Mikey angetrottet und hielt Daisy ein Gemälde hin.

»Vorsicht, es ist noch nass.«

Daisy hielt es möglichst flach, damit die Farbe nicht

verlief. »Das ist einfach wunderschön. Oh, Mikey, du bist wirklich talentiert!«

»Das bin ich mit meinem Dad auf seinem Motorrad«, klärte er sie strahlend auf. »Siehst du? Ich sitze hinter ihm.«

Tränen schossen in Daisys Augen. Mikey hatte Karls Gesicht mit zwei Punkten für die Augen und darunter einem großen Halbkreis für ein breites Grinsen dargestellt. »Dein Dad sieht auf dem Bild sehr glücklich aus.«

»Weil er Motorrad fährt«, klärte er sie nüchtern auf. »Er war immer glücklich, wenn er Motorrad gefahren ist. Er wollte es mir später einmal beibringen«, erzählte er ihr ohne Wehmut oder Bitterkeit, und Daisy wagte einen kurzen Augenblick zu glauben, dass er mit dem Leben gut zurechtkommen würde, ganz egal, was auch geschehen war.

Sie warf einen Blick auf sein fleckiges Hemd. »Na, da hast du heute aber viele Essmedaillen eingeheimst.«

»Was?«

»Diese Flecken vorn auf deinem Hemd. Als ich noch in der Schule war, haben wir immer Essmedaillen dazu gesagt.« Sie rieb mit ihrem Taschentuch daran herum, gab den Versuch dann aber auf. »Es nützt nichts. Wenn wir nach Hause kommen, wasche ich sie dir mit einem feuchten Schwamm heraus.«

Fröhlich hüpfte er neben ihr her. »Tante Daisy?«

»Ja, mein Schatz?«

»Kannst du mir helfen, meine Bücher einzuwickeln?«

»Wie bitte?«

»Unser Lehrer hat gesagt, wir sollen unsere Bücher in Tapeten einwickeln, damit nichts drankommt. Letztes Jahr hat mir mein Dad dabei geholfen, deshalb weiß ich nicht, wie man das macht.«

»Oh, ich weiß noch, wie mein Jerry seine Bücher immer eingewickelt hat. Das hat er ganz hervorragend gemacht. Er hat immer alles ganz genau mit seinem Lineal vermessen, damit nirgends etwas übersteht.« Sie sah den Jungen an. »Wir werden schon herausfinden, wie man das macht. Ich habe sicher irgendwo noch einen Rest Tapete, den wir dafür nehmen können, aber heute geht es leider nicht, weil ich jetzt gleich zur Arbeit muss. Vielleicht können wir es ja am Wochenende machen?«

Er blieb stehen und schob die Unterlippe vor. »Bleibe ich denn nicht zum Abendessen, Tante Daisy?«

»Ich fürchte, heute nicht, aber ich bin sicher, dass dir deine Mutter etwas Leckeres macht. Ich habe ihr vorgestern das Rezept für meinen Shepherd's Pie gegeben, vielleicht macht sie den.« Sie zwickte ihn aufmunternd in die Wange und lächelte ihn freundlich an. »Kopf hoch, Junge. Wenn du deine Lippe nicht zurückziehst, landet sicher gleich ein Vogel drauf.«

Mikey dachte, dass nur ungezogene Jungen ohne Abendessen schlafen gehen müssten, doch er hatte nichts verbrochen, und er hatte diese Strafe seiner Meinung nach ganz sicher nicht verdient.

Trotz der Plätzchen, die er nach der Schule noch bei Tante Daisy gegessen hatte, verspürte er noch Hunger. Zum Glück hatte er den Lammeintopf beim Mittagessen in der Schule aufgegessen, obwohl er nicht annähernd so fein wie der von Tante Daisy war. In ihrem Eintopf schwammen keine widerlichen Klumpen fetttriefenden Fleischs, die man eine halbe Stunde kauen musste, weil man sie anders nicht schlucken konnte. Doch jetzt lag er auf seinem Bett und dachte voller Sehnsucht an das wässrige Gericht mit den Mehlklößchen zurück. Er erwartete ganz sicher keine feine, selbstgekochte Mahlzeit, wenn er aus der Schule kam – er war schließlich nicht dumm –, aber für gewöhnlich schaffte seine Mutter es, ihm irgendetwas hinzustellen, was zumindest annähernd genießbar war. Und manchmal machte sie ihm sogar eine fertige Pastete aus dem Supermarkt im Ofen heiß. Sie selber aß so gut wie nichts. Das Einzige, was sie sich jemals in den Mund steckte, waren ihre Zigaretten. Manchmal drehte sie sie selbst, und er verfolgte fasziniert, wie sie den Tabak auf dem kleinen weißen Stück Papier verteilte, es zu einem dünnen Würstchen rollte und zwischen die Lippen schob. Mit einer Hand, was sicherlich nicht einfach war, denn schließlich hatte selbst sein Vater immer zwei Hände dafür benutzt.

Jetzt konnte er sie unten in der Küche hören. Sie rumorte dort herum und warf laut fluchend irgendwelche Schranktüren zu. Irgendetwas hatte sie anscheinend aufgeregt, und er war froh, sicher hier in seinem kleinen Zimmer zu sein. Plötzlich rief sie mit rauer Stimme: »Mikey, ich bin noch mal weg, ich habe keinen Cider mehr.« Das klang, als wäre Cider ein Grundnahrungsmittel, aber vielleicht war er das für sie ja auch.

Sie riss die Haustür auf und fügte noch hinzu: »Du kannst jetzt wieder runterkommen. Du hast Zeit genug zum Nachdenken gehabt, und wenn du möchtest, bringe ich dir eine Dose Bohnen mit.«

Mikey wusste nicht genau, worüber er sich hätte seinen Kopf zerbrechen sollen, also verließ er sein Bett, ging nach unten in die Küche, lief mit nackten Füßen über den verschmutzten, klebrigen Linoleumboden, öffnete den Brotkasten und zog die letzte Scheibe Brot heraus.

Im Grunde war es nur die Kruste, die bereits mit blauem Schimmel überzogen war, doch eilig zupfte er die Schimmelpunkte ab und stopfte sich den trockenen Kanten in den Mund. Dann ging er ins Wohnzimmer und sah verwundert auf das Feuer im Kamin. Der Abend war recht mild, aber offenbar war seiner Mutter trotzdem kalt. Wenig überraschend hatte sie zwar den Kaminschirm weggeschoben, um das Feuer anzuzünden, ihn dann aber nicht noch mal zurück an seinen Platz gestellt. Obwohl der Teppich schon mit Brandlöchern von ihren Zigaretten übersät war, rückte er den schweren Schirm zurück vor den Kamin.

Über eine Stunde später kehrte seine Mum vom Einkaufen zurück. Als sie schwankend durch die Tür trat, hatte sie unter jedem Arm eine Flasche Cider geklemmt und roch so eklig süß wie der Komposthaufen in Tante Daisys Garten, wenn sie dort das frischgemähte Gras hinkippte.

»Oh gut, du hast auf das Feuer aufgepasst.« Seine Mutter kniete sich vor den Kamin, schraubte eine der zwei Flaschen auf, hob sie an ihren Mund und hielt sie ihm dann hin. »Willst du einen Schluck?«

Mikey schüttelte den Kopf. »Danke, nein, ich bin erst sechs.«

Sie runzelte die Stirn, als wäre ihr das neu.

Sein Magen knurrte immer noch. »Hast du mir meine Bohnen mitgebracht?«

»Was? Oh, verdammt, nein, die hab ich vergessen«, antwortete sie und klappte ihre Tabakdose auf. »Aber in der Küche ist noch Brot. Hol dir ruhig etwas davon.«

»Schon gut.«

»Wie du willst.«

Mikey kletterte von seinem Stuhl, nahm das alte Fotoalbum aus der Anrichte und schlug es auf.

»Was machst du da?«, fragte Andrea ihn mit einer Stimme, der der Alkoholkonsum inzwischen deutlich anzuhören war.

»Ich sehe mir Dads Bilder an.«

Stöhnend ließ sich seine Mutter auf den Rücken fallen. »Nicht schon wieder. Wann kapierst du endlich, dass er weg ist, Mikey? Er ist tot.«

»Ich weiß, aber ich sehe ihn mir trotzdem gern an.« Er betrachtete ein Foto, auf dem Karl in weißem Hemd und schwarzer Lederhose, einen Fuß auf einem Stuhl, auf seiner Gitarre spielte und sich ganz auf die Musik zu konzentrieren schien.

»Er wollte mir beibringen, wie man Gitarre spielt. Er konnte toll Gitarre spielen, findest du nicht auch?« Er blickte seine Mutter fragend an. »Mein Daddy konnte einfach alles, stimmt's?«

Übellaunig blies sie eine Rauchwolke in Richtung des Kamins. »Ja klar, dein Dad konnte nichts falsch machen, er war, verdammt noch mal, perfekt.« Sie stützte sich auf ihren Ellenbogen ab. »Komm her.«

Mikey kniete sich zu seiner Mutter auf den Teppich, und entschlossen nahm sie ihm das Album ab. »Los, schieb mal den Schirm zur Seite.«

Furchtsam zog sein leerer Magen sich zusammen, als sie erst das Zellophan zur Seite schälte und dann nach dem ersten Foto griff. Es war ein Bild von ihm, wie er als Baby in den Armen seines Vaters lag. Sein Dad wiegte ihn zärtlich hin und her und strahlte in die Kamera.

Stirnrunzelnd blickte Andrea auf das Bild und warf es dann in den Kamin.

»Nicht, Mummy, bitte nicht!«

Die Flammen fraßen erst Karls Beine, dann ihn selbst und schließlich auch das lächelnde Gesicht des Vaters auf.

Bis das letzte Bild im Feuer schmolz, hatte Mikey aufgehört zu schluchzen, aber seine Augen waren gerötet und verquollen, und der Ärmel seines T-Shirts war von seinem Rotz und seinen Tränen aufgeweicht. Seine Mutter schlug das leere Album wieder zu, und während er vor Schreck zusammenzuckte, sah sie in sein fleckiges Gesicht: »So, das war's. Oh, hör auf zu flennen, und koch uns erst mal einen Tee.«

Als er mit dem Tee kam, lag sie, einen Arm über den Augen, wieder auf dem Rücken, und mit einem neuerlichen leisen Schluchzen hielt er einen der zwei Becher über sie. Sie hatte alle Bilder von seinem Dad verbrannt, und er könnte Karls Gesicht nie wieder sehen. Ein Tropfen kochend heißen Tees fiel auf die Brust der Mutter. Nur eine winzige Bewegung seines Handgelenks, und über ihrem Körper würde sich ein heißer Strom ergießen und sie ebenso verbrennen wie die Aufnahmen von seinem Dad. Aber Mikey wusste, dass er besser war als sie, und wollte seinen Vater nicht enttäuschen, der von seinem Platz im Himmel sicher auch in diesem Augenblick auf ihn heruntersah. Lautlos stellte er den Becher auf dem steinernen Kaminsims ab. Der Tee wäre eiskalt, bis seine Mum ihn würden trinken wollen, aber das geschah ihr ganz recht.

Traurig schleppte er sich wieder in sein Zimmer, warf sich auf sein Bett und kniff die Augen zu.

Er atmete erleichtert auf, als er entdeckte, dass er seinen Dad noch immer in Gedanken sehen konnte. Dort in seinem Kopf waren diese Bilder vor seiner Mutter sicher.

Die Erinnerungen mussten ihm genügen, denn sie waren alles, was ihm noch von Karl geblieben war.

30

Normalerweise liebte Trisha die Weihnachtszeit. Am Weihnachtsabend gönnte sie sich gern ein Gläschen Advocaat mit Limonade, über dem ein bunter Plastikstab mit einer süßen Cocktailkirsche lag, hängte Wollsocken für sich und Selwyn über den Kamin in ihrer Wohnung und stellte dem Weihnachtsmann ein Gläschen Whiskey und ein Tellerchen mit ein paar Weihnachtsplätzchen hin. Auch wenn das für eine Frau von sechsundzwanzig geradezu erschreckend kindisch war, hatte sie diese Tradition bewahren wollen für die Zeit, wenn sie und Selwyn Eltern wären.

Dieser Traum jedoch war ausgeträumt. Sie würden nie ein Baby haben, und auch davon abgesehen würde es nie wieder so sein wie früher.

Sie stand auf einer Trittleiter und hängte lustlos silbernes Lametta sowie kleine Mistelzweige über die gerahmten Bilder an der Wand des Pubs, als Barbara herunterkam.

»Du bist heute aber zeitig auf den Beinen.«

Als sie Barbaras Stimme hörte, drehte sie sich schwankend zu ihr um und klammerte sich, um nicht umzufallen, am Griff der Leiter fest. »Himmel, Barbara, vor lauter Schreck wäre ich beinahe mit der Leiter umgestürzt.«

»Tut mir leid. Hier, lass mich dir helfen.« Barbara

wühlte in der Kiste mit dem Weihnachtsschmuck und hielt ihr eine leuchtende Papiergirlande hin. »Oh, sieh nur, die Girlande hat Lorraine in der Grundschule gebastelt.«

Trisha beäugte argwöhnisch den ramponierten Schmuck. »Das Ding hat offenkundig seine besten Tage hinter sich.«

Babs warf die Papierkette zurück in den Karton. »Du hast recht. Vielleicht ist es langsam an der Zeit, sie zu entsorgen.«

»Warum nimmst du sie nicht Selwyn mit und hängst sie in seinem Zimmer auf? Er würde sich doch sicher freuen, wenn er etwas hätte, was ihn an zu Hause erinnert.«

»Das ist ein netter Gedanke, Trisha«, meinte Babs und schlug nach kurzem Zögern vor: »Äh, bring du sie ihm doch heute Nachmittag vorbei.«

Eilig wandte Trisha sich abermals den Bildern zu. »Ich fahre nicht ins Krankenhaus.«

»Oh, Trisha, bitte. Er fragt permanent nach dir. Du hast ihn schon seit einer Ewigkeit nicht mehr besucht.«

Trisha stieg von der Leiter, schnappte sich ein Staubtuch und wischte mit ungewohnter Energie den Tresen ab.

»Du kommst besser damit klar, und vor allem will er sowieso nicht mich, sondern dich sehen, Barbara.«

»Du weißt, dass das nicht stimmt. Es passt dir einfach besser in den Kram, weiter nichts.«

Selwyn lag noch immer in der Wirbelsäulenabteilung und hatte bisher kaum Fortschritte gemacht. Seit jenem grauenhaften Juliabend hatten sie ihn noch nicht einmal aus dem Bett gehoben, und noch immer lag er vierundzwanzig Stunden täglich auf dem Rücken und starrte die Zimmerdecke an. Die Versuche, ihn zumindest aufzusetzen, hatten bisher stets damit geendet, dass er sich erbrechen musste oder vor Erschöpfung beinah ohnmächtig geworden war. Dass ihn fremde Menschen wuschen, er sich in einer Bettpfanne erleichtern musste, statt eine Toilette aufzusuchen, die endlosen Runden Physiotherapie, während er ans Bett gefesselt war, und die mitleidigen Blicke, mit denen die Ärzte und die Schwestern ihn bedachten, hatten seine Würde untergraben, und er war nur noch ein Schatten seiner selbst.

»Du kannst viel besser mit ihm umgehen, Barbara«, fuhr Trisha fort. »Ich habe gesehen, wie du mit ihm redest und ihn aufmunterst, als würde alles wieder gut.« Entschlossen legte sie das Staubtuch aus der Hand und griff nach einem Glas.

»Es ist noch nicht mal acht. Ich glaube nicht, dass das eine Lösung ist«, stellte Babs mit missbilligender Stimme fest.

Umso entschlossener füllte Trisha ihr Glas mit Gin und leerte es in einem Zug. »Dann erklär mir bitte, was die Lösung ist, denn ich habe keinen blassen Schimmer, wie die aussehen soll.«

»Wir müssen einfach mit ihm umgehen, wie wir immer mit ihm umgegangen sind. Es stimmt, sein Leben ist nicht mehr dasselbe, aber er ist nicht gestorben, Trisha, und er hat es immer noch verdient, so gut zu leben, wie seine Familie es ihm ermöglichen kann.«

Trisha griff nach der Dose mit der Messingpolitur. »Ich brauche einfach noch mehr Zeit. Es tut mir leid.« Sie nickte mit dem Kopf in Richtung des Kamins. »Und jetzt werde ich endlich mal das Zaumzeug, das dort hängt, polieren.«

Barbara überließ sie ihrer Arbeit und ging in die Küche, denn obwohl sie sich inzwischen regelrecht zum Essen zwingen musste, könnte sie nicht abermals mit leerem Magen in die Klinik fahren. Der Unfall war inzwischen fünf Monate her, doch seit dem Tag verspürte sie kaum noch Appetit, war richtiggehend abgemagert und erschrak vor ihrem eigenen Spiegelbild.

Lorraine streckte den Kopf zu ihr herein. »Ich muss jetzt zur Arbeit, Mum. Bis dann.« Sie küsste Barbara auf die Wange, schulterte ihre Patchworktasche und wandte sich zum Gehen. »Heute Abend wird es übrigens ein bisschen später, denn ich gehe auf dem Heimweg noch mal bei Petulas Dad vorbei.«

Die Erwähnung von Petula rief in Barbara stets ein leichtes Unbehagen wach. »Du willst Ralph besuchen?«

»Ja. Er will mir etwas geben. Aber er kommt immer noch nicht wieder ins Büro, also schaue ich auf dem Nachhauseweg bei ihm vorbei. Vermutlich will er mir eine Kleinigkeit zu Weihnachten schenken.«

Lorraine hatte schon immer eine leise Schwäche für Ralph Honeywell gehabt. Petula hatte seine übertriebene Fürsorge verrückt gemacht, aber er war ein netter, rücksichtsvoller Mensch, und für ihn hatte sich immer alles einzig und allein um sein Kind gedreht. Wie Petulas Mutter einer so innig verbundenen Familie den Rücken hatte kehren können, würde sie wahrscheinlich nie verstehen. Die blöde Kuh hatte sich nicht einmal dazu herabgelassen, der Beerdigung der eigenen Tochter beizuwohnen, sondern Ralph nur eine Beileidskarte wegen *seines* erlittenen Verlusts geschickt. Was noch ein zusätzlicher Schlag für ihn gewesen war. *Sein* Verlust. Als hätte diese Frau mit ihrer Tochter nie auch nur das mindeste zu tun gehabt.

Als Lorraine Ralphs Haus erreichte, war es bereits dunkel, und die Vorhänge hinter den Fenstern waren zugezogen, weshalb aus dem Wohnzimmer kein Licht nach außen drang. Sie nahm den schmalen Weg neben dem Haus, denn erst mal wollte sie nach Nibbles sehen. Das Kaninchen stellte sich auf seine Hinterpfötchen und erklomm den Maschendraht des Stalls, als es sie kommen sah, und eilig schob sie ihre Finger durch die Löcher und strich sanft über sein seidig weiches Fell. »Na, wie geht's dir, Großer?« Seine pinkfarbenen Äuglein schimmerten wie Glasperlen in seinem weißen Fell, und zufrieden registrierte sie das frische, saubere Stroh in der Ecke, damit er es auch dann noch kuschlig hatte, wenn die Temperaturen über Nacht unter den Gefrierpunkt fielen.

Sie ging zurück zur Haustür, und obwohl sie einen Spaltbreit aufstand, drückte sie aus Höflichkeit den Klingelknopf und hörte die vertraute Melodie, die einfach nicht zu enden schien.

Als niemand reagierte, schob Lorraine die Tür ein Stückchen weiter auf und lugte in den Flur. »Sind Sie da, Ralph? Ich habe geklingelt, aber …«

Sie brach ab, als sie ein Päckchen auf dem Flurtisch liegen sah. Mit dickem schwarzen Filzstift hatte jemand ihren Namen auf dem dicken braunen Briefumschlag notiert. Sie wog ihn in der Hand. Er war nicht leicht, wahrscheinlich hatte Ralph ein Buch für sie gekauft. Wie nett von ihm, an sie zu denken, obwohl gerade diese Zeit des Jahres sicherlich nicht einfach für ihn war.

Da Ralph sich immer noch nicht zeigte, ging sie zögernd weiter in die Küche. Offenbar bereitete Petulas Dad gerade das Abendessen vor. Der Dampfkochtopf stand auf dem Herd, und sie erkannte den Geruch von Petulas Leibgericht. Ein offenes Rotkohlglas stand auf der Arbeitsplatte, auf der ein Ring von dem leuchtend violetten Saft zu sehen war.

Sie öffnete die Tür zum Esszimmer und trat vor den Musikschrank, der in einer Ecke stand. Petulas Vater hatte eine Single aufgelegt, aber die Nadel knisterte, offenbar war das Lied bereits seit längerem verklungen. Sie hob den Arm des Plattenspielers an, legte ihn zurück auf seinen Halter und betrachtete die leere Plattenhülle. »I Couldn't Live Without Your Love.« Also hatte Ralph sein Lieblingslied von Petulas Namensgeberin gehört.

»Ralph«, rief sie erneut. »Ich bin es, Lorraine. Wo stecken Sie?«

Sie kehrte in den Flur zurück, blieb unten an der Treppe stehen, rief nach oben in den ersten Stock und griff etwas ungeduldig nach dem Treppenpfosten, als sie ihn plötzlich sah.

Das hieß, im Grunde sah sie erst mal nur die Sohlen seiner karierten Hauspantoffeln. Der Rest von ihm schwang leblos über ihrem Kopf an einem dicken Seil.

31

Es gab keinen Grund, Geld für einen Truthahn zu verschwenden, weshalb Daisys Weihnachtsessen sich nicht sonderlich von den gewohnten Sonntagsessen unterschied. Sie hatte sich ein kleines Huhn sowie als Füllung etwas Mett geholt, würde eine anständige braune Soße dazu kochen und vielleicht als besonderes Extra noch ein Schlückchen Port hinzufügen. Da von dem Geflügel sicher jede Menge übrigblieb, würde sie sich am zweiten Weihnachtstag einfach ein Sandwich zubereiten, allerdings mit einer ordentlichen Menge zarten Hühnchenfleischs. In der *Woman's Weekly* hatte sie ein Rezept gelesen – Honigpastinaken –, und auch wenn sie die Mischung aus süßem Honig und Gemüse etwas seltsam fand und es wahrscheinlich eine Heidenarbeit machte, den verklebten Bräter wieder sauber zu bekommen, würde sie es trotzdem mal probieren.

Eigentlich hatte sie Mikey bei sich übernachten lassen wollen, um ihn am Weihnachtsmorgen zu verwöhnen, doch er befürchtete, dass ihn der Weihnachtsmann nicht fand, wenn er nicht zu Hause wäre, deshalb hatte sie versprochen, ihrerseits zu ihm zu kommen und sich dort seine Geschenke anzusehen. Sie wusste schon, was er bekommen hatte, denn sie hatte die Präsente selbst besorgt und seiner Mutter überlassen, damit er sie sofort nach dem Aufstehen bekam. Natürlich war sie traurig, weil sie ihm beim Auspacken nicht zusehen konnte, aber sie hatte den Wunsch des Kindes respektieren müssen, und das erste Weihnachten ohne den Vater war bestimmt nicht leicht für ihn.

Sie begoss das Hühnchen abermals mit seinem eigenen Saft, drehte das Gas herunter, hüllte sich in ihren Mantel, griff nach ihrem pelzbesetzten Hut und machte sich auf den Weg zu Mikeys Haus.

Zwar hatte es bisher noch nicht geschneit, aber die dicke Frostschicht auf den kahlen Bäumen und den Straßen sowie die klare Luft verliehen der Umgebung dennoch eine weihnachtliche Stimmung. Ein Rotkehlchen pickte an dem Eis in einer Vogeltränke, und aus dem Rinnstein ragten lange Eiszapfen wie Stalagmiten auf.

Sie und Jerry hatten sich am Weihnachtsmorgen immer einen Drink im *Taverners* gegönnt, während der Truthahn im Ofen briet. Selwyn war an diesem Tag stets besonders großzügig gewesen und hatte den Gästen selbstgebackene Weihnachtsplätzchen sowie dampfend heißen Grog spendiert. Er hatte diese Tradition auch beibehalten, nachdem Trisha seine Frau geworden war, und die Gäste hatten so getan, als wäre sie eine genauso gute Bäckerin wie Babs, und sich scheinbar begeistert auf das fetttriefende Schmalzgebäck gestürzt.

Als sie die Bagot Street erreichte, sah sie eine Gruppe Kinder auf dem Bürgersteig mit ihren neuen Sachen spielen. Sie waren in neue warme Schals und Handschuhe gepackt, ihre Wangen waren rot vor Kälte, und ihr aufgeregtes Kreischen hallte durch die stille Morgenluft. Sie versuchte, mit zusammengekniffenen Augen zu erkennen, ob auch Mikey auf der Straße spielte, und war traurig, als sie ihn nicht sah. Ein Junge fuhr auf einem brandneuen Bonanza-Rad die Straße auf und ab und gab vor seinen Freunden damit an, dass er es schaffte, ein paar Meter auf dem Hinterrad zu fahren. Mikey hatte sich ein solches Fahrrad sehnsüchtig gewünscht. Sein Dad hatte gesagt, er wäre dafür noch etwas zu jung, ihm aber eines versprochen, wenn er älter war. Jetzt aber müsste sich jemand anderes darum kümmern.

Da sie nicht mit einer Trauermiene vor den Jungen treten wollte, holte sie tief Luft und wartete einen Moment, bis sie sich wieder beruhigt hatte. Nach mehrmaligem lauten Klopfen kam der Kleine an die Tür. Er war noch im Schlafanzug, hatte einen Milchschnurrbart, und seine Augen waren gerötet und verquollen. Traurig baumelte sein heißgeliebter Stoffaffe in seiner Hand.

»Fröhliche Weihnachten, Mikey.« Sie nahm ihn in den Arm, küsste ihn aufs Haar, schob ihn auf Armeslänge von sich und sah ihm forschend ins Gesicht. »Was ist denn los? Hast du geweint?«

Er nickte und kämpfte erneut gegen die Tränen an. »Er ist nicht gekommen«, stieß er leise aus.

»Was? Wer ist nicht gekommen? Wovon redest du? Oh nein, du willst doch wohl nicht sagen …« Sie schob sich an ihm vorbei und ging ins Wohnzimmer. Sein leerer Strumpf hing über dem Kamin, und auch unter dem jämmerlichen, praktisch nadellosen Weihnachtsbaum, der in der Ecke stand, lag nicht ein einziges Geschenk.

Daisy unterdrückte mühsam ihren Zorn. »Wo ist deine Mum?«

Mikey zuckte mit den Achseln. »Weiß nicht. Als ich gestern ins Bett gegangen bin, war sie noch da, aber später habe ich gehört, wie sie noch mal weggegangen ist.«

»Bitte erzähl mir nicht, dass du die ganze Nacht allein warst.«

Mikey ging nicht auf die Frage ein. »Er hat seine Milch und sein Gebäck nicht angerührt. Dabei habe ich die Plätzchen extra von meinem Essensgeld für ihn gekauft. Biffer hat sie am letzten Schultag vor den Ferien auf dem Pausenhof verkauft.« Er hob die schmuddelige Netzgardine an und zeigte auf die Kinder, die sich vor dem Haus vergnügten, während er allein und traurig in der Wohnung saß. »Bei allen anderen ist er gewesen, nur eben nicht bei mir. Wahrscheinlich, weil ich ungezogen war, so wie Mum immer sagt.«

»Du warst nicht ungezogen, Mikey, red doch keinen Unsinn.«

»Und warum hat er mir dann nichts gebracht?«

Daisy fiel beim besten Willen keine tröstende Antwort ein, denn dass diese unfähige Andrea ihr einziges Kind am ersten Weihnachtsfest, nachdem es seinen Dad verloren hatte, so enttäuschen konnte, schlug dem Fass den Boden aus. Es war einfach unglaublich!

»Warte kurz«, bat sie Mikey. »Ich laufe schnell nach oben, aber ich bin sofort wieder da.«

Außer sich vor Zorn rannte sie ins Schlafzimmer hinauf. Andreas Bett war eindeutig benutzt, aber da das blöde Weib bestimmt nicht jeden Tag die Betten machte, waren die zerwühlten Laken kein Beweis dafür, dass sie in der vergangenen Nacht nach Hause gekommen war. Der Aschenbecher auf dem Nachtschränkchen quoll über, und zwei Teetassen, in denen bereits schimmelige Beutel hingen, waren auf der Nachttischoberfläche festgeklebt.

Zunächst vorsichtig, aber mit zunehmendem Ärger immer achtloser durchsuchte Daisy die Kommode und den Schrank. Sie warf Andreas Kleider auf den Boden, bis sie endlich in einem der oberen Regale die Geschenke fand, die die dumme Kuh für ihren Sohn unter dem Weihnachtsbaum hätte drapieren sollen. Wütend klemmte sie sich die Pakete unter einen Arm und rief: »Komm rauf, Mikey. Wir ziehen dich erst mal an, und dann nehme ich dich mit zu mir.«

Bis sie ihr Weihnachtsmahl genossen hatten, war der Junge wieder obenauf. Er trug ein lustiges Papierhütchen, das ihm, obwohl seine Haare, die Andrea so nachlässig abgeschnitten hatte, wieder nachgewachsen waren, immer wieder über die Augen rutschte, doch am meisten freute er sich über die Geschenke, die der Weihnachtsmann bei Daisy für ihn abgegeben hatte.

»Können wir jetzt eine Runde Buckaroo spielen, Tante Daisy?«

»Ja, natürlich, Schatz.« Lächelnd stand sie auf. »Erst räumen wir noch schnell den Tisch ab, danach hören wir die Weihnachtsansprache der Königin, und dann geht's los.«

Mikey kletterte von seinem Stuhl und räumte seinen leeren Teller weg. In seinem neuen Strickpullover sah er wirklich niedlich aus. Er hatte sich die blaue Wolle selbst ausgesucht und eine halbe Ewigkeit in Mrs Pennys Wollladen mit der Auswahl der drei Knöpfe zugebracht. Am Ende hatte er zu Ehren seines Dads, der Postbote gewesen war, drei kleine rote Briefkästen gewählt.

Als die Ansprache der Königin sich ihrem Ende näherte, trug er das Spiel zum Tisch vor dem Kamin und baute das Muli und die Sachen, die die Spieler ihm abwechselnd auf den Rücken packen mussten, aus. Daisy schenkte sich ein Gläschen süßen Sherry ein und legte ihre Füße in den molligen Pantoffeln auf den Polsterhocker vor ihrem Sessel. Es war ein herrliches Gefühl, an Weihnachten wieder ein kleines Kind im Haus zu haben, vor allem eins, das wie Mikey dankbar für die kleinsten Kleinigkeiten war. Sie wünschte sich, sie könnte ihn sich einfach schnappen und an einen Ort verfrachten, wo ihm seine Mutter niemals wieder weh tun könnte, denn obwohl Andrea Mikey gegenüber nie Gewalt anwandte – wofür Daisy sie auch längst zu Rechenschaft gezogen hätte –, war sie so in ihrer jämmerlichen Welt gefangen, dass sie ihr einziges Kind die meiste Zeit nicht einmal wahrzunehmen schien. Mikey sehnte sich danach, von seiner Mutter beachtet und gelobt zu werden, und jede doch noch kleine nette Geste der Aufmerksamkeit zauberte ein Strahlen auf sein Gesicht.

Daisy erwies sich bei dem von ihr gekauften Spiel als hoffnungsloser Fall. Jedes Mal, wenn sie dem Muli etwas auf den Rücken laden wollte, trat es unter Mikeys schallendem Gelächter mit den Hinterbeinen aus. Doch das ansteckende Lachen ihres Schützlings machte es für Daisy mehr als wett, dass sie verlor.

»Wie wäre es mit einem Stückchen von der Schokolade, die am Baum hängt?«, bot sie nach der zwölften Runde an. »Und dann könnten wir ja vielleicht etwas anderes spielen. Wie wäre es mit Mühle? Mein Jerry hat Mühle geliebt. Ich hatte keine Chance gegen ihn«, erzählte sie und lachte leise.

»Ja, bitte, Tante Daisy, aber erst musst du mir zeigen, wie das geht.«

»Oh, ein aufgeweckter kleiner Kerl wie du lernt das im Handumdrehen.«

Er schlenderte zum Baum und wählte mit derselben Sorgfalt wie zuvor die Knöpfe seine Schokolade aus.

»Nimm dir, soviel du möchtest, Mikey. Schließlich ist heute Weihnachten.«

»Wirklich?« Er suchte bedächtig eine kleine Handvoll Schokoladenstücke aus, setzte sich im Schneidersitz vor den Kamin und wickelte sie sorgfältig nacheinander aus, als wären es die Kronjuwelen.

Als die Klingel ihre Ruhe störte, hievte Daisy sich aus ihrem Sessel, öffnete die Tür und sah Mikeys Mutter auf der Schwelle. Zur Abwechslung sahen ihre Haare einmal frisch gewaschen aus, die Spitzen aber waren kaputt, und man konnte einen zentimeterbreiten dunklen Ansatz sehen. Ihre blauen Augen standen in seltsamem Gegensatz zu ihrem teigigen Gesicht, und ihre Oberlippe wies ein riesengroßes Herpesbläschen auf. Sie wippte auf den Fersen und fuhr sich nervös mit ihren Händen durch das Haar. »Ich gehe davon aus, dass er bei Ihnen ist?«

Andrea stank nach Alkohol, und Daisy sah sie böse an. »Sie meinen Mikey?«

Wortlos schob Andrea sich an ihr vorbei und rempelte sie dabei unsanft an.

»Warum kommen Sie nicht rein?«, rief Daisy ihr sarkastisch hinterher.

Mikey sah von seiner Schokolade auf, als seine Mutter durch die Tür geschossen kam. »Mummy, du bist wieder da. Wo warst du denn?«

Andrea blickte Daisy an. »Ah … ich habe einen Freund besucht und wurde … aufgehalten.« Achselzuckend streckte sie die Hand nach Mikey aus.

Er ließ sich auf die Füße ziehen und schlang ihr die Arme um den Leib, doch statt die liebevolle Geste zu erwidern, tätschelte sie ihm fast gleichgültig den Kopf. »Fang bloß nicht an zu flennen. Schließlich habe ich dein Geschenk besorgt.«

Der Kleine blickte auf und runzelte ungläubig die Stirn.

»Guck mich nicht so an. Nun komm schon, es steht draußen.«

Daisy folgte ihnen auf die Straße. Vor der Haustür, auf dem Bürgersteig, stand das von Mikey langersehnte Rad. Er kniff die Augen zu und schlug sie vorsichtig auf, als könne er nicht glauben, was er dort gesehen hatte.

Andrea stemmte stolz die Hände in die spitzen Hüften und fühlte sich anscheinend wie die beste Mutter aller Zeiten.

»Und?«

»Ist das für mich?«

»Nein, für Daisy.« Sie verdrehte ihre Augen, fügte dann aber hinzu: »Natürlich ist das Ding für dich, du dummer Kerl.«

Entschlossen griff sie nach dem Lenker und klappte mit einem Fuß den Ständer ein. »Los, schwing dich auf den Sattel.«

Mühsam kletterte er auf den Fahrradsitz und musste feststellen, dass er mit den Füßen noch nicht auf den Boden kam. »Ich bin dafür noch ein bisschen zu klein.«

»Sind Sie sicher, dass er alt genug ist für ein solches Rad?«, mischte sich Daisy ein. »Ich meine, schließlich ist er keine sieben Jahre alt.«

Andrea funkelte sie zornig an. »Ich weiß, wie alt mein Sohn ist, vielen Dank.« Dann wandte sie sich wieder Mikey zu. »Du wirst schon reinwachsen, und Bill von nebenan kann den Sattel tiefer stellen. Und jetzt lass uns nach Hause gehen.« Grußlos ließ sie Daisy stehen und schob das Rad den Bürgersteig hinab.

»Das ist das beste Geschenk, das ich jemals bekommen habe, und du bist die beste Mum der ganzen großen Welt.«

Andrea blickte selbstgefällig über ihre Schulter zu Daisy. »Sehen Sie, er freut sich wie ein Schneekönig.«

Daisy rief nach ihm, aber in seiner grenzenlosen Freude über das Geschenk, das er von seiner Mum bekommen hatte, hörte er sie nicht. Also hob sie die Hand und winkte ihm zum Abschied hinterher. »Sei vorsichtig, Mikey. Wir sehen uns dann morgen, ja?«

Obwohl er sich nicht umdrehte, blieb sie so lange auf dem Gehweg stehen, bis er um die erste Ecke bog und ihrem Blick entschwand. »Frohe Weihnachten, mein Schatz«, flüsterte sie leise und kehrte zurück ins Haus.

Traurig packte sie das Spiel, das er von ihr bekommen hatte, in den Schrank. So schlimm war Weihnachten bisher gar nicht gewesen, aber nun, da sie die Stille ihres Wohnzimmers umfing, wogte ein Gefühl der Trauer in ihr auf. Sie meinte, aus der Küche ein Geräusch zu hören, das Klirren von Porzellan, und blickte, halb in der Erwartung, Jerry wäre da, um ihr ein Tässchen Tee zu bringen, Richtung Tür. Doch dann fiel es ihr wieder ein, und als ihre Augen sich mit Tränen füllten, ließ sie ihnen einfach freien Lauf.

32

Trotz des Truthahndufts, der in der Luft hing, und des glitzernden Lamettas an den Fensterrahmen war das Krankenhaus an Weihnachten noch deprimierender als sonst. Trisha nickte den Frauen im Schwesternzimmer kurz zu und empfand einen Funken Mitleid, weil sie ihren Feiertag an diesem gottverlassenen Ort verbringen mussten, um für die Patienten da zu sein.

Sie streckte vorsichtig den Kopf durch Selwyns Tür und betete, dass ihr sein leiser, flacher Atem zeigen würde, dass er schlief, denn dann bliebe ihr eine erneute sinnlose, gestelzte Unterhaltung mit dem Mann, den sie einmal geliebt hatte, erspart.

Barbara und Lorraine hatten ihn schon am frühen Nachmittag besucht, weshalb sie sich beim besten Willen nicht länger davor drücken konnte, endlich auch mal selbst wieder nach ihrem Ehemann zu sehen. Also wäre sie gezwungen, abermals die pflichtbewusste, treue Ehefrau zu spielen, auch wenn diese Rolle ihr inzwischen regelrecht zuwider war.

Als sie sich auf Zehenspitzen an sein Bett schlich, stieß sie mit der großen Zehe gegen eins der Räder, und in dem Versuch, das Gleichgewicht zu halten, warf sie das Wasserglas auf seinem Nachtschrank um, und es flog in hohem Bogen durch die Luft. So viel dazu, dass sie unbemerkt nach ihrem Gatten sehen wollte, um gleich wieder kehrtzumachen und erleichtert heimzufahren.

»Wer ist da?«, fragte Selwyn, der wie immer auf dem Rücken lag.

Trisha sah auf ihn herunter, während sie mit einer Fingerspitze seine Braue nachzog.

»Ich bin's, Trisha.« Ihr war klar, sie hätte ihren Mund auf seine feuchte Stirn oder – Gott bewahre – seine aufgesprungenen Lippen pressen sollen, doch das brachte sie nicht über sich. In den fünf Monaten, seit er hier lag, war er nicht einmal an der frischen Luft gewesen, was ihm deutlich anzusehen war. Seine Haut war dünner als Papier, und die blaue Vene, die in Höhe seiner Schläfe pochte, war unter dem wirren Haar, das seit dem Unfall niemand mehr geschnitten hatte, kaum zu sehen.

Plötzlich drückte seine Miene statt Verwirrung helle Freude aus. »Trisha, du bist hier.«

Sie setzte sich zu ihm ans Bett und stellte ihre Handtasche auf den Knien ab. Obwohl sie nicht die Absicht hatte, lange an der Seite ihres Mannes zu verweilen, sagte sie: »Natürlich bin ich hier. Niemand könnte mich daran hindern, Weihnachten nach dir zu sehen.«

Ihre Worte klangen hohl, doch schließlich hatte sie ihm bereits viel zu lange etwas vorgemacht. Sie wollte Selwyn lieben, doch egal, was Barbara sagte, er war einfach nicht mehr der, mit dem sie damals auf dem Standesamt gewesen war. *In guten und in schlechten Zeiten.* Wer auch immer der Urheber dieses Satzes war, hatte ganz eindeutig niemals einen Fuß in eine Wirbelsäulenstation gesetzt.

»Bitte setz dich zu mir, damit ich dich sehen kann.«

Widerstrebend quetschte sie sich neben seinem schlaffen Körper auf das Bett.

»In der Schublade vom Nachttisch liegt etwas für dich«, stieß er mit schwacher Stimme aus.

Sie zog die Lade auf und sah die kleine Schachtel. Sie war in rote Folie eingewickelt und mit einer glänzenden Satinschleife verziert. »Was ist denn das?«

»Frohe Weihnachten, mein Schatz.«

Sie öffnete die blütenweiße Schleife, kratzte vorsichtig das Klebeband mit ihrem Fingernagel ab und schlug die Folie auf. In der Schachtel lag das wunderschöne goldene, herzförmige Medaillon, das sie im Sommer während eines Stadtbummels mit ihm gesehen hatte und auf das sie seither scharf gewesen war. Auf der Rückseite waren die Worte eingraviert: *Du bist für mich das Licht des Lebens, Trisha. Immer dein, Selwyn.*

Sie hielt die Kette gegen das Licht, bevor sie sie durch ihre Finger gleiten ließ. »Sie ist wirklich wunderschön, Selwyn, aber wie hast du es angestellt …«

»Babs hat sie für mich besorgt. Es tut mir leid, aber sonst hätte ich niemanden darum bitten können.«

Während eines flüchtigen Moments stellte sich Trisha vor, wie schmerzlich dieser Botendienst für Barbara sicherlich gewesen war. Sie atmete tief durch, stand auf, beugte sich vorsichtig über das Bett und gab ihm einen Kuss. Er öffnete den Mund und versuchte, seinen Kopf zu heben, aber als sein schaler Atem ihr entgegenschlug, richtete sich Trisha mit kaum verhohlenem Ekel möglichst eilig wieder auf.

»Danke, Selwyn. Ich werde sie stets in Ehren halten.« Achtlos legte sie die Kette wieder in die Schachtel, stopfte sie in ihre Handtasche und wandte sich zum Gehen. »Und jetzt muss ich wirklich los.«

»Jetzt schon? Aber du bist gerade erst gekommen. Wir

müssen uns endlich über ein paar Dinge unterhalten, wie zum Beispiel, was passiert, wenn mich das Krankenhaus entlässt.«

Der Gedanke, irgendwann das Bett mit diesem alten Mann zu teilen, der nicht laufen und noch nicht mal seine Blase kontrollieren konnte, war ihr unerträglich, und egal, wie hart es für ihn würde, müsste sie ihm gegenüber endlich völlig ehrlich sein.

»Es tut mir leid, Selwyn, aber ich kann das einfach nicht. Ich bin nicht mehr die Richtige für dich.« Nachdem sie ihre wahren Gefühle derart lange hatte unterdrücken müssen, brachen sie sich plötzlich Bahn. »Ich weiß, du hältst mich jetzt bestimmt für eine oberflächliche, herzlose Kuh, aber dir noch länger etwas vorzumachen hätte einfach keinen Sinn Ich bin nicht wie Barbara, ich kann dich nicht so lieben, wie du seit dem Unfall bist.«

»Trisha«, flehte er. »Du wirst dich an die Vorstellung gewöhnen. Ich weiß sicher, dass du dich …«

Sie schüttelte den Kopf. »Dazu hatte ich inzwischen fünf Monate Zeit. Aber ich habe mich nun einmal nicht daran gewöhnt und werde es auch niemals tun. Ich werde es mir nicht noch einmal überlegen. Alle unsere Pläne haben sich in Wohlgefallen aufgelöst. Ich bin erst sechsundzwanzig, und ich kann mich nicht mit einem Mann belasten, der mir das, was ich brauche, nicht mehr geben kann.«

Sie versuchte, ihren harschen Ton zu mildern, und fuhr etwas sanfter fort. »Hör zu, ich bin dir gegenüber einfach ehrlich, denn das ist das mindeste, was du verdienst. Du hättest Barbara nie verlassen sollen. Sie ist die Richtige für dich. Das weißt du, das weiß sie, und das weiß auch der ganze blöde Pub.«

Sie wies auf seinen Körper, der seit Monaten in immer derselben Position lag. »So, wie die Dinge heute stehen, kann ich nicht mehr mit dir zusammen sein, Selwyn.«

Sie ging zur Tür, blieb noch mal stehen, warf einen letzten kurzen Blick auf seine hilflose Gestalt und flüsterte: »Es tut mir leid, Selwyn.«

»Warte, Trisha, bitte bleib. Ich liebe dich noch immer.«

Nicht einmal sein inbrünstiges Flehen schaffte es noch, sie zu rühren, und sie wusste mit Bestimmtheit, dass es wirklich kein Zurück mehr für sie gab. Barbara könnte ihren Selwyn gern wiederhaben, denn sie selbst hatte keinerlei Verwendung mehr für ihn.

33

Vielleicht lag es an dem Birnensekt, der ihr zu Kopf gestiegen war, an der nachdenklichen Stimmung, in die sie der Feiertag versetzte, oder auch an beidem, aber plötzlich beschloss Lorraine, es wäre an der Zeit, das Buch zu lesen, das Petulas Vater ihr hinterlassen hatte. Das von ihm beigefügte Schreiben kannte sie bereits, doch als sie jetzt auf ihrem Bett lag, überflog sie es noch einmal.

Ich möchte, dass du dieses Tagebuch bekommst, Lorraine. Du musst selbst entscheiden, ob du einen Blick reinwerfen möchtest oder nicht, aber ich wollte verhindern, dass es in die falschen Hände fällt, wenn ich nicht mehr bin. Ich bin sicher, dass Petulas Mutter dann erscheinen wird, um überall im Haus herumzuschnüffeln und zu sehen, ob sie sich dort irgendwas unter den Nagel reißen kann. Danke, dass du meiner Petula stets so eine gute Freundin warst. Da mich hier nichts mehr hält, sage ich dir hiermit Lebewohl. Es tut mir leid, dass du mich finden wirst.

Pass auf dich auf, Lorraine.
Mit aufrichtigem Gruß, Ralph Honeywell

Ihr Entsetzen darüber, dass sie Ralphs Leichnam in der Wohnung vorgefunden hatte, hatte sich beim Lesen seines Briefs etwas gelegt. Seine letzten Worte, ehe er die Treppe in den ersten Stock erklommen hatte, um sein Leben zu beenden, hatte er an sie gerichtet, und so tragisch es auch war, dass er Petulas Tod anscheinend nicht hatte verwinden können, empfand sie die Tatsache, dass seine letzten Sätze ihr gegolten hatte, gleichzeitig als Ehre und Privileg.

Sie zog das Tagebuch der Freundin unter ihrem Kopfkissen hervor und strich über den blauen Samteinband. Sie war mit Petula auf dem Markt gewesen, als sie es erstanden hatte, und sie hatten sich vor Lachen nicht mehr halten können, als ihnen die Beschriftung aufgefallen war. *Dairy* hatte dort in goldenen Buchstaben geprangt. *5-Jahres-Tagebuch – 1975–1980.* Der zottelige Standbetreiber mit den rabenschwarzen Fingernägeln hatte sich darüber alles andere als amüsiert gezeigt. »Was gibt es da zu lachen?«, hatte er sie angeherrscht.

Lorraine hatte ihr Lachen gerade lange genug unterbrechen können, um ihn auf den Fehler hinzuweisen. »Sehen Sie, da steht *Dairy* anstatt *Diary*. Aber das ist ja wohl keine Molkerei, sondern ein Tagebuch.«

»Na und? Wollt ihr es haben oder nicht?«

Eine alte Dame mit gebeugtem Rücken war zu seinem Stand geschlurft gekommen, hatte sich die Bücher aus der Nähe angesehen und erklärt: »Ich nehme eins.«

Die beiden Mädchen hatten überraschte Blicke ausgetauscht, und Petula hatte kichernd festgestellt: »Die ist aber ganz schön optimistisch. Das ist schließlich ein Fünf-Jahres-Tagebuch.«

Lorraine verzog den Mund zu einem wehmütigen Lächeln. Es war Ironie des Schicksals, dass letztlich Petula selbst das Tagebuch nur achtzehn Monate füllen konnte, ehe sie so tragisch umgekommen war. Die alte Dame hielt in ihrem Buch wahrscheinlich immer die täglichen Begebenheiten fest.

Das Buch hatte ein kleines Messingschloss, doch eine schnelle Drehung mit dem Buttermesser reichte, um es aufzubrechen und in Petulas Gedanken einzutauchen.

Eilig schob Lorraine das Buch zurück unter ihr Kopfkissen, denn plötzlich schaute Babs zu ihr herein.

»Nacht, Schatz. Trisha ist noch immer nicht zurück.« Sie schob den Ärmel ihres Morgenmantels hoch und sah auf ihre Uhr. »Inzwischen ist es schon nach elf. Was glaubst du, was das zu bedeuten hat?«

Seufzend zog Lorraine die bestickte Bettdecke bis unters Kinn. »Keine Ahnung, Mum, aber sie wird ja wohl kaum noch in der Klinik sein. Schließlich geht dort die Besuchszeit nur bis acht.«

Babs bohrte ihre Nägel in das Holz des Türrahmens. »Hm, das ging mir auch schon durch den Kopf. Hoffentlich ist ihr nichts passiert, und sie liegt irgendwo in einem Straßengraben.«

Lorraine bemerkte das leise Lächeln auf den Lippen ihrer Mutter. »Wie kann ein Mensch nur so gemein sein, Mum!«

Nachdem Babs sich endlich in ihr Schlafzimmer zurückgezogen hatte, holte Lorraine das Tagebuch der Freundin abermals hervor, hob es vor ihr Gesicht und sog das vertraute, seltsame Geruchsgemisch aus alten Plätzchen und Patschuliöl, das sie aus Petulas Zimmer kannte, tief ein. Dann fing sie an zu lesen. Petula hatte jede noch so unwichtige Kleinigkeit aus ihrem Leben festgehalten, und auch wenn sie deshalb Schuldgefühle gegenüber ihrer toten Freundin hatte, schlief sie über dem Geschwafel fast vor Langeweile ein.

Bis sie die Einträge vom März des Vorjahres erreichte, fielen ihr fast die Augen zu, und erst bei der Erwähnung ihres eigenen Namens konzentrierte sie sich wieder. Offenbar hatten sie beide irgendeinen Streit gehabt, an dem natürlich sie allein schuld gewesen war, und Petula hatte überlegt, ob es sich lohnte, ihre Freundschaft trotzdem aufrechtzuerhalten oder ob es besser wäre, wenn in Zukunft jedes der zwei Mädchen seiner eigenen Wege ging.

Lorraine kann manchmal eine fürchterliche Nervensäge sein. Ich weiß wirklich nicht, warum wir trotzdem immer noch befreundet sind. Vielleicht sehen wir uns einfach zu oft. Wir sitzen im Büro nebeneinander, und ihr endloses Geplapper, das in permanentem Wettstreit mit dem Klappern unserer Schreibmaschinen steht, macht mich langsam wahnsinnig. Aber meine Kurzschrift wird allmählich immer besser, also werde ich ja hoffentlich in absehbarer Zeit aus diesem Rattenloch in ein eigenes Büro versetzt. Oh, und vorgestern hat sie sich meine David-Cassidy-LP geliehen und sie mir total verkratzt und voller Flusen von ihrem verflixten Nylonteppich zurückgebracht!

Lorraine legte das Tagebuch zur Seite und starrte die Decke an. Dann schloss sie die Augen und überlegte, womit in aller Welt sie Petula letztes Jahr so erzürnt hatte. Es ärgerte sie, dass Petula in der Angelegenheit das letzte Wort behalten hatte, ohne dass sie noch Gelegenheit bekam, sich zu verteidigen. Und was die Platte anging – das verdammte Ding war schon verkratzt gewesen, als sie es von Petula ausgeliehen hatte.

Sie griff wieder nach dem Buch, las die nächsten Einträge und war erleichtert, weil Petulas Zorn auf sie schon im April wieder verflogen war. Sie las von vielen fröhlichen Abenden in Selwyns Pub, wo sie von Trisha heimlich Alkohol serviert bekommen hatten, und davon, wie sie bei Woolworth Tüten mit gemischten Bonbons hatten mitgehen lassen und die Beute fest umklammernd, dichtgefolgt von einem pickligen Verkäufer, der in seinen neuen Plateauschuhen nicht richtig rennen konnte, abgehauen waren. Die Erinnerung zauberte ein wehmütiges Lächeln auf Lorraines Gesicht. Das Herz wurde ihr schwer, denn niemals wieder würden sie zusammen Spaß haben. Bei der Lektüre von Petulas Einträgen merkte sie, wie sehr ihr die Freundin fehlte, doch auch wenn es weh tat, las sie weiter, bis sie zum Oktober 1975 kam. Sie blätterte die nächste Seite um und riss die Augen auf. Am Freitag, dem vierundzwanzigsten, hatte Petula ihren Eintrag von Anfang bis Ende in Kurzschrift verfasst. Lorraine blickte verwundert auf die dicken und die dünnen Striche, Querstriche und Punkte, die sie nicht lesen konnte. Eilig blätterte sie durch den Rest des Tagebuchs, doch nirgends sonst hatte das andere Mädchen Steno angewandt. Bereits am Sonnabend, dem fünfundzwanzigsten, schrieb sie wieder wie gewohnt.

Ich habe beschlossen zu versuchen, einfach zu vergessen, was geschehen ist. Jeder darf in seinem Leben auch mal einen Fehler machen. Niemand ist perfekt.

Lorraine starrte auf die rätselhaften Sätze. Was in aller Welt hatte die Freundin angestellt? Sie wollte sie damals dazu überreden, mit ihr die Abendschule zu besuchen, um Stenographie zu lernen, doch Lorraine hatte den Kurs als reine Zeitvergeudung angesehen. Sie war mit ihrer Tätigkeit als Schreibkraft vollkommen zufrieden, und vor allem hätte sie das unleserliche Gekritzel, auf das sie jetzt starrte, sicher sowieso niemals gelernt. Jetzt aber steckte sie in einer Zwickmühle. Petula hatte offensichtlich nicht gewollt, dass jemand diesen Eintrag las, und extra Vorsorge getroffen, damit das ganz sicher nicht geschah. Da Lorraine kein Steno konnte, würde sie niemals herausfinden, was an dem Tag geschehen war. Aber schließlich hätte ihre Freundin das auch nicht gewollt, und vor allem ging es außer ihr auch keinen Menschen etwas an.

Lorraine löschte das Licht und kuschelte sich wohlig in die warme Decke, aber wie gewöhnlich dauerte es nur ein paar Sekunden, bis sie den an einem Seil baumelnden Leichnam von Petulas Vater vor sich sah, und eilig schaltete sie ihre Nachttischlampe wieder ein.

»Trisha ist noch immer nicht zurück.« Babs schlug zwei Eier auf, gab sie in eine Plastikschüssel und rührte energisch mit dem Schneebesen darin herum. »Glaubst du, wir müssen uns Sorgen machen?«

Lorraine fing an zu grinsen. »Sorgen, dass sie nicht mehr wiederkommt oder dass sie doch noch einmal auf der Bildfläche erscheint?«

Babs stellte ihre Arbeit ein und legte ihre Schürze ab. »Am besten fahre ich ins Krankenhaus.«

»Jetzt? Aber dafür ist es doch noch viel zu früh, Mum. Iss zumindest erst noch was.«

»Ich habe keinen Hunger. Du kannst meine Eier haben, wenn du willst.«

Babs öffnete die Tür zu Selwyns Zimmer, und aus der gewohnten Furcht vor dem, was sie erwartete, hielt sie den Atem an. Eine Krankenschwester wusch ihren Exmann; erleichtert atmete sie auf, lehnte aber gleichzeitig die Stirn gegen die Tür und blickte traurig auf das Bild, das sich ihr bot. Selwyn lag mit nacktem Unterleib auf seinem Bett, während die Schwester so energisch, wie man für gewöhnlich eine Badewanne schrubbte, an seinen intimsten Körperteilen rieb. Durch den Unfall hatte Selwyn nicht nur seine Fähigkeit zu laufen, sondern auch oder vor allem seine Würde eingebüßt.

Babs betrat den Raum, während die Schwester immer noch mit ihren Kugelstoßerinnenarmen ohne jede Zärtlichkeit und ohne eine Spur von Liebe seinen schlaffen Leib abrieb.

»Wenn Sie nichts dagegen haben, mache ich jetzt weiter, Schwester«, bot sie an.

Die Schwester hielt in der Arbeit inne, ließ den Lappen in die Schüssel fallen, und ein Teil der warmen Seifenlauge schwappte auf das Bett. »Schon gut, ich bin fast fertig.« Sie blickte auf die Uhr, die an der Wand über dem Fußende des Bettes hing. »Die Besuchszeit fängt erst in vier Stunden an. Was tun Sie hier?«

»Die Oberschwester hat gesagt, es wäre in Ordnung, wenn ich meinen Mann besuchen will. Und jetzt wäre es nett, wenn Sie uns kurz allein lassen würden.« Barbara musste sich beherrschen, um die Frau nicht einfach vor die Tür zu setzen wie einen betrunkenen Gast des *Taverners.*

Die Schwester allerdings schien nicht zu merken, wie gereizt sie war. »Wenn Sie sicher sind. Den Unterleib habe ich schon gewaschen, also brauchen Sie nur noch den Oberkörper abzureiben, und dann könnten Sie ihn noch rasieren, wenn Sie wollen. Das hat schon seit Tagen niemand mehr gemacht. Er lässt sich gehen.«

Schmunzelnd über ihre eigene dämliche Bemerkung verließ sie den Raum, und zornbebend trat Babs an Selwyns Bett.

»Selwyn, ich bin's, Babs.«

»Ich weiß, meine Liebe. Ich habe dich gehört.«

»Wie fühlst du dich?«

»Du weißt, dass ich nichts fühlen kann.«

»Also bitte, Selwyn, du weißt ganz genau, was ich damit gemeint habe.«

»Sie ist weg.«

»Ich weiß. Ich habe ihr gesagt, dass sie verschwinden soll.«

»Nicht die blöde Schwester. Trisha. Sie hat mich verlassen.«

Plötzlich nahm Babs seine Nacktheit überdeutlich wahr. Eilig zog sie ihm die Decke bis zum Bauch und setzte sich zu ihm aufs Bett. »Oh. Ich hatte mich schon gefragt, warum sie gestern Abend nicht mehr in den Pub zurückgekommen ist. Es tut mir leid, Selwyn.«

»Ich kann es ihr wohl kaum verdenken, oder? Ich meine, sieh mich doch nur an. Ich bin zu nichts mehr nütze. Vielleicht war es egoistisch, sie darum zu bitten, dass sie bei mir bleibt. Sie ist noch ein junges Mädchen. Sie will Kinder haben, und da ich als Vater jetzt nicht mehr in Frage komme, muss sie sich jemanden suchen, der ihr welche schenken kann.«

Babs nahm seine linke Hand. Sein goldener Ehering war alles, was ihm noch von seiner zweiten Ehe geblieben war.

Während sie noch das Verlangen unterdrückte, ihn von seinem Finger abzuziehen, lachte er freudlos auf.

»Welche Frau will schon mit einem wie mir verheiratet sein?«

»Ich, Selwyn. Ich wäre gern deine Frau. Das war alles, was ich immer sein wollte, und daran hat sich nichts geändert, nur weil du jetzt nicht mehr laufen kannst.«

Er fuhr fort, als hätte er sie nicht gehört. »Ich habe nur noch meine Hände, um mich mühsam an dem bisschen festzuhalten, was mir noch vom Leben bleibt, und sie tritt mir einfach auf die Finger.«

Langsam knöpfte Babs das Oberteil seines Pyjamas auf, schob es ihm sanft über die Schultern, seifte sich die Hände ein und massierte ihm erst sanft, doch schließlich immer kraftvoller die Brust.

»Kannst du das fühlen, Selwyn?« Ohne eine Antwort abzuwarten, trommelte sie weiter mit den Fäusten auf ihn ein, als könnte sie ihn zwingen, etwas zu empfinden und auf die Berührungen zu reagieren. Sie knirschte mit den Zähnen, während eine Träne über ihre Wange bis zu ihrer Nase lief und kurz dort hängen blieb. Dann wischte sie sie ab und ließ auf ihrer Oberlippe etwas vom Seifenschaum von ihrer Hand zurück.

Selwyn lächelte und stieß mit rauer Stimme aus: »Ich weiß, dass ich dich nicht verdiene, Babs.« Er machte eine Pause, schluckte angestrengt und blickte sie jetzt ebenfalls aus tränenfeuchten Augen an. »Aber trotzdem vielen Dank.«

34

Zum ersten Mal in ihren Leben freute sich Lorraine im Januar auf die Arbeit im Büro. Die Atmosphäre in der Kneipe hatte sich nach Trishas Auszug zwar beruhigt, aber sie war den Dienst hinter dem Tresen, die Entgegennahme der bestellten Lieferungen und vor allem das Putzen der Toiletten einfach leid. Ihrer Meinung nach gehörte es ganz sicher nicht zu ihren Aufgaben, die zerfressenen Klosteine in den Toiletten und den Urinalen zu ersetzen, und am Ende hatte ihre Mutter sich bereit erklärt, noch ein paar zusätzliche Leute einzustellen, weil die Arbeit von ihnen beiden allein einfach nicht zu leisten war.

Schwungvoller als in den letzten Wochen lief sie montagmorgens den vereisten Bürgersteig hinab. Sie steckte eine Hand in ihre Tasche und zog eine Seite aus Petulas Tagebuch daraus hervor. Obwohl sie sich vorgenommen hatte, dem Geheimnis, das die Freundin unbedingt hatte bewahren wollen, nicht auf den Grund zu gehen, hatte schließlich ihre Neugier gesiegt, und sie hatte den geheimnisvollen Eintrag aus dem Buch herausgetrennt, damit die alte Miss Warbrick auf der Arbeit ihn für sie ins Reine schrieb.

Lorraine hatte ihr keinen Grund dafür genannt, und die Sekretärin hatte sie auch nicht danach gefragt, doch als sie am Ende ihres Arbeitstags an die Bürotür klopfte, sah ihre Kollegin sie erstaunt an, und ihre hochgezogene Braue machte deutlich, dass der Text anscheinend alles andere als harmlos war.

»Ich habe mein Möglichstes getan«, setzte Miss Warbrick an. »Insgesamt waren die Zeichen gut zu lesen, obwohl einige der Wörter unverständlich waren und ich bei ein paar anderen raten musste. Wer auch immer diesen Text geschrieben hat, hat große Sorgfalt walten lassen. Er hat ihn bestimmt nicht einfach schnell mal zu Papier gebracht.«

»Nun, vielen Dank für Ihre Hilfe. Das war wirklich nett.« Lorraine hielt ihr zum Dank ein Kästchen mit Pralinen hin, aber die Sekretärin hielt den Umschlag weiter fest.

»Sämtliche Vokale, alle Punkte und sogar die Querstriche waren noch da.«

Lorraine blieb stumm. Statt einer Lektion in Kurzschrift hätte sie jetzt einfach gern den Umschlag mit dem Text gehabt.

»Ich selbst bekomme beim Diktat problemlos hundertfünfzig Wörter pro Minute hin«, klärte die Sekretärin sie mit einem selbstzufriedenen Lächeln auf.

»Das ist wirklich beeindruckend, aber wenn ich jetzt bitte …« Lorraine streckte ihre Hand nach dem Umschlag aus und nahm ihn dankbar von Miss Warbrick entgegen.

Abends öffnete das *Taverners* um sechs, und Lorraine atmete auf, als sie bereits das neue Personal hinter dem Tresen stehen sah. Ihre Mutter war sicher noch im Krankenhaus, also hatte sie ein wenig Zeit, um in Ruhe das Transkript durchzugehen. Sie rannte in ihr Zimmer und schloss sorgfältig die Tür hinter sich ab. Der Text steckte in einem Umschlag, was ihre Spannung nur noch vergrößerte, und in aller Eile riss sie ihn mit einem Fingernagel auf und zog das Blatt hervor. Wie nicht anders zu erwarten, hatte Miss Warwick Wort für Wort fehlerfrei getippt, und nun setzte sich Lorraine damit aufs Bett, um zu lesen, was nach Petulas Meinung niemand jemals hätte lesen sollen.

Gestern war ich mit Lorraine im Pub. Es war gerammelt voll, und Selwyn hat den Laden länger aufgelassen als erlaubt. Lorraine hatte mich (überredet?), ihren blauen Lidschatten auszuprobieren, und mich am Schluss auch noch komplett geschminkt. Falsche Wimpern, Lippenstift, der ganze Kram. Ich fand, ich sähe etwas (unlesbar) aus, aber ein paar der Jungs im Pub haben gesagt, ich würde nett aussehen. Ich glaube, das ist mir noch nie passiert! Das Cherry B war (unlesbar) wie immer, und am Ende des Abends hatte ich wahrscheinlich einen leichten Schwips. Trisha hat gefragt, ob wir das Cherry B mit Cider mischen wollen. Sie hat das »Flachleger« genannt, was, wie sich herausstellen sollte, offenbar ein böses Omen war. Aber wie dem auch sei, hat Lorraine mal wieder wie verrückt mit Karl geflirtet, obwohl nicht zu übersehen ist, dass er keinerlei Interesse an ihr hat. Im Grunde war es einfach (peinlich?), deshalb wollte ich nach Hause gehen. Jerry war mit seiner Mutter ebenfalls im Pub, und da sie ebenfalls nach Hause wollten, haben wir uns gemeinsam auf den Weg gemacht. Ihr Haus liegt näher bei der Kneipe, und dort hat mir Daisy eine gute Nacht gewünscht und darauf bestanden, dass mich Jerry noch begleitet, damit mir auch auf dem letzten Stück nichts passiert. Worüber Jerry offenkundig alles andere als glücklich war.

Mein Dad lag schon im Bett, im Haus war alles dunkel, und aus irgendeinem Grund, den ich inzwischen selbst nicht mehr (verstehe?), habe ich ihn gefragt, ob er noch einen Kaffee mit mir trinken will. Eigentlich fand ich ihn immer schon ein bisschen seltsam, aber man kann recht gut mit ihm reden, und er hat mir ausführlich von seiner Freundin Lydia erzählt, die nach (Australien?) ausgewandert ist. Er hat mir ein bisschen leidgetan, und als er wieder gehen wollte, habe ich ihn auf die Wange geküsst. Ich frage mich noch immer, welcher Teufel mich in dem Moment geritten hat. Da ich ein bisschen größer bin als er, kam es mir im Grunde nur wie eine (unlesbar) Geste vor. Wir standen im Flur, unsere Nasen haben sich fast berührt, und er hat eine Hand an mein Gesicht gelegt und gesagt,
ich wäre wunderschön. Haha! Der Alkohol hatte ihn anscheinend blind gemacht. (Das war auf jeden Fall das letzte Mal, dass ich mich habe schminken lassen. Das steht fest.)

Und dann hat er mich plötzlich auf den Mund geküsst, und obwohl ich angenommen hätte, dass ich davon angeekelt wäre, fand ich es zu meiner Verblüffung durchaus schön. Er war total nervös, und ich kenne mich damit nicht wirklich aus, aber ich würde sagen, dass er ein sehr guter Küsser ist. Ich habe mit dem Rücken an der Wand gelehnt, konnte spüren, wie er mir die Hand unter den Rock geschoben hat. Dann hat er kurz gezögert und mich fragend angesehen. Es kam mir vor, als würde er mich um Erlaubnis bitten, und zu meiner Überraschung habe ich ihn nicht daran gehindert fortzufahren, denn ich wollte, dass er weitermacht. Es wäre mir zu peinlich, ins Detail zu gehen, aber obwohl ich meine Unschuld nicht auf diese Art verlieren wollte, hat es sich gut angefühlt. Nur hat er es am Schluss dadurch verdorben, dass er mich, als er kam, mit Lydia angesprochen hat.

Lorraine legte das Blatt aufs Bett, lief in ihrem Zimmer auf und ab und raufte sich die Haare.

Oh mein Gott, oh Gott!

Petula hatte also ausgerechnet mit dem Spinner Jerry Sex gehabt und ihr kein Wort davon erzählt. Dabei hatten sie einander immer alles anvertraut, und vor allem hatte ihre Freundin stets erklärt, sie wollte sich bis zur Hochzeit aufheben, und jetzt stellte sich mit einem Mal heraus, dass dieses kleine Flittchen es im Stehen mit einem Kerl getrieben hatte, der noch nicht einmal ihr fester Freund gewesen war. Kein Wunder, dass kein Mensch etwas davon erfahren sollte!

Lorraine sank auf ihr Bett und kam sich irgendwie verraten vor. Traurig rollte sie sich auf den Rücken, starrte blind die Zimmerdecke an und fragte sich, warum in aller Welt die Freundin zugelassen hatte, dass so ein Typ ihr ihre Unschuld nahm. Dann dämmerte ihr plötzlich, was das bedeutete, und sie zählte an den Fingern die Monate nach dem Eintrag bis zu ihrer Fahrt nach Blackpool ab. Es waren genau neun. Kein Wunder, dass Petula ihr nicht sagen wollte, wer der Vater ihres Babys war.

Sofort nach der Rückkehr aus der Klinik bezog Babs hinter der Theke Position. Obwohl Trisha erst seit einer guten Woche nicht mehr da war, fühlte sie sich längst wieder wie die rechtmäßige Wirtin des Lokals. Sie hatte Trisha immer schon für ein dummes Miststück gehalten, denn schließlich hatte sie ihr Selwyn einzig ausgespannt, um zu beweisen, dass sie dazu in der Lage war. Sie hatte ihn niemals geliebt und auf spektakuläre Weise den Beweis dafür erbracht.

Die ersten Gäste standen schon vor der Bar, bliesen blaue Rauchschwaden in Richtung Decke und tranken ihr erstes wohlverdientes Feierabendbier. Um diese Tageszeit bestand die Klientel nur aus Männern, denn die Frauen bereiteten zu Hause das Abendessen vor. Wenn die meisten ihrer Gäste nach ein paar Gläsern vergaßen, dass sie ein Zuhause hatten, wurden sie von Barbara sanft daran erinnert, denn auch wenn sie dadurch einen Teil der Kundschaft kurzfristig verlor, waren ihr die Frauen dafür dankbar und kehrten deshalb auch ihrerseits mit Freuden bei ihr ein.

Ohne den Weihnachtsschmuck, den sie am Vortag abgenommen hatte, wirkte die Kneipe recht spartanisch, doch während Babs noch überlegte, wie sie sie am besten dekorieren sollte, tauchte ihre Tochter auf und zupfte ungeduldig wie ein kleines Kind am Ärmel ihres Kleids.

»Lorraine, ich unterhalte mich gerade mit Ken. Sei bitte nicht so unhöflich.« Mit diesen Worten wandte sie sich wieder an den Gast. »Tut mir leid, mein Lieber, jetzt bin ich wieder ganz Ohr. Du wolltest mir gerade erzählen, dass Sheila permanent auf irgendwelche Tupperpartys geht …«

Er trank den nächsten Schluck von seinem Bier. »Inzwischen kostet dieser Mist mich ein Vermögen. Ich meine, wie viele kleine Plastikdosen braucht denn eine Frau? Jedes Mal, wenn ich den Schrank aufmache, kommt mir eine Lawine von dem blöden Zeug entgegen.«

Barbara lachte. »Noch ein Bier?«

»Wenn du mich dazu zwingst. Ich bin heute Abend nicht in Eile, weil sie schon wieder auf einer Tupperparty ist.«

Babs griff nach der Pumpe. »Da siehst du, es hat eben alles auch sein Gutes.«

»Mum«, drängte Lorraine. »Ich muss kurz mit dir sprechen.«

»Worum geht's denn, Schatz?«

»Nicht hier.« Sie nickte mit dem Kopf in Richtung Hinterzimmer.

»Ich habe die Kneipe voller Leute. Das wird warten müssen.«

Lorraine schob ihren Mund an Barbaras Ohr und raunte in verschwörerischem Ton: »Ich weiß jetzt, wer der Vater von Petulas Baby ist.«

Ihre Mutter zapfte weiter, bis der Schaum über den

Rand des Glases lief, schob das Bier in Richtung ihres Gasts, packte Lorraine am Arm und zog sie in den Nebenraum.

»Ich habe das Gefühl, die Antwort wird mir nicht gefallen. Also raus damit. Wer ist es?«

Lorraine hob die Hände links und rechts an ihren Mund und flüsterte dramatisch: »Jerry.«

Babs klappte die Kinnlade herunter. »Aber hallo! Damit hätte ich niemals gerechnet. Du meinst Jerry Duggan? Daisys Sohn?«

»Genau den«, zischte Lorraine. »Dir ist doch wohl klar, was das bedeutet?«

Barbara fuhr sich mit den Händen durchs Gesicht und senkte unglücklich den Kopf. »Oh, mein Gott. Das heißt, dass Daisy ihre eigene Enkeltochter erst entbunden und dann vor der Tür einer wildfremden Frau zurückgelassen hat.«

»Genau«, schluchzte Lorraine. »Wir müssen es ihr sagen.«

Babs legte die Hände auf die Schultern ihrer Tochter und schüttelte den Kopf. »Aber nicht jetzt sofort. Ich muss erst nachdenken, Lorraine, unternimm also ja nichts ohne mich. Und jetzt muss ich mich wieder um die Gäste kümmern«, fügte sie hinzu und ging wieder nach vorne in den Pub.

Als um elf der letzte Gast das *Taverners* verließ, hatte sie einen Entschluss gefasst. Es stand ihr nicht zu, das Geheimnis zu bewahren, und Daisy verdiente, die Wahrheit über die Existenz des Babys zu erfahren. Was sie mit dem Wissen machte, war ihre Sache, doch zumindest mussten Babs und ihre Tochter sich nicht vorwerfen, nichts unternommen zu haben, um das Schicksal dieses Kindes aufzuklären, und könnten endlich einen Schlussstrich unter diese leidvolle Geschichte ziehen.

35

Daisy saß mit Mikey am Küchentisch über seinen Multiplikationstabellen, obwohl sie das Einmaleins bei weitem nicht so gut beherrschte wie er. Während seine Klassenkameraden selbst mit Addition und Subtraktion noch Mühe hatten, ging er bereits mühelos die Zwölferreihe durch.

Inzwischen holte sie ihn täglich von der Schule ab und bereitete ihm sein Abendbrot zu. Das Zeug, das er von seiner Mutter vorgesetzt bekam, war einfach widerlich. Statt richtigen Kartoffelbrei zu machen, goss sie beispielsweise klebrige Kartoffelflocken aus der Tüte mit lauwarmem Wasser auf. Was einfach unentschuldbar war, denn zum Kartoffelschälen sollte sogar jemand wie Andrea in der Lage sein. Letzte Woche hatte Daisy kurz gedacht, sie hätte vielleicht endlich einen Rat angenommen, denn ihr Schützling hatte stolz erklärt, seine Mum hätte am Vortag überbackenen Blumenkohl für ihn gemacht. Im Grunde aber hatte seine Mutter einfach einen Blumenkohl gekocht und eine Scheibe Käse draufgeklatscht. Ohne das allerkleinste Stückchen Fleisch, Fisch oder sonst etwas dazu. Kein Wunder, dass das arme Kind nur aus Haut und Knochen bestand. Also hatte seine Ziehmutter es sich zur Aufgabe gemacht, ihn etwas zu mästen, wenn er bei ihr war.

Mikey fuhr mit seinem Finger über die Tabelle. »Die Neunerreihe finde ich am schönsten, Tante Daisy. Was ist deine Lieblingsreihe?«

Wieder einmal dachte sie, dass Mikey sich genau wie damals Jerry in vielerlei Hinsicht von den anderen kleinen Jungen unterschied. Wer in alle Welt hatte schon eine Lieblingszahlenreihe?

Lächelnd meinte sie: »Ich weiß es nicht, Schatz. Darüber habe ich bisher nie nachgedacht.« Sie stellte einen frisch gebackenen Schokoladenkuchen auf den Tisch. »Willst du die Glasur verteilen?«

»Oh ja, bitte.« Eilig sprang er auf, griff nach der Schüssel mit der Kuvertüre, klemmte, so wie immer, wenn er sich besonders konzentrierte, seine Zunge zwischen seine Schneidezähne, tauchte vorsichtig das Messer in die zähflüssige Masse, gab sie auf den Kuchen und sah zu, wie sie über die Ränder auf die Tortenplatte lief. »Der Kuchen sieht sehr lecker aus. Danke, Tante Daisy, dass du ihn für mich gebacken hast.«

Liebevoll zerzauste Daisy ihm das Haar und hielt ihm das Döschen mit den bunten Zuckerperlen hin.

Eifrig streute er die bunten Perlen auf den Kuchen und betrachtete sein Werk. »Bitte, darf ich heute bei dir schlafen?«

Der plötzliche Themenwechsel überraschte sie. »Aber natürlich, Schatz. Hat deine Mutter wieder etwas vor?«

»Weiß nicht, aber mein Bett gefällt mir nicht. Es riecht nicht gut, und wenn ich unter der Decke liege, juckt es immer fürchterlich.«

»Ach ja?« Sie schob den Ärmel an seinem Arm hoch. Die Haut des Jungen war mit roten Flecken übersät, und an einigen der Stellen hatte Mikey so lange herumgekratzt, bis sie aufgegangen waren. »Oh, das sieht aber nicht gut aus. Ich habe noch etwas Zinksalbe im Badezimmerschrank. Ich habe Jerry damit eingerieben, als er die Windpocken hatte, aber sie hält bestimmt ewig.« Sie küsste Mikey auf den Kopf. »Komm, ich reibe dich damit ein, und dann gehen wir bei deiner Mum vorbei und holen deinen Schlafanzug.«

Wie üblich mit Zigarette zwischen den Lippen, kam Andrea nur in Unterwäsche an die Tür. Unter ihrer bleichen, durchschimmernden Haut zeichnete sich jede Rippe ab.

Mikeys Mum versuchte gar nicht zu verbergen, wie enttäuscht sie war, als sie ihren Sohn sah. »Oh, Sie sind's. Ich dachte, Sie brächten ihn erst nach dem Abendbrot zurück.« Sie schämte sich anscheinend nicht im mindesten für ihren Aufzug.

Mikey stürzte auf sie zu und schlang seine Arme um ihren dürren Leib. »Ich war heute in Rechnen Klassenbester, Mum.«

»Ach ja? Ich hätte nicht gedacht, dass du ein solcher Streber bist.«

Daisy zog ihn zurück und raunte ihm ins Ohr: »Du bist ein sehr kluger Junge, finde ich. Und jetzt lauf schnell nach oben, und hol deinen Schlafanzug.« Damit wandte sie sich wieder seiner Mutter zu. »Solange Sie sein Bett nicht frisch beziehen, bleibt er erst mal bei mir. Er sagt, sein Bettzeug stinkt, und seine Arme sind mit Bisswunden und Stichen übersät. Sein Bett ist voller Wanzen, und wenn Sie nicht endlich einmal saubermachen, informiere ich das Jugendamt.«

Lachend blies Andrea ihr den Rauch ins Gesicht. »Das werden Sie ganz sicher nicht, denn schließlich käme

Mikey dann ins Heim, und nach allem, was ich gehört habe, ist er bei mir auf alle Fälle deutlich besser dran. Ich bin seine Mutter, und sein Platz ist hier bei mir.«

Tatsächlich würde Daisy niemals wollen, dass Mikey in ein Kinderheim gebracht würde, wo er einfach eins von vielen Kindern wäre und ganz sicher nicht die Liebe und die Fürsorge erhielt, die für die Entwicklung seines ungeheuren Potentials vonnöten waren. Sie würde alles tun, um ihn davor zu bewahren, und das war auch Andrea klar.

»Waschen Sie einfach sein Bettzeug«, herrschte sie sie mit zusammengebissenen Zähnen an. »Vorgestern hat mich sein Lehrer nach der Schule darauf angesprochen, dass er während des Unterrichts schon öfter eingeschlafen ist.«

Andrea schob sie unsanft vor die Tür. »Dann scheint sein Unterricht ja ziemlich langweilig zu sein.«

Zu Hause schnitt Daisy erst einmal den Kuchen an, und als es plötzlich klingelte, sah sie verwundert auf die Uhr. »Wer kann das sein? Der Milchmann hat doch gestern schon kassiert.« Sie legte Mikey ein Stück Kuchen auf den Teller und ging an die Tür.

»Guten Abend, Daisy«, grüßte Barbara fröhlich, aber Daisy konnte hören, dass die Fröhlichkeit erzwungen war.

Stirnrunzelnd sah sie zwischen Babs und ihrer Tochter hin und her. »Hallo. Was für eine nette Überraschung. Äh … was führt euch zu mir?«

Die beiden tauschten unsichere Blicke aus, bevor das Mädchen seine Stimme wiederfand. »Dürften wir bitte reinkommen?«

Daisy zog die Tür noch weiter auf und winkte die Besucherinnen in den Flur. »Bitte geht doch einfach in die Küche durch. Wir wollten gerade Kuchen essen. Möchtet ihr ein Stück?«

Als sie in die Küche kamen, schaute Mikey, dessen Hände und Gesicht voll Schokolade waren, kurz von seinem Kuchenteller auf.

»Ihr erinnert euch doch noch an Mikey, oder?«

Barbara hatte Mikey seit dem Unfall zwar nicht mehr gesehen, sich aber wiederholt nach ihm erkundigt, und jetzt nickte ihm sie lächelnd zu. »Ja natürlich. Na, wie geht's dir, Mikey?«

Achselzuckend biss er abermals von seinem Schokoladenkuchen ab und murmelte mit vollem Mund: »Ganz gut.«

»Er ist ein kleiner Schatz«, mischte sich Daisy ein. »Nicht wahr, Mikey, du bist ein kleiner Schatz!«

»Ihr trinkt doch sicher einen Tee.« Ohne eine Antwort abzuwarten, setzte sie den Wasserkessel auf. »Wie geht es Selwyn?«

»Er ist noch immer in der Reha, aber wie es aussieht, kommt er in den nächsten Wochen nach Hause«, erklärte Babs. »Vorgestern saß er zum ersten Mal in einem Sessel, was ein Riesenfortschritt war. Nachdem er über Monate im Bett gelegen hat, hat ihn das erst mal etwas schwindelig gemacht, aber ich schätze, dass das immerhin schon mal ein Anfang ist.«

Stirnrunzelnd verschränkte Daisy ihre Arme unter ihrer Brust. »Ich muss schon sagen, es ist ein starkes Stück, dass Trisha einfach abgehauen ist, als er sie am meisten brauchte. Ich war völlig fassungslos, als ich davon erfahren habe.«

Babs zog ihre Tochter neben sich. »Er hat uns beide,

Daisy. Wir sind immer noch seine Familie und das Einzige, was er jetzt braucht.«

Daisy nickte zustimmend. »Er könnte nicht in besseren Händen sein.«

Geräuschvoll saugte Mikey den allerletzten Rest Orangensaft durch den Strohhalm in seinem Glas. Mit einem Kopfnicken in seine Richtung meinte Barbara: »Er sieht gut aus. Wie kommt er zurecht?, du weißt schon, *ohne seinen Dad.*« Den letzten Teil des Satzes formte sie nur mit den Lippen, damit er ihn nicht verstand.

»Er hält sich wirklich tapfer«, antwortete Daisy. »Ich nehme ihn Andrea öfter einmal ab, weil sie …« Während sie nach einer passenden Umschreibung suchte, beendete Babs bereits den Satz.

»Weil sie einfach vollkommen unfähig ist?«

»Was meiner Meinung nach noch deutlich untertrieben ist, aber ja, so kann man es vielleicht sagen«, stimmte Daisy leise zu.

Mikey kletterte von seinem Stuhl. »Kann ich ein bisschen fernsehen? Bitte, Tante Daisy, dann höre ich nicht mit, wenn ihr über mich sprecht.«

Der Kessel stieß ein schrilles Pfeifen aus, und eilig nahm sie ihn vom Herd. »Ja, Mikey, du darfst ein bisschen fernsehen. Aber keine Angst, wir sprechen gar nicht über dich.«

Nachdem er den Raum verlassen hatte, meinte Babs: »Er ist nicht dumm.«

»Im Gegenteil, der kleine Kerl ist blitzgescheit«, stimmte Daisy ihr mit stolzer Stimme zu. »Er ist unglaublich aufgeweckt.«

»Weißt du, ich habe am Tag des Unfalls etwas Zeit mit Karl verbracht«, fing Barbara an, »und er hat mir erzählt, dass er gleich am Montagmorgen seinen Anwalt kontaktieren wollte, damit er das Sorgerecht für ihn bekommt.«

Traurig schüttelte Daisy den Kopf. »Oje, das ist wirklich tragisch. Endlich hätte Mikey einmal Glück im Leben haben sollen, und dann hat ihm das Schicksal so einen bösen Streich gespielt.« Sie zog ein Taschentuch aus ihrem Ärmel, tupfte sich damit die Augen ab und atmete tief durch. »Ich versuche seit dem Unfall, für ihn da zu sein, und ehrlich gesagt, ist es mir selbst ein großer Trost, wenn er hier bei mir ist. Es ist einfach schön, wieder ein Kind im Haus zu haben, um das ich mich kümmern kann. Aber wie dem auch sei, ihr seid bestimmt nicht hier, weil ihr euch über Mikey unterhalten wollt. Kann ich etwas für euch tun?«

Lorraine, die sich bisher im Hintergrund gehalten hatte, trat entschlossen auf sie zu. »Ich habe was herausgefunden, von dem Mum, das heißt, von dem wir beide denken, dass du es erfahren sollst.«

Daisy hob die Brauen an. »Na, dann heraus damit.«

Lorraine sah ihre Mutter an. Sie hatte keine Ahnung, wie sie weitermachen sollte, weshalb Barbara ihr zu Hilfe kam.

»Nun, das ist eine lange Geschichte, aber um es kurz zu machen …« Sie brach ab und wies auf einen Stuhl. »Äh … vielleicht setzt du dich besser hin.«

Daisy stemmte ihre Hände in die Hüften. »Vielen Dank, aber ich stehe gut. Sag mir einfach, worum es geht.«

»Okay, wenn du meinst. Es sieht so aus, als ob Petula einen … nun, ich nehme an, man kann es als einmaligen Ausrutscher bezeichnen, bei dem sie das Kind empfangen hat. Die beiden waren nicht zusammen oder so, aber sie hat darüber in ihrem Tagebuch geschrieben, und so, wie es aussieht, war der junge Mann, der sie geschwängert hat …« Sie trat einen Schritt vor und legte eine Hand auf Daisys Arm. »Wie es aussieht, war der junge Mann dein Sohn.«

Daisy öffnete den Mund, brachte aber keinen Ton heraus. Das musste eindeutig ein Irrtum sein. Jerry war ganz sicher nicht der Typ für irgendwelche One-Night-Stands gewesen, und er konnte unmöglich der Vater von Petulas Baby sein. Doch noch während sie versuchte, es zu leugnen, traf sie die Erkenntnis wie ein Fausthieb in die Brust, und sie klammerte sich hilfesuchend an den Rand des Tischs. Hatte sie tatsächlich ihrer eigenen Enkeltochter, ihrem eigen Fleisch und Blut erst auf die Welt geholfen und sie wenig später vor der Haustür einer völlig Fremden ausgesetzt?

Babs zog einen Stuhl für sie heran. »Setz dich erst mal, Daisy, das ist sicherlich ein Schock für dich. Am besten macht Lorraine uns erst einmal den Tee.« Sie wandte sich der Tochter zu. »Mach Daisys Tee bitte besonders süß.«

Daisy stützte sich auf ihren Ellenbogen ab und massierte sich die Schläfen. »Oh mein Gott, was habe ich getan?«

»Wo finde ich die Teebeutel?«, fragte Lorraine und zog bereits die Türen der Schränke auf.

Daisy blickte auf, obwohl sie in Gedanken offensichtlich ganz woanders war. »Oh, hm, ich benutze keine Beutel, die sind mir zu teuer. Ich nehme immer lose Blätter. Sie sind in der blauweißgestreiften Dose, die da drüben steht.«

Babs rieb ihr den Rücken. »Was wirst du jetzt machen?«

»Keine Ahnung, Babs. Ich meine, seid ihr sicher, dass es Jerrys Baby ist?«

Lorraine stellte die Kanne mit dem selbstgestrickten

Teewärmer vor Daisy auf den Tisch. »Nun, Petula hat in ihrem Tagebuch extra Kurzschrift benutzt, als sie darüber geschrieben hat. Alle anderen Einträge waren vollkommen normal geschrieben, und sonst hat sie nirgends irgendwelche Liebeleien mit irgendwelchen Jungs erwähnt. Und die Daten passen auch.«

»Aber das ist doch kein schlüssiger Beweis.«

»Nein, Daisy, das ist es nicht, aber es ist sehr wahrscheinlich, dass sie deine Enkeltochter ist, und wir dachten, dass du das auf alle Fälle wissen musst.«

Später, als der kleine Mikey eingehüllt in seine Heizdecke im alten Zimmer ihres Sohnes schlief, nahm Daisy Jerrys Bild vom Sims des Wohnzimmerkamins, blies die dünne Staubschicht von dem Glas und schalt sich innerlich dafür, beim letzten Hausputz derart nachlässig gewesen zu sein. Sachte strich sie mit dem Finger über das vertraute strahlende Gesicht und stieß mit leiser Stimme aus: »Oh, Jerry, Kind, was hast du dir denn dabei nur gedacht?«

36

Mikey hatte bald Geburtstag, deshalb hatte Daisy etwas ganz Besonderes geplant. Schließlich war sein Geburtstag die nächste Hürde, die es nach dem Tod von seinem Dad zu nehmen galt. Doch gemeinsam würden sie sie meistern, denn sie hatten schließlich beide auch ihr erstes Weihnachten allein überlebt. Ohne Karl und ohne Jerry, dafür aber mit der Aufregung, die die Mutter ihres Ziehsohnes verursacht hatte.

Inzwischen war ein halbes Jahr vergangen, und schon bald nahte der erste Jahrestag des Unfalls sowie der Geburt des Kindes, von dem sie inzwischen wusste, dass es ihre Enkeltochter war.

Sie hatte das Geheimnis, dass ihr Sohn der Vater dieses kleines Mädchens war, bisher mit niemandem geteilt. Sie fürchtete sich vor den Konsequenzen, wenn jemand erfuhr, dass sie den Säugling damals kurzerhand vor einem fremden Haus zurückgelassen hatte. Trotz ihrer Erschütterung darüber, die Großmutter der Kleinen zu sein, hatte sie ihrer Meinung nach an jenem Tag das Richtige getan. Hätten sie damals die Kleine mitgenommen, hätte sie den Unfall sicher ebenfalls nicht überlebt. Allerdings war Daisy sich nicht sicher, ob auch die Behörden dieser Meinung waren, und je näher der Geburtstag des Kindes rückte, umso größer wurde ihr Verlangen, sich davon zu überzeugen, dass es wenigstens bei liebevollen Adoptiveltern gelandet war.

Als sie Mikey vorgeschlagen hatte, übers Wochenende mit ihr an den Ort zurückzufahren, an dem er letztmalig mit Karl gewesen war, hatte der zunächst nichts davon hören wollen. Er hatte ihr erklärt, er wollte nie wieder nach Blackpool fahren, doch obwohl sie ihn verstand, hatte sie ihn darauf hingewiesen, dass es vielleicht tröstlich für ihn wäre, noch einmal an den Ort zurückzukehren, der voll glücklicher Erinnerungen an den letzten Tag mit seinem Vater war.

Im Verlauf der Wochen hatte Mikey ihre Sichtweise allmählich übernommen, und als sie ihm vorgeschlagen hatte, dort seinen Geburtstag zu verbringen, hatte er begeistert zugestimmt. Es war das erste Mal seit längerem, dass er sich über irgendetwas freute, und auch seine Mutter war durchaus zufrieden, ihren Sohn mal wieder los zu sein. Als Daisy sie auf den Geburtstag angesprochen hatte, hatte sie sich gleichmütig die nächste Zigarette angesteckt und achselzuckend wissen wollen: »Na und?«

Ganz Manchester hatte sich feierlich herausgeputzt. Zwischen den Laternen waren Girlanden in den Nationalfarben gespannt, vor den Häusern wehten unzählige Union Jacks, und vor einem Bürofenster prangte ein selbstgemaltes Transparent, auf dem in roter Farbe »Betty ist die Beste« stand.

Mikey saß im Bus und schmiegte sich an Daisy. Galen klemmte zwischen ihnen, und sie zog den Stoffaffen hervor und setzte ihn auf ihren Schoß. »So riesig, wie er ist, bräuchte er im Grunde einen eigenen Platz«, erklärte sie und schnupperte an seinem weichen Kopf. »Hm, und auch eine Wäsche täte ihm mal gut.«

Mikey wischte mit dem Ärmel die schmutzige Fensterscheibe ab und sah hinaus. »Warum hängen da so viele Fahnen, Tante Daisy?«

»Die haben sie der Königin zu Ehren aufgehängt, mein Schatz. Sie feiert dieses Jahr ihr silbernes Thronjubiläum, das heißt, sie ist seit fünfundzwanzig Jahren unsere Königin.«

Mikey knabberte an seinem Daumennagel. »Ach ja, richtig. Und wie hat sie es gemacht, dass sie unsere Königin geworden ist?«

»Sie ist unsere Königin geworden, weil vorher ihr Vater unser König war.«

Diese Antwort schien ihm zu genügen, denn nun blickte er wieder zum Fenster hinaus.

»Ist was, Mikey?«, fragte Daisy, weil er ungewöhnlich schweigsam war.

Naserümpfend sah er zu ihr auf. »Dieser Bus wird keinen Unfall haben, oder, Tante Daisy?«

»Oh, Mikey, bist du deswegen so still? Nein, natürlich nicht.« Sie wühlte in der Tasche unter ihrem Sitz und hielt ihm kurz darauf ein hübsch verpacktes Päckchen hin. »Eigentlich hätte ich damit noch bis Blackpool warten wollen, aber genauso gut kann ich es dir auch jetzt schon geben. Alles Gute zum Geburtstag, Mikey.«

»Danke«, hauchte er und wickelte es eilig aus. Es war ein Künstlerset in einem wunderhübschen Mahagonikasten, gefüllt mit Blei- und Wachsmalstiften, Pinseln sowie unzähligen Tuben Farbe, die im Deckel angeordnet waren. Außerdem enthielt der Kasten einen dicken Block sowie ein Buch, in dem beschrieben wurde, wie man Landschaften, Personen oder Tiere malte, und mit großen Augen nahm der Junge einen weichen Pinsel aus dem Set und hielt ihn ehrfürchtig an sein Gesicht.

»Gefällt es dir?«

Er nickte. »So was Schönes habe ich noch nie gekriegt. Danke, Tante Daisy. Ich werde dir ein Bild malen, das du in deine Küche hängen kannst.«

»Freut mich, wenn er dir gefällt. Ich weiß ja, wie gut du bereits malen und zeichnen kannst, und mit dem Buch wird es sogar noch besser werden.«

Es war nur ein kurzer Weg vom Busbahnhof bis zur Pension, und Mikey klemmte sich den Affen unter einen Arm und trug stolz den neuen Malkasten in Richtung ihrer Unterkunft. »Ich könnte ja den Strand malen oder einen Esel oder vielleicht auch den Turm da drüben«, überlegte er begeistert, und erleichtert registrierte Daisy, dass er seine Vorbehalte gegenüber Blackpool bereits abgelegt zu haben schien.

Als sie die Pension erreichten, blieben sie am Gartentor stehen, und Daisy warf einen Blick zu der Bushaltestelle gegenüber, wo sie knapp ein Jahr zuvor gekauert und gebetet hatte, jemand käme an die Tür, vor der sie jetzt mit Mikey stand, und nähme sich des von ihr ausgesetzten Säuglings an.

Sie atmete tief durch, setzte ein Lächeln auf und öffnete das Gartentor. »Hier wären wir. Dies ist unsere Pension.« Sie ging zur Tür und sah auf die Stelle, an der sie das Baby zurückgelassen hatte. Die Treppe war frisch gewischt, und oben hing ein Korb mit leuchtenden Petunien. Unvorstellbar, dass sie ihre eigene Enkeltochter einfach ihrem Schicksal überlassen hatte!

Die Tür wurde geöffnet, und die Wirtin nahm sie lächelnd in Empfang. »Willkommen in der Villa Claremont. Sie müssen Mrs Duggan sein.« Sie bückte sich und reichte Mikey ebenfalls die Hand. »Und wer bist du?«

»Ich bin Mikey«, stellte er sich vor und zeigte ihr den Kasten, den er in den Händen hielt. »Heute ist mein Geburtstag, und den tollen Kasten hier hat Tante Daisy mir geschenkt.«

»Der ist wirklich schön. Dann hast du heute also Geburtstag? Wenn ich das gewusst hätte. Ich bin nämlich eine ziemlich gute Kuchenbäckerin.«

Daisy sah ihr forschend ins Gesicht. Sie hatte letztes Jahr nur einen kurzen Blick auf sie erhascht, war sich aber ziemlich sicher, dass ihr Enkelkind von dieser Frau gerettet worden war. Und so freundlich, ungekünstelt und, ja, mütterlich, wie Mrs Roberts wirkte, wäre sie am liebsten gleich damit herausgeplatzt, dass sie den Säugling vor dem Haus zurückgelassen hatte und jetzt gern wüsste, was aus ihm geworden war. Doch nachdem sie fast ein Jahr damit gewartet hatte, wäre es wahrscheinlich besser, etwas vorsichtig zu sein, und vor allem kam es jetzt auf ein paar Stunden nicht mehr an.

Sie packten ihre Sachen in den Schrank und machten erst einmal einen Spaziergang über die Promenade. Nichts erinnerte mehr an die sommerliche Hitzewelle des vergangenen Jahres, und obwohl der Himmel blau war, peitschte ihnen der vom Meer wehende Wind die Haare ins Gesicht.

Mit einem Mal blieb Mikey stehen und zeigte auf die andere Straßenseite. »Sieh mal, Tante Daisy. Ist das nicht der Pub, in dem wir letztes Jahr gegessen haben?«

Daisy sah zu dem *Ferryman*, wo ihre Enkeltochter auf

dem Boden der Toilette das Licht der Welt erblickt hatte. Die Farbe blätterte von den gekalkten Wänden, vor dem Eingang ließen ein paar Motorradfahrer die Motoren ihrer Kisten aufheulen, und selbst aus der Ferne roch sie, dass das Öl in den Fritteusen in der Küche ranzig war. Eilig hielt sie sich die Nase zu und zog an Mikeys Hand. »Komm, wir gehen zurück in die Pension und essen dort.«

Im Esszimmer der Pension waren vier Tische mit Spitzendecke und einer Vase mit Plastikblumen gedeckt. Das Besteck mit Porzellangriff war blitzblank poliert, und obwohl der Teppich mit dem bunten Muster an einigen Stellen etwas abgewetzt war, war er frisch gesaugt und bewies Daisy, dass die gute Mrs Roberts großen Wert auf Sauberkeit zu legen schien.

Allmählich füllte sich der Raum, und höflich nickten Daisy und die anderen Gäste der Pension sich zu.

Kurz darauf trug Mary das Tablett mit den Vorspeisen herein und stellte ihr und Mikey jeweils einen Krabbencocktail hin. »Die Krabben sind ganz frisch. Ich hoffe, Sie und Mikey mögen Meeresfrüchte.«

Daisy nickte. »Unbedingt. Es sieht wirklich köstlich aus.« Sie griff nach der Zitronenscheibe, die im Zickzackmuster ausgeschnitten war, und drückte sie über den Krabben aus.

Mary wandte sich zum Gehen, und Daisy schob sich eine Gabel voller Krabben in den Mund. Sie hatte schon seit Tagen überlegt, wie sie die Sprache auf das Baby bringen sollte, ohne dass ihr eine auch nur halbwegs passende Eröffnung ihrer Rede eingefallen war. Egal, wie sie es formulierte, klang es selbst in ihren eigenen Ohren völlig lächerlich.

Übrigens, erinnern Sie sich an das Baby, das vor einem Jahr vor Ihrer Tür gelegen hat? Die Frage wäre jawohl vollkommen idiotisch, denn so was vergäße man niemals.

Wissen Sie noch, der Säugling, den Sie letztes Jahr vor Ihrer Tür gefunden haben? Können Sie mir sagen, was aus ihm geworden ist? Daisy schüttelte den Kopf und tupfte sich den Mundwinkel mit ihrer Stoffserviette ab.

»Na, wie waren deine Krabben, Mikey?«, fragte sie, obwohl dem leeren Glas die Antwort deutlich anzusehen war.

»Lecker, Tante Daisy, aber was war das für roter Staub, der auf der Mayonnaise lag?«

Daisy lachte. »Paprika. Ich schätze, deine Mum verwendet so etwas nicht.«

Mit geröteten Wangen kam die Wirtin aus der Küche, um die leeren Gläser abzuräumen. Dann überlegte sie es sich offenbar noch einmal anders, lief nach hinten und kaum kurz darauf mit einem Baby auf dem Arm zurück.

»Tut mir leid, aber ich habe sie hinten weinen gehört. Das liegt wahrscheinlich daran, dass sie gerade zahnt.« Tröstend schaukelte sie die Kleine auf der Hüfte, küsste ihre roten tränennassen Wangen, und mit großen Augen schaute sich das Baby um. Als Mary eine seiner Hände nahm und damit winkte – »Sag hallo zu Mikey und zu Mrs Duggan« –, drehte sie sich um und vergrub das winzige Gesicht an ihrem Hals.

»Sie ist noch ein bisschen schüchtern«, klärte Mary ihre Gäste lachend auf.

Daisy fiel die Kinnlade herunter, und es dauerte ein paar Sekunden, bis sie ihre Stimme wiederfand. »Ist das … ist das Ihr Kind?«

»Das ist meine Tochter.« Abermals hob sie die Hand des kleinen Mädchens an. »Sag hallo zu Mrs Duggan, Beth.«

37

Mary kitzelte die Kleine, und sie kicherte vergnügt.

Daisy starrte das blauäugige Kind immer noch an. Nein, das konnte unmöglich der von ihr ausgesetzte Säugling sein. Das war sicherlich ein Zufall.

Trotzdem meinte sie, um ganz sicherzugehen: »Wie alt ist die Kleine denn?«

Das Baby schlang der Mutter seine pummeligen Ärmchen um den Hals.

»Sie wird nächsten Monat eins.«

Daisys Nackenhaare sträubten sich, und eilig nahm sie einen Schluck aus ihrem Wasserglas. Nur noch eine Frage, dachte sie, dann wüsste sie es ganz genau. »Nächsten Monat? Ach, wie schön.« Sie machte eine kurze Pause und erkundigte sich dann in möglichst beiläufigem Ton: »Und wann genau?«

Ehe Mary eine Antwort geben konnte, wurde sie durch einen langen Speichelfaden abgelenkt, der aus dem Mund der Kleinen auf den Boden fiel. »Oh, mein Gott, ich muss schnell einen Lappen holen.« Damit drückte sie das Baby Daisy in den Arm. »Würden Sie sie wohl kurz nehmen?«

Daisy streckte ihre Arme aus und setzte sich das kleine Mädchen auf die Knie. Sie sah ihr forschend ins Gesicht, und es dauerte nicht lange, bis sie es in ihren Augen sah: Die Form und die blaugrüne Farbe glichen ebenso wie die perfekt geschwungenen Brauen haargenau denen von Jerry. Vorsichtig schob Daisy ihr den Pony aus der Stirn und fand genau denselben Wirbel, der ihr schon bei ihrem Sohn als Baby aufgefallen war. Sie hielt tatsächlich Jerrys Kind, ihr Enkelkind, im Arm.

In diesem Augenblick kam Mary wieder aus der Küche, bückte sich und rieb den Speichel aus dem Teppich neben ihrem Tisch. »Was haben Sie noch mal gesagt, wann ihr Geburtstag ist?«, fragte Daisy die gebückte Frau.

Mary richtete sich auf und fasste sich ins Kreuz. »Was? Oh ja, am vierundzwanzigsten.«

Daisy wurde schlecht, und eilig hielt sie eine Hand vor ihren Mund, damit sie sich nicht vor aller Augen übergab. Die Frau hatte das Baby behalten und zog es wie ihre eigene Tochter auf. Damit hatte Daisy nicht gerechnet, und sie hatte keine Ahnung, wie sie damit umgehen sollte. Ihre erste Reaktion war blanker Widerwille. Diese Fremde tat, als wäre Daisys Enkelkind ihr eigen Fleisch und Blut. Ach, hätte sie doch schon vor einem Jahr gewusst, dass dieses Baby Jerrys Tochter war. Dann hätte sie sie selbst großziehen können, so wie sie es jetzt mit Mikey tat.

Jetzt nahm Mary ihr das Baby wieder ab, und es versetzte Daisy einen Stich, als das Mädchen anfing zu strahlen. Mary war eindeutig vollkommen vernarrt in sie, und zweifellos war die Kleine bei ihr in den allerbesten Händen.

»Sie hat Ihre Augen«, stellte Daisy fest.

»Nicht wahr?« Lächelnd strich die Wirtin ihrer Ziehtochter das blonde Haar aus dem Gesicht und kitzelte sie sanft unter dem Kind. Beth fing an zu lachen, und man sah dem offenen Mund mit bisher nur vier Zähnen ihre Freude an. »Und jetzt setzen wir dich erst mal in die

Wanne«, sagte Mary und wandte sich noch mal Daisy zu. »Bitte entschuldigen Sie mich. Ruth wird Ihnen gleich die Hauptspeise servieren.«

Kurz darauf erschien ein junges Mädchen mit dem Hauptgericht. Hühnchen, Stampfkartoffeln sowie Erbsen aus dem eigenen Garten, klärte sie die Gäste auf. Sie stellte vorsichtig die beiden Teller auf den Tisch, doch ein paar Erbsen kullerten über den Tellerrand und landeten in Daisys Schoß.

»Huch, Entschuldigung«, bat Ruth und sah nervös in Richtung Küchentür.

Daisy sammelte die Erbsen kurzerhand mit ihrem Nachtischlöffel wieder ein. »Schon gut. Ist schließlich nichts passiert.«

Mikey stürzte sich begeistert auf sein Essen, Daisys Appetit hingegen war verflogen, und vor allem kam es ihr so vor, als hätte sie bei der Begegnung mit dem Baby einen riesengroßen Luftballon verschluckt.

»Hast du keinen Hunger, Tante Daisy?«, fragte Mikey überrascht.

»Nun, die Vorspeise war ziemlich mächtig, findest du nicht auch? Ich wusste gleich, ich hätte nicht das ganze Roggenbrot zu meinem Krabbencocktail essen sollen.«

Mikey schaufelte begeistert den Kartoffelbrei in sich hinein, und lachend meinte sie: »Ich frage mich, wo du das alles lässt.«

Nach dem Abendessen gingen sie noch in den Vergnügungspark. Der kleine Junge war ganz aufgeregt, weil er so spät noch ausgehen durfte, aber schließlich hatte er Geburtstag und deshalb noch diesen ganz besonderen Spaß verdient. Hand in Hand schlenderten er und Daisy durch den Park und bahnten sich den Weg durch das Gewühl an den Fahrgeschäften mit den bunten Lichtern und der dröhnenden Musik vorbei. Vor allem am Autoscooter herrschte Hochbetrieb, wovon der Kleine aber nicht im mindesten beeindruckt war.

»Wer will schon mit einem Auto fahren, das andauernd mit anderen zusammenstößt? Ich finde nicht, dass das besonders lustig klingt.«

Da Daisy seiner Meinung war, dirigierte sie ihn weiter. »Komm, wir gehen irgendwohin, wo es ein bisschen ruhiger ist. Wie wäre es mit Ringewerfen oder Entenangeln?«

Als sie um die nächste Ecke bogen, kamen sie an eine Losbude, in der zahlreiche Stoffaffen grotesk an ihren Hälsen baumelten, als flehten sie die Leute an, sich ihrer zu erbarmen und zu ihrer Rettung einen Hauptgewinn zu ziehen.

»Guck mal!«, rief der Junge aus. »Das hier ist der Stand, an dem mein Dad Galen für mich gewonnen hat.«

»So sieht es aus.« Daisy lenkte ihn entschlossen an der Losbude vorbei auf die Arkaden mit den Automaten zu. »Lass uns unser Glück am Münzschieber versuchen, ja?« Sie wühlte kurz in ihrem Portemonnaie und drückte Mikey ein paar Kupfermünzen in die Hand. Allmählich fragte sie sich, ob es klug gewesen war, dass sie und Mikey schon so früh wieder an diesen Ort gefahren waren, der voller Erinnerungen an den toten Vater ihres Schützlings war.

Später, als das Baby schlief, setzte Daisy sich ins Wohnzimmer und schenkte sich einen Portwein mit Zitronenlimo ein. Als die Tür geöffnet wurde, drehte sie den Kopf, und Mary sah sie fragend an. »Darf ich mich dazugesellen? Normalerweise gönne ich mir abends, ehe ich zu Bett gehe, noch einen Schlummertrunk.«

Daisy zeigte auf den freien Sessel gegenüber ihrem Platz. »Selbstverständlich, bitte, dies ist schließlich Ihr Haus.«

Mary schenkte sich ein Schlückchen süßen Sherry ein, ließ sich ermattet in den Sessel sinken, streifte ihre Schuhe ab und zog die Beine unter sich. »Was für eine Wohltat, endlich mal zu sitzen. Ich bin vollkommen erledigt. Beth wird wegen ihrer Zähne nachts fast stündlich wach.« Sie lehnte ihren Kopf zurück und schloss erschöpft die Augen.

Daisy nutzte die Gelegenheit, sich ihr Gesicht genauer anzusehen. Sie war wahrscheinlich mindestens zehn Jahre jünger als sie, höchstens fünfunddreißig, und mit ihrer makellosen Haut und ihren hohen Wangenknochen äußerst attraktiv. Ihr Haar war ordentlich gewellt, abgesehen von einer Strähne, die ihr ständig in die Stirn fiel und die sie, wie Daisy aufgefallen war, oft mit einer schnellen Bewegung nach hinten warf. Daisy betrachtete auch Marys Hände, die davon zeugten, dass sie harte Arbeit offenbar nicht scheute.

Auf dem Kaminsims stand ein Hochzeitsfoto, und noch während sie die Wirtin fragte: »Und wo ist Ihr Mann?«, bedauerte sie ihren neugierigen Ton.

Mary schlug die Augen wieder auf und erklärte sachlich: »Thomas lebt nicht mehr. Er war einer von den Männern, die vor zwei Jahren bei dem Grubenunglück umgekommen sind.«

»Oje, das tut mir furchtbar leid. Was für eine schreckliche Tragödie.« Daisy zupfte an den Knöpfen ihrer Strickjacke herum und dachte hektisch nach. Sie hatte Angst, die junge Frau durch weitere Erkundigungen nach dem toten Gatten in Verlegenheit zu bringen, und in dem verzweifelten Verlangen, das verlegene Schweigen zwischen ihnen zu durchbrechen, sah sie sich die hübschen Netzgardinen vor dem Fenster an. »Äh … diese Gardinen müssen Sie doch sicher häufig waschen, damit sie so blütenweiß aussehen.«

Mary seufzte. »Interessieren Sie sich wirklich für meine Gardinen, oder fragen Sie sich, wer Beth' Vater ist?«

Daisy spürte, wie sie errötete. »Nun, im Grunde geht mich das wohl kaum was an«, gab sie zurück, auch wenn das rundheraus gelogen war.

»Schon gut, Mrs Duggan. Es ist mir inzwischen nicht mehr peinlich.« Mary räusperte sich leise, reckte dann aber herausfordernd das Kinn und erklärte ohne jede Scham: »Beth ist das Ergebnis eines einmaligen Fehltritts, den ich allerdings ganz sicher nicht bereue. Ich meine, wie könnte ich? Sie haben selbst gesehen, wie bezaubernd meine Kleine ist. Sie bedeutet mir alles.« Sie machte eine kurze Pause und nahm einen vorsichtigen Schluck aus ihrem Sherryglas. »Wir kommen gut allein zurecht, und um nichts in der Welt möchte ich etwas daran ändern, was damals geschehen ist.«

Daisy war entsetzt, wie mühelos die andere sie belog. Wahrscheinlich hatte sie diese Geschichte schon so oft erzählt, dass sie sie inzwischen selbst glaubte.

»Ja«, stimmte sie zu. »Sie ist ein reizendes kleines Ding. Da haben Sie vollkommen recht.«

Mary sah zu Boden und fuhr mit so leiser Stimme fort, dass Daisy Mühe hatte, ihre nächsten Worte zu verstehen. »Ich habe sehr lange gebraucht, um zu akzeptieren, dass Thomas nicht mehr lebt. Er war unten in der Grube eingeschlossen, und sie haben sie versiegelt, ohne dass die Leichname zuvor geborgen wurden. Können Sie sich vorstellen, wie grauenhaft das für mich war?« Sie blickte wieder auf und auf das Foto ihres toten Ehemanns. »Inzwischen ist mir klar, ich habe mir nach diesem Unfall ewig etwas vorgemacht, aber ohne seine Leiche konnte ich einfach nicht glauben, dass er nie mehr wiederkommen sollte. Meine Trauer hat mich aufgefressen, und erst die kleine Beth hat meinem Leben auch nach seinem Tod noch einen Sinn gegeben.« Geistesabwesend schob sie sich die wirre Strähne aus der Stirn. »Ich vermisse ihn noch immer sehr, und er wird für alle Zeit die große Liebe meines Lebens bleiben, aber Beth macht diesen Schmerz erträglicher.« Achselzuckend fügte sie hinzu: »Sie hat mich gerettet. Ich bin wieder glücklich, und damit hätte ich nie mehr gerechnet.«

Obwohl Daisy wusste, dass Mary sie belog, rief ihre Geschichte ein Gemisch aus Mitgefühl und Trauer in ihr hervor. Sie suchte im Gesicht der jungen Frau nach einem Anzeichen von Falschheit, aber ihr Gesicht war eine Maske nüchterner Gelassenheit, die nichts verriet. Da sie keine Ahnung hatte, was sie sagen sollte, trommelte sie mit den Fingern auf der Sessellehne, nickte stumm, und Mary trank den Rest von ihrem Sherry und stand wieder auf.

»Einmal im Monat.«

Daisy runzelte die Stirn. »Wie bitte?«

»Sie haben mich gefragt, wie oft ich die Gardinen waschen muss. Einmal im Monat reicht vollkommen aus. So, und jetzt wünsche ich Ihnen eine gute Nacht.«

Daisy wälzte sich so unruhig in dem Nylonbettzeug, dass ihr Nachthemd Funken sprühte, während Mikey tief und fest in seinem Bett am anderen Zimmerende schlief, weil er anscheinend von der frischen Seeluft vollkommen erledigt war.

Lächelnd sah sie auf die schlafende Gestalt, die Galen in den Armen hielt. Natürlich konnte man ein Kind von Herzen lieben, ohne dass das eigene Blut durch dessen Adern floss. Mary hatte Beth ein wunderbares Heim gegeben, war eindeutig eine liebevolle, fürsorgliche Mutter, und es wäre beiden gegenüber grausam, das Kind aus dem Milieu zu reißen, in dem es, wie Daisy sich selbst überzeugt hatte, ganz hervorragend gedieh.

Seufzend hievte Daisy sich aus ihrem Bett, schlich ans Fenster, zog den Vorhang einen Spaltbreit auf und blickte auf die Bucht und auf das schwarze Meer, auf dessen raue Oberfläche das silberne Mondlicht fiel. Plötzlich hörte sie in ihrem Rücken ein Geräusch, drehte sich um und sah, dass Galen aus dem Bett gefallen war. Mikey tastete im Schlaf nach seinem weichen Freund, und eilig bückte sie sich nach dem Affen und legte ihn sachte in der Armbeuge des Jungen ab.

Sie wusste nicht, wie lange sie am Fenster stand und auf das schwarze Wasser starrte, aber als sie endlich ins Bett kroch, hatte sie einen Entschluss gefasst.

Als sie ihre Enkelin zum ersten Mal im Arm gehalten hatte, war die noch ein blutverschmiertes kleines Ding gewesen, das nicht mal die eigene Mutter lieben konnte. Seine Zukunft hatte düster ausgesehen, doch dank Marys liebevoller Pflege während des vergangenen Jahres war sie aufgeblüht und ihr Leben mit Versprechen angefüllt. Mary hatte sich als ausgezeichneter Ersatz für die leibliche Mutter, die nichts von der Kleinen wissen wollte, erwiesen, und Daisy würde ihre liebevolle Hingabe an ihre Enkelin auf die einzige Art vergelten, die ihr möglich war. Sie würde ihr ihren Seelenfrieden lassen, den sie sich damit verdient hatte, dass sie als Einzige vom ersten Augenblick an für die Kleine da gewesen war.

38

März 2016

Michael faltete den Zeitungsausschnitt sorgfältig zusammen und legte ihn auf die Granitarbeitsplatte. Meistens gelang es ihm, die schrecklichen Ereignisse von jenem Tag so tief in seinem Innern zu vergraben, dass sie nicht mehr schmerzlich waren. Das alles war inzwischen vierzig Jahre her, aber wenn er sich erlaubte, über das Geschehen nachzugrübeln, stieg dasselbe eisige Entsetzen, das er auch als sechsjähriges Kind empfunden hatte, in ihm auf.

Als sie seinen Vater aus dem Wrack des Vans gezogen hatten, hatte er, in eine kratzige, doch warme Decke eingehüllt, zitternd neben Babs am Straßenrand gehockt. Man hatte Karl auf eine Bahre manövriert, und eilig hatte Babs einen Arm um ihn gelegt und seinen Kopf runtergedrückt, damit er nicht sehen konnte, was geschah. Dann hatte sie ihn sanft in ihren Armen hin-und hergewiegt und Küsse auf sein Haar gedrückt.

Jetzt holte ihn Beth' Stimme in die Gegenwart zurück. »Es tut mir leid, Michael.« Sie legte tröstend eine Hand auf seinen Unterarm. »Ich weiß, dass der Artikel schmerzliche Erinnerungen in dir weckt.«

»Das ist inzwischen ewig her«, erklärte er. »Jetzt seid ihr meine Familie, du und Jake.«

Als der Junge seinen Namen hörte, sah er auf. »Daddy, kommst du jetzt zurück und liest mir weiter vor?«

»Gleich, mein Junge.« Michael wandte sich erneut an Beth. »Du hast etwas von einem Brief gesagt.«

»Der ist noch in dem Umschlag.« Sie griff nach einem Hocker, der unter der Frühstückstheke stand. »Vielleicht setzt du dich besser erst mal hin.«

Michael tat wie ihm geheißen, während er das Schreiben aus dem Umschlag zog.

4. Juni 1977

Liebe Mrs Roberts,
ich schreibe Ihnen, um Ihnen für unseren wunderbaren Aufenthalt in Ihrem Haus zu danken. Blackpool war mir immer lieb und teuer, denn dort haben mein verstorbener Gatte Jim und ich unsere Flitterwochen verbracht. Allerdings haben mich am letzten Wochenende eher traurige Erinnerungen abermals dorthin geführt.
Vor einem knappen Jahr habe ich etwas getan, was mich mit tiefer Scham erfüllt, aber inzwischen habe ich mich damit arrangiert. Ihre Tochter ist einfach entzückend, und ich konnte mich mit eigenen Augen davon überzeugen, wie die Liebe und die Zuneigung, die Sie ihr entgegenbringen, sie wachsen und gedeihen lässt. Deshalb denke ich, Sie haben Ihren Seelenfrieden verdient.
Ich nehme an, dass Sie auch ein Jahr später immer noch vor Schreck zusammenfahren, wenn jemand an Ihrer Haustür klingelt, aber seien Sie versichert, dass Beth' Mutter nie bei Ihnen auf der Schwelle

stehen und das Kind zurückverlangen wird. Sie starb am Tag von Beth' Geburt bei einem Unfall, über den auch in den Zeitungen berichtet worden ist. Ich lege Ihnen den Artikel bei.

Ich war diejenige, die Beth an jenem Tag vor Ihrer Tür zurückgelassen hat. Sie hätte den Unfall sicher ebenfalls nicht überlebt.

Das junge Mädchen, das sie auf die Welt gebracht hat, wusste nichts von der Schwangerschaft und wollte um jeden Preis vermeiden, dass sein Vater etwas von dem Kind erfährt. Ich glaube, wir waren alle an dem Tag sehr durcheinander, als wir beschlossen, den Säugling irgendwo zurückzulassen, wo ihn jemand findet und versorgt.

Ich glaube außerdem, dass unser und auch Ihr Verhalten an dem Tag gesetzeswidrig war, aber niemandem wäre damit geholfen, wenn wir nach über einem Jahr jetzt noch zu den Behörden gehen würden.

Ich hoffe, dass dieses Wissen Sie beruhigt und Sie Beth wie Ihre eigene Tochter großziehen können ohne Angst, dass jemand kommt und sie zurückverlangt.

Ihre ergebene
Daisy Duggan

Nachdem Michael den Brief gelesen hatte, nahm ihm Beth das Schreiben ab und las es, obwohl sie den fürchterlichen Inhalt bereits kannte, selbst noch einmal durch.

»Kannst du das glauben?«, stieß sie leise aus. »Da habe ich seit vierzig Jahren gedacht, das größte Geheimnis meines Lebens wäre die Identität meines Erzeugers, dabei hat mir meine Mutter die ganze Zeit noch was ganz anderes verschwiegen. Verdammt, im Grunde war sie gar nicht meine Mutter. Wie konnte sie das tun?«

Michael schüttelte den Kopf. »Ich kann einfach nicht glauben, dass auch Tante Daisy bei dieser Geschichte mit von der Partie gewesen ist.«

»Oh, mir der werde ich reden, wenn sie wieder da ist, keine Angst«, versicherte ihm Beth.

»Kommst du, Daddy?«

»Tut mir leid, Jake, können wir wann anders weiterlesen? Du darfst ein bisschen fernsehen, wenn du willst.«

Jake starrte seinen Vater an, als könnte er sein Glück nicht fassen. Schließlich hieß es für gewöhnlich immer: »Mach den Fernseher aus.«

Beth nahm Michaels Hand und küsste sie. »Du warst in diesem Van, Michael. Weißt du vielleicht auch, wer meine Mutter war?«

Er kratzte sich am Kopf. »Gott, Beth, das ist inzwischen vierzig Jahre her, und ich war damals noch ein kleines Kind.«

»Aber das ist doch wohl kaum etwas, was man vergisst.«

Er starrte sie mit großen Augen an. »Ehrlich gesagt, habe ich mich bisher immer bemüht, nicht allzu sehr darüber nachzudenken, was damals geschehen ist.«

»Tut mir leid. Natürlich hast du recht. Aber Daisy weiß auf jeden Fall, wer meine Mutter war.« Sie blies die Wangen auf, überflog den Brief ein letztes Mal, ging durch die Küche und griff nach dem Telefon.

»Nein, mir tut's leid«, entschuldigte sich Michael. »Schließlich hast du es verdient, die Wahrheit zu erfahren.« Trotzdem sah er auf die Wanduhr und nahm ihr das Telefon mit sanftem Nachdruck aus der Hand. »Bitte nicht jetzt, Beth. So wichtige Dinge sollte man wohl kaum am Telefon besprechen. Daisy kommt doch bald zurück. So lange hat das Gespräch doch sicher Zeit.« Er kniff sich in die Nase, schloss kurz die Augen und sprach ruhig weiter. »In dem Schreiben steht, dass deine Mutter bei dem Unfall umgekommen ist. Bei dem Unfall gab es nur ein totes Mädchen, und ihr Name war … hm … sie hieß Petula, glaube ich. Im Grunde kannte ich die anderen Leute kaum, sie waren Freunde meines Vaters aus dem Pub. Ich hätte gar nicht mitfahren sollen, aber im letzten Augenblick hat mich Andrea meinem Vater aufgehalst. Wie dem auch sei, ich hatte keine Ahnung, dass diese Petula an dem Tag ein Kind bekommen hat. Im Grunde weiß ich nicht einmal, wann das passiert sein soll.« Er tippte sich mit seinem Zeigefinger gegen das Kinn und runzelte die Stirn. »Außer am Ende des Tages in dem Pub. Jetzt, wo ich darüber nachdenke, wurde sie plötzlich krank und hat sich schon mal in den Bus gelegt, während wir anderen noch beim Essen waren. Vielleicht hat sie dich ja da gekriegt.«

»Das arme Ding. Ich frage mich, warum sie nur solche Panik vor ihrem Vater hatte. Wie alt war sie damals denn?«

Michael schüttelte den Kopf. »Ich bin mir nicht sicher. Mir kam sie recht alt vor, aber wie gesagt, ich selbst war damals noch ein kleines Kind, da haben alle anderen alt auf mich gewirkt.«

»Dass ein junges Mädchen eine so schreckliche Entscheidung treffen muss. Aber wenn Petula nicht gestorben wäre, hätte ich vielleicht die Möglichkeit gehabt herauszufinden, wer mein Vater war. Oder vielleicht wäre das auch vollkommen egal gewesen, denn womöglich hätte ja sogar sie selbst als Spenderin gepasst.«

Sie sah in Richtung ihres Sohnes, der im Schneidersitz

und daumenlutschend auf dem Sofa saß. »Wir müssen uns jetzt weiter auf das konzentrieren, was wirklich wichtig ist. Es ist keine morbide Neugier, die mich treibt, sondern es geht dabei um Leben und Tod. Es geht um das Überleben unseres *Sohnes*«, fügte sie nachdrücklich hinzu, zog eine der Küchenschubladen auf und griff nach einem Block und einem Stift. »Also denk nach, Michael. Hatte Petula noch Geschwister?«

Michael schüttelte den Kopf. »Nein, ich bin mir ziemlich sicher, dass sie keine Brüder oder Schwestern hatte, denn ihr Vater hat sich nach dem Unglück umgebracht. Es gab nur sie beide, und nach ihrem Tod hatte das Leben für ihn seinen Sinn verloren.«

Beth ließ den erwartungsvoll gezückten Kugelschreiber sinken. »Also sind wir wieder mal in einer Sackgasse gelandet.« Sie knabberte nachdenklich an ihrem Stift. »Und wer wusste sonst noch etwas von dem Baby?« Wütend klopfte sie mit dem Stift gegen ihre Brust. »Wer wusste sonst noch was von *mir*?«

Michel blickte wieder auf den Brief. »Anscheinend wusste wirklich nicht nur Daisy etwas«, stellte er fest und hielt das Schreiben so, dass Beth mit ihm zusammen lesen konnte, was dort stand. »Siehst du, hier: *›Ich glaube, wir waren alle sehr durcheinander, als wir beschlossen, den Säugling irgendwo zurückzulassen, wo ihn jemand findet und versorgt.‹ ›Wir alle.‹* Das sind ja wohl mehr als zwei, glaubst du nicht auch? Hätte Daisy nur Petula und sich selbst gemeint, hätte sie doch sicherlich gesagt *›wir beide‹*, oder nicht?«

»Aber meinen Vater hat sie in dem Brief mit keinem Wort erwähnt. Wenn sie gewusst hätte, von wem Petulas Baby war, hätte sie das doch ganz sicher nicht für sich behalten, oder was meinst du?«

»Ich halte es für äußerst unwahrscheinlich, dass Petula sich ihr anvertraut hat, denn die beiden haben sich im Grunde kaum gekannt. Aber es gibt jemand anderen, mit dem sie unter Umständen gesprochen hat. Sie hatte eine gute Freundin, die war damals auch im Bus. Die Tochter der Wirtsleute des *Taverners*. Das wäre doch vielleicht ein guter Anfang, oder nicht?«

Beth hatte sich abgewandt. Sie starrte aus dem Fenster und murmelte unglücklich: »Ich frage mich, was wohl der wahre Grund dafür gewesen ist, dass sie mich nicht behalten hat.«

»Wer?«

»Petula, meine echte Mutter. Ja, ich weiß, Daisy hat gesagt, sie hätte fürchterliche Angst vor ihrem Dad gehabt, aber sein eigenes Baby auszusetzen …«

Michael nahm sie tröstend in den Arm. »Mary war deine echte Mutter, Beth, eine bessere hättest du dir niemals wünschen können.« Er küsste sie zärtlich auf die Wange und schob eine Haarsträhne hinter ihr Ohr. »Und überleg doch mal, wenn dich Petula mit nach Hause genommen hätte, wärst du auch in diesem Bus gewesen, und womöglich hättest du den Unfall gar nicht überlebt.«

»Meine Güte, du hast recht«, gab sie erschauernd zu. »Darüber habe ich noch gar nicht nachgedacht.«

Als Jake plötzlich lachte, drehten sie sich beide nach ihm um und starrten ihn mit großen Augen an. Kichernd und mit roten Wangen von dem Feuer im Kamin sah er sich seinen Lieblingszeichentrickfilm an.

Michael schaute seine Frau mit einem aufmunternden Lächeln an. »Wir werden ihn wieder gesund bekommen, du wirst sehen.«

Eine halbe Stunde später lehnte Michael sich in seinem Schreibtischstuhl zurück, und Beth massierte seine Schultern. Bisher hatten sie ergebnislos im Internet nach einer Lorraine Pryce von Ende fünfzig, die einmal in Manchester gelebt hatte, gesucht. Wahrscheinlich war sie längst verheiratet und trug den Namen ihres Ehemanns.

Seufzend wandte Michael sich an Beth. »Jetzt bleibt uns nur noch eins«, erklärte er. »Ich muss noch mal zurück.«

»Wohin?«

Er hob ihre Hand an seinen Mund und küsste ihre Fingerspitzen. »Dahin, wo damals alles angefangen hat.«

39

Der Ort, an dem er aufgewachsen war, sah beinah noch genauso aus wie vor vierzig Jahren. Vielleicht war das Kopfsteinpflaster heutzutage unter einer dicken Asphaltschicht versteckt, aber links und rechts der Straßen ragten immer noch dieselben roten Backsteinreihenhäuser wie in seiner Kindheit auf.

Vor seiner alten Wohnung in der Bagot Street blieb er kurz stehen und stellte lächelnd fest, dass die grässlich senffarbene Haustür von den jetzigen Bewohnern in einem wesentlich geschmackvolleren blassen Blau gestrichen worden war. Er hatte kein Verlangen, dort zu klingeln und sich die alte Bleibe noch mal anzusehen. Dieses Haus barg keine glücklichen Erinnerungen, und er wusste nicht einmal, warum er überhaupt noch mal hierhergekommen war. Das kleine Loch im Bürgersteig, in das er über Stunden seine Murmeln hatte kullern lassen, war inzwischen aufgefüllt. Er hatte einen Großteil seiner Kindheit mit so schlichten Vergnügungen zugebracht, und flüchtig ging ihm der Gedanke durch den Kopf, was die Kinder heutzutage machen würden, nähme jemand ihnen all die elektronischen Geräte ab, die ihrer Unterhaltung dienten und gleichzeitig das Bindeglied zu ihren echten oder virtuellen Freunden waren. Wodurch ihnen aus seiner Sicht die wunderbare Kameradschaft, die sich bei gemeinschaftlichen Spielen auf der Straße bildete, entging. In seiner Kindheit hatten sie sich täglich vor dem Haus getroffen und sich trotz gelegentlicher Streitereien meistens prächtig amüsiert. Die Jungs mit ihren Murmeln und im Herbst mit den Kastanien, die sie aufgefädelt hatten, um damit auf die Kastanien ihrer Gegenspieler einzudreschen, bis diese auseinandersprangen, und die Mädchen entweder bei Hüpfspielen oder beim Gummitwist.

Er sah auf Kevins altes Haus, das auf der anderen Straßenseite lag. Lachend dachte er daran zurück, dass Kevin jahrelang der König des Kastanienspiels gewesen war. Erst Jahre später hatte er herausgefunden, dass der Konkurrent die Früchte vor der Schlacht im Ofen nachgehärtet und zum zusätzlichen Schutz mit einer Schicht aus durchsichtigem Nagellack versehen hatte, weshalb Michaels Knöchel jeden Herbst aufs Neue aufgeschürft und puterrot gewesen waren. Die Kinder heute wussten wirklich nicht, was ihnen da alles entging.

Der kalte Märzwind biss ihm ins Gesicht, und eilig klappte er den Kragen seines Mantels hoch und verließ die Straße seiner Kindheit, ohne sich noch einmal umzudrehen. Er käme sicher nicht noch mal hierher zurück.

Fünf Minuten später hatte er die Lilac Avenue und Daisys altes Haus erreicht, mit dem er deutlich schönere Erinnerungen an die alte Zeit verband. Er überlegte nicht zum ersten Mal, was wohl aus ihm geworden wäre, hätte Daisy ihn nicht unter ihre Fittiche genommen und ihn nachhaltig geprägt. Seit seinem siebten Geburtstag, als er diesen wunderbaren Malkasten von ihr bekommen hatte, hatte sie sein Leben in die rechte Bahn gelenkt. Mit ihrem pausenlosen Lob und ihren aufmunternden Worten hatte sie ihn glauben machen, dass er es mit Fleiß zum Architekten bringen könnte, und natürlich hatte sie wie immer recht gehabt. Aber er verdankte Daisy nicht nur den beruflichen Erfolg sowie sein eigenes Unternehmen, sondern auch oder vor allem, dass er Beth begegnet war.

Nach dem ersten Wochenende in der Villa Claremont hatte sie ihn Jahr für Jahr an seinem Geburtstagswochenende dorthin eingeladen, und er hatte mit der kleinen Beth am Strand gespielt. Anfangs widerwillig, denn da sie sechs Jahre jünger war als er, hatte er nicht wirklich etwas mit ihr anfangen können, aber irgendwann waren die Jahre, die sie voneinander trennten, zur Bedeutungslosigkeit verblasst, und schließlich hatten sie erkannt, dass ihre reine Freundschaft einem anderen, tieferen Gefühl gewichen war. Auch Daisy und Beth' Mutter Mary waren im Verlauf der zahlreichen Besuche gute Freundinnen geworden, und im Grunde hatte Michael immer das Gefühl gehabt, dass diese Menschen seine wirkliche Familie waren.

Wieder einmal fragte er sich, wie die beiden Frauen ihnen über all die Zeit verschweigen konnten, wer Beth' wahre Mutter war. Er schaute auf die Uhr und blinzelte, um das Datum zu erkennen. Nur noch ein paar Tage bis zum Monatsende, und wenn Daisy wiederkäme, müsste sie ihm einiges erklären.

Am späten Nachmittag erreichte er den Pub und atmete erleichtert auf. Das Etablissement sah völlig anders aus als in den Siebzigern, und mit ein bisschen Glück hätten sie dort inzwischen sogar ein paar anständige Speisen auf der Karte. Statt der grünweißgefliesten Treppe, die ihn schon als Kind an die Toilettenhäuschen in den öffentlichen Grünanlagen hatte denken lassen, gab es eine hölzerne Veranda sowie eine elegante Glastür, auf der in geschwungenen Buchstaben der Name *Taverners* geschrieben stand. Ein in die Decke eingelassener Strahler erhellte die schwarzen Fliesen mit den Silbersprenkeln auf dem Boden, als er nach der Messingklinke griff und vorsichtig die Tür aufschob.

Die samstäglichen Gäste machten sich begierig über die servierten Gaumenfreuden her, die auf grauen Schieferplatten statt auf Tellern angerichtet waren. Kein Vergleich mehr zu der Zeit, in der man mit dem schlabberigen weißen Toast mit an den Rändern bereits hartem Käse und einer überreifen Tomate hatte vorliebnehmen müssen, das Selwyn auf Bestellung zubereitet hatte.

Der Bereich der Theke war inzwischen offen und von allen Seiten zugänglich, und auch die Nischen aus der damaligen Zeit gab es nicht mehr.

Eine junge Frau in schwarzer Uniform nahm ihn mit einem breiten Lächeln in Empfang. »Was darf es sein?«

»Ein großes Boddies, bitte.«

»Kommt sofort.« Sie betätigte den Zapfhahn, und das dunkle Bier ergoss sich in das Glas und schwappte leicht über den Rand, als sie es in seine Richtung schob. »Sonst noch etwas?«

Lächelnd starrte Michael auf die Tafel hinter ihrem Kopf. Eins der Dinge, die er wirklich hasste, waren die aufgeblasenen Namen, die man heutzutage in den meisten Restaurants den Speisen gab. Warum nannten sie es »Reduktion« oder französischen »Jus«, obwohl das Fleisch, das man serviert bekam, in einer ganz normalen braunen Soße schwamm? In den Siebzigern hatte sein Vater noch ein Medaillon um seinen Hals getragen, heute aber war ein Medaillon ein Stück vom Schwein. Und wie sich Fischstäbchen in Kabeljausticks hatten verwandeln können, würde er wahrscheinlich nie verstehen. Was Beth natürlich völlig anders sah. Aber schließlich war es auch ihr Job als Foodstylistin, Essen so zu präsentieren, dass es nicht nur eine Gaumenfreunde, sondern auch oder vor allem eine Augenweide war, und ihrer Meinung nach gehörte es dazu, auch möglichst ansprechende Namen für die Speisen zu finden.

Tatsächlich klang der Kabeljau im Bierteig mit den handgeschnittenen, doppelt frittierten Pommes in höchstem Maß verführerisch.

Er zeigte auf die Tafel. »Was in aller Welt ist denn Manchester-Kaviar?«

Die junge Bedienung bedachte ihn mit einem Blick, als lebe er hinter dem Mond. »Erbsenpüree«, erklärte sie, und Michael nickte knapp.

»Ja natürlich. Das war wirklich dumm von mir. In dem Fall nehme ich die Rindfleisch-Bier-Pastete.«

Sie trat vor die Kasse und gab die Bestellung ein. »Möchten Sie Pommes frites oder Salat dazu?«

Sonst war dies immer der Punkt, an dem er einen Blick auf seine Gattin warf und gegen seinen Willen Salat bestellte, aber jetzt war Beth nicht da. »Pommes, bitte.«

Er trug sein Bier an einen freien Tisch in einer Ecke, und sofort erschien ein anderes junges Mädchen, zündete die Kerze an, angelte aus der Schürzentasche ein Besteck, das ordentlich in eine cremefarbene Papierserviette eingewickelt war, und legte es ihm hin. »Sie essen allein, oder?«

Michael nickte. »Ja.« Er wusste nicht, wann er das letzte Mal allein in einem Pub gegessen hatte, doch genauso wenig erinnerte er sich daran, wann er zum letzten Mal mit Frau und Sohn in einem Restaurant gewesen war. In ihrem Leben drehte sich inzwischen alles nur noch um Jakes Krankheit, und selbst kleine Freuden, so wie dieses Essen, waren inzwischen ewig her. Mit einem Mal hatte er Schuldgefühle, weil er sich jetzt diese Auszeit nahm, während Beth zu Hause bei ihrem kranken Sohn war. Er hätte einfach reinkommen und seine Frage stellen sollen, um dann mit seiner Suche nach Informationen fortzufahren.

Ungeduldig wartete er auf sein Essen und starrte erwartungsvoll auf die doppelte Schwingtür mit den beiden Gucklöchern, die in die Küche führte. Er hatte bisher nur an seinem Bier genippt, jetzt aber stellte er das Glas entschlossen auf den Tisch und trat noch einmal an die Bar.

Die junge Frau bediente gerade einen anderen Kunden, aber ohne abzuwarten, bis er wieder an der Reihe wäre, fragte er: »Verzeihung, ist der Wirt heute im Haus?«

»Sie meinen, Barry, unseren Manager?«

»Äh, nun ja, der ginge auch.«

»Der ist gerade hinterm Haus und nimmt die neuen Fässer an. Wenn er wieder reinkommt, richte ich ihm aus, dass Sie ihn sprechen wollen.«

Michael ging zurück an seinen Tisch, zupfte an dem Wachs, das auf den Kerzenständer lief, und als sein Essen kam, sah es tatsächlich ungewöhnlich lecker aus. Die fünf Zentimeter hohe, luftig leichte Kruste der Pastete schimmerte goldbraun, und die Pommes frites waren zu einem kleinen Jenga-Stapel aufgetürmt.

Als er sich ans Essen machte, trat ein Mann an seinen Tisch. »Ist alles zu Ihrer Zufriedenheit?«

Genau wie die pompösen Speisenamen hasste Michael es, wenn ihm ein Ober diese Frage stellte, während er mit vollem Mund vor seinem Teller saß. Er nickte, schluckte eilig, wischte sich den Mund mit der Serviette ab und trank einen Schluck von seinem Bier. »Alles bestens, vielen Dank.«

»Alex hinter der Theke hat gesagt, dass Sie mich sprechen wollen.«

»Ah ja, Sie müssen Barry sein. Ich suche die Familie Pryce. Vor vierzig Jahren war Selwyn Pryce der Wirt dieses Lokals, und ich hatte gehofft, dass vielleicht irgendjemand hier sich an ihn erinnern kann. Wissen Sie, der Pub ist die letzte bekannte Adresse, die ich von ihm habe.«

Barry rieb sich nachdenklich das Kinn. »Selwyn Pryce? Und Sie sagen, er war früher mal der Wirt des *Taverners*?«

Michael nickte und biss vorsichtig von einem der Kartoffelstäbchen ab.

»Vierzig Jahre. Das ist eine lange Zeit«, klärte ihn Barry lächelnd auf. »Da war ich noch gar nicht auf der Welt.«

»Das ist mir klar. Ich weiß, dass die Chance gering ist, dass sich jemand an die Familie erinnert, aber ich habe keine andere Möglichkeit, und egal, wie unwahrscheinlich es auch ist ...«

»Moment«, fiel Barry ihm ins Wort. Wir haben hier mal den sechzigsten Geburtstag einer Frau gefeiert, die vor einer Ewigkeit die Wirtin dieses Ladens war.«

Michaels Herz fing an zu rasen. Das war immerhin ein Ansatz, wenn auch ein bisschen vage.

»Alex, wann hat Doreen die nächste Schicht?«, rief der Manager der jungen Frau hinter dem Tresen zu.

»Sie kommt erst morgen wieder, Barry«, antwortete sie und rollte weiter Messer, Gabel, Löffel in Servietten ein.

»Doreen macht all unsere Desserts«, erklärte Barry seinem Gast. »Sie arbeitet schon ewig hier. Wenn Sie wollen, rufe ich Sie an.«

Michael stand auf und reichte ihm die Hand. »Das wäre wirklich super, vielen Dank.«

Im Grunde war die Sache aussichtslos gewesen, aber plötzlich hielt Michael einen Zettel mit dem Namen und mit der Adresse eines Menschen in der Hand, der die Familie kannte und ihm vielleicht sagen konnte, wo Lorraine zu finden war.

Er saß im Bus, und von den Dieseldämpfen wurde ihm ein bisschen schlecht. Er wünschte sich, er wäre mit dem Wagen in die Stadt gefahren, obwohl die Parkgebühren horrend und freie Plätze samstagnachmittags so gut wie nicht zu finden waren. Die regennassen Straßen glitzerten im Licht der Lampen, und laut kreischend wichen ein paar junge Mädchen vor dem Bus zurück, als der durch eine tiefe Pfütze fuhr und das Wasser Richtung Gehweg spritzen ließ. Ächzend bahnte das Gefährt sich seinen Weg durch die baumbestandenen Straßen in die Vororte der Stadt, und Michael tastete in seiner Tasche nach dem Zettel, den ihm Barry überlassen hatte, und bereitete gedanklich seine Rede vor.

Die dreistöckige Hälfte des inzwischen hundert Jahre alten Doppelhauses wirkte ausnehmend gepflegt. Der Rasen vor dem Haus war ordentlich gemäht, die Beete waren frei von Unkraut, und das Einzige, was den Betrachter hier genau wie vor den anderen Häusern in der Gegend störte, war die große Zahl an Mülltonnen, die heutzutage vorgeschrieben waren: braun, grau, grün und blau und jede Einzelne in weißer Farbe mit der Hausnummer versehen.

In ihrem eigenen Haus brach jeden Donnerstag das Chaos aus, denn er und Beth konnten sich nie daran erinnern, welche Tonne in der jeweiligen Woche an der Reihe war. »Tonnenpanik« hatte Beth das Durcheinander zutreffend getauft.

Michael hatte immer noch ein Lächeln im Gesicht, als die Tür geöffnet wurde und er plötzlich einer attraktiven blonden Frau von etwa sechzig Jahren gegenüberstand.

»Ich hoffe nur, dass Sie mir nichts verkaufen wollen«, warnte sie, nachdem er eingetreten war.

»Nein, nein, ganz sicher nicht.« Er zog den Zettel aus der Tasche und las eilig einen Namen ab. »Ich möchte zu Patricia Atkins.«

»Das bin ich. Und wer sind Sie?« Sie sah ihn aus zusammengekniffenen Augen an, und eilig reichte Michael ihr die Hand.

»Mein Name ist Michael McKinnon. Hätten Sie vielleicht ein paar Minuten Zeit für mich?«

Sie ignorierte seine ausgestreckte Hand und fragte mit vom jahrelangen Rauchen rauer, dunkler Stimme: »Und was wollen Sie von mir?«

Die Frau ließ ihm keine Zeit, um lange um den heißen Brei herumzureden, also kam er direkt auf den Punkt. »Ich suche eine gewisse Lorraine Pryce. Sagt Ihnen der Name was?«

Ein Schatten huschte über ihr Gesicht, sie klammerte sich an den Türrahmen, und Michael fürchtete, erneut in einer Sackgasse gelandet zu sein.

Die Stille zwischen ihnen zog sich endlos hin, doch gerade, als er um Verzeihung für die Störung bitten wollte, um den Rückzug anzutreten, öffnete sie den Mund. »Natürlich sagt der Name mir etwas. Lorraine war meine Stieftochter.«

40

Michael folgte Trisha in die Küche, und sie setzten sich an den großen Holztisch.

»Bier?«

Er schüttelte den Kopf. »Danke, nein, ich habe gerade eins im *Taverners* getrunken.«

»Dann hat Ihnen also Barry meine Adresse gegeben?«

Michael nickte. »Er hat eine seiner Angestellten angerufen, die schon ewig dort beschäftigt ist, und sie …«

»Stört es, wenn ich rauche?«, fiel sie ihm ins Wort, während sie schon einen Glimmstängel aus dem zerknüllten Päckchen zog.

»Bitte, es ist Ihr Haus.«

Sie zündete sich ihre Zigarette an und nahm den ersten tiefen Zug. Als Michael sah, wie sie sich dank des Nikotins entspannte, tat sie ihm einen Moment lang leid. Sie schien vom Tabak richtiggehend abhängig zu sein.

Als sie seinen Blick bemerkte, sah sie ihn mit einem entschuldigenden Lächeln an. »Ja, ich weiß, eine widerliche Angewohnheit.« Achselzuckend nahm sie gleich darauf den nächsten tiefen Zug. »Also, weshalb interessieren Sie sich für Lorraine?«

Unruhig rutschte er auf seinem Stuhl herum. »Hören Sie, am besten fange ich von vorn an. Sie können sich nicht an mich erinnern, stimmt's?«

Sie runzelte die Stirn. »Nein, sollte ich?«

»Das ist inzwischen ewig her, aber der Unfall mit dem Van hat sich Ihnen doch wahrscheinlich ins Gedächtnis eingebrannt.« Nach einer kurzen Pause fügte er hinzu: »Mir auf jeden Fall.«

Achtlos schnipste sie die Asche von der Spitze ihrer Zigarette ab und sah ihn fragend an. »Und woher wissen Sie von diesem Unfall?«

»Ich saß damals mit im Bus«, erklärte er und konnte deutlich sehen, dass Trisha überlegte, wer in aller Welt er war.

»Michael McKinnon, sagen Sie?« Sie brauchte nur noch einen kurzen Augenblick, bevor der Groschen fiel. »Verdammt, sind Sie etwa Karls Sohn? Der kleine Mikey?«

»Genau der.«

Sie lehnte sich auf ihrem Stuhl zurück und sah ihn an. »Mein Gott, ich habe mich schon oft gefragt, was wohl aus dir geworden ist.« Sie griff über den Tisch nach seiner Hand. »Wie geht es dir?«

Es war nicht leicht, mit ein paar Sätzen zu erklären, wie die letzten vierzig Jahre seines Lebens abgelaufen waren. »Recht gut. Ich bin verheiratet und habe selber einen kleinen Sohn. Jake. Er ist fünf«, erklärte er ihr knapp. Er wollte einer praktisch Fremden gegenüber keine Einzelheiten nennen, sondern nur von ihr erfahren, was aus Lorraine geworden war.

»Nun, das freut mich. Wirklich. Es war damals wirklich tragisch, wie du deinen Dad verloren hast.«

Michael war von ihrem Mitgefühl gerührt, und obwohl er möglichst schnell wieder nach Hause kommen wollte, fand er, dass er es ihr schuldig war zu fragen, wie es ihr in all der Zeit ergangen war. »Und Sie?«

»Nun, wie du damals wahrscheinlich mitbekommen hast, habe ich Selwyn ein paar Monate nach dem Crash verlassen«, klärte sie ihn nüchtern auf. Mögliche Gewissensbisse, weil sie ihren Mann damals im Stich gelassen hatte, hatte sie anscheinend längst abgelegt. »Ich bin einfach nicht damit zurechtgekommen, wie's ihm nach dem Unfall ging, und mir war klar, dass er bei Barbara viel besser aufgehoben war. Dann habe ich Lenny geheiratet, nachdem er aus dem Knast entlassen worden ist. Ich hatte immer schon gesagt, ich würde auf ihn warten, aber dass es zwanzig Jahre würden, hätte ich natürlich nicht gedacht.« Sie stieß ein raues Lachen aus und hustete sich kurz darauf beinah die Seele aus dem Leib. Mit tränenfeuchten Augen klopfte sie sich vor die Brust, während sie schon wieder nach dem Zigarettenpäckchen griff. »Großer Gott, ich sollte wirklich endlich damit aufhören.«

Michael wartete, bis sich ihr Husten legte, und schaute sie fragend an. »Wie dem auch sei, Barry aus dem Pub hat gesagt, Sie wüssten vielleicht, wo ich Selwyns Tochter finden kann.«

Als hätte sie die Frage nicht gehört, redete Trisha einfach weiter. »Danach bin ich jahrelang nicht mehr im *Taverners* gewesen, nicht, solange Babs und Selwyn noch dort waren, aber als der Pub von anderen übernommen wurde, bin ich wieder hin. Inzwischen wurde das Lokal von einer Kette aufgekauft, und Barry ist der Manager. Vor ein paar Jahren habe ich meinen sechzigsten Geburtstag dort gefeiert, das war wirklich nett.« Sie blickte Michael an, als wolle sie sich vergewissern, dass er ihr noch zuhörte. »Der Laden ist inzwischen wirklich schnieke, findest du nicht auch?«

Nickend beugte Michael sich über den Tisch. »Und Lorraine, wissen Sie, wo ich sie finden kann?«

»Nun, wie du dir sicher denken kannst, stand sie mir nicht wirklich nahe, aber ja, zufällig weiß ich tatsächlich, wie du sie erreichen kannst.« Sie stand auf, wühlte in einer Schublade mit jeder Menge Krimskrams, bis sie dort ein Plastiktelefonverzeichnis fand, schob den Pfeil auf »F«, drückte auf einen Knopf, und sofort sprang der Deckel auf. »Genau, da steht's. Sie heißt inzwischen Lorraine Fenton, nicht mehr Pryce.«

Michael verrenkte sich den Hals, um sich den Eintrag anzusehen. »Super. Dann haben Sie also ihre Telefonnummer?«

»Ihre Telefonnummer? Gott bewahre, nein. Sie lebt inzwischen in Amerika, und selbst wenn wir uns etwas zu sagen hätten, könnte ich es mir nicht leisten, bei ihr anzurufen«, klärte sie ihn schulterzuckend auf. »Aber ich schicke ihr noch immer jedes Jahr eine Karte zu Weihnachten.«

Michael ließ die Schultern sinken, und sie konnte deutlich sehen, wie enttäuscht er war.

»Das war anscheinend nicht die Antwort, die du dir erhofft hattest, aber weshalb rufst du nicht einfach mal bei der Auskunft an? Die können dir die Nummer doch ganz sicher geben. Warum willst du sie denn überhaupt so dringend kontaktieren?«

»Oh, das ist eine lange Geschichte, und ich möchte Ihre Zeit nicht noch länger beanspruchen. Am besten schreibe ich mir einfach die Adresse auf, wenn das für Sie in Ordnung ist.« Er griff in seine Tasche und zog einen Stift heraus. »Haben Sie vielleicht ein Stück Papier?«

»Sicher. Aber du erinnerst dich doch sicher noch an Barbara … du weißt schon, Babs, wie sie für alle hieß.«

»Ja, natürlich. Wollen Sie damit sagen, dass sie noch …«

»Am Leben ist? Oh ja, sie lebt in einem Altersheim in Didsbury.«

Der Regen hatte sich in dichten Schneeregen verwandelt, als er wieder auf die Straße trat. Er zog sein Handy aus der Tasche, rief nach einem Taxi, und schon eine Viertelstunde später pfiff er leise durch die Zähne, als sein Blick auf die Seniorenresidenz fiel, in der die alte Dame lebte. Es war ein elegantes Doppelhaus mit einer majestätisch geschwungenen Kieseinfahrt. Zwei große Erkerfenster lagen links und rechts der breiten Automatiktür aus Rauchglas, durch die er das Foyer betrat, das mit einem eleganten Kronleuchter unter der Kuppeldecke und dem flauschigen lindgrünen Teppich auf dem Boden mindestens so einladend war wie der Empfangsbereich eines Fünfsternehotels.

Eine gepflegte junge Dame nahm ihn lächelnd in Empfang. Mit ihrer schicken dunkelblauen Uniform mit rosablaugestreiftem Seidentuch, das elegant um ihren Hals geschlungen war, erinnerte sie Michael irgendwie an eine Stewardess, und sicher hatte sie genau wie diese Frauen vom permanenten Lächeln fürchterlichen Muskelkater im Gesicht. »Guten Abend, Sir, was kann ich für Sie tun?«

Er räusperte sich leise. »Guten Abend. Wäre es wohl möglich, kurz mit einer Bewohnerin zu sprechen? Barbara Pryce?«

»Werden Sie erwartet?«

»Äh … nein, aber ich werde sie nicht lange stören.«

»Falls unsere Bewohner eines haben, ist es Zeit«, klärte ihn die junge Dame lächelnd auf. Dann reichte sie ihm einen Stift und schob ihm das Gästebuch über den Tisch.

»Bitte unterschreiben Sie noch kurz. Ich schicke gleich jemanden los, der schaut, wo sie zu finden ist.«

Babs war im Gemeinschaftsraum. Eine Zeitung auf den Knien und die Hände ordentlich im Schoß gefaltet, saß sie ganz allein mit geschlossenen Augen da. Zögerlich trat Michael auf sie zu, kniete sich vor ihren Sessel, und da er sie nicht erschrecken wollte, griff er sanft nach einer ihrer Hände und fuhr sachte mit dem Daumen über ihre welke Haut. Sie döste friedlich weiter, und er nutzte die Gelegenheit, um sie genauer zu betrachten. Trotz des fortgeschrittenen Alters und obwohl die früher dunklen Locken weiß waren und er ihre pinkfarbene Kopfhaut unter den dünnen Haaren sah, war ihr Gesicht fast faltenfrei und noch genauso ausdrucksstark und hübsch wie während ihrer Zeit im *Taverners*. Michael wusste noch, wie zugetan sein Vater ihr gewesen war und welchen Spaß sie im Vergnügungspark gehabt hatten, bis er sich dort verlaufen und sie ihn gefunden hatte. Auch direkt nach dem Unfall war sie für ihn da gewesen, dachte er, und plötzlich wogte ein Gefühl der Zärtlichkeit für diese alte Dame in ihm auf. Endlich hatte er Gelegenheit, ihr für die Fürsorge zu danken, die ihm an dem Tag durch sie zuteilgeworden war.

Er stand wieder auf, hörte seine Knie knirschen, und im selben Augenblick schlug Barbara flatternd ihre Lider auf, und die Verwirrung über den Besucher war ihr deutlich anzusehen.

»Tut mir leid, dass ich Sie wecke, Babs«, fing er mit leiser Stimme an. »Ich bin's, Michael McKinnon. Äh … Sie wissen schon, Mikey.«

Barbara öffnete und schloss mehrmals den Mund, bevor die ersten beiden Silben über ihre Lippen kamen. »Mikey?«, stieß sie heiser aus.

Wieder hockte er sich neben sie, damit er auf Augenhöhe mit ihr war. »Sie erinnern sich doch sicher noch an mich?«, erkundigte er sich, als ihm der Duft ihres Veilchenparfüms entgegenschlug.

Ein schwaches Lächeln huschte über ihre Lippen, und sie streckte eine Hand nach seiner Wange aus. »Als ob ich dich je vergessen könnte.« Sie stützte sich mit ihren Händen auf die Sessellehne und versuchte aufzustehen.

»Oh, bitte bleiben Sie doch sitzen, Babs.«

Sie richtete sich stolz zu ihrer ganzen Größe auf. »So gebrechlich, dass ich nicht mehr aufstehen kann, um meine Gäste zu begrüßen, bin ich ganz bestimmt noch nicht.«

»Tut mir leid«, gab er beschämt zurück. Dann beugte er sich vor und nahm sie etwas unbeholfen in den Arm. »Schön, Sie zu sehen.«

Sie wies auf einen freien Sessel. »Schieb das Ding hier rüber, ja, damit du dich vernünftig mit mir unterhalten kannst.«

Ihre eben noch verschlafenen Züge wirkten jetzt munter, und er war froh, dass er den Weg auf sich genommen hatte, selbst wenn der Besuch am Ende nichts ergab.

»Äh … nun, wie geht es Ihnen?«, fing er an.

Sie wartete ein paar Sekunden, aber dann stellte sie lächelnd fest: »Der kleine Mikey. Du bist doch ganz sicher nicht nach all den Jahren bei mir aufgetaucht, um mich zu fragen, wie's mir geht.«

Sie hatte ein Funkeln in den Augen, und er wusste, dass sie mit ihm spielte und noch immer so gewitzt wie früher war. Zum Zeichen, dass er sich geschlagen gab, hob er die Hände. »Sie haben mich erwischt.«

Die alte Frau beugte sich vor und tätschelte sein Knie, als ob er immer noch der kleine Junge wäre wie vor all der Zeit. »Was kann ich für dich tun, Mikey?«

Es war inzwischen ewig er, dass jemand anderes als Tante Daisy ihn mit diesem Namen angesprochen hatte, und er dachte an sein eigenes Kind, wie eigentlich stets. An den kleinen Jake, der so verletzlich, aber gleichzeitig so voller Leben war. Auch wenn dieses Leben mit der Zeit verlöschen würde ohne die Maschine, die die Arbeit seiner Nieren übernahm. Die Menschen hatten ihn immer für seinen Mut gelobt, doch das, war er erlitten hatte, war viel weniger als das, was dieser kleine Junge Tag für Tag ertrug. Jake zeigte wahren Mut.

Michael nestelte an seinem Hemdkragen, denn plötzlich war ihm siedend heiß, und der dicke Kloß in seinem Hals erschwerte das Sprechen. Unvergossene Tränen glitzerten in seinen Augen, und wenn er sich nicht zusammenriss, brächen sie sich gleich wahrscheinlich Bahn. »Ich brauche Ihre Hilfe, Babs.«

Sie zog ein Tuch aus einer Schachtel auf dem Tisch und drückte es ihm in die Hand. Jetzt rannen ihm die Tränen übers Gesicht, und verlegen wischte er sie weg. »Es tut mir leid«, gestand er schniefend. »Manchmal wird mir einfach alles ein bisschen zu viel.«

Hier, in diesem weichen Lederohrensessel, fühlte er sich sicher. Niemand stellte irgendwelche Ansprüche an ihn, und niemand störte sich daran, wenn ihm das Herz vor Sorge überging.

Er atmete tief durch und fuhr mit rauer Stimme fort. »Ich weiß nicht, wo ich beginnen soll, also seien Sie bitte etwas nachsichtig mit mir. Ich hasse es, noch mal in der Vergangenheit zu wühlen, vor allem, da sie furchtbar schmerzlich war, aber Sie erinnern sich doch sicher an den Busunfall?«

Babs bedachte ihn mit einem ungläubigen Blick.

»Tut mir leid, natürlich tun Sie das. Ich meine, wie könnten wir den Abend je vergessen? Er hat unser Leben ein für alle Mal verändert und …« Er merkte, dass er sich verhaspelte, und hätte sich am liebsten in den Allerwertesten getreten, als ihm wieder einfiel, wie es Barbaras Mann ergangen war. Ihm war klar, er hätte diese Frage schon viel früher stellen sollen, und eilig holte er es nach. »Wo ist übrigens Selwyn? Ich meine, ist er … weilt er noch unter uns?« Er zuckte zusammen, weil er selber hörte, wie furchtbar unbeholfen die Formulierung war, und wünschte sich, Beth wäre an seiner Seite, um ihm beizustehen.

Babs schüttelte den Kopf. »Er ist 2000 an einer Lungenentzündung gestorben. Da war er neunundsechzig, aber vorher hat er vierundzwanzig Jahre mit seinen Verletzungen gelebt, und ich glaube, er hat sich deshalb nicht einen Tag lang bedauert. Er war einfach ein wunderbarer Mann.«

»Er hatte ja wohl mindestens genauso großes Glück, weil Sie immer für ihn da gewesen sind«, warf Michael ein, doch Barbara winkte ab.

»Das ist Liebe, Mikey. Wenn man einen Menschen liebt, ist man auch immer für ihn da.«

Schon wieder hatte Barbara ihn beschämt, und abermals mit rauer Stimme fragte er: »Und Ihre Tochter, Lorraine?«

Sofort hellte sich ihre Miene auf. »Sie lebt inzwischen in den Staaten, Kalifornien. Sie hat damals einen Chirurgen geheiratet, aber inzwischen sind sie beide pensioniert. Sie haben ein schönes Leben. Was glaubst du wohl, wer all das hier bezahlt?«, erkundigte sie sich und sah sich in dem eleganten Zimmer um.

»Es ist sehr schön«, erklärte er und überlegte, wie er das Gespräch noch einmal auf den Unfall bringen könnte, während aus der Küche schon das Klappern von Geschirr zu hören war und ihm durch die offene Tür der Duft gebratenen Hähnchens in die Nase stieg. »Wie es aussieht, gibt es gleich das Abendessen, also fasse ich mich besser kurz.« Ihr erwartungsvoller Blick ermutigte ihn zu sagen, was ihm auf dem Herzen lag. »Das klingt wahrscheinlich etwas irre, aber wussten Sie, dass Petula an dem Tag ein Kind bekommen hat?«

Jetzt war es heraus, und selbst wenn er es wollte, gäbe es jetzt kein Zurück mehr, stellte er erleichtert fest.

Barbaras Augen wurden dunkel, und sie wählte ihre Worte mit Bedacht. »In der Tat, das weiß ich. Ich war sogar bei der Geburt dabei.« Sie sah ihn direkt an. »Ich schäme mich nicht dafür, was wir getan haben, falls du das denkst. Wir haben damals das Richtige getan. Wenn Petula sie mitgenommen hätte, hätte sie den Unfall sicher ebenfalls nicht überlebt.«

Michael nickte zustimmend. »Das ist mir klar. Aber haben Sie sich je gefragt, was aus ihr geworden ist? Der Kleinen, meine ich.«

»Schon seit Jahren nicht mehr, aber anfangs, hauptsächlich im ersten Jahr, habe ich sehr oft an sie gedacht.«

»Daisy war ebenfalls in diese Angelegenheit verwickelt, stimmt's?«

Babs nickte. »Ohne ihre Hilfe hätte ich es nicht geschafft. Sie hat ihre Sache während der Geburt hervorragend gemacht, war unglaublich freundlich zu Petula und hat dann das Baby mitgenommen und an einer Stelle abgelegt, wo man es sofort gefunden hat.«

»Vor einer Pension. Vor der Villa Claremont.«

Babs runzelte die Stirn. »Ja, der Name sagt mir was. Ich habe Daisy nicht begleitet. Ich hatte zu viel damit zu tun, das Chaos zu beseitigen und für Petula da zu sein.«

»Offenbar ist diese Geschichte Daisy nicht mehr aus dem Kopf gegangen. In dem überwältigenden Wunsch herauszufinden, was aus dem Baby geworden war, ist sie ein Jahr nach dem Unfall mit mir noch einmal dorthin zurückgefahren, und das Baby war noch immer dort. Die Wirtin der Pension, eine gewisse Mary Roberts, hatte die Kleine Beth getauft und zog sie wie ihre eigene Tochter auf.«

Babs klappte die Kinnlade herunter. »Daisy hat mir nie erzählt, dass sie noch mal in Blackpool war, aber ich finde das durchaus verständlich. Und dem Baby ging es gut?«

»Es ging ihm sogar ganz hervorragend. Aus diesem Grund hat Tante Daisy die Sache auch nicht weiterverfolgt und ihr Geheimnis für sich behalten. Aber wir waren jedes Jahr in der Pension und … inzwischen sind Beth und ich verheiratet.«

Michael lehnte den Kopf gegen die Sessellehne, denn schließlich musste Barbara seine Worte erst einmal verdauen. Die alte Dame mochte immer noch so aufgeweckt wie früher sein, aber trotzdem würde sie wahrscheinlich etwas brauchen, bis sie die Bedeutung seiner Worte ganz verstand.

Babs öffnete den Mund, um ihn etwas zu fragen, schüttelte dann aber kurz den Kopf, legte ihre Zeigefinger an die Schläfen und schloss die Augen.

»Und warum erzählst du mir das alles jetzt?«

Ruhig erzählte Michael ihr von Jake, dass er und Beth als Nierenspender nicht in Frage kamen und ein anderer Blutsverwandter vielleicht ihre letzte Chance war.

»Unsere letzte Hoffnung war, Beth' Vater aufzutreiben, aber Mary hat ihr nie etwas von ihm erzählt. Jetzt wissen wir, warum. Sie wusste selbst nicht, wer es war. Sie hatte einen Schlaganfall, bevor Jakes Zustand sich verschlechtert hat, deswegen war ihr gar nicht klar, wie wichtig die Identität des Mannes für uns ist.« Wie, um die Information aus ihr herauszupressen, drückte Michael Barbaras Hand. »Weiß vielleicht Lorraine, wer der Vater von Petulas Baby war?«

Sie griff nach dem nächsten Taschentuch und schnäuzte sich. »Das mit deinem Jungen tut mir leid, Mikey. Ich kann mir nicht man ansatzweise vorstellen, wie hart das für euch ist. Petula hat uns nicht erzählt, wer der Vater ihres Babys war, aber ein paar Monate später haben wir den Namen dann in ihrem Tagebuch entdeckt«

Mit einem Mal hellwach, beugte Michael sich in seinem Sessel vor. »Wirklich? Haben Sie einen Namen?«

Barbara sprach in einem Ton, als wäre das doch offensichtlich, und als wäre er ein Narr, weil er nicht längst schon selbst darauf gekommen war. »Ja, natürlich, es war Jerry, Jerry Duggan.«

Michael ließ sich wieder in den Sessel sinken, denn die Antwort traf ihn wie ein Faustschlag ins Gesicht. »Sie meinen Jerry Duggan, Daisys Sohn?«

Babs nickte. »Ja, genau. Aber es überrascht mich, dass sie dir nicht längst …«

Michael sprang auf, stapfte im Zimmer auf und ab und raufte sich die Haare. »Sie meinen, Beth ist Daisys Enkelin?«

»Ja, das ist sie, aber …«

Eilig blickte er auf seine Uhr. Er musste Daisy anrufen, egal, wie spät es dort jetzt gerade war. »Das ist eine unglaubliche Neuigkeit! Ich hoffe nur, sie fällt nicht um, wenn sie es erfährt.«

Barbara hievte sich aus ihrem Sessel und legte die Hand auf seinen Arm. »Aber sie weiß es schon, mein Lieber. Sie hat es die ganze Zeit gewusst.«

41

Sobald er wieder auf der Straße war, zog er sein Handy aus der Tasche, sah auf das Display und stöhnte innerlich, als er das Zeichen für verpasste Anrufe in der oberen linken Ecke sah. Er zog das Symbol nach unten. Viermal leuchtete die Nummer ihres Festnetzanschlusses zu Hause und danach noch zweimal Beth' Handynummer auf.

Mit einem unguten Gefühl wählte er die Nummer seiner Frau, aber auf ihrem Handy sprang sofort die Mailbox an. Er fing an zu schwitzen, und mit unsicheren Fingern scrollte er die Liste der Kontakte durch, bis er die Nummer eines Taxiunternehmens fand. Er versuchte, sich einzureden, es wäre alles gut, Beth wäre einfach ungeduldig zu erfahren, ob er etwas herausgefunden hätte, und sonst nichts. Es sähe ihr ähnlich, ungeduldig Neuigkeiten von ihm einzufordern, statt zu warten, bis er etwas von sich hören ließ.

Er saß bereits im Taxi, bis sie endlich an ihr Handy ging. Sie klang heiser und erschöpft, und er wusste gleich, dass seine anfängliche Furcht begründet gewesen war. Nach einer kurzen, angespannten Unterhaltung beendete Michael das Gespräch und beugte sich zu seinem Fahrer vor: »Kurswechsel, Kumpel«, sagte er. »Bitte fahren Sie mich so schnell es geht ins Kinderkrankenhaus.«

Mit wehendem Regenmantel stürzte Michael wie der Hauptdarsteller eines Dramas durch die Tür der Klinik und fuhr sich mit den Händen durch das nasse Haar, als er vor den Empfangstisch trat. »Mein Sohn wurde vor zirka einer Stunde eingeliefert. Jake McKinnon.«

Die Schwester rief die Neuzugänge auf ihrem Computer auf und wandte sich ihm wieder zu. »Er wurde bereits auf die Station verlegt. Ich lasse Sie gleich hinbringen.« Ihre Miene war geradezu erschreckend ernst, doch Michael war ihr dankbar, weil ihr die Gesundheit seines Sohnes offenbar am Herzen lag.

»Danke«, stieß er mühsam aus.

Er sah Beth, bevor sie ihn entdeckte. Sie stand vor dem Zimmer ihres Sohnes, starrte durch das Fenster in der Tür und strich sanft mit einer Hand über das Glas. In ihrer anderen Hand baumelte schlaff der alte Stoffaffe, der jetzt das Lieblingsstofftier seines Kindes war. Er rief ihren Namen, lief noch schneller, und als sie ihn näher kommen hörte, drehte sie sich um, trat auf ihn zu, sank wie eine Marionette, deren Schnüre durchgeschnitten worden waren, an seiner Brust zusammen und brach in hemmungsloses Schluchzen aus.

»Ich bin so schnell gekommen, wie ich konnte. Wie geht es ihm?« Er schob sie sanft ein Stückchen weg, um ebenfalls durchs Fenster seinen Jungen anzuschauen. Vor lauter Schläuchen war der Kleine kaum zu sehen. Mehrere Geräte blinkten neben seinem Bett, und drei Schwestern drehten dort an irgendwelchen Knöpfen und lasen die Ergebnisse der Messungen von den verschiedenen Monitoren ab.

»Er ist jetzt stabil, aber sie haben vorsichtshalber noch nach Dr. Appleby geschickt«, erklärte Beth und hielt mit einem schiefen Lächeln Galen hoch. »Er hat nach ihm gefragt.«

Michael nahm den Affen und vergrub die Nase in dem abgewetzten Stoff. Eine Schwester strich Jake sanft über die Stirn, griff dann nach seinem Handgelenk und sah auf ihre Uhr.

»Sag mir, was passiert ist.«

»Es ist alles meine Schuld, Michael.«

Er verstärkte seinen Griff um ihre Schultern. »Bitte Beth, hör endlich auf, immer dir die Schuld an allem zu geben, ja?«

Seine Worte ermutigten sie fortzufahren. »Er war oben und hat in seinem Zimmer mit den Legos gespielt. Ich weiß, am liebsten spielt er damit unten vorm Kamin, aber ich wollte endlich einmal wieder staubsaugen und etwas Ordnung machen, denn der Teppich war mit Müsli und Kekskrümeln übersät. Ich konnte schon ewig keine ganz normale Hausarbeit mehr erledigen, und der Staub auf dem Kaminsims war inzwischen mindestens zwei Zentimeter dick. Jack hat nicht wirklich protestiert, als ich gesagt habe, wir brächten seine Legokiste rauf. Er hat mir sogar geholfen, alle Steine in die Kiste einzupacken.« Lächelnd blickte sie zu Michael auf. »Er ist so ein guter Junge.«

»Das weiß ich. Und weiter?«, drängte er.

»Nun, sobald er oben war, hat er die Kiste auf dem Boden seines Zimmers ausgekippt und angefangen zu bauen. Ich habe gesagt, ich brächte ihm noch eine warme Milch, aber dann hat es mit einem Mal geklingelt, und noch ehe er mir eine Antwort geben konnte, bin ich an die Tür gegangen.« Sie erschauerte, und ihre Stimme brach. »Es war Elaine von nebenan. Sie wollte wissen, wie's ihm geht, und ich habe sie eingeladen, eine Tasse Tee mit mir zu trinken.« Sie sah auf, denn offensichtlich suchte sie in Michaels Blick eine Bestätigung dafür, richtig gehandelt zu haben. »Ich hatte keine andere Wahl.«

»Natürlich nicht, denn das gehört schließlich zu einer guten Nachbarschaft dazu. Und was ist dann passiert?«

»Michael, ich schwöre dir, ich habe ihn höchstens zehn Minuten oben spielen lassen, aber als ich dann mit seiner Milch kam, lag er dort mit halbgeschlossenen Augen auf dem Boden und hat sich nicht mehr gerührt.« Abermals brach sie in lautes Schluchzen aus. »Ich dachte, er wäre tot, Michael. Warum nur habe ich nicht besser auf ihn aufgepasst?«

Er zog sie abermals an seine Brust und wiederholte nachdrücklich: »Es ist nicht deine Schuld. Wie oft muss ich dir noch sagen, dass du endlich aufhören sollst, dir die Schuld an allem zu geben?«

Er starrte auf das mottenzerfressene Tier in seiner Hand. Galens Fell war abgewetzt, und eins der beiden Augen fehlte, doch noch immer hatte er sein breites Grinsen im Gesicht. Er strich sanft über den Kopf des Stofftiers und dachte an seinen Dad. Galen war die einzige Verbindung, die er noch zu seinem Vater hatte, aber gleichzeitig auch eine schmerzliche Erinnerung an jenen letzten, schicksalhaften Tag.

»Mein Dad war fest entschlossen, dieses Stofftier für mich auf dem Jahrmarkt zu gewinnen. Ich war immer noch ganz aufgewühlt, denn ich hatte mich verlaufen, und ich hatte Angst gehabt, ich würde ihn nie wiedersehen. Die Erleichterung in seinem Blick, als Babs mit mir zurückkam, werde ich niemals vergessen. Er hat mich so eng an seine Brust gezogen, dass ich kaum noch Luft bekommen habe, hat mich ewig festgehalten und kein Wort gesagt.

Ich glaube, er war in dem Augenblick zu überwältigt, um zu sprechen, und ich sollte ihn nicht weinen sehen.« Wieder blickte er auf Jake, der reglos in den Kissen lag. »Jetzt weiß ich, wie er sich gefühlt hat. Er dachte, er hätte seinen Sohn verloren, und war deshalb außer sich vor Angst.«

»Er fehlt dir immer noch, nicht wahr?«

»Ich war sechs, als er gestorben ist. Das ist inzwischen vierzig Jahre her, aber ja, ich wünschte mir, ich hätte ihn nicht nur so kurze Zeit gehabt.«

Als sie Schritte hörten, drehten sie sich beide um.

»Guten Abend, Beth. Michael.« Ohne Umschweife erklärte Dr. Appleby den Eltern, wie es um den Jungen stand. »Ich fürchte, die Untersuchungen haben bestätigt, dass Jakes Nieren zwischenzeitlich nur noch zehn Prozent der Arbeit leisten, was bedeutet, dass er kurz vorm endgültigen Nierenversagen steht.« Er legte eine kurze Pause ein, denn schließlich mussten sie die Nachricht erst einmal verdauen. »Das klingt natürlich erst mal schrecklich, aber trotzdem kann er selbstverständlich mit der Dialyse weitermachen, die den Job der Nieren übernimmt. Wir werden ihn jetzt erst mal ein paar Tage hierbehalten, bis er sich erholt hat, aber dann gibt's keinen Grund, ihn nicht nach Hause zu bringen und die Dialyse über Nacht in seinem eigenen Bett fortzusetzen, bis ein passender Spender gefunden ist.«

»Aber wie lange wird das dauern, Doktor?«, fragte Beth.

Er hob die Brauen an. »Bis wir einen Spender finden? Ich will Ihnen gegenüber völlig ehrlich sein. Das könnte Jahre dauern, oder vielleicht haben wir auch Glück, und es taucht schon nächste Woche einer auf. Im Grunde ist es wie bei einer Lotterie.«

Michael nahm Beth' Arm und nickte mit dem Kopf

dorthin, wo Jake hinter dem Fenster lag. »Dürfen wir jetzt zu ihm?«

Dr. Appleby lächelte ihn mitfühlend an. »Mal sehen, was ich bei den Schwestern erreichen kann.« Dann tätschelte er Beth die Schulter und bat ruhig: »Machen Sie sich keine allzu großen Sorgen wegen all dieser Geräte. Jake wird erst einmal genauestens überwacht, aber es sieht gut aus.«

Beth ergriff die kleine Hand von ihrem Sohn. Die Wärme, die sie ausstrahlte, war tröstlich, und wie er so mit geschlossenen Augen in den Kissen lag, sah er trotz all der Kabel, die den zarten Leib umschlangen, ungeheuer friedlich aus.

»Weißt du«, sagte sie zu ihrem Mann, »nur ein Drittel der Bevölkerung ist im Organspenderverzeichnis registriert.«

»Nun, ich nehme an, darüber denken viele gar nicht nach, solange sie nicht selbst betroffen sind«, gab er zurück. »Ich meine, wir waren schließlich auch nicht registriert, bevor all das passiert ist, oder?«

»Am schlimmsten ist, dass es mich überglücklich machen wird, wenn sie einen Spender für Jake finden, obwohl dafür vorher jemand sterben muss. Und wie können wir uns freuen, wenn eine andere Familie vorher einen Menschen, den sie liebt, verloren hat?«

»Das wird bestimmt nicht leicht«, stimmte ihr Michael zu. »Aber vielleicht ist es den Verwandten ja ein Trost zu wissen, dass der Mensch, den sie verloren haben, dann in jemand anderem weiterlebt.« Er zuckte mit den Achseln. »Keine Ahnung, aber vielleicht heißt das ja für sie, dass dieser Mensch nicht vollkommen umsonst gestorben ist.«

»Vielleicht.« Sie sah ihn an. »Aber egal. Du hast mir noch gar nicht erzählt, ob deine Suche was ergeben hat. Hast du etwas rausgefunden? Michael?«, fragte sie, als sie das kaum merkliche Zucken seines Lides sah.

»Nicht hier, lass uns nach draußen gehen.«

Beth küsste Jake sanft auf die Stirn, schob Galen neben ihn und folgte Michael in den Flur.

»Lass uns einen Kaffee trinken gehen«, schlug er ihr vor, doch sie hielt ihn am Arm zurück.

»Nein. Ich will jetzt gleich wissen, was du herausgefunden hast.«

Michael blickte sich verstohlen um, als hätte er die Absicht, ihr ein Staatsgeheimnis zu enthüllen, und ihre Knie wurden weich.

»Ich habe den Namen deines Vaters rausgefunden«, fing er widerstrebend an. »Wenn ich ihn dir sage, wirst du dich bestimmt nicht freuen.«

Ohne auch nur zu versuchen, ihre Ungeduld zu unterdrücken, fauchte sie ihn zornig an: »Um Gottes willen, Michael, sag mir einfach, wer es ist.«

Er griff nach ihrem Arm, als er ihre erwartungsvolle Miene sah.

»Es ist Jerry, Daisys Sohn.«

Sie starrte ihn mit großen Augen an, bevor sie ihre Stimme wiederfand. »Was? Oh nein, das kann nicht sein. Das hätte Daisy uns doch sicher längst erzählt.«

Er nickte zustimmend. »Ich weiß, es ist unglaublich, dass sie dieses Wissen all die Zeit für sich behalten hat. Ich meine, sie ist deine Oma, Beth.«

Als ihr die Bedeutung seiner Worte aufging, dachte sie an Daisy, die den damals sechsjährigen Mikey unter ihre

Fittiche genommen hatte und dann Jahr für Jahr mit ihm in der Pension erschienen war, ohne ihnen jemals das Geheimnis ihrer Ziehmutter zu offenbaren. Sie beide liebten sie, als wäre sie ein Teil ihrer Familie, und jetzt sah es mit einem Mal so aus, als wäre sie das auch.

»Aber warum hat sie nichts gesagt? Ich verstehe es nicht.«

»Bei ihrer Abreise vor einem Vierteljahr ging's Jake noch gut. Sie hat keine Ahnung davon, dass sein Zustand sich verschlimmert hat. Vielleicht hat deine Mutter … Mary sie darum gebeten, Stillschweigen zu bewahren.«

Hektisch wühlte Beth in ihrer Handtasche, bis sie ihr Handy fand. »Ich rufe Daisy auf der Stelle an.«

Michael nahm ihr sanft das Handy ab. »Bitte, Beth. Ich weiß, das war ein Schock für dich, aber jetzt ist nicht der rechte Augenblick. Sie kommt übermorgen nach Hause. Dann werden wir mit ihr sprechen und uns anhören, was sie dazu zu sagen hat.«

»Aber …«

Michael legte ihr den Zeigefinger an die Lippen. »Du hast Dr. Appleby gehört. Jakes Zustand ist stabil, die Maschine arbeitet, und erst einmal ist die Gefahr gebannt. Und nachdem wir so lange gewartet haben, halten wir es jetzt doch sicher noch zwei Tage länger aus.«

42

»Noch ein Glas Champagner, Mrs Duggan?«, bot die Stewardess ihr lächelnd an.

Daisy blickte auf und fragte sich, wie es der Flugbegleiterin gelang, auch nach mehreren Stunden in der Luft noch derart frisch zu wirken und noch immer tadellos geschminkt zu sein. Nickend reichte sie der jungen Frau ihr Glas. Schließlich kostete es ein Vermögen, in der Businessclass zu fliegen, also sollte sie die Extras, die ihr dort geboten wurden, genießen. »Danke, gern.« Die Flugbegleiterin schenkte fachmännisch nach und wandte sich dann dem nächsten Passagier zu.

Nach drei Monaten in der Ferne freute Daisy sich jetzt auf die Rückkehr in ihr Häuschen in der Lilac Avenue. Der Winter war vorbei, und sie könnte stundenlang in ihrem Garten werkeln, denn jetzt brächen sicher bald die warmen Frühlingstage an. Sie drückte einen Knopf an der Seite ihres Sessels, und langsam fuhr er wie ein Zahnarztstuhl zurück, bis sie in der Horizontalen war. Sie streckte dankbar ihre Glieder aus und fragte sich, wie oft sie diese anstrengende Reise mit ihren alten Knochen noch unternehmen konnte.

Sie trank ihren Champagner, zog das kostenlose Servicepaket aus dem Netz an der Lehne des Vordermanns, cremte ihr Gesicht sorgfältig ein und setzte die Augenmaske auf. Wenn sie ein paar Stunden schlief, wäre sie bei ihrer Ankunft hoffentlich etwas erfrischt. Mikey holte sie vom Flughafen ab, und sie freute sich unbändig auf das Wiedersehen. Er war für sie so etwas wie ein zweiter Sohn, und sie hatte ihn fürchterlich vermisst. Trotz der schweren Kindheit hatte er etwas aus sich gemacht, woran sie selbst nicht ganz unbeteiligt war. Doch er hatte sie andersherum ebenfalls gerettet, denn in ihm hatte sie jemanden gefunden, dem sie Pullover stricken, ihn Tag für Tag bekochen und verwöhnen konnte, wofür sie bis heute dankbar war. Und jetzt war er verheiratet und Vater eines eigenen kleines Sohnes, was ebenfalls zum Teil ihr Werk gewesen war. Mit ihren fünfundachtzig Jahren war ihr klar, dass ihr wahrscheinlich nicht mehr allzu viele Jahre bleiben würden, doch sie könnte mit dem Wissen, dass aus einem scheuen kleinen Jungen, der seinen geliebten Vater viel zu früh verloren und den seine Mutter immer nur als Last betrachtet hatte, auch dank ihrer Fürsorge etwas geworden war, aus dem Leben gehen.

Sie dachte an den kleinen Jake, der seinem Vater in so vielen Dingen ähnlich war. Er war ein ruhiger, nachdenklicher, tapferer kleiner Kerl. Er verfügte über eine geradezu bemerkenswerte Zähigkeit, die ihn die viele Zeit, die er in seinem jungen Leben schon im Krankenhaus hatte verbringen müssen, relativ problemlos überstehen ließ.

Und dann war da noch seine Mutter Beth. Obwohl sie keine Ahnung davon hatte, hatte Daisy auch ihr Leben in die rechte Bahn gelenkt. Es erfüllte sie mit tiefer Trauer, dass sie Mikeys Frau bei Marys Tod nicht hatte beistehen können, denn wie nah die beiden sich gestanden hatten, wusste sie wahrscheinlich besser als die meisten anderen. Sie wollte nach Erhalt der Nachricht sofort zurückfliegen, aber Mikey hatte sie am Ende überredet, dort zu bleiben, wo sie war, und ihren Urlaub zu genießen, denn nach ihrer Rückkehr hätte sie noch jede Menge Zeit, um der Frau die letzte Ehre zu erweisen, der sie auf besondere Art verbunden war. Und falls es einen Menschen gäbe, der verstanden hätte, dass sie nicht zurückkam, wäre das die Tote selbst gewesen. Daisy war nach wie vor davon überzeugt, richtig gehandelt zu haben, als sie das kleine unschuldige Bündel, dem sie auf die Welt geholfen hatte, auf der Schwelle von Marys Pension zurückgelassen hatte.

Ruckelnd setzte das Flugzeug zum Landeanflug durch die dichte Wolkendecke an. Daisy riss den Mund zu einem übertriebenen Gähnen auf, damit der Druck auf ihre Ohren abnahm, schob die Rückenlehne ihres Sessels wieder hoch, packte ihre Tasche, zwängte die geschwollenen Füße in ihre Schuhe, legte den Stoffteddy, den sie für den kleinen Jake am Flughafen erstanden hatte, auf ihr übriges Gepäck und lehnte sich für den letzten Augenblick der Reise noch einmal zurück.

Das Flugzeug hüpfte durch die Wolken, schwankte in dem starken Wind nach links und rechts, und Daisys Hände wurden feucht. Als das Fahrgestell ausgefahren wurden, kniff sie ihre Augen zu, und erst, als sie mit einem lauten Rums die Landebahn berührten, atmete sie auf und starrte durch das Fenster in das graue trübe Wetter, gegen das die wässrig bleiche Sonne, die sich tapfer durch die Wolken kämpfte, machtlos war. Es regnete nicht richtig, doch ein leichter Niesel erfrischte die morgendliche Luft.

Daisy lächelte. Sie war wieder zu Hause.

Beth und Michael standen in der Ankunftshalle und starrten in angespanntem Schweigen auf die Ankunftstafel, auf der auch der Flieger, mit dem Daisy käme, aufgelistet war. »Da, er ist gelandet. Jetzt wird's nicht mehr lange dauern, bis sie kommt«, erklärte er.

»Dann rufe ich am besten schnell noch mal Elaine an, um zu fragen, was der Kleine macht.«

Michael starrte seine Frau wortlos an.

»Tut mir leid, natürlich hast du recht. Ich habe erst vor zehn Minuten bei ihr angerufen, stimmt's?«

Am Vortag war der Junge aus dem Krankenhaus entlassen worden, und natürlich wollte Beth ihn nicht allein lassen. Doch genauso dringend musste sie mit Daisy sprechen, und da Jake stabil war und jetzt über Nacht zu Hause an die Dialyse angeschlossen wurde, müssten sie versuchen, positiv zu sein und so gut es ging ihr Leben weiterzuleben. Sie hatten schließlich keine andere Wahl. Elaine hatte ihre Handynummern, die von Dr. Appleby und die Durchwahl der Station, auf der Jake gelegen hatte, und im Hausflur stand eine gepackte Tasche für den glücklichen Moment, in dem der Anruf kam, dass ein Spender gefunden worden war.

Michael sah, wie Daisy ihren Gepäckwagen mit den Koffern durch die Doppeltüren bugsierte und sich alle Mühe gab, ihn geradeaus zu lenken, damit er nicht gegen irgendwelche fremden Waden stieß. Obwohl sie müde aussah, strotzte sie wie immer vor Gesundheit, und ihre silbergrauen Haare betonten ihre tiefe Sonnenbräune. Als sie sie entdeckte, strahlte sie, hob die Hand zum Gruß, und sofort schwenkte der Wagen scharf nach links und stieß gegen den Fuß eines erbosten Passagiers. »Entschuldigung.«

Michael eilte ihr zu Hilfe, nahm sie zärtlich in den Arm und küsste sie auf die Wange. Immer noch unsicher, wie sie sich verhalten sollte, hielt sich Beth im Hintergrund. Michael hatte ihr verboten, einfach, wie es ihre Art war, mit der Neuigkeit herauszuplatzen, wenn sie Daisy sah.

»Wie geht's dir, Tante Daisy? Du siehst gut aus«, meinte er.

Sie drückte ihm den Arm. »Oh, ich hatte eine wunderbare Zeit, aber trotzdem freue ich mich jetzt, wieder hier zu sein. Am schönsten ist es schließlich immer noch zu Hause.« In diesem Augenblick entdeckte Daisy Michaels Frau. »Und Beth, wie nett, dass ihr mich beide abholt.« Sie zog die junge Frau an sich, nahm ihr Gesicht in beide Hände und erklärte traurig: »Du siehst müde aus, und du hast abgenommen. Der Verlust deiner Mum hat dir anscheinend ziemlich zugesetzt.« Sie blieb stehen und sah sich suchend um. »Wo steckt denn Jake?«

Michael steuerte den Ausgang an. Die Ankunftshalle eines Flughafens war sicher nicht der beste Ort, um vierzig Jahre alte Geheimnisse zu lüften, deshalb sagte er: »Es geht ihm gut, er ist zu Hause bei Elaine. Er war im letzten Vierteljahr mehrfach im Krankenhaus, aber jetzt geht es ihm erst mal wieder gut.«

Abrupt blieb Daisy stehen. »Im Krankenhaus? Warum in aller Welt hast du mich nicht angerufen, Mikey?«

»Wie gesagt, es geht ihm gut. Hör zu, wir bringen dich jetzt erst mal nach Hause, machen uns einen Tee und unterhalten uns dort weiter, ja?«

Er schob den Gepäckwagen, und Daisy hakte sich bei Beth, die immer noch die Lippen aufeinanderpresste, ein. »Es hat mir so leidgetan, als ich das von deiner Mum gehört habe.«

»Ach ja? Wo du gerade davon sprichst …«

Michael warf ihr einen warnenden Blick über die Schulter zu. Er hatte recht. Die Unterhaltung würde besser warten, bis die alte Frau zu Hause war.

In Daisys Haus roch es noch immer so wie damals. Das Bienenwachs, mit dem sie wöchentlich das Mahagoni-Sideboard und die anderen Holzmöbel polierte, war so tief ins Holz gezogen, dass die ganze Wohnung danach roch.

»Ich habe die Heizung angestellt«, erklärte er, als Daisy ihren Schlüssel in das Schloss der Haustür schob.

»Danke, Mikey, das war nett von dir.«

»Und ich habe Brot und Milch besorgt.«

Daisy zerzauste ihm das Haar. »Du bist immer noch ein guter Junge«, stellte sie mit einem Lächeln fest und wandte sich an Beth. »Er ist ein guter Junge, stimmt's? Halt ihn ja gut fest.«

Beth verzog den Mund zu einem schwachen Lächeln, doch ihr Blick blieb weiter ernst, und Daisy runzelte besorgt die Stirn.

»Du bist heute schrecklich still, Beth. Geht es dir nicht gut?« Sie packte ihren Arm. »Es geht um Jake, nicht wahr? Ihr verheimlicht mir etwas. Mikey … was ist los?«

»Warum setzen wir uns nicht ins Wohnzimmer?«, schlug Michael vor. »Dann erzählen wir dir alles.«

»Meinetwegen«, stimmte sie mit Argwohn in der Stimme zu. »Ich wasche mir nur vorher schnell noch das Gesicht. Ich muss …«

Beth hielt es nicht mehr aus und fuhr die alte Frau mit barscher Stimme an: »Um Gottes willen, Daisy, setz dich bitte einfach hin. Es gibt da etwas, worüber wir mit dir reden müssen.«

Unter ihrer Sonnenbräune wurde Daisy bleich. »Ich wusste, dass etwas nicht stimmt. Das habe ich sofort gespürt. Was ist passiert?«

Michael zeigte auf die Tür des Wohnzimmers. »Da drüben, Tante Daisy … bitte.«

Daisy ließ sich auf das dreisitzige Sofa sinken, und die beiden anderen stellten sich vor den Kamin.

Beth verschränkte ihre Arme vor der Brust, starrte Daisy reglos an, und mit einem nervösen Kichern meinte die: »Ich komme mir fast vor, als stünde ich hier vor Gericht.«

»Wir wissen alles«, klärte Beth sie tonlos auf.

Daisy schob sich an den Rand der Couch. Seit vierzig Jahren hatte sie befürchtet, dass ihr jemand auf die Schliche kommen würde, doch zumindest hatte sie gehofft, sie könnte selbst bestimmen, wann es so weit war. Nach dem Tod von Mary hatte sie beschlossen, das Geheimnis mit ins Grab zu nehmen, aber wie es aussah, hatten die Ereignisse sie doch noch eingeholt. Sie atmete tief durch, denn heute müsste sie den beiden für die Ereignisse, die vor langer Zeit geschehen waren, Rede und Antwort stehen.

43

Die Stille zwischen ihnen schien sich endlos auszudehnen, und am Ende war es Michael, der sie brach. Er versuchte, sich seine Verärgerung nicht anmerken zu lassen, denn im Grunde hatte Daisy es in all den Jahren mit Beth und Mary stets nur gut gemeint.

»Erinnerst du dich noch daran?« Er zerrte einen Umschlag aus seiner Jacke und hielt ihn ihr hin.

Daisy sah auf das Papier, das ihre Handschrift aufwies. »Das ist mein Brief an Mary, stimmt's?«, setzte sie mit leiser Stimme an. »Wo habt ihr den gefunden?«

»In Mums Wohnung«, sagte Beth. »Das heißt, wenn ich sage Mum …«

»Red doch keinen Unsinn, Beth«, bat Daisy sie erschöpft. »Sie war deine Mutter, daran ändert auch dieses verflixte Schreiben nichts.«

»Obwohl sie es nicht wirklich war, nicht wahr?«, fuhr Beth sie ungehalten an.

»Bei allem, was zählte, war sie es.« Flehend ergriff Daisy ihre Hand. »Hör zu, ich weiß, das ist ein fürchterlicher Schock für dich, aber Mary hat dich abgöttisch geliebt. Mehr hätte sie dich auch nicht lieben können, wenn sie dich selber auf die Welt gebracht hätte. Natürlich konnte ich das in dem Augenblick nicht sicher wissen, aber als ich dich bei ihr zurückgelassen habe, habe ich die fürsorglichste, liebevollste Mutter für dich ausgesucht, die sich ein Kind nur wünschen kann.« Sie streichelte Beth' Handrücken und sprach nach einer kurzen Pause weiter. »Natürlich konnte ich nicht wissen, dass sie dich nicht den Behörden übergeben würde, aber Gott sei Dank hat sie das nicht getan. Knapp ein Jahr später habe ich herausgefunden, dass sie dich behalten hatte, und ihr beide ward so glücklich, dass ich es nicht übers Herz gebracht hätte, euch noch einmal zu trennen. Auch wenn das die schwierigste Entscheidung meines Lebens war. Mit jeder Faser meines Körpers hätte ich dich in die Arme schließen und dich wieder mit nach Hause nehmen wollen, aber dafür war es zu spät. So grausam konnte ich der guten Mary und auch dir gegenüber ganz einfach nicht sein.«

Beth zog ihre Hand zurück und sah sie zweifelnd an. »Und würdest du uns vielleicht auch verraten, warum du überhaupt noch mal dorthin zurückgefahren bist, um rauszufinden, was aus mir geworden war?« Sie klang wie ein bissiger Staatsanwalt, konnte aber nichts dagegen tun.

»Nun … ich … ich war einfach neugierig. Ich meine …«

»Dann hatte es also nichts damit zu tun, dass ich deine Enkeltochter bin?«

Daisy starrte sie mit großen Augen an und wandte sich dann Michael zu. Sein Gesicht war völlig ausdruckslos, und das Mahlen seiner Kiefer zeigte ihr, wie angespannt er war. Sie sehnte sich nach seinem warmen Lächeln, aber als er weiter schwieg, fuhr sie verzweifelt fort. »Woher wisst ihr das? Aber egal. Als ich herausfand, dass du Jerrys Tochter bist, hatte Mary dich schon aufgenommen, und was hätte ich denn machen sollen? Ich meine, er hätte sich jawohl schwerlich um dich kümmern können, oder? Danach habe ich dich jedes Jahr besucht, obwohl ich Mary nie verraten habe, wer ich bin. Sie sollte nicht befürchten, dass man dich ihr doch noch einmal wegnimmt, und am Ende waren wir beide enge Freundinnen. Das weißt du, Beth, und bitte glaub mir, wenn das Mädchen, das dich auf die Welt gebracht hat, mir an jenem Tag verraten hätte, dass du meine Enkeltochter bist, hätte ich dich selbstverständlich bei mir aufgenommen, das ist ja wohl klar.«

Beth warf einen Blick auf Daisys von Arthritis geschwollenen, verknöcherten Hände und die dicken blauen Adern unter der inzwischen welken Haut. Obwohl sie sie fest ineinander verschränkt hatte, war das Zittern ihrer Finger nicht zu übersehen, und plötzlich schämte Beth sich dafür, derart hart mit Daisy ins Gericht gegangen zu sein. Traurig ließ sie sich zu ihr aufs Sofa sinken und erklärte rau: »Es tut mir leid, dass wir so unsanft mit dir umgesprungen sind. Aber da ist noch etwas, wovon du bisher noch nichts weißt.« Sie wandte sich an Michael, und der nickte zustimmend.

»Jakes Zustand hat sich dramatisch verschlechtert, seit du abgeflogen bist.«

Daisy öffnete den Mund, doch Beth hob abwehrend die Hand. »Wir haben es dir nicht erzählt, weil du auch nichts hättest machen können und weil wir wussten, dass du trotzdem sofort zurückgekommen wärst.«

Ihre Großmutter versuchte abermals, etwas zu sagen, aber wieder fiel Beth ihr ins Wort. »Bitte, Daisy, lass mich einfach ausreden, ja? Jakes Nieren haben inzwischen beinahe vollständig versagt, weshalb ihm nur noch eine Spenderniere helfen kann.«

Daisy griff sich an die Brust. »Oh nein, der arme kleine Schatz, das ist ja grauenhaft.« Sie fächelte sich Luft zu und sah ihre Enkeltochter an. »Ihr hättet es mir sagen sollen. Und natürlich wäre ich sofort zurückgekommen, was wohl sonst?«

Beth sah sie mit einem schmalen Lächeln an. »Er hat jetzt mit der Dialyse angefangen. Die wird ihn am Leben halten, aber gleichzeitig hat ihn die Klinik auf die Warteliste für ein Spenderorgan gesetzt.«

Jetzt setzte sich auch Michael zu den beiden Frauen auf die Couch. »Beth und ich haben uns testen lassen, aber leider kommen wir als Spender nicht in Frage. Deshalb haben wir versucht, andere Verwandte ausfindig zu machen, aber du weißt selbst, wie klein unsere Familie ist. Die Suche nach Beth' Vater war uns deswegen mit einem Mal so wichtig, weil er unsere letzte Hoffnung ist.«

Mühsam stand Daisy auf.

»Wo willst du hin?«

Sie drehte sich zu Michael um und starrte ihn mit großen Augen an. »Zum Telefon, wohin wohl sonst?«

Daisy wählte sorgfältig die Nummer, hörte mehrere gedämpfte Klingeltöne, und nach ein paar Klicks drang die vertraute Stimme aus der Ferne durch den Hörer an ihr Ohr.

»Hallo, ich bin's, Daisy.«

»Oh, du bist zurück. Hattest du einen guten Flug?«

»Danke, er war okay.«

»Und wie ist bei euch das Wetter? Hoffentlich nicht allzu kalt und regnerisch.«

Ohne auf die Frage einzugehen, fragte Daisy: »Ist er da?«

»Was? Oh … ja, sicher. Augenblick, ich hole ihn.«

Sie hörte, wie seine Frau den Hörer auf dem großen

Glastisch ablegte, und dann rief die körperlose Stimme, deren Echo von den Fliesenwänden in der Küche widerhallte: »Jerry, deine Mutter ist am Telefon.«

44

Jerry legte den Hörer wieder auf die Gabel an der Wand und lehnte seine Stirn gegen die kühle Tür des riesengroßen Kühlschranks, der danebenstand. Dann rieb er die Fettflecken mit seinem Ärmel von der Stahltür ab, nahm ein Glas vom Abtropfbrett neben der Spüle, hielt es kurz unter den Wasserspender und hob es mit zitternder Hand an seinen Mund.

Durchs Fenster sah er seine Frau. Sie stand auf der Terrasse und schrubbte den Grill.

Er öffnete den Kühlschrank, griff nach einer Flasche kühlen Rosé, schnappte sich zwei Gläser und ging zu ihr hinters Haus.

»Lydia, Schatz, könntest du vielleicht eine kurze Pause machen und dich zu mir setzen?«

Sie runzelte die Stirn. »Ich bin sofort fertig. Am besten schrubbe ich das Ding, bevor das Wasser wieder kalt wird.« Sie tauchte ihren Scheuerschwamm in das heiße Wasser mit dem Spülmittel und setzte ihre Arbeit fort.

Nach fünfunddreißig Jahren Ehe wusste Jerry um die Sinnlosigkeit, darauf zu bestehen, dass sie jetzt sofort ein Gläschen mit ihm trank. Er musste eben warten, bis sie fertig war.

Der Melbourne'sche Sommer neigte sich dem Ende zu, und die kühle abendliche Brise kündigte das Ende der monatelangen Hitzewelle an. Jerry setzte sich in die Hollywoodschaukel, trank einen Schluck Wein, lehnte seinen Kopf gegen das Polster, schwang sachte vor und zurück, schloss seine Augen und lenkte seine Gedanken zum ersten Mal seit Jahren in die Vergangenheit. Er hatte an den Unfall schon seit einer Ewigkeit nicht mehr gedacht, denn dann kamen jedes Mal überwältigende Schuldgefühle in ihm hoch.

Er hatte damals den gesamten Trupp im Stich gelassen, und ein paar der Leute hatten diesen Tag nicht überlebt. Er wusste, dass er in den Augen der anderen ein Freak gewesen war, ohne echte Freunde und mit merkwürdigen Hobbys, falls das Glockenläuten oder die Beobachtung von Fliegern überhaupt als Hobbys zu bezeichnen waren. Lydia war die Einzige gewesen, die ihn je wirklich verstanden und ihn so geliebt hatte, wie er gewesen war. Wenn er gleich mit ihr und ihren Eltern nach Australien gegangen wäre, wäre dieser grauenhafte Unfall nie passiert.

Der Gedanke an Petula trieb ihm auch nach all den Jahren noch die Schamesröte ins Gesicht. Seine Mutter dachte zweifellos, er hätte ihre Enkeltochter während eines zärtlichen und liebevollen Akts gezeugt. In Wahrheit aber hatte sich in dem Moment einfach die Frustration über sein Leben Bahn gebrochen, und der Wunsch, seinen Liebeskummer wegen Lydia wenigstens ein paar Minuten zu vergessen, hatte zu dem schicksalhaften Stelldichein im dunklen Flur geführt. Danach hatte er Petula über Monate hinweg gemieden, denn er hatte sich für sein erbärmliches Verhalten fürchterlich geschämt. Es spielte keine Rolle, dass sie sich ihm willig hingegeben hatte, denn er hätte sich einfach beherrschen sollen. Doch er hatte sich von seinem schmerzlichen Verlangen nach dem

Mädchen, dem sein Herz gehörte, leiten lassen und ganz einfach nicht mehr nachgedacht.

Er schlug die Augen wieder auf, denn der Rosé schwappte ihm über die Hand, als seine Frau sich zu ihm auf die Schaukel fallen ließ.

»Soll ich dir noch einmal nachschenken?«, bot sie ihm an.

Nickend hielt er ihr das Weinglas hin. »Danke, Schatz.«

»Dann ist deine Mutter also gut wieder zu Hause angekommen?« Sie streifte die gelben Gummihandschuhe ab und ließ sie achtlos auf den Boden fallen. »Sie klang am Telefon ein bisschen distanziert. Aber vielleicht war sie ja einfach müde.«

Er drehte sein Glas zwischen den Fingern und sah reglos geradeaus. Er hatte keine Ahnung, wie er es ihr sagen sollte. Lydia hätte eine wundervolle Mutter abgegeben, doch mit jeder Fehlgeburt hatte ihr Elend sich verstärkt. Sie hatte die schmerzliche Enttäuschung immer weniger ertragen, und nach sieben fehlgeschlagenen Versuchen schließlich akzeptiert, dass es ihr nie vergönnt wäre, ein Baby auszutragen und an ihrer Brust zu nähren. Und jetzt musste Jerry ihr erklären, dass er selbst schon seit vierzig Jahren Vater war.

Sie tätschelte sein Bein. »Du bist so, still, Jerry. Ist was passiert?«

Lydia hatte einen untrüglichen Sinn dafür, wenn etwas nicht in Ordnung war, und ihm war klar, dass er ihr gegenüber völlig ehrlich sein wollte, auch wenn es für sie genauso schmerzlich war, sich seine Geschichte anzuhören, wie für ihn, sie zu erzählen. Er war dankbar, dass sie ihm nicht gegenübersaß, denn so musste er sie während seiner Beichte wenigstens nicht ansehen.

Er blickte weiter reglos geradeaus und setzte dann mit rauer Stimme an. »Ich muss dir etwas sagen, Lydia.«

Er brach noch einmal ab und atmete tief durch. »Einen Teil dieser Geschichte kennst du schon, das von dem Unfall und …«

Sie wandte sich ihm zu. »Von welchem Unfall? Wovon redest du?«

»Von dem Unfall, in den ich verwickelt war, kurz bevor ich damals nach Australien gekommen bin.«

»Großer Gott, wie kommst du denn jetzt darauf? Das ist doch inzwischen … wie lange? … fast vierzig Jahre her.«

»Das stimmt«, bestätigte er. »Im Juli werden es vierzig Jahre.« Jetzt blickte er sie an. Sie war vollkommen ungeschminkt, da sie das Haus jedoch nicht ohne Sonnencreme verließ, war ihr Gesicht noch immer praktisch faltenfrei, und trotz der silbrig weißen Strähnen, die ihr Haar durchwirkten, sah sie nicht wie achtundfünfzig, sondern mindestens zehn Jahre jünger aus. Mit ihrer jungenhaften, schlaksigen Figur hätte sie in ihrer Jugend kaum jemand als wirklich hübsch bezeichnet, doch sie war zu einer attraktiven, gertenschlanken Frau herangereift.

»Lydia, ich muss mit dir darüber sprechen, was an jenem Tag passiert ist, und danach kannst du mich alles fragen, was du willst. Ich verspreche dir, ich werde völlig ehrlich zu dir sein.«

»Jetzt machst du mir Angst, Jerry. Warum tust du plötzlich so geheimnisvoll?«

Er stand auf und wandte sich ihr zu, als stünde er auf seiner Bühne und sie wäre das Publikum. Aber schließlich würde dies die Rede seines Lebens, und froh, weil er sich an etwas klammern konnte, legte er die Hände um sein Glas.

»Ich hätte den Van damals nicht fahren sollen, aber der Typ, den Selwyn engagiert hatte, war krank, deswegen hat er einen Freiwilligen gesucht. Die anderen waren total geplättet, als ich mich als Fahrer angeboten habe, denn sie wussten nicht mal, dass ich einen Führerschein besaß. Auf alle Fälle habe ich uns alle wohlbehalten nach Blackpool gebracht, und wir hatten einen durchaus netten Tag. Vor der Rückfahrt haben wir uns alle in einem Pub getroffen, und die anderen haben ordentlich gezecht. Aber ich habe nur ein Glas getrunken und konnte problemlos fahren.«

Lydia starrte ihn durchdringend an und zog ihre Beine unter sich. »Sprich weiter«, bat sie ihn. »Ich höre zu.«

»Also, wir sind wieder losgefahren, und sie waren alle guter Stimmung, haben gesungen und so. Nach einer Weile musste ich auf die Toilette. Da die anderen so schnell es ging nach Hause wollten, haben sie gestöhnt, als ich an einem Rastplatz angehalten habe, aber ich musste unbedingt. Wahrscheinlich hätte ich das Bier zum Abendbrot nicht trinken sollen.«

»Du bist also gefahren, als ihr aus … Wo wart ihr noch einmal, in Blackpool?«

Jerry nickte knapp. »Die anderen haben im Bus gewartet, während ich aufs Klo gegangen bin. Auf der Toilette waren zwei Kerle, die mir schon beim Reinkommen unsympathisch waren, also habe ich eine Kabine statt des Urinals benutzt. Mit ihren kahlrasierten Köpfen und den Tätowierungen haben die beiden wirklich übel ausgesehen. Als ich wieder aus der Kabine kam, haben sie angefangen, mich zu hänseln. Wollten wissen, was ich habe, was sie selbst nicht haben, und warum ich nicht das Urinal benutzen konnte so wie sie.« Er lachte traurig auf. »Du weißt ja sicher noch, dass ich solche Typen damals magisch angezogen habe. Ich bin nicht auf ihre Sticheleien eingegangen, aber dann haben sie mich gegen die Wand geschubst und mich am Kragen gepackt. Ich hatte sie nicht im Geringsten provoziert, aber sie haben mir einfach angesehen, dass ich ein leichtes Opfer war. Dann hat mir einer von den beiden Kerlen die Brille abgenommen, ist darauf herumgetrampelt, und dann sind sie lachend abgehauen.«

»Armer Schatz. Und was hast du dann gemacht?«

»Nun, du weißt ja, dass ich ohne meine Brille praktisch blind bin. Nie im Leben hätte ich den Rest des Weges fahren können, also habe ich mich erst mal wieder bis zum Bus getastet und behauptet, dass ich meine Brille fallen gelassen hätte und nicht mehr genügend sehen könnte, um zu fahren. Ich konnte ihnen einfach nicht erzählen, was passiert war, denn ich kam mir vor wie ein Idiot.«

»Du hättest es Daisy sagen sollen. Sie hätte diesen Typen schon den Marsch geblasen.«

Jerry lachte leise auf. »Wahrscheinlich hast du recht.« Dann fuhr er leiser fort. »Auf jeden Fall hat Michaels Vater Karl gesagt, dass er das letzte Stück an meiner Stelle fahren kann. Es war nicht mehr weit, und er hatte ebenfalls nicht viel getrunken, deshalb dachte ich, dass das in Ordnung geht. Also hat er das Steuer übernommen, und ich habe mich nach hinten zu Mum und zu den anderen gesetzt. Und kurz darauf hat es gekracht.«

»Das war bestimmt entsetzlich«, stellte Lydia erschauernd fest.

Er starrte blind über den Gartenzaun. Die Bucht schimmerte warm im abendlichen Sonnenlicht, aber das nahm er gar nicht wahr. »Ja, aber es war alles meine Schuld. Wenn ich mich gegen diese beiden Kerle auf dem Klo behauptet hätte, wäre das mit meiner Brille nicht passiert, und dann wäre ich den Rest des Wegs gefahren und nicht Karl. Ich hätte sterben sollen und nicht er. Durch meine Schuld hat Michael seinen Dad verloren. Stell dir doch nur mal vor, mit ansehen zu müssen, wie der eigene Vater stirbt.«

Lydia stand auf und nahm ihn tröstend in den Arm. »So darfst du nicht reden, Jerry. Nichts davon war deine Schuld.«

Sie streichelte seine Wange, presste ihre Lippen sanft auf seinen Mund und fragte mit müder, sorgenvoller Stimme. »Warum wühlst du die Geschichte überhaupt noch einmal auf?«

»Bei dem Unfall kamen außer Michaels Vater noch zwei Menschen um. Harry, ein reizender alter Mann, mit dem Mum und ich den Tag verbracht hatten, sowie ein junges Mädchen mit Namen Petula, das nicht angeschnallt war und kopfüber durch die Windschutzscheibe flog.«

»Das hast du mir damals schon erzählt. Grauenhaft, das arme Mädchen.«

Er ergriff die Hände seiner Frau und drückte sie. »Der Grund, aus dem ich dir das alles jetzt noch mal erzähle, ist, dass Daisy mir eben am Telefon erzählt hat, dass Petula damals schwanger war.«

»Oh nein, dann hat das Baby auch nicht überlebt. In welchem Monat war sie, weißt du das?«

»Im neunten. Sie hat dieses Baby auf die Welt gebracht, bevor wir wieder nach Hause gefahren sind.« Er schüttelte den Kopf, stellte sich die Szene vor und verzog angewidert das Gesicht. »Auf dem Boden der Toilette des verdammten Pubs, in dem wir alle waren.«

Er sah Lydia die Verwirrung deutlich an. Ihre Pupillen huschten von links nach rechts, während sie versuchte zu verstehen.

»Ich bin der Vater dieses kleinen Mädchens, Lydia.« Er hob ihre Hände sanft an seinen Mund und küsste sie. »Ich habe eine Tochter. Es ist Beth.«

Er atmete erleichtert auf, weil er es geschafft hatte, die Worte auszusprechen, und fügte noch einmal nachdrücklich hinzu: »Beth ist mein Kind.«

Wortlos kehrte Lydia ihm den Rücken zu und starrte aufs Meer.

Er ließ sie einen Augenblick mit ihren Gedanken allein, doch irgendwann hielt er es nicht mehr aus, trat lautlos hinter sie und legte seine Hände sanft auf ihre Schultern.

Schweigend lehnte sie den Kopf an seine Brust. Es war nur eine kleine Geste, aber sie verriet, dass sie verstand, und wieder holte er tief Luft, ehe er die letzte Bombe platzen ließ.

»Ich muss zurück nach England, Lydia, aber das schaffe ich nicht ohne dich.«

45

Michael und Beth waren in ein leises Gespräch vertieft, als Daisy wiederkam. Als sie das Wohnzimmer betrat, brachen sie ab und sahen sie fragend an.

»Alles klar«, erklärte sie. »Jerry kommt, so schnell es geht. Kommt nur drauf an, wie schnell er einen Flug bekommt.«

»Wie hat er die Nachricht aufgenommen?«, fragte Beth. »Ich meine, dass er eine Tochter hat.«

»Das ist schwer zu sagen. Ich hätte nicht gedacht, dass er das irgendwann einmal am Telefon erfahren muss. Im Grunde war ich davon ausgegangen, dass ich ihm das nie erzählen muss.«

»Glaubst du nicht, dass er das Recht hatte zu wissen, dass er eine Tochter hat?«, fragte Michael leicht erbost.

Sie ging sofort in die Defensive, als sie seinen vorwurfsvollen Ton vernahm. Plötzlich brachen sich die Emotionen Bahn, die sich über all die Jahre tief in ihrem Inneren angesammelt hatten, und sie rang sichtlich um Fassung, während sie versuchte, ihr Verhalten zu erklären.

»Du hast meinen Jerry damals nicht gekannt, Mikey. Es hat ihm das Herz gebrochen, als Lydia mit ihren Eltern nach Australien ging. Ich wusste, dass er nie wieder ein Mädchen finden würde, das ihn derart liebt, und zumindest damit hatte ich auf alle Fälle recht. Er ist nur meinetwegen nicht sofort mit ihr zusammen ausgewandert. Er wollte mich nicht allein lassen, er hat dabei nur an mich gedacht. Er wurde bei dem Unfall schwer verletzt, aber obwohl er sogar tagelang im Koma lag, hat er sich gut erholt, und als er wieder bei Kräften war, habe ich darauf bestanden, dass er nach Australien geht, wie er es vor dem Unfall geplant hatte. Er und Lydia waren immer in Kontakt geblieben, und sie hat ihn so geliebt, dass sie ihm jede Woche einen Brief geschrieben hat.« Sie schüttelte den Kopf. »Er hatte versucht, sich hier ein neues Leben aufzubauen, und war bei der Bank sogar befördert worden, aber hier in England hatte er nicht einen echten Freund, und dass er je wieder ein Mädchen kennenlernen würde, war nicht abzusehen. Außerdem liebte er ja Lydia. Er war einsam, und er hatte fürchterliche Schuldgefühle, weil er zugelassen hatte, dass dein Dad das Steuer übernimmt.«

Michael ließ den Kopf sinken, als sie von seinem Vater sprach.

»Also ging er mit meinem Segen nach Australien«, fuhr Daisy fort. »Und das war sein großes Glück. Lydia liebte ihn noch immer, er bekam dort einen guten Job bei einer Bank und hat sich ein gutes Leben aufgebaut. Ihr habt die Fotos von dem Haus in Melbourne ja gesehen. Das hätte er in Manchester niemals erreicht. Sie haben beide eine gute Rente, keine Geldprobleme, nichts. Außerdem sind er und Lydia ungeheuer großzügig, und er kauft mir jedes Jahr das Flugticket.« Sie legte eine kurze Pause ein. »Aber ich eile den Dingen voraus. Mikey, würdest du mir bitte ein Glas Wasser holen? Ich habe einen furchtbar trockenen Hals.«

Sie konnte hören, wie er in der Küche so lange das

Wasser laufen ließ, bis es kalt genug zum Trinken war, und wandte sich an Beth. »Ich habe dich damals nicht im Stich gelassen, Beth. Dass es Jake so schlechtgeht, tut mir furchtbar leid, aber wir werden dafür sorgen, dass er wieder ganz gesund wird, du wirst sehen.«

Als Michael mit dem Wasser kam, hob sie dankbar das Glas an ihren Mund und trank einen möglichst großen Schluck. »Erst ein knappes Jahr nachdem du auf die Welt gekommen warst, erfuhr ich, dass du Jerrys Tochter warst«, wandte sie sich abermals an Beth. »Das war ein Riesenschock für mich. Bis dahin hatte ich nicht mal gewusst, dass er und Petula, wenn wahrscheinlich auch nur kurz, zusammen gewesen waren. Als ich es herausfand, hatte er bereits beschlossen, in Australien zu bleiben, und war mit Lydia verlobt. Aus einem unbeholfenen, ausgegrenzten Jungen – ich als seine Mutter darf so etwas sagen – war ein selbstbewusster junger Mann geworden, dem die Zukunft offenstand. Wenn ich ihm gesagt hätte, dass er ein Baby hat, hätte ich riskiert, dass er Lydia verlässt, alle Chancen, die er in Australien hatte, über Bord wirft, und sofort zurück nach England kommt. Das hätte ich ihm doch nicht antun können, oder?«

Daisy starrte Beth und Michael an. Sie hoffte, in den Gesichtern dieser beiden Menschen, die ihr so am Herzen lagen, zu lesen, dass sie damals richtig gehandelt hatte.

Schließlich war es ihre Enkeltochter, die als Erste wieder sprach. »Denkst du nicht, er hätte die Entscheidung selber treffen sollen, Daisy?«

»Das kann man im Nachhinein gut sagen, aber welche Auswirkungen hätte das auf dich und deine Mum gehabt? Mary wäre am Boden zerstört gewesen, und so grausam, dich ihr zu entreißen, nachdem ihr schon eine derart enge

Bindung zueinander eingegangen wart, konnte ich einfach nicht sein.«

»Aber all die Jahre hast du mir die Chance verwehrt zu erfahren, wer mein Vater war.«

»Das ist mir klar, Schätzchen, aber ich war in einer Zwickmühle, und ich habe getan, was meiner Meinung nach das Beste war.« Sie wandte sich an Michael. »Du bist furchtbar still, Mikey. Was hast du zu alldem zu sagen?«

»Offen gestanden, habe ich im Augenblick ganz andere Probleme, Tante Daisy«, klärte er sie mit erschöpfter Stimme auf. »Mein Sohn ist krank, und alles, was mich interessiert, ist, einen Spender aufzutreiben, damit es ihm endlich wieder bessergeht und er ein ganz normales Leben führen kann. Er ist fünf Jahre alt, und bisher hatte er noch keine Möglichkeit dazu. Alles andere liegt in der Vergangenheit und ist nicht mehr zu ändern, deshalb hat es keinen Sinn, das alles noch mal durchzukauen.« Er zog ein Taschentuch aus seiner Tasche und fuhr sich damit über die Stirn. »Hast du Jerry von Jake erzählt?«

Daisy nickte. »Schließlich kommt er extra, weil er seine Tochter und auch seinen Enkel kennenlernen will. Ihr müsst verstehen, dass das auch für ihn ein Riesenschock gewesen ist. Ihn trifft keine Schuld, aber er hat nicht einen Augenblick gezögert, als ich ihm erzählt habe, wie krank der Junge ist.« Sie wagte es, ein vorsichtiges Lächeln aufzusetzen, und nach einer kurzen Pause fügte sie hinzu: »Er hat gesagt, dass er sich testen lassen will.«

Um die Tränen, die in ihren Augen glitzerten, zu unterdrücken, legte sie den Kopf zurück und sah die Decke an. »Ich hoffe nur, ihr könnt mir irgendwann verzeihen.«

Mikey trat entschlossen auf sie zu und nahm sie in den Arm. Sie atmete erleichtert auf.

46

»Was, meinst du, soll ich anziehen?« Obwohl auf dem Bett bereits ein Haufen Kleider lag, trat Beth wieder vor den Spiegel und hielt sich das nächste Outfit an. »Ich kann mich einfach nicht entscheiden, ob ich eher was Förmliches oder was Legeres tragen soll. Ich meine, in den Zeitschriften steht nie, was man zu einem solchen Anlass anziehen soll. Es gibt Vorschläge für Hochzeiten, für die Arbeit, für ein ungezwungenes Abendessen, aber niemals dafür, wie man aussehen soll, wenn man zum ersten Mal seinen Vater trifft.« Sie drehte sich zu Michael um, der belustigt das Gesicht verzog. »Was meinst du?« Sie hielt einen grauen Hosenanzug hoch, den sie schon seit Monaten nicht mehr getragen hatte.

»Der wäre meiner Meinung nach zu förmlich. Und vor allem schätze ich, dass du in diesem Ding ertrinkst.«

»Hm, wahrscheinlich hast du recht.« Sie hatte den größten Teil ihres Erwachsenenlebens mit verschiedenen Diäten zugebracht. Von Atkins über Dukan bis zu Kohlsuppe hatte sie alles ausprobiert, doch nichts davon war auch nur annähernd so effektiv wie die Sorge und Verzweiflung wegen eines kranken Kindes. Auch wenn diese Diät bestimmt nicht zu empfehlen war. »Dann ziehe ich vielleicht am besten einfach Jeans und diesen Kaschmirpulli an.«

»Perfekt. Wobei Jerry dich, egal, in welchem Outfit, lieben wird.«

»Hm, das hoffe ich. Schläft Jake noch?«

Ja, ich habe eben erst nach ihm gesehen. Die Maschine muss noch eine knappe Stunde laufen, also lass uns hoffen, dass er so lange noch weiterschläft.«

Beth sah auf ihre Uhr. »Gut, dann haben wir noch genügend Zeit, um nach der Dialyseflüssigkeit zu sehen, seine Temperatur zu messen und ihn anzuziehen, bevor wir los müssen. Ich habe Elaine gesagt, ich würde anrufen, wenn wir so weit sind.«

»Was würden wir nur ohne sie machen?«

»Sie ist wirklich eine tolle Nachbarin und geht einfach phantastisch mit dem Jungen um, nicht wahr? Aber dafür hat er sie auch wirklich gern.«

Sie bürstete sich kurz das Haar und band es dann zu einem Pferdeschwanz. Ihre hohen Wangenknochen wurden dadurch vorteilhaft betont, doch ihr Gesicht wirkte erschreckend schmal. Mit ein bisschen Wimpertusche und Lipgloss aber sähe sie wahrscheinlich passabel aus.

Unten in der Küche steckte Michael ein paar Scheiben Weißbrot in den Toaster. »Eine Scheibe oder zwei?«

Sie wusste, dass sie irgendwas herunterwürgen müsste, doch bereits bei dem Gedanken an Essen überkam sie ein Gefühl der Übelkeit. In ihrem Magen flatterten so viele Schmetterlinge, dass kein Platz für etwas anderes war. »Äh, nur eine, bitte.«

Daisy hatte ihr ein Bild von Jerry überlassen, und sie sah es sich noch einmal an. »Kannst du dich an ihn erinnern, Michael?«

»An wen, an Jerry? Nein, nicht wirklich. Obwohl ich als

kleiner Junge oft in seinem Zimmer war. Daisy hatte seine alten Spielsachen und ein tolles Geometrieset von ihm aufgehoben, mit dem ich zeichnen durfte.« Michael schaltete den Wasserkocher an und lächelte bei der Erinnerung. »Außerdem hatte er diesen Globus, der geleuchtet hat. Ich habe darauf immer nach Australien gesucht und konnte einfach nicht glauben, dass er ans andere Ende der Welt gezogen war.«

Beth fuhr mit dem Daumen über Jerrys Bild. »Er sieht sympathisch aus, nicht wahr? Ich frage mich, was für ein Vater er gewesen wäre«, überlegte sie und schüttelte den Kopf. »Ich kann mir einfach nicht vorstellen, wie es ist, wenn man einen Vater hat.«

Der Toaster spuckte die drei Scheiben wieder aus, und Michael bestrich sie dick mit Butter. »Nun, alles, was ich dazu sagen kann, ist, dass mein eigener Dad der wichtigste Mensch in meinem Leben war. Ich habe ihn regelrecht vergöttert, und ich kann mich immer noch daran erinnern, wie sie mir gesagt haben, dass er gestorben war. Ich weiß, das ist inzwischen ewig her, aber ich werde nie vergessen, wie ich in dem Bett im Krankenhaus lag und mir inbrünstig gewünscht habe, er käme durch die Tür und würde sagen, dass das alles nur ein fürchterlicher Irrtum war. Ich konnte einfach nicht glauben, dass ich ihn nie mehr wiedersehen würde.«

»Was heißt, dass es für dich bestimmt noch schlimmer war, Michael. Du wusstest schließlich, was dir fehlt. Ich hatte niemals einen Dad, den ich vermissen konnte.«

Lächelnd reichte er ihr ihre Scheibe Toast. »Wir sollten uns jetzt erst mal darauf freuen, ihn zu treffen, Beth. Schließlich zählt vor allem die Zukunft und nicht die Vergangenheit.«

Obwohl sie für die Fahrt zum Flughafen nur eine gute Viertelstunde brauchten, kam es Beth unendlich lange vor. Daisy saß im Fond des Wagens, starrte schweigend aus dem Fenster, und als Beth die regennasse Landebahn entdeckte, in der sich das Licht von unzähligen Lampen spiegelte, bekam sie einen trockenen Mund.

Sie erkannte ihn sofort, als sie ihn durch die Doppeltür der Ankunftshalle treten sah. Außer dem Bild, das ihr Daisy überlassen hatte, hatte sie schon unzählige andere Aufnahmen von ihm gesehen und hätte ihn auch mühelos aus einer großen Menschenansammlung herausgepickt. Sein noch immer dichtes, dunkles Haar wies nur ein paar dünne graue Strähnen auf, aber die Brille mit dem dicken schwarzen Rand, die sie von einem Foto auf Daisys Sideboard kannte, hatte er gegen ein modernes randloses Exemplar eingetauscht.

Er war unrasiert und wirkte nach dem langen Flug erschöpft, doch Lydia, die an seiner Seite ging, war überraschend elegant und hatte ihre Schultern in ein weiches Tuch in einem zarten Rosaton gehüllt.

Er beschleunigte sein Tempo, als er seine Mutter und die anderen hinter der Absperrung entdeckte, und kam fröhlich winkend auf sie zu.

Daisy lief ihm ebenfalls entgegen. »Willkommen zu Hause, Junge«, und er nahm sie in den Arm. Über ihre Schulter aber lächelte er gleichzeitig die anderen beiden an und machte sich dann sachte von ihr los.

»Du musst Beth sein«, grüßte er und reichte seinem Kind die Hand. »Jerry Duggan. Angenehm.« Zwar konnte man noch hören, dass der Mann in Manchester geboren und aufgewachsen war, aber der melodische australische

Akzent war deutlich stärker, deshalb klang ihr Name eher wie »Bith.«

Lächelnd nahm sie seine Hand. »Freut mich ebenfalls … äh … Jerry.« Sie hatte sich gefragt, wie sie ihn nennen sollte, doch sie hatte bisher nie jemanden Dad genannt, und deshalb wollte dieses Wort jetzt einfach nicht aus ihr heraus.

Mit ausgestreckter Hand trat jetzt auch Michael auf ihn zu.

»Freut mich, dich endlich kennenzulernen. Vielen Dank, dass ihr gekommen seid.«

»Das war ja wohl selbstverständlich. Nichts hätte mich daran hindern können, diese Reise anzutreten. Darf ich euch Lydia vorstellen? Meine Frau.«

Die Fahrt zurück zu Daisys Haus verlief ein wenig angespannt, denn niemand wollte auf den Grund dafür zu sprechen kommen, aus dem Lydia und Jerry um die halbe Welt geflogen waren. Sie machten Smalltalk über ihre Reise und das Wetter, und als Michael vor dem Haus der alten Dame hielt, stieg Beth erleichtert aus.

»Wer möchte einen anständigen Tee?« Daisy setzte den Wasserkessel auf und sah ihre Schwiegertochter an. »Ich will dir nicht zu nahe treten, Lydia, aber der schönste Ort für eine ordentliche Tasse Tee ist immer noch zu Hause.«

Lydia lachte. »Schon gut. Tatsächlich bin ich durchaus deiner Meinung. Was aus meiner Sicht vor allem am Wasser liegt.«

Mit ihren Tassen in den Händen drängten sich die fünf in Daisys kleines Wohnzimmer und nahmen schweigend Platz. Wie nicht anders zu erwarten, war es irgendwann die alte Dame, die, statt lange um den heißen Brei herumzureden, fragte: »Also, Jerry, du hast sicherlich mit Lydia diese Nierenspende diskutiert, nicht wahr?«

»Ja natürlich, und sie ist vollkommen meiner Meinung, dass wir alles tun werden, was nötig ist.«

Beth' Hals schnürte sich zu, und sie nestelte nervös an der plötzlich viel zu engen Kette, die sie trug. »Jerry, wir können dir gar nicht genug danken dafür, dass du diese Spende in Erwägung ziehst. Das ist sehr großzügig. Dafür stehen wir tief in deiner Schuld.«

»Das ist ja wohl das mindeste. Ich war in all der Zeit nicht für dich da, und wenn ich jetzt was tun kann, um dem kleinen Jake zu helfen, ist mir das ein Privileg.« Er machte eine kurze Pause und ergriff die Hand seiner Frau. »Schließlich ist er unser Enkelkind.«

»Unsere Dankbarkeit lässt sich nicht in Worte fassen«, mischte sich jetzt Michael ein. »Aber wie Beth bereits gesagt hat, sind wir unglaublich froh darüber, dass du dich als potentieller Spender testen lassen willst. Wir haben bereits für übermorgen einen Termin mit Dr. Appleby – das ist Jakes Nierenspezialist – vereinbart. Wir dachten, dass es besser ist, wenn du dich vorher erst mal von dem anstrengenden Flug erholen kannst.«

»Wann kann ich den Kleinen sehen?«, fragte Jerry. »Ich würde ihn gern kennenlernen.«

Beth lächelte Michael an. »Wir hatten gehofft, dass du das sagen würdest. Bitte kommt doch heute Abend zum Essen zu uns, am besten gegen fünf. Jake geht um sieben schlafen, also hättet ihr zwei Stunden Zeit, in denen ihr ihn kennenlernen könnt.«

Sie warf einen Blick auf ihre Großmutter und fragte: »Was ist los, Daisy?«

Die alte Frau saß mit gesenktem Kopf da und zupfte

an einem losen Faden ihrer Jacke, aber jetzt blickte sie auf und stieß einen leisen Seufzer aus. »Ach, nichts. Es macht mich einfach traurig, dass ein so schrecklicher Anlass uns zusammenführt, und es tut mir furchtbar leid, dass ich ein Leben lang damit gewartet habe, dir die Wahrheit über deinen Vater zu enthüllen.«

»Schon gut, Daisy. Ich weiß, du hast dabei vor allem an Mary und an mich gedacht, und ich kann deine Gründe gut verstehen. Also mach dir bitte keine Sorgen! Alles, was jetzt zählt, ist Jake.« Sie schlang ihrer Großmutter die Arme um den Hals, legte ihren Kopf auf ihre Schulter und atmete den tröstlichen, vertrauten Duft von ihrem Puder ein. Es stimmte. Daisy hatte sie vor vierzig Jahren nicht im Stich gelassen, sondern hatte immer aus der Ferne über sie gewacht, und Beth erkannte, dass es an der Zeit war, auch den letzten Groll ihr gegenüber fallenzulassen.

»Danke, Schätzchen. Das bedeutet mir sehr viel. Und jetzt möchte ich, dass du und Michael endlich Jerry und die liebe Lydia besser kennenlernt. Ich werde morgen Abend hierbleiben, denn ihr braucht erst mal etwas Zeit allein für euch.«

Ehe Beth ihr widersprechen konnte, kam sie ihr zuvor. »Ich bestehe darauf, morgen Abend hierzubleiben. Ich stünde euch bei eurem Kennenlernen sicher nur im Weg.«

Einen Wachsmalstift in einer Hand, die Zunge konzentriert zwischen den Zähnen, kniete Jake am Couchtisch und wollte von seiner Mutter wissen: »Wer besucht mich noch mal heute, Mummy?«

Beth hielt kurz beim Schaben der Karotten inne. »Das habe ich doch schon gesagt. Dein Großvater, mein Dad.«

Verwundert blickte er von seiner Zeichnung auf. »Aber

ich wusste gar nicht, dass du einen Daddy hast. Warum habe ich ihn noch nie gesehen?«

»Weil er in Australien lebt, am anderen Ende der Welt.«

»Und wie hat Oma ihn dann kennengelernt?«

Mit dieser Frage hatte Beth beim besten Willen nicht gerechnet, aber schließlich war ihr Sohn nicht dumm. »Das ist ein bisschen kompliziert, Jake. Weißt du, Oma war meine Adoptivmutter. Kurz nach meiner Geburt hatte meine leibliche Mutter einen Unfall, bei dem sie gestorben ist.«

»Oh. Das ist traurig.« Er tauschte seinen roten gegen einen gelben Stift und fragte: »Bitte, kriege ich ein Stück Karotte, Mummy?«

Seine Mutter öffnete die Ofentür, um den Braten zu begießen, der laut Daisy früher Jerrys Leibspeise gewesen war. Rinderbraten, wie ihn Daisy machte, was bedeutete, mit allem Drum und Dran, vor allem Yorkshire Pudding, der zu ihrem Leidwesen nicht gerade eine ihrer Stärken war. Es war egal, welches Rezept sie nahm – immer kam am Ende eine flache, in der Mitte noch nicht durchgegarte Masse dabei heraus. Sie rief nach Michael, der vor dem Kamin saß und gemütlich Zeitung las. »Michael, hast du schon den Rotwein aufgemacht? Der muss schließlich atmen.«

»Ja, Schatz, sofort, nachdem du mich zum ersten Mal darum gebeten hast.«

»Und hast du schon den Krug mit Wasser auf den Tisch gestellt?«

Er schaute nicht einmal von seiner Zeitung auf.

»Okay, ist ebenfalls erledigt.«

Sie hob den Kopf und schrie entgeistert auf, als sie ihr Spiegelbild im Fenster sah. »Wie sehe ich denn aus? Mein

Gesicht ist puterrot und glänzt wie eine Speckschwarte.« Eilig band sie ihre Schürze ab. »Ich laufe nur schnell rauf und pudere mir die Nase.«

Michael ließ die Zeitung sinken. »Du siehst gut aus, Beth.«

»Das zu beurteilen, überlässt du besser mir. Horch bitte auf die Klingel, ja?«

Als sie wieder nach unten kam, sah sie zwar frischer, aber kein bisschen entspannter aus und fuchtelte mit ihrer Haarbürste vor Jakes Gesicht herum. »Komm her, damit ich etwas Ordnung in den Mopp auf deinem Schädel bringen kann.«

»Ah, muss das sein?« Hilfesuchend sah das Kind den Vater an.

»Ich an deiner Stelle würde mir die Widerrede sparen, Sohn«, erklärte der. »Sie gewinnt am Ende sowieso.«

Beth bürstete Jakes Haar, zog ihm einen Seitenscheitel und kämmte ihm sorgfältig den Pony aus der Stirn. »So ist's besser. Sieht er nicht unglaublich schick aus, Michael?«

Ehe er ihr eine Antwort geben konnte, klingelte es an der Tür, und sie sprang hektisch auf. »Oh Gott, da sind sie. Soll ich aufmachen?«

»Einer von uns sollte es auf jeden Fall tun.« Lächelnd küsste er sie auf die Wange. »Immer mit der Ruhe. Es besteht kein Grund, nervös zu sein.«

»Ich kann nichts dagegen tun«, stieß sie mit leiser Stimme aus. »Ich wünsche mir so sehr, dass er Jake mag. Ich meine, was, wenn er ihm unsympathisch ist? Vielleicht überlegt er es sich dann ja noch einmal.«

»Red doch keinen Unsinn, Beth. Sieh ihn dir doch nur mal an.«

Sie drehten sich nach ihrem Jungen um. Er war wieder in sein Bild vertieft und fuhr dabei mit seinen Fingern durch sein Haar, weshalb es wieder wild zerzaust wie immer war.

Lachend meinte Beth: »Du hast recht, man muss ihn einfach lieben, stimmt's?«

47

Die Begrüßung war ein bisschen schwierig, weil der enge Flur im Grunde nicht genügend Platz für fünf Personen bot. Jake umklammerte Beth' Beine, steckte den Daumen in den Mund und lugte vorsichtig an ihr vorbei. Sie bückte sich und löste seinen Arm von ihrem Bein. »Jerry, Lydia, das ist Jake.« Sie strich ihm aufmunternd über das Haar. »Sag hallo, Jake.«

Er nahm den Daumen aus dem Mund, und ein dünner Speichelfaden lief an seinem Kinn herab. »Hallo.« Eilig drehte er sich um und stolperte davon.

»Tut mir leid, er ist ein bisschen schüchtern.«

Jerry lachte. »Kein Problem. Ich war in dem Alter ganz bestimmt genauso.«

»Darf ich dir den Mantel abnehmen, Lydia?«, bot Michael höflich an, streifte ihr das Kleidungsstück von den Schultern, hängte es zu Jerrys Jacke über das Geländer und wandte sich abermals seinen Gästen zu. »Kommt doch bitte mit nach hinten in die Küche.«

Lydia sah sich in der großzügigen Küche und dem angrenzenden Wohnraum um. Mit den bequemen Sofas und dem Feuer im Kamin sah er ausnehmend gemütlich aus, und durch die Terrassentüren und das Fenster konnte man in den von einer Mauer eingerahmten Garten sehen. »Was für ein wunderbarer Raum.«

»Uns gefällt er«, meinte Beth. »Wir leben praktisch hier. Ich kann kochen und den Kleinen gleichzeitig im Blick behalten, wenn er spielt. Allerdings essen wir heute Abend ausnahmsweise mal im Esszimmer, sozusagen zur Feier des Tages.« Sie wandte sich an ihren Mann. »Du hast doch die Heizung drüben aufgedreht, nicht wahr?«

Er rollte mit den Augen. »Ja, Beth, habe ich.« Dann klatschte er entschlossen in die Hände und sah Lydia und Jerry fragend an. »Also, wer möchte einen Drink?«

Jerry hielt ihm eine Flasche Rotwein hin. »Ich hoffe, Rotwein ist okay. Ich wusste nicht, was es zu essen gibt.«

Beth nahm ihm die Flasche ab. »Oh, das war nicht nötig, aber danke, Jerry, Rotwein passt ganz ausgezeichnet, weil es nämlich Rinderbraten gibt.«

»Hervorragend, den liebe ich.«

Ein Blatt Papier an seine Brust gedrückt, trat sein Enkel auf ihn zu. »Hier, Grandad, das habe ich für dich gemalt.«

Jerry bückte sich und nahm das Blatt. »Sind das du und ich, Jake?«

Nickend versteckte sich der Junge wieder hinter seiner Mum.

»Ich muss sagen, ein so schönes Bild habe ich noch nie gesehen.« Jerry berührte vorsichtig die Figuren. »Du bist ein echter Künstler. Vielen Dank, ich werde es in Ehren halten.«

Grinsend hielt er Lydia die Zeichnung hin und berührte Beth am Arm. »Wie es aussieht, habe ich viel verpasst.«

»Das haben wir beide«, stimmte sie ihm nickend zu.

»Wir haben auf alle Fälle jede Menge nachzuholen«, bestätigte auch Michael und bot seinen Gästen ein Glas Prosecco an. »Wie wäre es mit einem Toast?« Er prostete den anderen zu. »Auf die Familie!«

»Auf die Familie«, stimmten alle ein und tranken schweigend aus ihren Gläsern.

»Kann ich auch so etwas haben?«, fragte Jake.

»Auf keinen Fall«, erklärte Beth. »Das ist mit Alkohol. Aber du bekommst ein kleines Glas Orangensaft. Wir müssen darauf achten, dass er möglichst wenig trinkt«, wandte sie sich wieder Jerry zu.

»Natürlich«, meinte er und hüstelte nervös.

»Er ist ein wunderbarer kleiner Kerl«, mischte sich Lydia ein. »Ihr seid doch sicher furchtbar stolz auf ihn.«

»Auf jeden Fall«, bestätigte ihr Michael. »Er muss viel ertragen, aber trotzdem hat er stets ein Lächeln im Gesicht. Ich bewundere ihn für seine Tapferkeit.«

»Setzen wir uns doch ins Esszimmer«, bat Beth und scheuchte alle Richtung Tür.

Jake umklammerte sein Glas. »Darf ich das mit ins gute Zimmer nehmen, Mummy?«, fragte er sie überrascht.

Beth nickte feierlich. »Nur dieses eine Mal, aber pass bitte auf, dass du nichts verschüttest, ja?«

»Und was machst du beruflich, Beth?«, erkundigte sich Lydia, als sie alle um den Tisch versammelt waren.

»Ich bin Foodstylistin, sorge also hauptsächlich dafür, dass Essen möglichst hübsch aussieht, wenn man es fotografiert. Ich bin Freiberuflerin, arbeite für mehrere Verlage – überwiegend Zeitschriften – und habe eine Reihe Kochbücher illustriert.«

»Das klingt ziemlich interessant.«

»Das kann's auch durchaus sein. Auf jeden Fall macht mir die Arbeit Spaß.«

Der Rotwein hatte sie entspannt, und überrascht erkannte sie, dass sie dieses Zusammensein mit ihrem Dad und seiner Frau nicht einfach nur ertrug, sondern genoss. Auch Jake hatte seine anfängliche Schüchternheit bereits nach kurzer Zeit überwunden und plapperte unbeschwert drauflos. Er wandte sich an Lydia, die zu seiner Linken saß, und flüsterte ihr zu: »Bist du jetzt meine neue Oma?«

Mit fragendem Blick wandte Lydia sich an Beth, und die nickte unmerklich mit dem Kopf.

»Äh, tja, nun, ich nehme an, dass ich jetzt deine Oma bin.«

»Das ist gut, denn, weißt du, ich hatte auch schon vorher eine Oma, die aber gestorben ist.«

»Das habe ich gehört, und das tut mir wirklich leid. Aber ich möchte nicht die Stelle deiner anderen Oma einnehmen.« Sie tätschelte ihm sanft die Hand. »Wie wäre es also, wenn du Grandma zu mir sagen würdest?« Sie sah Michael an. »Wäre das für dich okay? Ich meine, wie nennt er deine Mutter?«

»Meine Mutter sehen wir so gut wie nie«, klärte Michael sie mit einem gleichmütigen Schulterzucken auf. »Sie war bereits keine gute Mutter, und als Großmutter ist sie noch schlimmer. Du brauchst also keine Angst zu haben, dass du ihr den Namen klaust.«

»Ich mag sie nicht«, erklärte Jake. »Sie hat keine Zähne und riecht aus dem Mund.«

Lydia riss entsetzt die Augen auf. »Oh mein Gott, wie schrecklich!«

Michael schüttelte den Kopf. »Das kommt vom jahrzehntelangen Alkoholmissbrauch. Ehrlich gesagt, ist es ein Wunder, dass sie überhaupt noch lebt.« Er sah zu, wie Jake mit seinem Finger durch den allerletzten Rest Meringue mit Sahne fuhr, der noch in seinem Nachtischschälchen war. Dann schob der Kleine sich den Finger in den Mund und leckte ihn genüsslich ab. »Aber schließlich hat auch niemand behauptet, das Leben wäre auch nur annähernd gerecht.«

Beth tätschelte ihm aufmunternd das Bein. »Daisy ist wie eine Großmutter für Jake, genau, wie sie für Michael über all die Zeit eine Ersatzmum war.«

»Sie liebt dich schließlich auch wie einen Sohn« stimmte Jerry seiner Tochter zu. »Das weiß ich sicher.«

Beth stand auf und sammelte die Schälchen ein. »Jake muss jetzt in die Badewanne. Setzt ihr euch in der Zeit doch schon einmal ins Wohnzimmer und trinkt Kaffee.«

Jake rutschte von seinem Stuhl. »Kann Grandma mir nachher was vorlesen?«

Lydia legte ihren Kopf ein wenig schräg und lächelte ihn zärtlich an. »Danke, Jake, das mache ich sehr gern.«

Als Jake mit roten Wangen von dem warmen Bad, nach Badeschaum und Puder duftend, unter seiner kuscheligen Decke lag, gab Beth den anderen Bescheid.

»Wow, was hast du für ein tolles Zimmer, Jake! Und die vielen Stofftiere auf deinem Bett! Ein Wunder, dass du da noch Platz hast!«, staunte Lydia.

Jake hielt ihr Galen hin. »Das hier ist mein Lieblingsstofftier. Es hat meinem Dad gehört, als er ein kleiner Junge war.«

Vorsichtig nahm Lydia ihm den ramponierten Affen ab und drückte ihn an ihre Brust. »Der ist aber auch wirklich schön.«

Jerry sah auf das Gerät, das auf dem Nachtschrank stand. »Ist das sein …«

»Sein Dialysegerät«, bestätigte Beth. »Erst lesen wir ihm etwas vor, und danach schließen wir ihn daran an.«

»Die ganze Nacht an einem solchen Ding zu hängen ist bestimmt nicht einfach«, stellte Jerry leise fest.

Jake zog ein Buch aus dem Regal neben dem Bett. »*Fünf Freunde im Nebel.* Wir sind bei Kapitel fünf.«

»Er liebt diese Bücher. Anfangs dachte ich, er wäre dafür noch zu jung, aber er kann einfach nicht genug davon bekommen«, meinte Beth. »Dann seid ihr mit der *Schmugglerjagd* also inzwischen durch?« Sie konnte hören, wie Michael unten in der Küche die benutzten Teller in die Spülmaschine lud. »Normalerweise liest immer sein Dad ihm abends vor. Es ist also eine große Ehre, dass er dich darum gebeten hat, Lydia.«

»Ich würde auch gern bleiben, falls du damit einverstanden bist«, wandte Jerry sich an seinen Enkelsohn.

»Hurra«, rief Jake. »Dann könnt ihr beide ein Kapitel lesen.«

Beth ließ ihren Jungen mit seinen Großeltern allein und ging hinunter in die Küche, wo ihr Mann die Reste von den Tellern kratzte, ehe er sie in die Spülmaschine gab. »Wie findest du, wie es bisher gelaufen ist?«

»Die beiden scheinen wirklich nett zu sein. Inzwischen kann ich gut verstehen, dass Daisy so versessen darauf war, dass er mit Lydia zusammenbleibt. Sie ist eine reizende Person.«

»Jake scheint sie ebenfalls zu mögen.« Beth schaltete den Wasserkocher an und nahm Tassen und Untertassen aus dem Schrank. »Glaubst du, er kommt als Spender in Frage?«

Michael atmete so kräftig aus, dass eine der Papierservietten auf den Boden flatterte, und hielt sich an der Spüle fest. Beth konnte deutlich sehen, wie angespannt er war. »Ehrlich gesagt, wage ich kaum daran zu denken, wie es weitergeht, falls nicht«, gab er mit rauer Stimme zu.

»Oh, Michael, komm her.« Sie schlang ihm die Arme um die breiten Schultern und zog ihn an ihre Brust. »Ich bin diejenige, die ständig Angst hat. Du bist der, der immer Stärke zeigt.«

Während sie sich in den Armen hielten, tauchte Lydia in der Küche auf.

»Wir haben fertig vorgelesen, und der Kleine sagt, dass er jetzt angeschlossen werden kann.«

»Danke, Lydia«, sagte Beth, und Michael nahm das Geschirrtuch und trocknete sorgfältig das erste Weinglas ab.

»Sag ihm, ich komme später rauf.«

»Sicher.« Eilig lief sie in den ersten Stock, um Jake an die Maschine anzuschließen, die ihn vorläufig am Leben hielt.

Lydia nahm Michael das Geschirrtuch aus der Hand. »Lass mich das machen, ja?« Sie zeigte auf den Hocker, der unter der Frühstückstheke stand. »Setz dich erst mal hin, du siehst total erledigt aus.«

Michael sah sie dankbar an, während gleichzeitig ein leiser Seufzer über seine Lippen kam. »Beth denkt, dass ich der Starke von uns beiden bin, aber dafür ist sie viel praktischer als ich. Im Umgang mit dieser Maschine und mit all den Schläuchen bin ich eindeutig ein hoffnungsloser Fall. Mir wird jedes Mal ein bisschen schlecht, wenn ich das Ding nur sehe, aber sie geht super damit um. Sie ist wie eine Krankenschwester.«

Lydia lächelte. »Du meinst, sie ist wie eine Mutter.«

»Du hast recht, sie ist die beste Mum, die Jake sich wünschen kann. Ich wusste immer schon, dass sie mal eine tolle Mutter würde. Es hat eine halbe Ewigkeit gedauert, bis wir Jake bekommen haben, und als sie ihn endlich in den Armen hielt, war sie, das heißt, waren wir beide außer uns vor Glück. Was allerdings nicht lange angehalten hat. Schon nach ein paar Wochen wurde klar, dass seine Nieren nicht richtig funktionieren. Trotzdem haben wir jahrelang gehofft, dass es nicht so weit kommen würde, dass mal eine fremde Niere seine letzte Hoffnung ist.«

Lydia stellte das polierte Weinglas auf der Arbeitsplatte ab. »Ich verspreche euch, dass Jerry alles tun wird, was in seiner Macht steht.«

»Das ist wirklich ein großes Geschenk, das man eigentlich von niemandem verlangen kann, vor allem nicht von jemandem, den man ihm Grunde fast nicht kennt.«

»Ihr seid seine Familie, und er würde gern all die Jahre nachholen, die ihm entgangen sind. Überleg doch nur, was für ein Riesenschock es für ihn war, nach so langer Zeit zu erfahren, dass er eine Tochter hat. Anfangs war er wütend, weil ihm Daisy diese Tatsache jahrzehntelang verschwiegen hat, aber inzwischen kann er ihre Gründe nachvollziehen.«

»Ich konnte Tante Daisy niemals länger böse sein. Meine Kindheit wäre ziemlich grauenhaft gewesen, hätte sie sich nach dem Tod von meinem Dad nicht meiner angenommen«, gab Michael unumwunden zu.

Lydia legte das Geschirrtuch weg und nahm auf einem Hocker Michael gegenüber Platz. »Jerry und ich haben Daisy immer wieder gebeten, zu uns nach Australien zu ziehen. Weißt du, warum sie immer noch in England lebt?«

Michael musste nicht lange überlegen, denn er kannte die Antwort. »Meinetwegen, stimmt's?«

Lydia nickte. »Sie wusste, dass Jerry mit mir glücklich

war und ich mich genauso um ihn kümmere wie vorher sie. Das Letzte, was sie ihm vor vierzig Jahren mit auf den Weg gegeben hat, war, dass er mich bitten sollte, seine Westen immer ordentlich zu lüften. Auf so etwas kann nur Daisy kommen, findest du nicht auch?« Lydia schüttelte den Kopf. »Und weißt du was? Ich lüfte seine Westen immer noch.«

Michael sah sie fragend an. »Ich hätte nicht gedacht, dass heutzutage überhaupt noch jemand Westen trägt. Vor allem nicht in einem Land, in dem es so heiß ist wie in Australien.«

Lydia lachte leise auf. »Da kennst du aber Jerry Duggan schlecht.«

Besagter Jerry stand in der Kinderzimmertür und sah Beth beim Abmessen der Dialyselösung zu. Sie schien genau zu wissen, was sie tat, während Jake in seinen Kissen lag und das Oberteil von seinem Schlafanzug anhob, bis der Kathetershunt zu sehen war. Obwohl er erst seit kurzem an der Dialyse hing, wirkten auch die Handgriffe des Jungen routiniert.

»Der Katheter leitet diese Lösung in Jakes Bauchraum«, klärte Beth ihren Vater auf. »Nach einer Verweilzeit von mehreren Stunden wird die Lösung zusammen mit sämtlichen Giften aus Jakes Körper wieder abgesaugt und durch frische Flüssigkeit ersetzt.«

Jerry fuhr zusammen, aber Jake erklärte lächelnd: »Keine Angst, Grandad. Das tut nicht weh.«

»Im Verlauf der Nacht wird die Lösung mehrmals ausgetauscht. Das Bauchfell dient dabei als Filter und führt so die Arbeit aus, die normalerweise unsere Nieren leisten.«

»Es ist wirklich erstaunlich, was inzwischen alles möglich ist«, bemerkte Jerry, fragte aber vorsichtshalber nach: »Ich nehme an, dass das Verfahren völlig sicher ist.«

Beth warf einen Blick auf ihren Sohn. »Oh ja, auf jeden Fall. Er darf sich nur keine Infektion einfangen, nicht wahr?«

Der Junge nickte. »Das hier darf ich nicht berühren.« Er zeigte auf das dunkelblaue Ende des Katheters, das in seinem Bauch verschwand.

»Und wir müssen immer sorgfältig unsere Hände waschen, stimmt's, Jake?«

Sie befestigte noch die Schläuche für die Lösungszufuhr und das Ablaufen der giftigen Substanzen. »So, das war's.« Sie presste Jake die Lippen auf den Bauch und zog das Oberteil von seinem Schlafanzug über den Shunt. »Daddy kommt sofort.«

»Okay, Mummy.« Er kuschelte sich unter seine Decke und drapierte Galen so neben sich, dass auch der Kopf des Affen auf dem Kissen lag.

»Gute Nacht, Jake. War mir eine Freude, dich kennenzulernen.« Jerry reichte ihm die Hand wie zum Abschluss eines offiziellen, geschäftlichen Termins. Im Gegensatz zu Lydia wusste er nicht instinktiv, wie mit kleinen Kindern umzugehen war. Jake aber zerrte seine Ärmchen noch mal unter seiner Bettdecke hervor, streckte sie aus, und als Jerry sich zu ihm herunterbeugte, schlang er sie ihm etwas unbeholfen um den Hals.

Beth löschte das große Licht im Kinderzimmer, und im tröstlich warmen Nachtlicht, das in einer Ecke brannte, schob sich Jerry rückwärts in den Flur.

»Er ist ein toller kleiner Bursche«, raunte er Beth zu. »Ich hoffe sehr, dass ich ihm helfen kann.«

48

»Dr. Appleby, dies ist mein Vater, Jerry Duggan«, verkündete Beth.

Dies ist mein Vater. Irgendwie war es ein seltsames Gefühl, zum ersten Mal in ihrem Leben diese Worte auszusprechen. Seltsam, aber wunderbar.

»Freut mich, Mr Duggan. Vielen Dank, dass Sie gekommen sind. Bitte nehmen Sie doch Platz.«

Beth, Michael und Jerry setzten sich, und Dr. Appleby nahm seinen Platz hinter dem Schreibtisch ein und sprach dann ohne Umschweife direkt den Grund ihres Erscheinens an. »Mr Duggan, eine Organspende ist das größte Geschenk, das man einem anderen Menschen machen kann. Sie ist ein wahrhaft altruistischer, selbstloser Akt, und ich bin sicher, dass Jakes Eltern Ihnen dankbar sind, dass Sie diese großzügige Geste auch nur in Erwägung ziehen.«

»Ich ziehe nicht nur in Erwägung, meinem Enkel eine meiner Nieren zu überlassen, Dr. Appleby. Ich werde es auf alle Fälle tun.«

»Ich weiß Ihre Entschlossenheit zu schätzen, aber es ist noch ein weiter Weg, bis irgendwas entschieden ist. Wie ich bereits sagte, wird durch eine Nierenspende die Lebenserwartung Ihres Enkels wesentlich erhöht, und er wird endlich das normale und vor allem aktive Leben führen können, das ihm bisher nicht vergönnt gewesen ist. Trotzdem sollten Sie Ihre Entscheidung gründlich überdenken. Mir ist klar, dass Sie im Überschwang Ihrer Gefühle alles tun wollen, um Ihrem Enkelsohn zu helfen, aber Sie sind es sich selbst und auch Ihrer Familie schuldig, eingehend darüber nachzudenken, welche Auswirkungen diese Spende auf Ihr Leben haben wird.«

Beth sah ihren Vater an und wünschte sich, der Doktor würde endlich aufhören, Zweifel in ihm zu säen.

»Selbst auf die Gefahr hin, dass das vielleicht flapsig klingt«, gab Jerry ruhig zurück. »Aber ich habe zwei Nieren, von denen ich nur eine spenden will.«

»Das mag sein, aber ich bin nun mal verpflichtet, Sie darüber aufzuklären, welche Risiken mit solch einem Schritt verbunden sind. Natürlich werden Sie eingehend medizinisch untersucht, falls der anfängliche Test ergibt, dass Ihre Blutgruppe mit der von Ihrem Enkel kompatibel ist.«

»Das ist die allererste Hürde, an der ich und Michael schon gescheitert sind«, erklärte Beth.

Dr. Appleby klopfte mit seinem Stift auf seinen Block. »Bitte sehen Sie das nicht als Scheitern, Beth. Natürlich ist es Pech, dass Ihre Blutgruppen mit denen Ihres Sohnes nicht kompatibel sind, aber das dürfen Sie auf keinen Fall als persönliches Versagen sehen.«

Er räusperte sich und fuhr mit beruhigender, doch fester Stimme fort. »Ich werde versuchen, mich möglichst verständlich auszudrücken, Mr Duggan. Ihre Blutgruppe und die von Jake müssen kompatibel sein. Wenn dem so ist, testen wir in nächsten Tagen Ihren Gewebetyp, und danach führen wir eine Kreuzprobe mit Ihrem Gewebe und mit dem des Jungen durch, aber darauf gehe ich zu einem späteren Zeitpunkt noch einmal genauer ein. Jake hat Blutgruppe null, was heißt, dass er auch einen Spender dieser Blutgruppe braucht.«

Aufgeregt beugte sich Jerry vor und trommelte mit seinen Fingern auf den Tisch. »Ich habe ebenfalls Blutgruppe null, das heißt, ich bin Universalspender, nicht wahr?« Er grinste Beth und Michael an. »Das weiß ich, weil ich früher häufiger zur Blutspende gegangen bin.«

Langsam beschlich ein Gefühl der Hoffnung Beth' Herz.

»Und wann werden wir sicher wissen, ob der erste Test erfolgreich war?«, erkundigte sich Michael.

Dr. Appleby sah auf die Wanduhr, die gegenüber dem Schreibtisch hing. »Ich habe das Labor gebeten, diese Untersuchung vorzuziehen, also spätestens um fünf. Ich werde Sie zu Hause anrufen, sobald ich das Resultat auf meinem Schreibtisch habe.«

Beth strahlte Michael an. »Das ist eine gute Nachricht, oder?«

Lächelnd nahm er ihre Hand. »Das ist auf jeden Fall verheißungsvoll, aber trotzdem warten wir am besten erst mal ab, denn wie Dr. Appleby gesagt hat, stehen wir erst am Anfang eines langen Weges.«

Wieder wandte sich der Arzt dem potentiellen Spender zu. »Sind Sie Ihrem Wissen nach gesund, und haben Sie zwei gesunde Nieren?«

Jerry nickte. »Absolut, ich bin topfit. Aber was ist mit meinem Alter? Ich bin immerhin schon einundsechzig.«

»Solange Sie gesund sind, spielt Ihr Alter keine Rolle. Erst letzte Woche haben wir einer Frau eine der Nieren ihres siebzigjährigen Ehemanns eingepflanzt, und beiden geht es gut.«

»Wunderbar«, rief Jerry. »Das klingt sehr ermutigend.«

»Auf jeden Fall. Vor allem ist eine Lebendspende aus mehreren Gründen dem Organ eines verstorbenen Spenders vorzuziehen«, erklärte der Doktor. »Erstens wird die Niere unter optimalen Bedingungen verpflanzt, weil der Eingriff geplant verläuft und man sie ohne Verzögerung dem Empfänger transplantieren kann. Und zweitens brauchen wir, was den Gewebetyp betrifft, nicht ganz so streng zu sein, weil die Niere eines Lebendspenders, selbst wenn das Gewebe nicht vollkommen übereinstimmt, weniger beschädigt ist als die Niere eines toten Spenders.«

»Aber es gibt doch sicher auch Gefahren für den Spender«, hakte Michael nach. »Können Sie uns vielleicht kurz erklären, welche Risiken er auf sich nimmt?«

Beth bedachte ihren Mann mit einem bösen Blick. Das Letzte, was sie bräuchten, wäre, dass Jerry diesen Eingriff als zu großes Risiko empfand.

»Nun, wie jeder Eingriff ist auch dieser nicht völlig ungefährlich, doch die Risiken sind minimal. Ich werde Ihnen nächstes Mal genau erklären, was dabei passieren kann.« Dr. Appleby stand auf und gab ihnen damit zu verstehen, dass das Gespräch beendet war. »Dabei muss ich es erst mal bewenden lassen, aber vielen Dank, dass Sie gekommen sind. Wegen der Ergebnisse der Bluttests rufe ich Sie später an, und dann werden wir weitersehen.«

Als sie nach Hause kamen, lag Jake gemütlich unter einer Decke auf der Couch. Alle seine Stofftiere waren auf dem Boden aufgereiht, und vor jedes hatte Lydia einen Stift sowie ein Blatt Papier gelegt. »Wir spielen gerade Schule«, erklärte sie den anderen fröhlich.

Lydia hatte selbst die Tafel aus dem Kinderzimmer hinunter ins Erdgeschoss geschleppt, und Beth sah sich die Wörter an, die ihr Sohn mit bunter Kreide geschrieben hatte: KAZE, HUND und DRAFE.

Katze war auch ohne t problemlos zu verstehen, das letzte Wort hingegen war ihr völlig fremd. »Was in aller Welt ist denn ein Drafe, Jake?«

»Sei doch nicht so dumm, Mummy. Das ist das Tier mit dem ganz langen Hals, das wir im Zoo gesehen haben.«

Mit einem mühsam unterdrückten Lachen meinte Lydia: »Ich habe es nicht übers Herz gebracht, ihn zu verbessern, und vor allem war ich selbst mir nicht ganz sicher, ob sich die Giraffe nur mit einem r schreibt oder mit zweien.«

»Ich glaube, nur mit einem, Lydia. Danke, dass du dich so gut um Jake gekümmert hast. Wie geht es ihm?«

»Hervorragend. Wir haben uns prächtig amüsiert, nicht wahr?«, fragte Lydia Jake.

»Darf ich dich auch mal in deinem Haus besuchen, Grandma?«

»Meine Güte«, rief sein Vater aus. »Das Weiteste, wo ich in deinem Alter war, war Butlins in Minehead.«

»Nun, es ist tatsächlich ganz schön weit zu mir nach Hause«, klärte Lydia den Jungen lachend auf. »Aber natürlich kannst du kommen, wenn's dir wieder bessergeht.«

Der Junge schlug sein Malbuch auf und malte ordentlich die Sonne auf der ersten Seite aus. »Und wie weit ist es bis zu deinem Haus?«

Jerry hockte sich zu seinem Enkel vor die Couch. »Es sind 10552 Meilen von Melbourne bis hierher nach Manchester.«

»Ich hätte mir denken können, dass du die Entfernung

auf die Meile genau kennst«, stellte Lydia augenrollend fest.

»Wow«, rief Jake. »Das ist bestimmt so weit wie bis zum Mond.«

»Nicht ganz«, klärte der Großvater ihn auf. »Es sind 238 000 Meilen von der Erde bis zum Mond.«

Jake riss verblüfft die Augen auf. »Das ist ja so weit wie der Himmel.«

Jerry lachte leise auf. »Nun, der Himmel ist nicht wirk…«

»Jerry«, fiel ihm Lydia ins Wort. »Es reicht.«

»Ich habe nur versucht, dem Jungen etwas beizubringen.«

Beth trat zwischen ihren Dad und Lydia und sammelte die Stofftiere vom Boden auf. »Lasst uns schnell noch aufräumen, und dann gibt's Abendbrot.«

»Wir könnten uns doch einfach was bestellen«, schlug Jerry vor. »Wollt ihr lieber was vom Inder oder vom Chinesen? Ich lade euch ein.«

»Danke, Jerry, das ist nett von dir, aber es müsste etwas vom Chinesen sein. Jake verträgt keine Gewürze, aber er liebt gebratenen Reis mit Ei.«

»Dann wäre das geklärt«, entschied ihr Dad. »Habt ihr eine Speisekarte vom Chinesen hier?«

Das Essen war für sechs bestellt, und Beth saß auf der Couch und hatte das Gefühl, als schöben sich die Zeiger auf der großen Bahnhofsuhr, die über dem Kamin hing, widerstrebend und vor allem schmerzlich langsam vor. Immer wieder sah sie Richtung Flur und wünschte sich, das Telefon dort würde endlich klingeln, obwohl sie es sicherlich kaum wagen würde, an den Apparat zu gehen.

Lydia und Jerry spielten Domino mit Jake, und Michael saß mit seiner Zeitung neben dem Kamin, obwohl das Wippen seines Knies verriet, dass er nicht weniger nervös war als sie.

»Soll ich uns einen Tee kochen?«, bot sie an und sprang in dem verzweifelten Verlangen, sich abzulenken und etwas zu tun, damit die Zeit endlich verging, vom Sofa auf.

Als der Anruf endlich kam, versagten ihre Beine ihren Dienst, und ängstlich bat sie ihren Mann: »Geh bitte du dran, ja?«, obwohl er schon auf halbem Weg zum Flurtisch war.

Ängstlich schlich sie in den Flur und versuchte, seiner Miene zu entnehmen, was der Doktor sagte, doch er hatte ihr den Rücken zugewandt, und sie konnte nur seinen Teil der Unterhaltung hören. »Hm … aha … verstehe. Und was heißt das? Ja … verstehe … alles klar …«

Sie trat vor ihn hin und sah ihn mit hochgezogenen Brauen an.

Nach den längsten Abschiedsworten, die es je gegeben hatte, legte er den Hörer endlich wieder auf die Gabel, reckte beide Daumen in die Luft, und ein breites Lächeln huschte über sein bis eben ängstliches Gesicht.

Er breitete die Arme aus, und als sie sich ihm überglücklich an die Brust warf, strich er sanft über ihr Haar, ließ ihren langen Pferdeschwanz durch seine Finger gleiten und küsste sie zärtlich auf den Kopf.

»Er hat auf jeden Fall Blutgruppe null. Das Blut ist kompatibel, also kann es morgen weitergehen.«

49

Seit einer Stunde wälzte sie sich unruhig hin und her, drehte ihr Kissen auf die kühle Seite, schüttelte es aus und klopfte es wenig später mit den Fäusten wieder flach. Ihre Beine hatten längst die Bettdecke zerwühlt, aber noch immer fand sie keinen Schlaf. Sie wusste nicht, was schlimmer war: zu versuchen, wach zu bleiben, wenn man vollkommen erschöpft war, oder mit geschlossenen Augen dazuliegen, ohne dass auch nur an Schlaf zu denken war.

Lautlos stand sie auf, um kurz nach Jake zu sehen. Sein linkes Bein hing schlaff über der Bettkante, und sie wärmte seinen kalten Fuß in ihren Händen, ehe sie ihn vorsichtig zurück unter die Decke schob. Ohne aufzuwachen, rollte er sich auf die Seite, und sie atmete erleichtert auf. Die Maschine müsste noch zwei Stunden laufen, und es war besser, wenn er den gesamten Zyklus hindurch schlief.

Sie ging nach unten in die Küche und nahm ihre Kaffeekanne aus dem Schrank. Ihre Hände zitterten so sehr, dass sie mit dem Messlöffel gegen den Rand des Glasbehälters schlug. Braunes Kaffeepulver rieselte auf die weiße Arbeitsplatte, und mit einem leisen Fluch riss sie Papier von ihrer Küchenrolle ab.

Lydia und Jerry waren inzwischen gut zwei Wochen

hier, und heute endlich würden sie erfahren, ob ihr Vater als Organspender für ihren Sohn in Frage kam. Jerry hatte in den letzten vierzehn Tagen unzählige Untersuchungen über sich ergehen lassen, und jetzt hing alles von der Kreuzprobe von seinem und Jakes Gewebe ab. Er hatte das Stochern und das Piksen, die endlosen Fragen zu seiner Gesundheit, die Urinproben, das Röntgen und die ganzen anderen Dinge mit bewundernswerter Langmut über sich ergehen lassen und sich seine gute Laune und vor allem die feste Überzeugung, dass er seinem Enkel eine Niere spenden könnte, bewahrt.

Und neben all den Untersuchungen und Tests hatte er noch Zeit gefunden, um in seiner neuen Rolle aufzugehen. Der kleine Jake hatte bisher noch keinen Großvater gehabt und hatte ihn sich wie die Großväter, die er aus Büchern oder Fernsehsendungen kannte, vorgestellt. Jerry allerdings entsprach nicht im Geringsten dem Stereotyp des alten Mannes, der den ganzen Tag im Sessel saß, seine Pfeife stopfte und Bonbons verteilte. In der kurzen Zeit seit seiner Ankunft hatte er mit Jake das Radioteleskop im Observatorium und das Museum der Wissenschaft besucht, das er selbst als Kind geliebt hatte, und in dem Jungen, der sich bisher hauptsächlich für Legos und Spielzeugautos interessiert hatte, eine gesunde Neugier auf alles Physikalische geweckt. Inzwischen kannte Jake die Namen sämtlicher Planeten in der richtigen Reihenfolge und hatte mit Jerrys Hilfe ein Modell des Sonnensystems aus Pappmaché erstellt. Wann auch immer Beth die zwei zusammen sah, dachte sie daran, was für ein wunderbarer Vater ihr als Kind entgangen war. Sie fürchtete bereits den Tag, wenn er und Lydia wieder nach Australien fliegen würden, hoffte aber, dass ihr Vater einen Teil von sich in

England lassen würde, der für ihren Jungen überlebenswichtig war.

Sie goss den Kaffee auf und atmete den herben Duft ein. Sie wurden erst um zehn im Krankenhaus erwartet, und bis dahin musste sie die Zeit totschlagen. Sie sah sich suchend um, bemerkte einen Schmutzring um den Wasserhahn und kratzte ihn mit ihrem Fingernagel ab. Wahrscheinlich klebte dieser Dreck bereits seit Jahren dort, und sie war überrascht und leicht beschämt, weil er ihr nicht bereits viel früher aufgefallen war.

Plötzlich zuckte sie zusammen, weil ihr Handy vibrierte und über die Arbeitsplatte sprang.

Bist du wach? Ich kann nicht schlafen. J

Sie schrieb sofort zurück. Sie könnten sich genauso gut gemeinsam Sorgen machen wie allein.

Ihr Mann lag noch im Bett, als Jerry an der Hintertür erschien. »Morgen, meine Liebe«, grüßte er und sah sie durch beschlagene Brillengläser an.

Schweigend schenkte Beth ihm einen Kaffee ein und setzte sich in einen der beiden Sessel, die nebeneinander vor dem Fenster standen, das zum Garten hinausging.

Jerry ließ sich in den anderen Sessel sinken und hob den Becher an seinen Mund. »Die Luft ist heute Morgen ziemlich frisch.«

»Ich würde den Smalltalk gern überspringen, falls du nichts dagegen hast.« Beth hüllte sich in ihren warmen Morgenmantel ein und band den Gürtel fester zu. »Bisher ging es bei unseren Gesprächen immer nur um Nierenspenden, oder so. Aber ich würde gern einmal eine ganz normale Unterhaltung mit dir führen, damit ich dich ein bisschen besser kennenlernen kann.«

»Kein Problem. Was willst du wissen?«

»Nun, ich ...« Überrumpelt suchte sie nach Worten, sah ihn aber schließlich fragend an und stieß mit leiser Stimme aus: »Was war meine Mutter für ein Mensch?«

Jetzt war offenbar auch Jerry überrascht. »Oh, Petula? Hm, tja nun, da muss ich überlegen.« Er rieb sich das Kinn und blickte weiter reglos geradeaus. »Sie sah vollkommen anders aus als du. Sie war ziemlich ... kräftig und sah eher wie ein Junge aus.«

»Hast du sie geliebt?«

Ihr Vater schüttelte den Kopf. »Ich will dich nicht belügen, Beth. Ich habe deine Mutter nicht geliebt, und zu meiner Schande muss ich dir gestehen, dass sie nicht mal eine gute Freundin von mir war. Im Grunde habe ich sie kaum gekannt. Ich möchte nichts beschönigen, denn du hast es verdient, dass ich vollkommen ehrlich zu dir bin. Natürlich war ich traurig, als ich hörte, dass sie bei dem Unfall umgekommen war, aber auch nicht trauriger, als wenn Lorraine oder selbst Trisha gestorben wäre, die an dem Tag auch mit im Bus waren.«

Beth zog ihre Beine unter sich. Das Gespräch war schmerzlich, aber irgendwie auch heilsam, und vor allem lenkte es sie von der Angst um ihren Jungen ab. »Und wie konnte sie dann von dir schwanger werden?«

Jerry lachte. »Du redest nicht lange um den heißen Brei herum, nicht wahr?«

»Ich nenne die Dinge eben gern beim Namen«, klärte sie ihn lächelnd auf.

Langsam fuhr er sich mit einer Hand über die Stirn. »Oh, Beth, das alles ist inzwischen vierzig Jahre her. In all den Jahren habe ich kaum je an sie gedacht. Ich hatte schließlich keine Ahnung von der Schwangerschaft. Petula konnte häufig ziemlich sauertöpfisch sein, ganz anders als Lorraine, die nett und offen war.« Er lachte laut. »Die hätte mich damals nicht zweimal angeguckt, aber eines Abends hat sie mir im Pub Petula vorgestellt. Sie fanden mich damals beide etwas seltsam, und ich nehme an, dass ich das in gewisser Hinsicht durchaus war. Ich war nicht wie die anderen Jungs und passte einfach nirgends hin.«

Lächelnd tätschelte ihm Beth das Knie. »Wenn wir alle gleich wären, wäre diese Welt ein furchtbar langweiliger Ort.«

Er nickte zustimmend. »Eines Abends sind wir nach der Sperrstunde im *Taverners* geblieben …«

»War das nicht verboten?«

»Nun, auf jeden Fall war es nicht unbedingt erlaubt. Aber damals wurde um halb elf die letzte Runde eingeläutet, und um elf haben die Kneipen dichtgemacht. Manchmal hat der Wirt – der Vater von Lorraine – das Licht gedämpft, die Vorhänge vor den Fenstern zugezogen und den Stammgästen noch einen eingeschenkt. Als ich an dem Abend gegen zwölf mit Mum dort aufgebrochen bin, ist auch Petula los, und vor unserer Haustür meinte Mum, dass ich Petula noch nach Hause bringen soll. Ich war deshalb ganz schön sauer, denn ich wollte nur ins Bett, aber Daisy hat darauf bestanden, und dann hat Petula mich gefragt, ob ich noch einen Kaffee mit ihr trinken will.« Jerry sprach so leise, dass er kaum noch zu verstehen war. »Ich bin bestimmt nicht stolz auf mich, aber dann ist es im Flur passiert. Ich habe in dem Augenblick einfach nicht nachgedacht. Ich habe Lydia fürchterlich vermisst und bin über mein Verhalten immer noch entsetzt.«

Beth dachte an ihr Kind, das oben schlief und an einer Maschine hing, die schrecklicher Bestandteil seines oder eher ihrer aller Leben war. »Ich bin sehr froh, dass es passiert ist, Jerry«, widersprach sie ruhig.

Eilig wühlte er in seiner Jackentasche. »Möchtest du ein Foto von ihr sehen?«

»Hast du etwa ein Bild von ihr?«

Er hielt ihr ein verblichenes Foto hin. »Das habe ich am Tag des Unfalls aufgenommen, nachdem wir in Blackpool angekommen waren. Wie nicht anders zu erwarten, war ich an dem Tag der Einzige mit einer Kamera, weshalb ich selber auf dem Bild natürlich nicht zu sehen bin.«

Beth blickte auf die neun Gestalten, die an einer Mauer lehnten, und sah ihren Vater fragend an. »Und wer ist sie?«

»Das große junge Mädchen mit dem kurzen braunen Haar.« Er zeigte auf Petula, die sich bei der Freundin einhakte und blinzelnd in die Sonne sah.

»Meine Güte, das war meine Mutter? Sie sieht furchtbar jung und ganz bestimmt nicht schwanger aus. Die Entscheidung, ihr eigenes Baby auszusetzen, muss ihr doch entsetzlich schwergefallen sein. Ich kann mir einfach nicht vorstellen, dass das jemand schafft.«

»Es nützt nichts mehr, darüber nachzudenken, was vielleicht aus dir geworden wäre, wenn sie dich behalten hätte«, warf Jerry ein.

»Ich weiß. Aber dann wäre ich nicht nur vielleicht genau wie sie gestorben, sondern wäre auch oder vor allem niemals bei der Frau gelandet, die mich aufgezogen hat. Petula konnte es damals nicht wissen, doch indem sie damals auf die Chance, mich selber großzuziehen, verzichtet hat, machte sie Mary Roberts ein phantastisches Geschenk.«

»Genau wie dir.«

Sie schmiegte sich an ihren Vater, legte ihren Kopf auf

seine Schulter, und gemeinsam betrachteten sie das Foto. »Weißt du auch, was aus den anderen geworden ist?«

Jerry wies auf einen alten Mann mit einem wild zerzausten weißen Bart. »Das war Harry – er ist bei dem Unfall ebenfalls gestorben – und das hier ist Michaels Vater Karl.«

Beth nahm das Foto, um sich den attraktiven jungen Mann mit schulterlangem Haar, Sonnenbrille und absurden Schlaghosen, die jedoch seine schlanken Hüften vorteilhaft betonten, genauer anzusehen. Er stützte sich mit einem Ellenbogen auf der Mauer ab, während die andere Hand auf der Schulter eines kleinen Jungen lag.

»Oh Gott, Jerry. Du hast keine Ahnung, was das Bild Michael bedeuten wird. Er hat kein einziges Foto von seinem Vater.«

»Kein einziges?«

»Seine Mutter hat sie damals irgendwann alle verbrannt.«

»Wie grauenhaft. Wie konnte sie das tun?«

»Wir haben schon vor Jahren aufgegeben, zu versuchen zu verstehen, was in Andreas Kopf vorgeht.«

Jerry schüttelte verständnislos den Kopf und konzentrierte sich dann wieder auf das Bild. »Und natürlich kennst du diesen kleinen Burschen hier.«

»Michael.« Schniefend wühlte Beth in ihrem Morgenrock nach einem Taschentuch. »Tut mir leid, aber es ist einfach ergreifend. Der Gedanke, dass am Ende dieses Tages drei von ihnen tot waren, tut mir in der Seele weh. Sie alle sehen so unbeschwert und glücklich aus und haben keine Ahnung, dass sie in dem Augenblick zum allerletzten Mal für eine Aufnahme posieren.« Sie erschauerte. »Warte nur, bis Michael dieses Foto sieht.«

»Was für ein Foto?«

Beth und Jerry drehten sich nach Michael um, der nur in seinen Boxershorts hereingekommen war und sich den Schlaf aus den Augen rieb.

»Wo ist dein Bademantel, Michael? Wir haben Besuch.«

»Oh, hallo, Jerry.« Er sah auf die Uhr. »Es ist gerade mal halb sieben. Du bist heute aber sehr früh dran.«

»Ich konnte nicht schlafen, also dachte ich, ich komme her und leiste Beth Gesellschaft. Wir sind nämlich beide ziemlich aufgeregt.«

»Ist noch Kaffee übrig?«

»Vielleicht reicht er noch für eine Tasse. Falls er dir zu kalt ist, wärm ihn einfach in der Mikrowelle auf.«

Lächelnd hielt sie ihm das Foto hin. »Das hier haben wir uns gerade angesehen.«

Er blickte auf das Bild, runzelte die Stirn, hielt es auf Armeslänge von sich weg und kniff die Augen zu. »Oh, mein Gott, ist das …?« Eilig wühlte er in einem Stapel Zeitungen nach seiner Brille, setzte sie sich auf die Nase und sah sich die Aufnahme noch mal genauer an. »Ich habe dieses Bild noch nie gesehen.«

»Es war auch für mich ein Schock, als ich es zum ersten Mal gesehen habe«, gab sein Schwiegervater zu. »Als Lydia und ich ein Jahr nach dem Crash in Sydney waren, war der Film noch in der Kamera. Ich habe die letzten Aufnahmen gemacht, ihn entwickeln lassen und bekam neben den Fotos aus Australien auch die Bilder aus Blackpool.«

Michael blickte wieder auf das Bild. »Mein Dad sieht glücklich aus. Ich weiß noch, dass er mich am Hals gekitzelt hat. Deshalb kichere ich und ziehe die Schultern hoch.« Er verstummte, denn in seinem Kopf erschien ein Bild von ihm als sechsjährigem Jungen. Das leere Fotoalbum neben sich, fläzte sich Andrea auf dem Läufer neben dem Kamin. In dem Moment hatte er seine Mutter abgrundtief gehasst und hätte sie am liebsten mit dem kochend heißen Tee verbrüht, um sie genauso zu verletzen wie sie ihn.

»Alles in Ordnung, Schatz?«, erkundigte sich Beth.

»Ja … es geht mir gut«, erklärte er gepresst und blickte sie mit einem schmalen Lächeln an. »Es tut mir gut, ihn mir noch einmal anzusehen. Ich dachte, ich hätte vergessen, wie er aussieht, aber dieses Bild bringt die Erinnerung zurück. Es ist wie ein Fenster in die Vergangenheit. Keiner von uns hätte sich vorstellen können, dass der Tag auf diese Weise enden würde. Wir sehen auf dem Foto alle glücklich aus, nicht wahr? Seht nur, wie sich Daisy bei dem alten Harry eingehakt hat.« Er brach ab und schüttelte den Kopf. »Der arme Kerl. Und seht, wie Trisha ihr Bein vor Selwyns Körper hebt. Man kann deutlich sehen, wie begeistert er darüber ist und wie er ihr in den Ausschnitt guckt.«

»Jerry hat mir auch Petula auf dem Bild gezeigt.«

»Ja natürlich, deine Mutter.« Er deutete auf das Bild. »Da, man kann sie gar nicht übersehen. Im Grunde kannte ich sie kaum, aber sie hat sehr nett auf mich gewirkt. Wobei ich keine Ahnung habe, woher du dein gutes Aussehen hast.«

»Vielleicht von ihrem Vater?«

Beide sahen Jerry an, und lachend legte Michael das inzwischen vierzig Jahre alte Foto auf den Tisch. »Auf jeden Fall.«

Beth hakte sich bei ihrem Gatten ein. »Komm, ich setze erst mal frischen Kaffee für dich auf.«

Die Schwester führte sie in Dr. Applebys Büro. »Bitte nehmen Sie doch schon mal Platz, der Doktor kommt sofort.«

Beth suchte im Gesicht der jungen Frau nach einem Hinweis darauf, ob die Hoffnungen, die sie mit dem Termin verband, berechtigt waren. Hatte der gesenkte Blick der Schwester etwa zu bedeuten, dass sie es nicht wagte, ihnen ins Gesicht zu sehen? Das deutete auf schlechte Neuigkeiten hin. Beth begann zu schwitzen und hätte am liebsten nicht nur ihre Jacke abgelegt.

Selbst auf ihrer Oberlippe sammelten sich Schweißperlen, und sie wandte sich an ihren Mann. »Ist es hier drin so heiß, oder empfinde nur ich das so?«

»Es ist tatsächlich ziemlich warm«, stimmte ihr Michael zu. »Ich kann dir gern ein Glas Wasser holen.«

Sie hängte ihre Jacke über die Rücklehne des Stuhls. »Nein, schon gut. Er kommt wahrscheinlich jeden Augenblick.«

Jerry drückte seiner Tochter aufmunternd die Hand. »Jetzt hat das Warten bald ein Ende. In ein paar Minuten wissen wir Bescheid.«

Bei der Kreuzprobe als letztem Test hatte man das Blut von Jake mit dem seines Großvaters gemischt. Falls Jakes Zellen die von Jerry angegriffen hatten, hieß das, dass die Probe positiv verlaufen war und Jerrys Niere nicht in Frage kam. Dann müsste der Junge auf die Niere irgendeiner armen Seele warten, die gestorben war. War das Resultat der Probe aber negativ, fände innerhalb der nächsten achtundvierzig Stunden die Transplantation von Jerrys Niere statt.

Niemand sprach ein Wort.

Jerry klickte permanent mit seinem Kugelschreiber, während Michael mit den Knien wippte und sein Stuhl dabei leise quietschte, weshalb Beth nach seinem Oberschenkel griff. Mit einem entschuldigenden Lächeln meinte Michael: »Tut mir leid, Schatz. Ich kann nichts dagegen tun.«

Als Nächstes wandte Beth sich Jerry zu und nahm ihm sanft den Kugelschreiber ab. »Oh, tut mir leid«, meinte auch er, stand auf und stapfte vor dem Schreibtisch auf und ab.

»Jerry«, begann Beth. »Egal, wie dieser letzte Test verlaufen ist, werden wir dir ewig dafür dankbar sein, dass du dich hast testen lassen. Die Tatsache, dass du bereit bist, eine deiner Nieren einem praktisch fremden kleinen Jungen abzutreten, ist der selbstloseste Akt, den man sich vorstellen kann.« Sie zog ein Taschentuch aus ihrer Handtasche und wischte sich die feuchten Hände ab. »Es macht mich und Michael total fertig, dass wir unserem Sohn nicht helfen können, und dass du bereit warst, es zumindest zu versuchen, bedeutet uns die Welt.«

Jerry blieb vor seiner Tochter stehen, breitete die Arme aus und zuckte mit den Achseln, als wäre die Spende einer Niere auch nichts anderes, als wenn er Jake sein letztes Bonbon überließ. »Also bitte, Beth. Er ist mein Fleisch und Blut. Er ist mein Enkelsohn. Ich würde alles für ihn tun.«

Jetzt stand auch Michael auf und reichte ihm die Hand. »Danke, Jerry.«

»Wo bleibt nur Dr. Appleby?« Zum zehnten Mal in zehn Minuten starrte Beth die Wanduhr an. »Es ist schon Viertel nach.«

Ehe einer von den beiden Männern etwas sagen konnte, ging die Tür auf, und der Doktor kam zusammen mit zwei Assistenzärzten herein.

Der Augenblick der Wahrheit war gekommen.

Alle ihre Hoffnungen konzentrierten sich jetzt auf den ersten Satz des Mannes, der über das Schicksal ihres Sohnes beziehungsweise Enkelsohnes entschied.

Der Arzt blickte auf das Clipboard, das er in den Händen hielt, blätterte die nächste Seite auf, las, was dort stand, und wandte sich den drei erwartungsvollen Gesichtern vor dem Schreibtisch zu.

Beth sah ihm direkt in die Augen, und noch immer sagte er kein Wort. Was allerdings auch nicht mehr nötig war …

Epilog

Beth musste immer schon mit Flugangst kämpfen, und die Turbulenzen überzeugten sie nicht unbedingt davon, dass Fliegen eine sichere Art der Fortbewegung war.

Michael saß mit seinem Kopfhörer vor dem Bildschirm, schaute einen Film und ignorierte die Gefahr.

Ängstlich zupfte sie an seinem Ärmel. »Michael.«

Er schob seinen Kopfhörer zurück. »Was ist?«

»Glaubst du, dass wir trotz dieses entsetzlichen Gehüpfes wirklich sicher sind?«

»Natürlich sind wir das. Wegen leichter Turbulenzen ist bisher noch kaum ein Flieger abgestürzt.«

»Kaum?«

Michael lachte. »Also gut, noch *nie.* Moderne Flugzeuge sind so gebaut, dass sie dieser Art Belastung spielend widerstehen. Bald wird es sicher wieder ruhiger, also mach dir keine Sorgen, ja?« Er drückte aufmunternd ihren Arm, rückte seinen Kopfhörer zurecht und ließ sie allein mit ihrer Angst.

»Möchten Sie noch etwas trinken?

Lächelnd wandte Beth sich an die hübsche Stewardess und bewunderte den makellosen Teint und die zierliche Figur der jungen Frau.

»Ich könnte noch einen Gin Tonic gebrauchen, möglichst groß.«

»Sehr wohl, Madam.«

Beth lehnte sich in ihrem Sitz zurück. Wenn die Crew noch durch die Gänge laufen durfte, um Getränke zu servieren, waren die Turbulenzen wohl wirklich nicht so schlimm. Sie trank ihren Gin Tonic, kippte ihren Sitz in Liegeposition und schloss die Augen.

Jerry öffnete die Tür des riesengroßen Kühlschranks, nahm ein kleines Fläschchen Trinkjoghurt heraus, zog den Aludeckel ab und leerte es in einem Zug. Dann ordnete er seine Vitamine auf der Arbeitsplatte an, schob sich die Tabletten einzeln in den Mund und spülte jedes Mal mit Wasser nach. Er wusste, dass es wichtiger als früher war, sich gesund zu ernähren, und auch wenn er vielleicht keine dicken Muskeln hatte, hatte er ein starkes Herz, war schlank und durchtrainiert. Sein altes Fahrrad war schon in den Siebzigern nicht mehr modern gewesen, doch mit seiner Hilfe war er fit geblieben, hatte ein Vermögen an Benzinkosten gespart und sich seine Begeisterung fürs Radfahren bewahrt. Inzwischen lebte er fast vier Jahre mit nur noch einer Niere, was ihn in seiner eisernen Entschlossenheit, gesund zu bleiben, noch bestärkt hatte. Er hatte Glück, weil er in einer Gegend ohne übertriebene Hitze- oder Kälteperioden lebte und weil Melbournes Ruf als Stadt des vielen Regens völlig unbegründet war. Wahrscheinlich hatten neidische Bewohner von Sydney oder Brisbane das Gerücht vom permanenten schlechten Wetter in die Welt gesetzt.

Er rief nach seiner Frau. »Kommst du, Lydia?«

In hellgrauer Jogginghose und limettengrüner Weste tauchte sie oben an der Treppe auf. Ihr zu einem Knoten aufgestecktes Haar zog die Haut um ihre Augen herum straff, und mit ihren nackten, hübsch gebräunten Armen sah sie nicht mal annähernd wie zweiundsechzig aus. »Ich suche nur noch meine Laufschuhe. Bin sofort da.«

Allmorgendlich um sieben gingen sie zum Walking an den Strand, tranken am Ende ihrer Strecke einen Cappuccino und liefen den ganzen Weg zurück. Manchmal gingen sie am Abend noch einmal ans Meer, um die Kolonie der kleinen Pinguine zu beobachten, die in der Dämmerung unweit des Wellenbrechers von St. Kilda ihr Quartier bezogen hatten. Als ehrenamtlicher Pinguinführer ging Jerry freudig auf die Fragen der Touristen ein, noch häufiger jedoch war er gezwungen, sie zu bitten, beim Fotografieren auf das Blitzlicht zu verzichten und mit ihren Selfiesticks nicht die Nester zu durchwühlen.

Er rief erneut nach seiner Frau. »Lydia, ich gehe schon mal raus und dehne mich.«

Geschmeidig wie ein junges Mädchen kam sie angehüpft. »Hier bin ich, aber können wir das Walking heute nicht mal ausfallen lassen? Schließlich habe ich noch alle Hände voll zu tun.«

»Ich werde dir helfen, und vor allem haben wir noch jede Menge Zeit. Sie kommen schließlich erst am späten Nachmittag.«

Sie stellte sich auf Zehenspitzen und küsste ihn auf die Wange. »Du bist eben einfach ein Gewohnheitstier, nicht wahr?«

In der Ankunftshalle gab sich Michael alle Mühe, ihren überladenen Gepäckwagen so gut wie möglich geradeaus zu manövrieren, während Beth den Blick über die Menschenmenge vor dem Absperrgitter wandern ließ. Es waren überwiegend Taxifahrer, die gelangweilt irgendwelche Namensschilder in die Höhe hielten, deshalb brauchte sie nicht lange, bis sie Lydia und Jerry enthusiastisch winken sah.

»Willkommen in Australien!«, rief Jerry ihnen strahlend zu. »Wie war der Flug?«

Beth legte ihre kleine Tochter, die noch immer schlief, auf ihrer Schulter ab, schlang ihren freien Arm um Jerrys Hals und sog seinen zitronig frischen Duft ein. »Ein bisschen holprig, aber jetzt ist es ja überstanden.«

Sie schob ihn von sich fort und unterzog ihn einer eingehenden Musterung. »Du siehst gut aus, Dad, wenn auch vielleicht etwas zu dünn. Ich hoffe, dass du mit deiner Gartenarbeit und auch sonst nicht übertreibst.«

Jerry schüttelte den Kopf und wandte sich an seine Frau. »Sie ist gerade erst ein paar Sekunden hier, und schon macht sie mir Vorschriften.« Er streichelte das blonde Haar seiner Enkelin, und müde schlug das kleine Mädchen seine Augen auf.

»Hallo.« Er strich ihr sanft den Pony aus der Stirn.

Eilig wandte sich die Kleine wieder ab und vergrub ihr Gesicht am mütterlichen Hals. Es war eine anstrengende Reise für das dreijährige Kind gewesen, und Beth meinte lachend: »Sie ist einfach noch ein bisschen müde, Dad. Es dauert bestimmt nicht lange, bis die erste Schüchternheit verfliegt.«

Jerry klatschte in die Hände. »Und wo ist mein Enkelsohn?«

Er entdeckte Jake hinter dem Wagen voll Gepäck.

»Meine Güte, bist du groß geworden! Ich hätte dich beinah nicht erkannt!« Er breitete die Arme aus. »Na, komm her. Dein alter Grandad hat dich viel zu lange nicht mehr gesehen.«

Jake stürzte auf ihn zu und hätte ihn in seinem Eifer beinah umgerannt.

»Schön, dich zu sehen, Junge.« Jerry küsste seinen Enkel auf den Kopf. »Und jetzt fahren wir erst einmal nach Hause und trinken ein Glas von Grandmas feiner selbstgemachter Limonade, ja?«

Sie setzten sich auf die Terrasse in den Schatten der weißgelbgestreiften Markise, und als Lydia den Krug mit Limonade, Pfefferminzblättern und Scheiben frisch geernteter Zitronen aus der Küche holte, wehte eine Fahne blauen Rauchs über den Gartenzaun.

»Das ist Bruce von nebenan. Bei ihm gibt's praktisch täglich Barbecue«, erklärte Jerry.

Michael musste so prusten, dass ihm die Limonade aus der Nase lief. »Barbecue bei Bruce? Wenn seine Frau jetzt auch noch Sheila heißt, haben wir gleich einen Hattrick an australischen Klischees«, spielte er auf die beliebte TV-Serie an.

Jerry runzelte verwirrt die Stirn. »Seine Frau heißt aber Maisie.«

»Er zieht dich nur auf, Dad«, meinte Beth.

»Was … oh, verstehe! Bruce und Sheila, wirklich lustig.«

Sie verfielen in freundschaftliches Schweigen und nippten an ihren Drinks. Obwohl sie regelmäßig skypten, hatte Beth Jerry und Lydia seit Daisys Beerdigung im Jahr zuvor nicht mehr gesehen. Selbst mit ihren achtundachtzig Jahren hatte Daisy noch allein gelebt und sich sämtlichen Versuchen, ihr zumindest stundenweise eine Haushaltshilfe zu besorgen, widersetzt. *Das ist nur was für alte Leute*, hatte sie immer gesagt. Als Michael sie in ihrem

Lieblingssessel mit den Stricknadeln im Schoß gefunden hatte, hatte er gedacht, sie mache nur ein Nickerchen, denn nichts hatte ihn darauf vorbereitet, dass sie einfach friedlich eingeschlafen war. Dass ihr langes Leben größtenteils glücklich und erfüllt gewesen war, hatte ihn nicht trösten können, und die Trauer hatte ihn nur deshalb nicht vollkommen überwältigt, weil die alte Dame wenigstens noch mitbekommen hatte, wie Jakes kleine Schwester auf die Welt gekommen war.

Beth lehnte sich in ihrem Liegestuhl zurück und schaute Jake beim Fußballspielen an der Garagenwand am Rand des Gartens zu. Inzwischen war er ein normales Kind mit einem Überschuss an Energie und einem ungeheuren Lebenshunger. Das war mehr, als sie sich je erhofft hatte.

»Kann ich mitspielen?«

Jake bückte sich und legte seinen Ball vor den Füßen seiner kleinen Schwester ab. Sie holte aus, aber ihr Füßchen glitt über den Ball, und sie landete unsanft auf dem Hinterteil.

Beth sprang auf, doch Michael legte eine Hand auf ihren Arm. »Ich schätze, dass der große Bruder sich darum kümmern wird.«

Und tatsächlich zog der Junge seine Schwester wieder auf die Füße und wischte behutsam ihre Tränen mit seinem T-Shirt ab. »So, Daisy, jetzt ist es wieder gut.«

Beth drückte Michaels Hand, und glücklich sahen sie ihrer Tochter und dem Sohn beim Spielen in dem sonnenhellen Garten zu.

Vor inzwischen über vierzig Jahren hatte Daisys Namenspatin den unglaublichen Entschluss gefasst, ein neugeborenes Baby auf der Schwelle eines fremden Hauses abzulegen, aber Beth war ihr von Herzen dankbar für den Mut, den sie bewiesen hatte, um das einzig Richtige zu tun. Sie nahm einen Schluck aus ihrem Glas und dachte an den langen Weg, der sie hierhergeführt hatte, an diesen fernen Ort, der jetzt für sie und ihre Lieben ein Zuhause war.

Um ein Haar hätte sie alles, was ihr wichtig war, verloren, doch jetzt hatte sich der Schatten der Vergangenheit gelüftet, und ihr Leben war in helles Licht getaucht.

Danksagungen

Ich danke meiner Agentin Anne Williams, die mir stets mit Rat und Tat zur Seite steht, dem talentierten Team von Headline und vor allem meiner Lektorin Sherise Hobbs, die unglaublich weise ist und mir ein ums andere Mal die Richtung weist.

Dank allen, die die Entwürfe meines Buchs gelesen haben und die mutig genug waren, ihre ehrliche Meinung kundzutun. Dazu gehören mein Ehemann Rob Hughes, meine Eltern Audrey und Gordon Watkins sowie meine gute Freundin Grace Higgins.

Mein weiterer Dank gilt Caroline Ramsey für ihre Hilfe bei allen geburtstechnischen Fragen und Rick MacCabe vom Standesamt in Southport für seine großzügige Unterstützung bei meinen Recherchen zur Anmeldung von Geburten in den Siebzigern.

Nicht zuletzt danke ich allen Leserinnen und Lesern meines Erstlingswerks *Drei Worte Glück*. Eure Begeisterung und eure Liebe zu dem Buch haben mich zum Schreiben eines zweiten Romans inspiriert.

Das Grubenunglück von Gresford

Obwohl Thomas Roberts in einem fiktiven Bergwerk irgendwo in den Kohlefeldern von Lancashire beschäftigt war, wurde ich durch ein reales Unglück zu dem Grauen, das ihm und seinen Kumpels widerfahren ist, inspiriert.

Um 2.08 Uhr am Samstag, dem 22. September 1934, ereignete sich eine der schlimmsten Katastrophen des britischen Bergbaus in der Grube von Gresford nahe Wrexham in Nordwales. Eine gewaltige Explosion erschütterte den Schacht Dennis, der über 700 Meter unter der Erde lag. Die Arbeitsbedingungen dort waren schon immer schlecht gewesen. Aufgrund der unzureichenden Belüftung war die Luft dort heiß und feucht, und immer wieder einmal breitete sich Feuerdampf (Methangas) unter Tage aus. Nach der Explosion brach in dem Schacht ein Feuer aus und versperrte den Hauptzugangsweg. Nur sechs Bergleuten, die gerade in der Pause waren, gelang die Flucht. Zwei Tage lang kämpften die Rettungsmannschaften gegen die Flammen an, doch schließlich wurde es für sie dort unten zu gefährlich, und sie waren gezwungen, sich zurückzuziehen. Insgesamt 262 Bergleute sowie drei Mitglieder des Rettungsteams kamen bei dem Unglück um. Nur elf Leichen konnten geborgen werden, und die sterblichen Überreste der anderen Opfer blieben in dem zerstörten, versiegelten Schacht zurück. Ein paar Tage später forderte die Katastrophe noch ein letztes Opfer, als die Versiegelung des Schachts davonflog und das herumfliegende Gestein einen Arbeiter erschlug.

Die Ursache der Explosion wurde nie eindeutig geklärt, aber die Ermittlungen ergaben unter anderem ein Versagen der Sicherheitssysteme und ein schlechtes Grubenmanagement. Obwohl über eine Million Pfund für den Katastrophenfonds erhoben wurden, gerieten auch die Bergleute, die nicht direkt von dem Unglück betroffen waren, wegen der vorübergehenden Schließung der Grube und des daraus resultierenden Einkommensverlusts in Not.

Während der Schacht Dennis dauerhaft geschlossen blieb, wurde die Grube im Januar 1936 wieder aufgemacht. Obwohl sie am 10. November 1973 aus wirtschaftlichen Gründen endgültig geschlossen wurde, dürfen wir niemals vergessen, dass bei der Katastrophe von Gresford 266 Menschen umgekommen sind.

Ich danke meinem guten Freund Dave Haslam dafür, dass er mir von dem Unglück erzählt hat, bei dem sein Urgroßvater Edward Jones auf tragische Weise sein Leben verlor.

Eine Mitteilung der Abteilung des staatlichen Gesundheitsdienstes für Blut- und Organspende

Täglich sterben im Vereinigten Königreich drei Menschen, die ein fremdes Organ benötigen, weil vielen von uns die Bereitschaft, ein Organ zu spenden, fehlt. Die Abteilung des staatlichen Gesundheitsdienstes für Blut- und Organspende bittet mehr Menschen um ihr Einverständnis zur Organspende. Eines Tages könnte jemand, den Sie lieben, oder vielleicht auch Sie selbst auf ein Organ angewiesen sein.

Informieren Sie Ihre Familie darüber, dass Sie Ihre Organe spenden wollen. Lassen Sie sich als Spender registrieren, und teilen Sie Ihrer Familie Ihre Entscheidung mit. Lassen Sie sie wissen, dass dieser Entschluss es ihnen leichter machen wird, Sie bei der Erfüllung Ihres Wunsches zu unterstützen.

Die Registrierung als Organspender ist ganz einfach und erfordert höchstens zwei Minuten. Besuchen Sie uns unter www.organdonation.nhs.uk oder rufen Sie uns unter 0300 123 23 23 an.

Deutschlands größte Testleser Community
Jede Woche präsentieren wir Bestseller, noch bevor Du sie in der Buchhandlung kaufen kannst.
Finde Dein nächstes Lieblingsbuch
vorablesen.de
Neue Bücher online vorab lesen & rezensieren
Freu Dich auf viele Leseratten in der Community, bewerte und kommentiere die vorgestellten Bücher und gewinne wöchentlich eins von 100 exklusiven Vorab-Exemplaren.
© PIKSEL · istockphoto